Lotte Minck

An der Mordseeküste

Lotte Minck (* 1960) ist von Geburt halb Ruhrpottgöre, halb Nordseekrabbe. Nach 50 Jahren im Ruhrgebiet und etlichen Jobs in der Veranstaltungs- und Medienbranche entschied sie sich, an die Nordseeküste zu ziehen. Erst kürzlich überkam sie heftiges Heimweh nach dem Ruhrpott, als sie nach Jahren auf dem Land zum ersten Mal in einen echten Stau geriet, der aus mehr als sieben Autos vor einer Ampel bestand und sich diese Bezeichnung dank einer halben Stunde totalen Stillstands redlich verdient hatte. Ihre Heldin Loretta Luchs und alle Personen in Lorettas Universum sind eine liebevolle Huldigung an Lotte Mincks alte Heimat.

Besuchen Sie Lotte Minck im Internet:
www.facebook.com/lotte.minck
www.lovelybooks.de/autor/Lotte-Minck/

Ruhrpott-Krimödien mit Loretta Luchs bei Droste:
Radieschen von unten
Einer gibt den Löffel ab

→ Leseproben ab Seite 296

Lotte Minck

An der Mordseeküste

Eine Ruhrpott-Krimödie mit Loretta Luchs

Droste Verlag

Figuren und Handlung dieses Romans sind frei erfunden.
Ähnlichkeiten mit lebenden Personen sind rein zufällig
und nicht beabsichtigt.

Bibliografische Informationen der Deutschen Nationalbibliothek
Die Deutsche Nationalbibliothek verzeichnet diese Publikation
in der Deutschen Nationalbibliografie; detaillierte bibliografische
Daten sind im Internet über http://dnb.d-nb.de abrufbar.

Umschlaggestaltung: Droste Verlag unter Verwendung einer Illustration
von Ommo Wille, Berlin
Satz: Droste Verlag
Druck und Bindung: CPI – Clausen & Bosse, Leck
ISBN 978-3-7700-1513-9

www.drosteverlag.de

Prolog

Nordseewind und Möwenschiss –
ein Wattspaziergang endet mit einer Überraschung

Seit einer gefühlten halben Stunde stand ich regungslos da und starrte den Mann an, der am Wall unserer Strandburg lehnte.

Den *tote*n Mann, der am Wall unserer Strandburg lehnte, sollte ich der Vollständigkeit halber sagen.

Wahrscheinlich waren es nur wenige Minuten, aber als ich ihn entdeckt hatte, war einfach die Zeit stehengeblieben.

Der frühmorgendliche, frische Nordseewind ließ nicht nur mein, sondern auch sein Haar lustig flattern. Minisanddünen auf den Ärmeln seiner sündteuren, marineblauen Windjacke zeugten davon, dass er schon länger hier saß.

Für den Strand war er eindeutig overdressed, so in naturfarbener Leinenhose, rotem Seidenstrickpulli und teuren Schuhen mit Noppensohle. Allerdings war sein Seidenschal mit farblich exakt zur Kleidung passendem Paisleymuster nicht männlich-lässig geschlungen, sondern eng um seinen Hals gezurrt, festgezogen und verknotet. Sein Gesicht sah aus, als hätte er vor seinem Ableben gerade noch kurz Zeit gehabt, darüber verdutzt zu sein, dass er nicht besonders gut Luft bekam.

Sein Tod war bestimmt nicht der Möglichkeit geschuldet, dass seine Fertigkeit im Drapieren eines Seidenschals nur unterdurchschnittlich war. Ich wusste, dass er es konnte. Sonst pflegte er diesen Schal ganz locker zu tragen, wie zufällig umgeworfen und gekonnt nachlässig arrangiert – so cool halt, wie ich selbst es nie hinkriegte. So sehr ich mich auch bemühte.

Das war kein Unfall gewesen, nie im Leben.

Mit dem Rücken lehnte er am Wall aus Sand, die Beine ausgestreckt. Halb verdeckte er das Wort *RUHRPOTT,* das Frank in mühevoller

Filigrantechnik aus winzigen Muscheln zusammengeklöppelt hatte. Alles, was ich noch lesen konnte, war das erste *R*, dann kam der tote Mann, dann *OTT*.

Ich unterdrückte ein hysterisches Kichern, das unbedingt herauswollte. Die Vorstellung, dass der Mann Rott hieß und die Position seiner Leiche sorgfältig arrangiert war, hätte gut in eine schwarze Filmkomödie gepasst. Und dass sein Mörder stundenlang mit der Leiche auf dem Buckel über den Strand geirrt war, bis er unsere Strandburg fand, die ihm dieses ausdrucksstarke Tableau ermöglichte.

Zufälligerweise wusste ich allerdings, dass der Mann nicht *Rott* hieß.

Ich konnte keine Kampfspuren entdecken. Weder war der Sand zerwühlt, noch waren Franks hochkünstlerische Muschel-Mosaike an irgendeiner Stelle zerstört. Jemand hatte den toten Mann hierhergebracht und an unsere Sandburg gesetzt.

Ich tastete nach meinem Handy, aber dann fiel mir ein, dass ich es nicht eingesteckt hatte. Wozu auch? Ich wollte doch vor dem Frühstück nur ein wenig wattwandern. Um kurz vor 7 Uhr hatte ich mir das Fahrrad geschnappt und war losgeradelt. Auf dem Rückweg wollte ich Brötchen holen, und dann hätten wir zusammen gefrühstückt und einen schönen Urlaubstag geplant. Na ja, so ganz megatoll wäre er nach den Ereignissen bei der Vernissage vielleicht nicht geworden, aber auf jeden Fall besser als ein Tag, in dem eine Leiche vorkam.

Ich seufzte.

Satz mit X – war wohl nix.

Vom Watt aus war mir aufgefallen, dass an diesem kleinen Strandabschnitt, an dem ich mich jetzt befand, eine ganze Horde Möwen dicht gedrängt auf den Strandkörben hockte. Sie schienen auf irgendetwas in ihrer Mitte zu starren. Das hatte meine Neugier geweckt.

Je näher ich kam, desto klarer wurde mir, dass unsere Strandburg das Zentrum des krummschnabeligen Interesses bildete. Ich brauchte also keine Zeit damit zu vergeuden, mich über meine Neugier zu ärgern. Ob wir jetzt sofort oder erst später in die Sache mit reingezogen wurden, war dann auch schon egal.

Die Möwen waren widerwillig hochgeflattert, als ich mich genähert hatte. Einer von ihnen hatte es noch gefallen, dem Toten auf die linke Schulter zu kacken. Ich kratzte mich nervös. Ich musste der Polizei unbedingt sagen, dass dieser dreiste Vogel den Tatort verändert hatte. Jetzt saßen die Möwen ein paar Strandkörbe weiter, machten keinen Pieps und beäugten mich von dort aus.

Tatsache blieb: Ich musste die Polizei anrufen, und zwar so schnell wie möglich. Kurz rang ich mit mir, ob ich mich nicht einfach verkrümeln sollte, doch dann siegte die hervorragend sozialisierte Bürgerin in mir.

Du findest eine Leiche, du informierst schnellstmöglich die Ordnungshüter.

Und – machen wir uns nichts vor – mit derlei Situationen hatte ich mehr Erfahrung, als mir lieb war. Die Polizei würde früher oder später ohnehin vor unserer Tür stehen, denn der Mann befand sich innerhalb unseres momentanen Hoheitsgebietes, Ruhrpott/Außenstelle Nordseestrand, das Frank durch die muschelbeschrifteten Burgmauern eindeutig markiert hatte. Also: Wir hingen eh drin.

Kurz erwog ich, die Strandkörbe weit weg zu schleppen. Probehalber zerrte ich an einem der Ungetüme herum, aber die vage Hoffnung, meine Verzweiflung möge mir übermenschliche Kräfte verleihen, erfüllte sich nicht.

Möglichkeit Nummer 2: den toten Mann verschwinden lassen. Ins Watt schleifen und einfach abwarten, bis die Flut den Rest erledigte und ihn wegschwemmte. Möglichst weit weg von unserer Strandburg. Nach Neuseeland am besten.

Ging auch nicht ohne Hilfe.

Mir blieb einfach keine Wahl, als meiner Bürgerpflicht nachzukommen, ob ich wollte oder nicht. Aber wie kam ich hier und jetzt an ein Telefon?

Die Jungs vom DRLG waren noch nicht da, der Kiosk war

ebenfalls noch geschlossen. Weit und breit gab es am Strand niemanden außer mir und den verdammten Möwen. Ich reckte den Hals und entdeckte im Watt einen Mann, der sich langsam entlang der Küste entfernte. Vorhin hatte ich ihn nicht bemerkt, aber wahrscheinlich war er durch einen der anderen Eingänge über den Deich an den Strand gekommen und erst gerade ins Watt gegangen. Von Zeit zu Zeit bückte er sich und hob etwas auf.

Genau das hätte heute Morgen auch meine einzige Beschäftigung sein sollen: im Watt herumspazieren und von Zeit zu Zeit etwas aufheben – Austernschalen, Krebspanzer, hübsche Häuser von Einsiedlerkrebsen und dergleichen. Was man halt im Urlaub an der Nordsee so sammelt, um es als Erinnerung mit nach Hause zu schleppen, wo es eine Zeit lang vor sich hin stinkt, bis es schließlich entsorgt wird. Und was stand stattdessen auf meiner aufgezwungenen To-do-Liste? Genau.

»He! Sie da! Im Watt!«, schrie ich und rannte armfuchtelnd auf ihn zu. »Warten Sie bitte!«

Der Mann stutzte und blickte sich suchend um. Als er mich entdeckte, rief er zurück: »Wer – ich?«

Nein, der fliegende Holländer, dachte ich grimmig, wen außer dir soll ich wohl sonst meinen, du Honk? Er war außer mir das einzige menschliche Lebewesen weit und breit. Und hier konnte man *echt* weit gucken. Natürlich war es nicht fair von mir, ihn zu beschimpfen, wenn auch nur gedanklich. Aber meine Laune war nicht die beste, wie man sich vorstellen kann.

»Ja, Sie!«, keuchte ich. Es war verdammt mühsam, durch den weichen Sand zu rennen.

Er stemmte die Hände in die Seiten, kam aber keinen Schritt näher. Na ja, immerhin wartete er und ging nicht einfach weiter. Ich pitschte durchs Watt auf ihn zu.

»Haben Sie ein Telefon bei sich?«, fragte ich schwer atmend, als ich ihn schließlich erreicht hatte.

»Wozu wollen Sie das wissen?« Er musterte mich argwöhnisch, seine ganze Körperhaltung drückte Misstrauen aus. »Wer sind Sie denn überhaupt?«

Herrgott, was dachte der Mann? Dass ich sein bescheuertes Handy klauen wollte? Gegen ihn hätte ich zu Fuß sowieso keine Chance gehabt. Er war sehnig und durchtrainiert wie ein Marathonläufer. Ich hätte alles darauf gewettet, dass er zum Strand gejoggt war, statt das Fahrrad oder gar ein Auto zu benutzen. Und welche Rolle spielte es, wer ich war? Wollte er meinen Namen wissen, damit die Polizei nach mir fahnden konnte, falls ich mit seinem kostbaren Handy Fersengeld gab?

»Ich muss unbedingt sofort die Polizei anrufen und habe meins nicht dabei«, sagte ich.

»Die Polizei? Wieso das denn?«

Um dich für deine blöden Fragen verhaften zu lassen, hätte ich am liebsten gebrüllt. Er sollte mir einfach das Handy geben, verdammt. Ich beherrschte mich, deutete mit dem Daumen über meine Schulter vage in Richtung Ruhrpott-Strandburg und säuselte: »Weil dahinten eine Leiche liegt, deshalb.«

Er riss die Augen auf und reckte den Hals. »Eine Leiche? Wo denn? Zeigen Sie mal!«

Zeigen Sie mal – klar.

Im Gegensatz zu meinen Rufen war eine Leiche für ihn dann doch interessant genug, seinen Hintern in eine andere Richtung als die ursprünglich geplante zu bewegen.

Schon war er flotten Schritts auf dem Weg zum Strand, und ich hatte alle Mühe, dranzubleiben. Als wir den Sand erreichten, ging er endlich langsamer, denn schließlich wusste ich, wo die Leiche zu finden war, und er nicht.

Dann standen wir nebeneinander vor der Strandburg und beguckten den toten Mann. Die Möwen von den Strandkörben segelten über uns im Wind und krakeelten verärgert um die Wette. Noch eine von ihnen hatte dem Toten mittlerweile auf die schicke Jacke gekackt, gleich unterhalb der ersten Markierung.

»Ist ja irre«, sagte der Marathonmann, während er sein Handy aus seinem Rucksack kramte. »Mit so was rechnet man ja nun wirklich nicht.«

Wem sagst du das?, dachte ich. Dazu hätte ich ihm einiges erzählen können, das ihn ganz bestimmt zum Staunen gebracht hätte, aber jetzt und hier waren weder Zeit noch Ort für mörderische Schwänke aus meinem Leben.

Er reichte mir sein Telefon und musterte mich neugierig. »Kennen Sie den Typen?«

Ich nickte langsam und seufzte. Ich wusste sogar, woher er sein blaues Auge und sein zerschrammtes Kinn hatte.

Genau das war das Problem an der Sache. Und mir schwante, dass der Tote tatsächlich nicht zufällig hier lag.

Meine Gedanken wanderten einige Tage zurück zu einer Zeit, als ich mich noch auf diesen Urlaub mit meinen Freunden gefreut und nichts davon geahnt hatte, dass der tote Mann zu meinen Füßen wesentlich dazu beitragen würde, alles in ein heilloses Chaos zu verwandeln.

Und dass einem von uns jede Menge Ärger blühte.

Kapitel 1

Ein Chef in Nöten, und ein Zimmermädchen lupft das Röckchen

»Keine Chance, Dennis«, sagte ich. »Dieser Urlaub ist seit einem halben Jahr geplant. Und bei dir angemeldet.«

Mein Chef, Dennis Karger, der mir bei meiner Rückkehr von der Toilette aufgelauert hatte, zog einen Flunsch. Sein Schmollmund war nicht sehr vorteilhaft, um ehrlich zu sein, aber das sagte ich ihm lieber nicht.

»Ich muss geistig umnachtet gewesen sein, das zu genehmigen. Meine drei besten Kräfte! Gleichzeitig! Da kann ich den Laden genauso gut dichtmachen!«

Mein Mitleid hielt sich in Grenzen. Er verdiente sich dumm und dämlich, und während der Sommerferien war an der Sexhotline deutlich weniger los als sonst, weil die meisten Stammkunden von Diana, Doris und mir mit ihren Familien im Urlaub waren. Die Wahrscheinlichkeit, dass einige der Papis, die mit ihren Kindern neben uns am Strand Sandburgen bauen würden, schon mal mit einer von uns telefoniert hatten, war nicht gerade gering.

»Schmoll, so viel du willst. Die Ferienhäuser sind gemietet, die Strandkörbe warten schon auf uns. Du wirst zwei Wochen ohne uns auskommen.«

»Zwei Wochen!«, heulte er auf und warf verzweifelt die Hände in die Luft.

Innerlich musste ich ihm – wenn auch widerwillig – für seinen theatralischen Auftritt Respekt zollen. Wie üblich sah er von Kopf bis Fuß aus wie direkt den Siebzigerjahren entsprungen, und jetzt raufte er sich seine brandneue, authentische Vokuhila-Matte so heftig, dass ich meinte, das Haarspray darin protestierend knistern zu hören. Und natürlich hatte er recht: Diana, Doris und ich waren seine drei besten Pferde im Stall – nur wir drei hatten einen so großen, festen Kundenstamm, dass wir nur noch selten in die offene

Leitung geschaltet waren. Diana, meine engelhaft aussehende, blond gelockte Mitbewohnerin, gab am Telefon die knallharte Domina, während Doris mit ihren stattlichen 73 Lenzen und ihrer mädchenhaften Stimme alle Tricks beherrschte, um die Kunden in den sexuellen Wahnsinn zu treiben. Meine Kunst war es, in alle möglichen und unmöglichen Rollen zu schlüpfen, vom durchtriebenen Schulmädchen bis zum raffinierten russischen Luder. Meine Stimme war mein Kapital – ich konnte sie verstellen und auf ihr spielen wie auf einem Instrument.

Dennis mochte uns drei, das wusste ich. Er nutzte jede Gelegenheit, mit uns zu quatschen – mit mir besonders gern, seit ich bei der von ihm heiß geliebten Kochsendung »Gib mir den Löffel!« mitgemacht hatte. Die Aufzeichnung war zwar wegen diverser … nun … nicht vorhersehbarer Entwicklungen nie ausgestrahlt worden, aber ich hatte einiges von *hinter den Kulissen* zu berichten gehabt. Und Kollegin Doris, die als meine Schnibbelhilfe beim Kochen fungiert hatte, ebenfalls.

Sein Verhältnis zu den restlichen Kollegen und Aushilfskräften war dagegen strikt beruflich. Tatsächlich hatte er es sogar im letzten Monat zu einem Grillfest in Dianas Schrebergarten geschafft – praktisch hatte er sich selbst eingeladen. Er wusste von den mörderischen Vorfällen, die sich im letzten Sommer dort abgespielt hatten, und natürlich auch von meiner Verwicklung darin. Als er zufällig mitbekam, dass Diana und ich uns über die Gartenparty unterhielten, warf er seine professionelle Distanz über Bord und kündigte strahlend sein Kommen an – Gegenwehr zwecklos. Für ihn war es die einmalige Gelegenheit, die Tatorte zu besichtigen, und den ganzen Abend quetschte er mich über die Details aus. Ich sehe noch seine Freundin vor mir, die mit gequältem Gesichtsausdruck neben uns saß und aus dem Fremdschämen nicht mehr herauskam.

Noch ein paar Monate zuvor wäre ich psychisch nicht in der Lage gewesen, darüber zu sprechen. Lange Zeit ging ich regelmäßig zu Dr. psych. Gesine-Sieglinde Müller-Westerholt, deren Geduld mit mir und meiner posttraumatischen Störung ebenso lang wie ihr Name war. Ein knappes Jahr Therapie, zweimal pro Woche, hatten mich schließlich von meinen Albträumen befreit und mich mit dem versöhnt, was ich in jenen Tagen im Schrebergarten erlebt und erlitten hatte.

Dennis Karger war der erste Mensch, der nicht aus meinem engsten Umfeld stammte, dem ich von den Vorfällen erzählte – und er konnte sein Glück kaum fassen. Seiner Freundin sagte ich übrigens noch am gleichen Abend, dass seine Neugier völlig okay für mich war, hatte allerdings nicht den Eindruck, sie damit wirklich beruhigen zu können. Ich konnte mir gut vorstellen, dass sie ihrem Liebsten später noch ordentlich die Leviten gelesen hatte.

Jetzt stand er vor mir und glupschte mich kuhäugig-flehend an. Wahrscheinlich hatte er schlicht Angst, sich zu langweilen, wenn Doris, Diana und ich gleichzeitig für zwei Wochen weg waren. Ja, er würde Doris' Frikadellen und selbst gemachten Kuchen vermissen, die sie in Plastikdosen zur Arbeit mitzubringen pflegte, und vielleicht hatte er ohne Diana, Doris und mich während der nächsten 14 Tage im Callcenter nicht viel zu lachen, aber darauf konnten wir beim besten Willen keine Rücksicht nehmen.

Ich tippte auf meine Armbanduhr. »Ich muss an meinen Platz, Chef. Stammkunde um drei. Du willst doch, dass der Rubel rollt. Hast du nicht gestern erzählt, du brauchst neue Weißwandreifen für deine Ludenkutsche?«

Neben seinem Alltagsauto gönnte er sich für sonntägliches schönes Wetter ein Dodge Challenger Cabrio von 1970, ein blubberndes, spritfressendes Ungetüm in Knallpink mit weißen Ledersitzen, das in keine normale Parklücke passte. Es ging das Gerücht, dass eine Tankfüllung gerade mal reichte, um auf der Autobahn von einer Raststätte zur nächsten zu fahren.

Er steckte die Ludenkutsche weg wie ein ganzer Kerl und ließ mich gehen. Das Geld-Argument zog bei ihm immer.

Mein Arbeitsplatz war eine von 20 Kabinen mit Wänden aus Plexiglas. Am Platz nebenan brüllte Vollzeit-Domina Diana ins Mikrofon ihres Headsets und beschimpfte jemanden, der viel Geld dafür zahlte, von ihr zu Staub zertreten zu werden – eine Tatsache, die mich täglich aufs Neue faszinierte. Warum suchten sich diese Kerle nicht einfach eine Frau, die in der Beziehung die Hosen anhatte, und ließen sich von ihr zur Schnecke machen?

Aber rein psychologisch war es wohl so: Die Männer, die es nach einer Domina verlangte, standen im Beruf meist an einer hohen Position, die ihnen viel Einsatz und Verantwortung abverlangte. Untergebene wollten herumgescheucht und Entscheidungen getroffen werden, und das ununterbrochen. Zu Hause saß das Vorzeige-Frauchen, das in erster Linie repräsentabel zu sein hatte und keine Widerworte gab, um sich das Luxusleben so lange wie möglich zu erhalten. Für diese Männer war eine Domina, die sie winseln und auf dem Boden herumkriechen ließ, die reine Erholung vom stressigen Alltag. Klingt klischeehaft, trifft es aber im Großen und Ganzen. Diese Kunden hatten den Sprung zu einer echten Domina aus Fleisch und Blut noch nicht geschafft. Vielleicht aus Zeitgründen, vielleicht aus Angst vor realen Schmerzen, vielleicht befürchteten sie echte Spuren an ihrem Körper. Ein wirklicher Peitschenhieb, der auf dem Rücken eine blutige Strieme hinterließ, war halt noch einmal etwas anderes als ein Lineal, das auf einen Tisch knallte, um das Auspeitschen zu simulieren. Und Diana war eine Meisterin ihres Fachs.

Ich hatte mich darauf spezialisiert, die unterschiedlichen sexuellen Fantasien meiner Kunden zu erfüllen, deren Bandbreite mein schauspielerisches Talent herausforderte. Als Teenager hatte ich davon geträumt, ein berühmter Leinwandstar zu werden, und jetzt saß ich hier am Telefon und konnte meine Liebe zur Verwandlung in diversen Persönlichkeiten ausleben.

Ich setzte mich, loggte mich ein und wartete auf den Anruf von *Businessman15*, einem großen Verehrer von Nanette, dem koketten französischen Zimmermädchen. Seine Fantasie war es, als internationaler Geschäftsmann von einem Luxushotel zum nächsten zu reisen. Mein Telefon klingelte, und sein Nickname erschien im Display.

»Bonjour, Monsieur«, zwitscherte ich.

»Bonjour, ma petite Nanette«, erwiderte er meinen Gruß, wie er es stets tat. Ich hatte den Verdacht, dass sein Französisch mit diesen paar Worten bereits erschöpft war – aber mir ging es auch nicht viel anders. Ich sprach mit starkem Akzent, der für Sprachunkundige wie der einer Französin klang, das reichte vollkommen.

»Sind Monsieur wieder einmal in Pari'?«

»Allerdings. Internationale Geschäfte. Wichtige Sitzungen. Nanette, ich möchte, dass Sie meinen Koffer auspacken, während ich rasch unter die Dusche gehe.«

»Gern, Monsieur.«

Ich musste ein Kichern unterdrücken. Seine Stimme hatte einen leichten Hall, und ich wusste, er stand in seinem Badezimmer, um die Situation für sich selbst so authentisch wie möglich zu gestalten. Das mochte ich an den Telefonaten mit ihm: Er spielte wirklich mit. Das Telefon wurde abgestellt, dann klappte eine Tür, und ich hörte Wasser rauschen. Ob er wirklich duschte? Als er nach mir rief, klang seine Stimme leise, wie durch eine Tür.

»Nanette, bringen Sie mir bitte ein Handtuch!«

Ich wartete, bis ich seinen Atem hörte und wusste, er hatte den Hörer wieder am Ohr. »Bitte sehr, Monsieur.«

»Nicht so schüchtern, kommen Sie herein. Ich möchte, dass Sie mich abtrocknen.«

Nun war es Zeit, mich schüchtern und verschämt zu geben.

»Aber Monsieur, das kann isch nischt machen.«

»Nanette«, sagte er mit milder Strenge, »dieses Hotel wirbt damit, dass alle Wünsche erfüllt werden. Sie wollen doch nicht, dass ich mich über Sie beschwere?«

Verrückt, welche Vorstellungen er vom Alltag internationaler Geschäftsreisender hatte. Aber es gab ja auch Leute, die ernsthaft glaubten, Schauspieler würden den lieben langen Tag auf roten Teppichen herumstehen. Oder dass das Leben von Schriftstellern glamourös sei.

Natürlich wollte Nanette nicht, dass Monsieur sich über sie beschwerte! Um Himmels willen – dann würde der strenge Hoteldirektor fürchterlich mit ihr schimpfen und sie zur Spülhilfe degradieren! Also fügte sie sich und überhäufte ihn mit Komplimenten, nachdem *Businessman15* sie dezent darauf aufmerksam gemacht hatte, dass er überall rasiert war.

»Sehen Sie – Ihnen hat es auch Spaß gemacht«, sagte er schließlich.

»Oui, Monsieur«, entgegnete ich verschämt.

»Da vorne auf dem Boden steht meine Kulturtasche«, fuhr er fort, »holen Sie bitte die Körperlotion.«

Aha. Auf dem Boden – wichtige Regieanweisung. Ich sollte mich also bücken, damit er Nanettes halterlose Strümpfe unter dem kurzen Röckchen und vor allem ihr in einen transparenten Slip verpacktes Hinterteil begutachten konnte.

Businessman15 machte es mir mehr als einfach: Er sagte mir alles, was ich tun sollte. Als Nächstes durfte ich ihn eincremen. Nanette stieß kleine Schreie der Bewunderung über seine hervorragend definierten Muskeln und seinen außergewöhnlichen Dingdong aus, was er mit geschmeicheltem Lachen und heftiger Atmung quittierte. Nachdem ich ihn nach allen Regeln der Zimmermädchen-Kunst verwöhnt hatte, riss er mir die knappe Uniform vom selbstverständlich makellosen Leib, warf mich aufs King-Size-Bett und verschaffte mir grenzenloses Entzücken.

Houston, the Eagle has landed.

Zufrieden verabschiedete er sich von mir. »In drei Wochen bin ich wieder in Paris.«

»Ooooh, Monsieur, das ist soooo lange Zeit.«

... die ich fröhlich mit meinen Freunden an der Nordsee verbringen würde, ohne *Businessman15* und all die anderen, denen ich regelmäßig weismachte, dass mein Leben ohne sie leer und öde war und nur aus ungeduldigem Warten auf das nächste Telefonat bestand.

Als Diana und ich nach Feierabend nach Hause kamen, blinkte das Licht an unserem Anrufbeantworter. Ich drückte den Abspielknopf.

»Mädels, wir sind gut angekommen!«, rief Isoldes Stimme. »Das Wetter ist super, und unsere Ferienhäuser sind fantastisch! Maria ist schon in der Galerie, ich packe gerade aus. Das wird ein toller Urlaub! Tschüss, bis übermorgen! Wir freuen uns auf euch alle!«

»Unsere süße Isolde, aufgeregt wie ein kleines Mädchen.« Diana grinste und hielt die Kartons mit den verlockend duftenden Pizzen hoch, die wir unterwegs besorgt hatten. »Komm, ich sterbe vor Hunger.«

Ich folgte ihr in die Küche und holte Mineralwasser, Gläser und Papierservietten, dann setzte ich mich zu ihr an den Tisch. Diana hatte die Deckel von den Kartons gerissen und kaute bereits an ihrem ersten Stück Sardellenpizza, das sie natürlich aus der Hand aß. Die zweite Pizza war großzügig mit Tintenfisch, Muscheln und Garnelen belegt. Es war uns nur logisch erschienen, zur Einstimmung auf unseren Nordseeurlaub eine Pizza mit Meeresfrüchten zu bestellen. Bei Dianas gesegnetem Appetit musste ich mich ranhalten, das wusste ich.

»Wer kümmert sich denn jetzt um die Katzen?«, fragte sie und griff mit fettigen Fingern nach einem Stück Pizza.

Isolde, die ich als Mitkandidatin bei »Gib mir den Löffel!« kennengelernt hatte, gehörte seither mit ihrer Partnerin Maria zu unseren engsten Freunden. Sie lebten mit vier Katzen in einem luxuriösen Penthouse über den Dächern der Stadt. Die Spanierin Maria war eine hoch bezahlte Fotografin, und der Anlass unseres Aufenthaltes an der Nordsee war die Vernissage einer Ausstellung von Porträts, die Maria – unter anderem auch von Doris, Erwin, Frank, Bärbel, Diana und mir – gemacht hatte.

Ohne unseren anfänglichen Protest auch nur zur Kenntnis zu nehmen, hatte sie uns in ihr Studio gebeten. Abzüge der Porträts von Diana und mir hingen gerahmt über unserem Küchentisch, aber die Wände der Galerie würden gigantische Vergrößerungen schmücken. Ich war sehr gespannt – und den anderen ging es genauso. Wir waren als Ehrengäste auf die Vernissage eingeladen, und Maria hatte jede Menge Prominenz aus Funk, Film und Fernsehen angekündigt, für die ihr Galerist sorgen würde.

»Ein Assistent von Maria zieht für die Zeit bei ihnen ein«, sagte ich. »Isolde hat erzählt, er hätte schier hyperventiliert vor Begeisterung, dass er eine Zeit lang in ihrem Palast über den Dächern der Stadt residieren darf.«

Damit war die erste der drei logistischen Herausforderungen unserer gemeinsamen Reise gelöst. Die zweite waren Bärbels drei Kinder. Wir hätten nichts dagegen gehabt, wenn sie mitgekommen wären, denn die Zwerge waren entzückend. Aber Bärbel wollte mit Frank Zweisamkeit genießen, und ihre Eltern freuten sich, die Enkel bei sich zu haben.

Bärbel und Frank kannten wir aus dem Schrebergarten. Sie waren Parzellennachbarn, und Frank hatte mich – unfreiwillig wie ich selbst – durch meine Erlebnisse bei der Aufklärung vermeintlicher tödlicher Unfälle begleitet. Eine derartige gemeinsame Erfahrung schweißt zusammen.

Und damit waren wir bei der dritten logistischen Herausforderung: Es galt, drei Schrebergartenparzellen zu versorgen, während wir unterwegs waren – Dianas, Bärbels und Franks. Diese Aufgabe teilten sich Bärbels Eltern mit Jan und Holger, dem netten schwulen Pärchen aus der Kolonie.

Kollegin Doris und Erwin, Expolizist sowie ihr vierter Gatte, hatten es einfach: Sie schlossen einfach die Haustür ihres Bungalows hinter sich ab und fuhren los. Erwins ermittlerische Spürnase war bei meinen bisherigen mörderischen Abenteuern unverzichtbar gewesen. Zurzeit ging er mit der Idee schwanger, sich als Privatdetektiv selbsständig zu machen.

»Wollen wir hoffen, dass der junge Mann in Isoldes Wohnung keine Orgien feiert und alles verwüstet. Aber Maria wird wissen, wem sie vertrauen kann.« Diana wischte sich die Fettfinger ab und trank einen Schluck. »Greif endlich zu, die *Frutti di Mare* ist göttlich.«

Ich nickte und nahm mir ein Stück Pizza. »Endlich«, sagte ich, »morgen geht's los.«

»Wie ist die Planung?«

»Vormittags kaufen wir noch ein paar Sachen ein. Sonnencreme und so, was man am Strand halt braucht. Lebensmittel – zumindest eine Grundausstattung – hat Isolde schon mitgenommen, alles andere können wir vor Ort besorgen. Bärbel holt erst Doris, dann uns ab, so gegen zwei, hat sie gesagt. Sie hat Franks Kombi, also ist jede Menge Platz für Gepäck, ohne dass wir Reisetaschen oder Kühlboxen auf den Schoß nehmen müssen.«

»Wie lange sind wir unterwegs?«

»Ich hab im Internet geguckt, wir fahren knapp 300 Kilometer. Wenn nicht ständig eine von uns pinkeln will und wir deshalb an jeder Raststätte anhalten müssen, ist das in drei Stunden locker zu schaffen.«

Diana räkelte sich genüsslich. »Weißt du was? Mir ist nach einem Flirt. Sommer, Sonne und ein leckerer Kerl. Das wäre ein perfekter Urlaub. Ganz nach meinem Geschmack.«

Sie würde ganz sicher keine Schwierigkeiten haben, jemanden zu finden, denn Männer flogen auf sie wie Schmetterlinge auf Sommerflieder. Ihr engelhaftes Gesicht, ihre blonde Lockenpracht und ihr Hang zu geblümten Flatterkleidern wirkten auf Männer jeder Altersklasse einfach unwiderstehlich.

»Dann hoffe ich mal, dass wir uns im Ferienhaus kein Zimmer teilen müssen«, sagte ich. »Ich sehe mich schon die Nächte am Strand verbringen, weil ein Büstenhalter als Signal an der Türklinke hängt. Lass Gnade walten.«

Sie grinste. »Im Urlaub trage ich keinen BH. Da müsste ich mir also etwas anderes überlegen. Du wirst es rechtzeitig erfahren.«

»Wie aufmerksam von dir.«

»Ja, so bin ich – stets aufmerksam. Und wann kommen Frank und Erwin?«

»Die kommen am Freitag nach. Frank muss vormittags noch arbeiten, aber zur Vernissage werden sie rechtzeitig da sein.«

Diana grinste. »Wir haben also zwei Tage nur unter Frauen. Das wird lustig!«

Noch einmal schlafen, und dann begannen 14 sorgenfreie Tage.

Dachte ich.

Kapitel 2

Pinkelpause mit Spontanflirt und ein fröhlicher Urlaubsbeginn mit allen kulinarischen Finessen

Aus den Lautsprechern dröhnten Hits der Achtzigerjahre, die wir ausgelassen mitgrölten, während wir uns bei strahlendem Wetter unserem Ziel näherten. Dass wir nicht sonderlich flott vorankamen, da alle Autobahnen voll waren, störte uns nicht weiter. Also zockelten wir gemütlich in spritsparendem Tempo mit all den anderen um uns herum in Richtung Nordseeküste.

Ich fühlte mich wie früher auf einem Schulausflug, wenn wir endlich mit einem Bus voller aufgeregter Teenager in ein paar Tage ohne unsere Eltern starteten und meine Freundinnen und ich schon überlegten, mit wem von den Jungs wir wohl heimlich knutschen würden. Oder mit wie vielen.

Nicht, dass ich vorhatte, in meinem Urlaub mit irgendwem zu knutschen – ganz im Gegensatz zu Diana. Aber meine Vorfreude auf eine spannende und lustige Zeit mit meinen Freunden fühlte sich ganz ähnlich an.

Die Ladefläche des Kombis war vollgestopft mit Koffern, Taschen, Sonnenschirmen und Man-kann-nie-wissen-Kleidung wie Gummistiefeln und gelben Regenjacken. Wer an die Nordsee fuhr, ohne auf Verdacht Regenzeug einzupacken, war ein Dummkopf, das war nun wirklich allgemein bekannt. Allerdings hatte mich eine riesige Klappbox mit einer kleinen Auswahl von Doris' ungefähr 12.000-teiliger Plastikdosen-Kollektion verblüfft, die mich zu der Frage hingerissen hatte, warum um Himmels willen sie dieses Zeug mitschleppte.

Doris, bereits zu Reisebeginn in ein grelles Strand-Outfit aus wallendem Kaftan, weißem Stroh-Schlapphut und Flip-Flops gewandet, konnte über meine Begriffsstutzigkeit nur den Kopf schütteln, wobei ihr Modeschmuck missbilligend klimperte.

»Die sind für unseren Strand-Proviant, Dummerchen. Oder willst du am Kiosk für jede Bockwurst 10 Euro bezahlen?«

Aha. Wollte ich natürlich nicht. Kluge Doris.

»Siehste. Wir können schön wat vorbereiten und dann mitnehmen. Frikadellchen, kalte Schnitzel, Kartoffelsalat, lecker Stullen, lecker Kuchen. Wirste mir noch dankbar für sein.«

»Bin ich jetzt schon, Doris. Man merkt immer wieder, dass du Erfahrung im Stopfen hungriger Mäuler hast. Und wir profitieren davon, klasse.«

Natürlich auch jetzt, denn sie und ich teilten uns die Rückbank mit einer mächtigen Kühltasche, was gar nicht mal unpraktisch war, da ich sie als Armlehne benutzen konnte.

Alle paar Kilometer fragte Doris: »Hat jemand Appetit? Bütterken, vielleicht?«, und dann zauberte sie belegte Brote, Kuchen, kalte Koteletts oder Kartoffelsalat – wahlweise Pudding – in Marmeladengläsern daraus hervor. Dass sie außerdem für Besteck, Servietten und die guten alten Erfrischungstücher gesorgt hatte, verstand sich von selbst.

»Ich muss mal!«, überschrie ich den gerade laufenden Gassenhauer von Madonna, als ein Schild auf die nahende Raststätte hinwies.

»Was? Wir sind gleich da«, protestierte Bärbel. »Halbe Stunde noch, höchstens.«

Vermutlich hatte sie recht. Wir waren seit mehr als zwei Stunden unterwegs, und die Landschaft um uns herum war bereits eindeutig norddeutsch: flach bis zum Horizont, spärlich besiedelt und nur noch aus Kuhweiden mit schwarz-weiß gefleckten Bewohnern und roten Backsteinhäusern bestehend.

»Ich muss aber jetzt aufs Klo«, quengelte ich. »Ich kann dir natürlich auch aufs Polster pinkeln.«

»Untersteh dich!«

»Wenn ich ein Mann wäre, könnte ich ja in eine leere Wasserflasche pullern«, nölte ich weiter, »aber leider bin ich kein Mann. Und dafür entschuldige ich mich.«

»Ist ja gut, ist ja gut!«, rief Bärbel lachend.

»Dann kann ich endlich eine rauchen«, sagte Diana. »Wurde auch langsam Zeit. Ich dachte schon, ich bin im falschen Film. Vier

Frauen zusammen unterwegs, und keine Pinkelpausen alle paar Kilometer? Also ehrlich. Ihr seid eine Riesenenttäuschung für mich, meine Damen.«

Bärbel fuhr von der Autobahn ab und stoppte den Kombi vor dem lang gestreckten Raststättengebäude. Außer den vielen Urlauber-Autos und Wohnmobilen parkten dort ein paar Motorräder, deren Fahrer in einem Grüppchen danebenstanden und zweifelhaft aussehende, selbst gedrehte Zigaretten rauchten. Einer von ihnen rief »Hey, Süße!« und pfiff mir hinterher, als ich vorbeiging, aber das war vermutlich nur einem archaischen, automatischen Impuls geschuldet, weil ich weiblichen Geschlechts war. Üblicherweise rief mein Äußeres diese Reaktion nicht hervor, denn mit meinen kurzen, zerzausten Haaren und der dickrandigen Nerd-Brille wirkte ich auf Männer eher burschikos als verführerisch. Wie soll ich sagen – mein Zauber entfaltete sich erst auf den zweiten Blick.

Im Vorraum des Toilettentrakts begrüßte mich freundlich ein Mann im weißen Kittel. Auf dem Tisch neben sich hatte er Sprayflaschen mit Haarspray und Deo, diverse Handcremes und einen Teller mit ein paar Münzen aufgebaut. Der Damenbereich war tadellos sauber, auch die Toilettenschüssel, was ich sehr wohlwollend zur Kenntnis nahm. An einem der blitzenden Edelstahlwaschbecken wusch ich mir die Hände – und schon umwölkte sich meine Stirn, während Wasser von meinen Händen auf den klinisch reinen Fliesenboden tropfte: Es gab nur diese abartigen Heißluft-Handtrockner. Ein handgeschriebenes Schild an der Wand wies mich darauf hin, dass im Vorraum ein Papierhandtuchspender zu finden sei. Was sollte das denn?

Ich marschierte tropfend zurück zum Kittelmann und widerstand dem Impuls, die Hände einfach an meiner Jeans abzuwischen. Tatsächlich: Neben ihm hing der im Innenbereich schmerzlich vermisste Handtuchspender. Ich zog ein Papiertuch heraus, trocknete mich ab und sagte: »Ich bin neugierig. Warum hängt der Spender hier und nicht drinnen bei den Waschbecken?«

Er grinste verschmitzt. »Was denken Sie, junge Frau?«

»Keine Ahnung.«

Er winkte mich näher heran und senkte verschwörerisch die Stimme. »Wissen Sie, den Strom für die Heißlufttrockner da drin zahlt der Raststättenpächter. Die Papiertücher zahle ich. Was würden *Sie* tun ...?!«

Er zwinkerte mir zu, und ich zwinkerte anerkennend zurück. So viel clevere Ausgeschlafenheit war mir dann auch glatt 2 Euro fürs Tellerchen wert.

Ich hörte Dianas glockenhelles Lachen bereits, als ich noch beim Kittelmann stand. Es wunderte mich nicht, dass ich sie draußen von den Motorradfahrern umringt fand, die sie samt und sonders verzückt anhimmelten und um ihre Aufmerksamkeit wetteiferten. Stolz präsentierten sie sich selbst in ihrer schweren Kluft und gleichzeitig ihre bulligen Maschinen, indem sie wie zufällig die Hand auf den Tank legen, um keine Fragen zu den Besitzverhältnissen offenzulassen. Es ging zu wie bei einem Schönheitswettbewerb. Oder doch wohl eher wie bei einem Männlichkeitswettbewerb, wenn ich es recht bedenke. Sieh her, wie groß und stark ich bin – wenn du dich für mich entscheidest, kann dir niemand mehr etwas tun ...

Wenn ihr wüsstet, Jungs, dachte ich, sie frisst euch zum Frühstück und zerbricht euch wie kleine, dürre Zweiglein, wenn sie Lust darauf hat.

Wie auch immer – ich hoffte inständig, dass ich nicht gerade Augenzeugin des offiziellen Beginns von Dianas Flirt-Offensive wurde. Ich gönnte ihr jeden Spaß der Welt – aber ein Rocker musste es nicht gerade sein, fand ich.

»Wir können weiter«, sagte ich zu ihr und blieb stehen, um mir anzusehen, wie die Kerle in Ausrufe des Bedauerns ausbrachen. Sie hakte sich bei mir ein, flötete »Bis bald, Jungs« und zog mich kichernd zum Auto.

»Du kannst es dir nicht verkneifen, oder?«, murmelte ich.

Sie sah mich unschuldig an. »Wieso? Ich hatte kein Feuer!«

Diana und kein Feuer.

Eher fror die Hölle ein.

Wir hatten die Autobahn verlassen, und nach einigen Kilometern Landstraße erreichten wir den kleinen Ort an der Küste, in dem wir die nächsten zwei Wochen verbringen sollten. Wir passierten einen kleinen Hafen mit hübschen Krabbenkuttern und fuhren an kleinen, roten Backsteinhäusern vorbei durch schmale, mit rotem Backstein gepflasterte Straßen, die durch Touristen auf Fahrrädern heillos verstopft waren und sämtliche Autos zu Schritttempo zwangen. Aber machte alles nichts: Schließlich waren wir im Urlaub und nicht auf der Flucht.

»Da vorne müssen wir rechts!«, rief Diana und deutete auf ein Straßenschild.

Wir bogen ab in eine weitere Ministraße mit neuen Bungalows, bei denen man das Aussehen geschickt der Architektur des alten Dorfes angepasst hatte: auch hier roter Backstein, wohin das Auge blickte. Jedes der sich wie ein Ei dem anderen gleichenden Ferienhäuser rechts und links der Fahrbahn verfügte über eine geklinkerte Auffahrt und einen kleinen Vorplatz.

»Wir haben 12 und 14«, sagte ich, und schon entdeckten wir Isoldes Karmann Ghia vor Haus Nummer 12.

Bärbel fuhr auf die nächste Auffahrt und stellte den Motor ab. Die Tür von Nummer 12 flog auf, und Isolde kam herausgeschossen.

»Endlich!«, schrie sie. »Willkommen!«

Sie umarmte uns der Reihe nach, als hätten wir uns seit Monaten nicht gesehen.

»Ich habe auf der Terrasse gedeckt. Wollt ihr zuerst das Gepäck reinbringen? Habt ihr Hunger? Kaffeedurst? Bestimmt, oder? Wie war die Fahrt? Habt ihr im Stau gestanden? Loretta und Diana zu mir, die beiden glücklichen Paare Nummer 14. Und dann trinken wir erst einmal Kaffee.«

Ihr Ton duldete keinen Widerspruch, also luden wir alles aus dem Auto.

»Ist dir eigentlich klar, dass wir die beiden Singles in einem Pärchen-Urlaub sind?«, murmelte ich Diana zu, als wir unsere Koffer griffen.

»Das will ich doch hoffen«, gab sie leise zurück.

Wir folgten Isolde ins Haus. An zwei rechter Hand nebeneinanderliegenden Zimmertüren blieb sie stehen.

»Hier – die beiden Kinderzimmer sind für euch, so hat jede einen eigenen Raum. Im Haus nebenan gibt es nur zwei Doppelschlafzimmer. Einigt euch, dann kommt auf die Terrasse. Das Bad ist die erste Tür vorne rechts. Auspacken könnt ihr später.«

»Ja, Mami«, sagte ich gehorsam.

Sie schüttelte lachend ihren silberweißen Bubikopf und drohte mir mit dem Finger, bevor sie uns allein ließ. Ein kurze Inspektion zeigte uns, dass wir es mit zwei unerwartet großen, vollkommen identischen Zimmern zu tun hatten: Bett, Nachttisch, Sessel, Kleiderschrank, Kommode, Spiegel, Kleiderhaken hinter der Tür; Kiefernholz dominierte. Meerblaue Übergardinen mit weißen Seesternen drauf, weiße Bettwäsche mit blauen Seesternen drauf. Süß.

Der Flur mit den Zimmertüren rechts und links führte in einen großzügigen Wohnraum mit Essbereich, Küchenzeile und Zugang zur Terrasse, auf der eine Kaffeetafel unter einer ausgerollten Markise gedeckt war. Isolde saß bereits in ihrem Schatten und rauchte ein Zigarillo, während sie telefonierte.

Als Diana und ich aus dem Haus traten, sagte sie gerade: »Wir sehen uns dann später im Restaurant. Bis dann, *mi amor.*«

Sie legte ihr Handy auf den Tisch und lächelte. »Maria lässt euch grüßen. Sie lädt uns alle heute Abend zum Essen ein.«

»Aber das ist doch viel zu teuer. Wir können selbst etwas kochen«, sagte ich.

Isolde winkte ab. »Lass ihr die Freude. Setzt euch. Ist der Ausblick nicht wunderbar?«

Sie hatte recht. Der kleine Garten grenzte an eine große Weide, auf der einige Pferde Butterblumen fraßen, dahinter verlief ein Deich. Über den endlosen blauen Himmel wanderten gemächlich ein paar weiße Schäfchenwolken. Der milde Wind duftete schwach nach Salzwasser.

Diana ließ sich auf einen Stuhl fallen. »Hier lässt es sich aushalten.«

Nebenan auf der Terrasse erschien Doris und rief: »Das ist ja fantastisch hier! Super, Isolde!«

»Kommt rüber, geht einfach ums Haus«, rief Isolde zurück.

Zwei Minuten später saßen wir vollzählig um den Tisch und futterten Kuchen von Doris, der die Fahrt überlebt hatte.

»Wir sollten nicht so viel essen«, sagte ich, »wir sind heute Abend zum Essen eingeladen.«

»Warst du schon am Strand, Isolde?«, fragte Bärbel.

»Ja, mal kurz gucken. Da fährt man am besten mit dem Rad. Ich hab welche gemietet, die holen wir uns morgen früh im Dorf ab.«

»Das ist aber nicht so praktisch mit den Sonnenschirmen und so«, erwiderte Bärbel.

»Wir machen eine Fuhre mit dem Auto. Den Kram können wir in unseren Strandkörben einschließen, dann müssen wir nicht immer alles hin- und herschleppen. Und – gefällt euch das Haus?«

Doris nickte begeistert. »Sehr gemütlich, sehr schön eingerichtet. Hier könnte ich es länger aushalten.«

»Das Schlafzimmer ist viel größer als meins zu Hause«, sagte Bärbel grinsend. »Aber sag mal, was macht die Ausstellung?«

»Läuft alles prima. Maria ist von morgens bis abends in der Galerie. Sie ist sehr zufrieden mit den Räumlichkeiten. Heute hat ein Verleger angerufen, der aus den Porträts ein Buch machen möchte. Einen großformatigen Bildband.«

»Mit unseren Fotos drin?« Beinahe hätte ich mich verschluckt.

Isolde lächelte stolz. »Aber klar. Ihr findet die Porträts von euch doch schön?«

Um den Tisch herum wurde eifrig genickt. Maria, die für ihre Modefotos mit Topmodels international berühmt war, hatte uns alle ungeschminkt, ganz pur vor ihre Kamera gebeten. Niemand von uns verfügte über Erfahrungen mit professionellen Fotografen, aber Maria schaffte es, uns die Scheu vor der Linse zu nehmen. Sie fotografierte uns in Schwarz-Weiß, arbeitete nur mit Licht und Schatten. Doris hatte sich zuerst geziert, denn sie ging ohne Make-up nicht einmal zum Mülleimer, aber jetzt war sie von ihrem Porträt genauso begeistert wie wir anderen von unserem.

Isolde sah auf ihre Armbanduhr. »Mädels, in anderthalb Stunden wartet ein reservierter Tisch auf uns. Packt aus, richtet euch ein und macht euch hübsch. Maria führt uns aus.«

Mit zwei Autos fuhren wir zum Restaurant. Ich saß bei Isolde im Wagen, denn ich liebte es, mich von ihr im Karmann herumkutschieren zu lassen.

»Dahinter liegt die Nordsee«, sagte Isolde, während wir an einem Deich entlangfuhren, der links von uns lag. Auf der rechten Seite passierten wir ein parkähnliches Gebiet. »Fahrradwege, Jachthäfen, Wasserskianlage – werdet ihr alles noch kennenlernen«, erklärte sie auf meine Frage hin. »Achtung: Augen links.«

Die Straße stieg leicht an und war jetzt auf einer Höhe mit der Deichkrone. Ich sah einen breiten Sandstrand mit Hunderten von farbigen Strandkörben und einem großen Backsteingebäude. Gerade herrschte Ebbe und der nass glänzende Meeresboden erstreckte sich bis zum Horizont. Ein paar Menschen gingen im Watt spazieren.

»Wattwandern! Das will ich auch!«, rief ich begeistert.

»Aber nicht jetzt«, sagte Isolde und bog nach rechts in einen Schotterweg ein, der an einem Restaurant endete. Sie stellte den Wagen ab, und neben uns parkten die anderen ein.

»Maria ist noch nicht da«, stellte sie fest, nachdem wir ausgestiegen waren und sie die Autos auf dem Parkplatz gescannt hatte. »Macht aber nichts – ich habe reserviert.«

Wir gingen hinein und wurden von einem Kellner auf die Holzterrasse geführt, die an einem See lag, auf dem diverse Holzboote und Jachten dümpelten. Er wies uns einen großen Tisch unter einem dunkelgrünen Sonnenschirm zu.

»Das ist aber schön«, hauchte Bärbel. »Habt ihr schon mal hier gegessen?«

Isolde nickte. »Der Galerist hat uns vorgestern ausgeführt, und Maria hat direkt beschlossen, dass wir hier eure Ankunft feiern. Ich habe übrigens von der Touristeninformation einen ganzen Stapel Material über Sehenswürdigkeiten der Gegend. Wir müssen ja nicht ständig zusammenhocken, nicht wahr? Man kann Radtouren machen, auf Inseln oder zu Seehundbänken schippern, alte Häuptlingsburgen besichtigen, Museen oder Windmühlen besuchen … uns wird auf keinen Fall langweilig werden. Wer von euch einfach nur faulenzen will – auch gut. Drei Strandkörbe sind für zwei Wochen gemietet, die Fahrräder ebenfalls.« Sie unterbrach sich, und ihr Gesicht hellte sich auf.

Ich musste mich nicht umdrehen, um zu wissen, dass ihre Liebste eingetroffen war. So guckte Isolde stets, wenn sie Maria sah – und umgekehrt. Und immer, wenn ich das mitbekam, wünschte ich mir jemanden in meinem Leben, dessen Anblick mich derart zum Strahlen bringen würde.

»*Hola, chicas!*« Maria setzte sich und lächelte in die Runde. »Habt ihr ssson bessstellt?«

Wir schüttelten kollektiv die Köpfe, und sie fragte weiter: »Mögen alle Fissse? Geräussserte Fissse?«

Auf unser allgemeines Nicken hin winkte sie den Kellner heran. »Sesssmal Hummersssuppe. Und danach Räusssefisss für sesss Persssone.«

»Reusefiss?« Der Kellner verstand kein Wort.

»Geräucherter Fisch, junger Mann«, soufflierte Isolde, »das ist doch Ihre Spezialität? Außerdem zwei Flaschen Champagner, von Ihrem besten. Und drei große Flaschen Mineralwasser.«

Er nickte beflissen und eilte davon. Keine zwei Minuten später stellte er zwei eisgefüllte Kübel auf den Tisch, in denen der Champagner steckte. Ein weiterer Kellner brachte Gläser.

Wir stießen mit der Prickelbrause an, und dann ließen wir uns als Vorspeise eine hervorragende Hummersuppe mit frischen Nordseekrabben schmecken. Unser gut gelaunter, rein weiblich besetzter Tisch erregte Aufsehen – zumindest bei einigen Herrenrunden. Irgendwann stand plötzlich eine Art Freizeitkapitän in pseudomaritimem Outfit an unserem Tisch.

»So allein hier, die Damen? Darf ich unsere Gesellschaft anbieten?« Er deutete leicht schwankend auf einen Tisch am anderen Ende der Terrasse, von dem aus uns ein paar sichtlich angeheiterte Kerle angrinsten und mit ihren Biergläsern zuprosteten.

»Wir sind in der besten Gesellschaft, die wir uns wünschen können«, gab Diana zurück. »Und jetzt husch, husch zurück zu deinen Kaninchenzüchterkumpels. Und bete, dass Mami nie rausfindet, was Papi hier treibt.«

»Lesben«, zischte der Mann beleidigt und torkelte zurück zu seinen Freunden, verfolgt von unserem Gelächter.

Als Hauptgang wurde sechserlei Räucherfisch aufgefahren, außerdem Bratkartoffeln und Gurkensalat. Zum Dessert gab es hausgemachte Rote Grütze und Vanilleeis.

Allerbester Laune genossen wir den Abend am See, während die Sonne langsam unterging. Besser konnte ein Urlaub nicht beginnen, darüber waren wir uns einig. Kulinarische Finessen vom Allerfeinsten – und vor uns zwei Wochen, die wir in vollen Zügen genießen würden. Zum Abschluss stießen wir mit einem eisgekühlten Aquavit – der nach dem fetten Fisch bitter nötig war – auf die nächsten 14 Tage an.

»Auf dass wir uns noch lange an diesen Urlaub erinnern werden«, sagte Isolde.

»Auf dass wir uns noch lange an diesen Urlaub erinnern werden!«, riefen wir im Chor und kippten den Schnaps.

Und irgendwo hörte irgendeine Fee ausgerechnet diesen Wunsch und dachte sich: Alles klar, Mädels. Ich werde dafür sorgen, dass ihr diesen Urlaub nicht so schnell vergesst.

Genau so muss es gewesen sein.

Wir wussten es nicht, aber wir hatten nur noch wenige Tage unbeschwerter Urlaubsfreuden vor uns, bevor ich den Mann mit dem etwas zu stramm gebundenen Seidenschal finden würde.

Kapitel 3

Wimmelbild mit Strandkörben

Möwen kreischten, Pferde wieherten, Geschirr klapperte, Kaffee duftete – Urlaub! Von Tiefschlaf auf hellwach in einer Viertelsekunde, das war offizieller Loretta-Rekord. Ich hüpfte aus dem Bett, zog die Seesternchen-Gardine zur Seite, öffnete das Fenster und atmete tief ein. Aaaaah. Eins der Pferde hob den Kopf und begrüßte mich mit einem Wiehern.

Perfekt.

Isolde stand in der Küche an der Arbeitsplatte und pulte Krabben. Ich stellte mich neben sie und sah fasziniert zu: zack – Kopf der Krabbe drehen, Körper festhalten – knack – Körperpanzer abziehen, Fleisch rauspflücken, ab ins Schüsselchen, die nächste, bitte. Ich nahm eines der kleinen rosa Würmchen und probierte: saftig, leicht salzig, unfassbar köstlich. Gestern Abend schwammen ein paar von ihnen in der Hummersuppe, aber jetzt kostete ich den reinen, puren Geschmack. Himmlisch. Kann man mal sehen: Ich war kaum aufgewacht, und schon fiel mir zu allem kaum etwas anderes ein als *perfekt* oder *himmlisch*.

»Die will ich zu jeder Mahlzeit«, verkündete ich begeistert. »Tonnen davon.«

»Gerne«, gab Isolde zurück, »aber dann prockelst du die Dinger bitte selbst aus ihrer Schale. Ich stehe hier schon seit einer halben Stunde, und noch ist kein Ende abzusehen.«

Ach so. Dann vielleicht doch nicht …

»Ich helfe dir gleich, ich will nur eben …«

Raus auf die Terrasse, vervollständigte ich in Gedanken, denn ich war bereits draußen und genoss den Blick auf die Pferdeweide: Postkartenmotiv, aber hallo. Sattgrünes Gras, dottergelbe Butterblumen, azurblauer Himmel, schneeweiße Wölkchen und mokkabraune Pferde, die übermütig im Pulk über ihre Weide galoppierten, ihre Mähnen und Schweife flattern und den lieben

Gott einen guten Mann sein ließen. Am liebsten wäre ich zusammen mit ihnen durchs Gras gerannt, barfuß und kreischend vor Freude darüber, dass ich an einem so schönen Ort war.

Ich ging zurück ins Haus.

»Ist das Leben nicht wunderbar?«, stellte ich eine – aus meiner Sicht – rein rhetorische Frage und umarmte Isolde.

Sie befreite sich lachend von mir. »Schön, dich so gut gelaunt zu sehen, Liebchen. Das schreit nach einem kleinen Dämpfer: Tisch decken.«

»Aber sehr, sehr gerne!«, singsangte ich bestens gelaunt, tänzelte durch die Küche und öffnete aufs Geratewohl Schubladen und Schranktüren, um nach allem Nötigen zu suchen. »Schlafen die anderen noch?«

»Von wegen. Maria ist bereits in der Galerie, Diana holt Brötchen im Dorf. Doris hat schon vor einer Stunde auf ihrer Terrasse Yoga-Übungen gemacht, und Bärbel habe ich auch schon gehört.«

»Doris macht Yoga?«, fragte ich verblüfft.

So eng die Freundschaft zu meiner 30 Jahre älteren Kollegin auch war – ich entdeckte immer wieder Dinge an ihr, die mich schier aus dem Schlappen hauten. Ich wollte Yoga von ihr lernen, unbedingt. Auch wenn das bedeutete, dass ich früh aufstehen musste. Nein, besser: Wir sollten alle zusammen Yoga machen.

Trällernd trug ich Geschirr nach draußen, hielt immer wieder inne, um das Panorama zu genießen und tief einzuatmen. Noch heute würde ich Möhren besorgen, um die Pferde an den Zaun zu locken, nahm ich mir vor. Und ob man diese Luft in Flaschen abgefüllt kaufen konnte? Dann würde ich mir auf jeden Fall ein paar Kisten davon mitnehmen, egal zu welchem Preis. Dafür würde ich sogar freiwillig Sonderschichten im Callcenter schieben. Und wenn ich dann zu Hause zu Fuß unterwegs war, eingehüllt in die stinkenden Abgase zahlloser Autos, würde ich einfach die Flasche entkorken, die ich dabeihatte, und die köstliche Nordseeluft in meine Lungen strömen lassen. Der Smog im Ruhrgebiet konnte mich dann mal gepflegt kreuzweise.

Als der Tisch gedeckt war, ging ich unter die Dusche. Bildete ich es mir nur ein oder schmeckte selbst das Wasser aus der Leitung besser als zu Hause?

Die anderen saßen bereits am Tisch, als ich nach draußen kam.

»Gibt es schon einen Plan für heute?«, fragte ich.

»Ich habe einen Vorschlag«, sagte Isolde. »Ihr jungen Leute fahrt an den Strand und kümmert euch um die Strandkörbe. Ihr nehmt am besten Franks Auto, dann könnt ihr das ganze Gedöns wie die Sonnenschirme schon mal in den Körben einschließen. Doris und ich holen die Räder ab. Der Fahrradverleih ist nicht weit von hier, das können wir prima zu Fuß erledigen. Zwei hat Diana schon mitgebracht.«

Ich kicherte in meinen Espresso. *Junge Leute* – damit meinte sie die Ende-30-Anfang-40-Fraktion am Tisch, also Diana, Bärbel und mich. Isolde selbst war Ende 50, Doris bereits über 70 Jahre alt. Trotzdem mussten wir *jungen Leute* schwer auf der Hut sein, damit die beiden Damen uns mit ihrer überschäumenden Energie nicht mal eben locker in die Tasche steckten.

Während des Frühstücks studierten wir das reichhaltige Informationsmaterial. Selbst wenn wir vier oder sogar sechs Wochen hierbleiben würden, bestand nicht die Gefahr, dass wir uns auch nur einen Tag langweilten. Doris flippte schier aus, als sie das Angebot für Tagestörns auf einem Dreimaster entdeckte.

»Dat mach ich mit Erwin!«, jubilierte sie und buchstabierte sich mit gerunzelter Stirn durch den Namen des Schiffs. »Kall… Kalli… *Kallianassa*? Soll dat etwa ein Name sein? Also ehrlich. Wieso nennen die den Pott nicht einfach Doris, frag ich euch? Oder Gabi? Dat könnte man wenigstens behalten!«

»Das ist bestimmt eine Göttin«, sagte Bärbel verträumt. »Oder ein Meereswesen aus der Mythologie. Vielleicht eine wunderschöne verzauberte Meerjungfrau?«

Doris schnaubte spöttisch. »Also, für mich klingt *Kalli*-Dingsbums eher nach ’nem Nilpferd. Aber das Schiff sieht toll aus.«

Sie zeigte uns den Prospekt mit einem majestätischen Dreimaster auf der Vorderseite, der voll geflaggt hatte.

»Beeindruckend«, sagte ich. »Das wird euch Spaß machen. Seid ihr schon einmal zusammen auf See gewesen?«

»Eben nicht!«, rief Doris, aufgeregt wie ein kleines Kind vor der weihnachtlichen Bescherung. »Wir wollten eigentlich als Hochzeitsreise eine Kreuzfahrt machen, aber dazu ist es nie gekommen. Und dat hier ist doch wie eine kleine Hochzeitsreise, findet ihr nicht?«

Wir wussten, dass Doris und Erwin noch nicht so lange verheiratet waren. Er war ihr vierter Ehemann, knapp zehn Jahre jünger als sie. Es war ein Vergnügen, die beiden zusammen zu erleben, denn sie waren ineinander verliebt wie Teenager. Genau deshalb hielten wir anderen uns zurück und hängten uns nicht an das glückliche Paar – diesen Tag sollten sie ganz für sich allein genießen.

Isolde und Doris übernahmen freiwillig den Spüldienst, während Diana, Bärbel und ich den Kombi beluden. Alles, was wir nicht täglich hin- und herschleppen wollten, landete auf der Ladefläche: zwei Sonnenschirme, zwei Campingtische für die Mahlzeiten, vier Campingstühle, ein paar Strandmatten.

Am Strand angekommen, ließen wir das Zeug erst einmal im Auto und holten die Strandkorbschlüssel. In der kleinen Holzbude, die gleichzeitig als Kassenhäuschen diente, saß ein junges Mädchen. Sie war eine dieser blonden, naturhübschen, Nordseeluft-gebräunten Blondinen mit sonnigem Lächeln, die so verflucht gesund aussahen. Neben ihr kam ich mir blass und siech vor. Aber das würde sich verdammt noch mal ändern, sobald wir unsere Strandkörbe hatten. Sonnenbaden, braun werden, Energie tanken, Spaß haben – das war mein Programm für die nächsten zwei Wochen.

Das Mädchen suchte Isoldes Namen auf einer Liste, machte einen Haken dahinter und suchte die unzähligen Haken an der Seitenwand der Hütte nach unseren Schlüsseln ab. Sie pickte drei Stück heraus und notierte das heutige Datum auf einer weiteren Liste.

»Moin, Silja«, sagte ein braun gebrannter Jüngling im Vorbeigehen, der an seinem T-Shirt als Mitglieder des DLRG zu identifizieren war.

Sie sah hoch und grinste. »Bisschen spät dran heute, hm?«

Der Typ winkte und ging weiter.

Silja legte die Schlüssel in Dianas ausgestreckte Hand.

»Sie haben die Nummern 417, 258 und 426«, sagte sie. »Ich wünsche Ihnen einen schönen Aufenthalt.«

Ratlos deutete ich auf die Unmenge an weißen, roten, grünen, blauen und gelben Strandkörben, die über den Strand verteilt standen – ein unübersehbares Wimmelbild aus Tausenden Bestandteilen. »Wie sollen wir die denn bloß finden?«

Das blonde Mädchen lächelte. »Es sind zwei weiße und ein gelber. Sie sollten links vom Kiosk stehen. Und Sie müssen nur nach denen Ausschau halten, die unbenutzt sind. Keine Sorge: Wenn die Körbe weit auseinander stehen, leihe ich Ihnen gern eine Transportkarre. Damit bringen Sie sie ganz einfach an Ihren Wunschplatz.«

»Na toll«, grummelte Diana, als wir uns auf den Weg machten, »wären wir auf Sylt, stünden die Körbe bestimmt schon zusammen, und ein Butler würde mit Champagner auf uns warten, um uns gebührend willkommen zu heißen.«

Wir standen im weichen Sand und sahen uns um. Es war circa 11 Uhr, und der Strand war bereits ziemlich belebt. Etliche der Strandkörbe waren mit einem Holzgitter verschlossen, aber vermietet, worauf die Gegenstände in ihrem Inneren hindeuteten. Die restlichen Körbe waren weit zurückgeklappt und beherbergten sonnenbadende Urlauber. Die Hautfarbe der Menschen ließ deutliche Rückschlüsse auf die Länge ihres Aufenthalts zu: Es war alles vertreten von schneeweiß über diverse Rotschattierungen mehr oder weniger heftiger Sonnenbrände hin zu sämtlichen Abstufungen von hell- bis dunkelbraun.

Kinder tobten kreischend herum, Radios dudelten, das Meer – es ging auf Hochwasser zu – rauschte in Wellen an den Strand. Ein Mann mit Bodybuilderfigur stapfte vorbei. Seine knappe Badehose war schneeweiß, wodurch seine Bräune erst recht beeindruckend wirkte. Ich war echt nicht scharf auf Hautkrebs, aber wenn ich nur die Hälfte dieser Hauttönung erreichte, war ich zufrieden.

Den ersten Korb, einen weißen mit der Nummer 417, fanden wir schnell, nicht weit vom Kiosk. Je weiter wir uns von der offiziellen Futterstelle entfernten, desto ausgedünnter wurde die Dichte der Strandkörbe, das hatten wir bereits festgestellt. Der Mensch suchte wohl instinktiv die Nähe zu Pommes, Eis und Cola – allerdings waren dort auch die Duschen und die Klos. Während der Rushhour würde der Sand um den Kiosk herum vor Menschen kaum zu sehen sein, mutmaßten wir und beschlossen spontan, uns einen etwas ruhigeren Platz zu suchen.

Immerhin hatten wir keine kleinen Kinder dabei, für die das Klo in Sprintweite liegen musste.

Wir irrten eine weitere Viertelstunde über den Strand, bis Diana plötzlich »426! 426!« kreischte und einen weiteren weißen Korb umarmte. Na ja, ihre Arme reichten natürlich nicht um das Ungetüm herum, aber sie schmiegte sich an das Plastikflechtwerk, als hätte sie in ihm einen lange vermissten Freund entdeckt. Rechts und links vom Korb war reichlich Platz, denn er stand ziemlich weit hinten an der Grenze zu dem breiten Streifen aus niedrigen, mit Strandhafer bewachsenen Dünen, der zwischen Strand und einer schmalen, für Autos verbotenen Straße trennte. Gleich dahinter lagen der Deich und die Parkplätze.

Ganz in der Nähe gab es in den Dünen eine auf Karibik getrimmte Strandbar mit Plastikpalmen, Korbmöbeln und bunten Sonnenschirmen aus Bast. An drei Seiten war sie von hohen Holzelementen umschlossen, zum Strand hin geöffnet. Der Barkeeper hatte eine Holzhütte mit Tresen als Arbeitsplatz. Leise Reggaemusik wehte zu uns herüber. Wenn die Windlichter auf den Tischen und die Lichterketten abends brannten, war das bestimmt eine kuschelige Möglichkeit, den Tag bei einem Cocktail ausklingen zu lassen.

»Der Platz ist klasse«, sagte ich. »Lasst uns die anderen Körbe hierherholen.«

»Ja, Sir.« Bärbel salutierte zackig.

Ich marschierte zurück zu dem Mädel in der Holzbude. Die Transportkarre entpuppte sich als eine Art Riesensackkarre mit großen Gummirädern. Sie sah stabil genug aus, um damit locker ein Zweifamilienhaus zu transportieren. Ich schob das Ding vor mir her, und die Räder hüpften lustig über die Unebenheiten im Sand. An unserer Nummer 426 wurde ich bereits von meinen Freundinnen erwartet.

»258 steht da vorne«, sagte Bärbel und zeigte vage mit dem Daumen über ihre Schulter. »Nur ein paar Meter.«

Kurze Distanz – also bestens geeignet für den Probelauf mit der Monsterkarre.

»Einfach drunterschieben, hat die Kleine in der Bude gesagt«, ächzte ich nach mehreren vergeblichen Versuchen, ebendies zu tun. »Ihr müsst den Korb etwas anheben.«

»Wie gut, dass er Henkel hat«, sagte Diana und griff beherzt an der einen Seite zu, während Bärbel die andere übernahm. Ihre Gesichter verzogen sich überrascht, als sich das blaue Trumm kaum bis überhaupt nicht bewegte.

»Noch mal!«, rief ich aufmunternd. »Auf 3, das schaffen wir! 1 … 2 … 3!«

Mit vereinten Kräften kippten wir Karre samt Korb, und ich hatte das Gefühl, dass mir drei Elefanten ins Kreuz krachten. Diana und Bärbel standen seitlich und stemmten sich mit der Schulter gegen den Korb, um ihn in der Schräge zu halten. Gemeinsam schoben, drückten und zerrten wir ihn dann Meter um Meter über den Strand. Binnen kurzem waren wir die offizielle Attraktion bei gelangweilten männlichen Sonnenbadern um uns herum, Frauen interessierten sich nicht für unsere Aktion. Manche Kerle glotzten einfach nur, andere riefen uns gut gemeinte Tipps zu.

»Wie wäre es denn, wenn ihr einfach mal euren kleinen Arsch bewegen und uns helfen würdet, statt einfach nur dämlich zu feixen?«, fauchte Diana schließlich mit ihrer besten Domina-Stimme drei junge Typen an.

Tatsächlich brachte sie die Jungs damit auf Trab. Sie pumpten ihre Muskeln auf und übernahmen Korb samt Karre aus unseren zarten Händen.

»Was kriegen wir denn dafür?«, fragte einer von ihnen und wechselte schelmische Blicke mit seinen Kumpels.

Diana verdrehte die Augen. »Einfach nur drei hilflosen Damen helfen geht wohl heutzutage nicht mehr, was? Immer schön die Hand aufhalten … tss. Also gut: Wir lassen 'ne Runde Cocktails an der Bar springen. Aber nur, wenn ihr auch unseren zweiten Korb holt. Ihr dürft doch schon Alkohol …? Nicht, dass wir noch Ärger mit euren Eltern kriegen.«

»Hey, hey!«, protestierte das Kleeblatt entrüstet, ließ sich aber durch Dianas Sonnenaufgangslächeln, das sie aus dem Effeff beherrschte, rasch wieder besänftigen.

Mit wehenden Locken marschierte sie vorneweg. Sie dirigierte unser jung-dynamisches Helferlein-Trio zu unserem Korb und ließ sie die gelbe Nummer 258 daneben abstellen. Danach machte sie sich mit den Jungs auf den Weg, um den dritten Korb zu holen, während Bärbel und ich zum Auto gingen.

Wir beluden uns mit den Campingtischen und -stühlen, dann schlenderten wir zurück. Bereits vom Deich aus sahen wir die kleine Truppe mit dem blauen Strandkorb, angeführt von einer anmutig tänzelnden Diana.

»Sie wickelt Männer einfach um den Finger, oder?«, sagte Bärbel.

Ich nickte. »Wie nix. Die Kerle sind sofort wie angeknipst. Sie könnte an jedem Finger zehn haben, glaub mir.«

»Und warum hat sie keinen Freund?«

»Weil sie ihre Unabhängigkeit viel zu sehr liebt. Und den Flirt. Das kann sie nicht mehr machen, wenn sie einen eifersüchtigen Mann an ihrer Seite hätte.«

»Könnte ja einer sein, der nicht eifersüchtig ist.«

Ich zog die Brauen hoch und deutete mit dem Kopf auf die Szene vor uns: Diana und drei junge Burschen, die Männchen machten und auf ihren nächsten Befehl warteten.

Bärbel kicherte. Dann wurde sie wieder ernst und fragte: »Und was ist mir dir, Loretta? Vermisst du nichts?«

Oh doch – ich vermisste eine Menge. Zärtlichkeit, Geborgenheit, Austausch … und das war erst der Anfang. Aber ich hatte die lange Beziehung mit Tom noch nicht wirklich hinter mir gelassen, das spürte ich immer wieder. Und die Sache mit Marco, vor einigen Monaten … nun ja. Nur eine Episode, dafür aber eine, die auf mehr als einer Ebene gründlichst schiefgegangen war. Daran wollte ich am liebsten überhaupt nicht rühren.

Ich kam um eine Antwort herum, denn wir hatten unser Ziel erreicht. Unsere drei Strandkörbe standen einträchtig nebeneinander im Sand und warteten darauf, von uns in Beschlag genommen zu werden. Diana ließ sich gerade von einem der Jungs Feuer geben und schickte ihn mit ihrem dankbaren Augenaufschlag beinahe in Ohnmacht. Man konnte buchstäblich sehen, wie ihm die Knie weich wurden.

Die drei Herren trollten sich widerwillig, nachdem sie uns – na ja, wohl in erster Linie Diana – die versprochene Verabredung zu einem Drink später in der Strandbar abgerungen hatten.

Wir schlossen die Strandkörbe auf und nahmen die Holzgitter ab. Ich stiefelte noch einmal zum Parkplatz, um meine Strandtasche zu holen, während meine Freundinnen zum Kiosk wollten, um etwas Proviant zu besorgen. Wir hatten beschlossen, dass der erste Tag am Strand mit einer sündhaft teuren Bockwurst beginnen sollte, die vermutlich schon seit Stunden heiß gehalten wurde und so richtig schön geschmacklos war. Umso mehr würden wir dann in den nächsten Tagen unsere eigenen Köstlichkeiten zu schätzen wissen.

Als ich an den Strand zurückkehrte, waren die Körbe zurückgeklappt. Diana und Bärbel hatten sich bereits der überflüssigen Kleidung entledigt und genossen die warme Sonne.

Ich tat es ihnen nach und setzte mich in den freien Strandkorb. Bärbel reichte mir die Bockwurst. Ich biss hinein – wunderbar, sie schmeckte nach nichts.

Aaaah … so konnte man es aushalten.

Der Urlaub hatte offiziell angefangen.

Kapitel 4

Baumaßnahmen mit Müschelkes – das Revier wird abgesteckt

Ich lag im Strandkorb und döste.

Während der letzten beiden Tage hatten wir die Gegend erkundet, uns vom vielen Fahrradfahren schmerzende Hintern geholt und wunderbare Stunden am Strand verbracht. Am Abend zuvor waren Erwin und Frank eingetroffen und von uns mit einer opulenten Auswahl erlesener Spezialitäten vom Grill überrascht worden. Eigentlich hatten wir Damen selbst grillen wollen, aber die beiden hatten uns sanft, aber bestimmt die Grillzangen weggenommen, um selbst die Fleischbatzen auf den Rost zu werfen, wie es sich für echte Männer gehörte.

Es war ein wunderbarer, ausgelassener Abend, und einmal mehr beglückwünschte ich mich zu meinen Freunden.

Momentan waren Doris und Erwin zusammen auf einem Ausflug, und Isolde wollte ihre Liebste in der Galerie mit einem Picknickkorb voller Köstlichkeiten überraschen. Frank war zu irgendwelchen undurchsichtigen Besorgungen aufgebrochen, zu denen er sich nicht näher äußern wollte, was – verglichen mit seinem sonstigen Redebedarf – schon sehr ungewöhnlich war. Er hatte Bärbel, Diana und mich schon zum Strand vorausgeschickt.

Die Rückenlehne des Strandkorbs war so weit es ging zurückgeklappt, damit mich die Sonne wie ein Grillhähnchen brutzeln konnte. Natürlich war ich dick mit Sonnenschutzmittel eingecremt – Lichtschutzfaktor 1 Million –, hoffte aber trotzdem als Endergebnis auf den sichtbaren Beweis, im Urlaub gewesen zu sein. Ha – wer brauchte die öden Malediven, wenn er einen Strandkorb an der Nordsee hatte? Um mich von hinten zu bräunen, würde ich später auf ein Badelaken wechseln, aber jetzt war erst einmal die Vorderseite dran. Immer schön abwechselnd.

Die Geräusche um mich herum lullten mich ein wie ein Wiegenlied. In den beiden Strandkörben links von mir saßen Diana und Bärbel in eine leise Unterhaltung vertieft. Der Strand war proppenvoll, es wimmelte von Leben. Kinder und Möwen kreischten um die Wette, Radios dudelten, Brandung brandete. Eine Gruppe Beachvolleyballer rief sich Kommandos zu, ich hörte, wie der Ball auf ihre Arme prallte und zurückgespielt wurde. Ein Kind ganz in der Nähe weinte und wurde von seiner Mutter getröstet, ein anderes bettelte lautstark um ein Eis (»Och, bitteeeeeeh … nur ein Eiiiiiiiis, Mamiiiiiii!«). Es duftete nach Salzwasser, Sonnencreme und Pommes.

Über allem lag das Knattern der Flügel dieser verfluchten Plastikflieger, die eifrige Väter für ihre Kinder an Nylonleinen steigen ließen und die sich dann gerne in der Luft mit denen anderer Drachen verhedderten. Nicht einmal das konnte mich heute nerven – ich war tiefenentspannt.

Jedenfalls so lange, bis Frank aufkreuzte. Wir hatten ihm morgens genau erklärt, wo wir zu finden waren, damit er nicht endlos über den Strand irren musste. Vielleicht ein Fehler.

»Also, *dat* habbich mir gedacht!«, rief er zur Begrüßung.

Ich blinzelte, und da stand er, die Fäuste empört in die Seiten gestemmt. Entgegen seiner leidenschaftlichen Liebe für grelle Farben und Muster – meine geheimer Spitzname für ihn war mittlerweile *El Schrillo* – war er heute ganz in Gelb gekleidet. Bermudas und Tanktop reflektierten das Sonnenlicht aufs Vortrefflichste, und ich beglückwünschte mich stumm dazu, eine sehr dunkle Sonnenbrille zu tragen.

»Was hast du dir gedacht, mein Schatz?«, fragte Bärbel mäßig interessiert.

»Na, dat ihr hier … also, dat geht doch wohl echt nich. Die Körbe stehn einfach so rum! Is dat euer Ernst?«

Ich richtete mich auf. »Und sie sollten deiner Meinung nach was tun? Tanzen? Übereinandergestapelt sein?«

Bärbel und Diana kicherten Beifall, aber Frank ließ sich nicht aus dem Konzept bringen und deutete streng auf die beiden koffergroßen Plastiktaschen, die rechts und links von ihm standen. Sie waren verdächtig ausgebeult. Aha – das war also seine geheime Mission von heute Morgen gewesen.

»Und weil ich mir dat gedacht hab, bin ich vorbereitet. Wir müssen die Dinger doch schützen!«

Leises Prusten von der Damenriege.

»Schützen wovor?«, fragte Diana. »Piraten? Einbrechern? Feindlichen Horden? Kommen die Mongolen?«

Frank rollte stöhnend mit den Augen, als wäre ihm sein Lebtag noch nie eine derartige Begriffsstutzigkeit untergekommen.

»Wir ham drei Körbe für acht Leute«, dozierte er. »Also müssen mindestens zwei von uns auf Badelaken, die vor oder neben vonne Strandkörbe liegen, richtich?«

»Ich gehe mit meinem Laken freiwillig ganz weit weg, wenn du so weitermachst«, murmelte ich, und die Damen neben mir gackerten.

Frank reagierte nicht darauf – der Mann hatte eine Mission. »So, und wat passiert, wenn wir morgen kommen und der Platz um unsere Körbe is von fremde Leute beleecht? Wat dann?«

Er sah uns lauernd an, erntete aber nach wie vor verständnislose Blicke von uns.

»Wir rufen die Polizei?«

Ich fand, das war ein blendender Vorschlag, aber er schoss mit Blickblitzen nach mir.

»Wir baun eine Strandburch!«, verkündete er dann.

Jetzt war ich endgültig wach. »Äh … entschuldige mal: *wir?* Wer ist *wir?*«

»Na, wir alle zusamm! Wat willze am Strand? Doch nich einfach so bräsich rumliegen? Nein, du willz Spässken ham. Bissken im Sand buddeln und so.«

Er drehte die Taschen auf den Kopf, und diverse Gegenstände wie Schaufeln, Plastikeimer, Gießkannen und Undefinierbares, noch in länglicher Plastikverpackung Steckendes purzelten munter in den Sand.

»Also. Wir baun einen Wall … ungefähr hier …« Langen

Schrittes umrundete er mit großzügigem Abstand uns und die Körbe, verschwand für Momente nach links aus unserem Blickfeld und tauchte von rechts wieder auf.

Erwartungsvoll sah er uns an.

»Für das, was du hier offensichtlich planst, wirst du eine offizielle Genehmigung vom örtlichen Bauordnungsamt brauchen«, sagte Diana träge.

»Mensch, wir brauchen doch Platz!«, rief er beschwörend, hob eines von den länglichen Plastikdingern auf und reckte es uns entgegen. »Da – Strandmuschel. Windschutz. *Und* Sonnenschutz. Gleichzeitich. Ich hab zwei Stück von die Dinger, die müssen doch irgendwohin!«

Vor meinem geistigen Auge sah ich uns schon über den Strand galoppieren, um die von einer Böe davongewehten Strandmuscheln einzufangen. Soweit ich wusste, wurden die Teile nicht befestigt, sondern einfach in den Sand gestellt. Aber Frank war derart rührend in seinem Eifer, es uns schön und gemütlich zu machen, dass ich es einfach nicht übers Herz brachte, ihn zu enttäuschen.

»Also gut«, sagte ich und stemmte mich ächzend aus dem Strandkorb, »ich bin dabei.«

Diana und Bärbel verweigerten sich den Bauarbeiten allerdings strikt und wurden zur Strafe zum Muschelsuchen eingeteilt – die Schutzmauer wollte schließlich nach allen Regeln der Kunst verziert werden. Wohl wissend, dass Widerstand zwecklos war, wenn Frank einmal das Kommando übernommen hatte, streiften sie sich leichte Strandkleider über ihre Bikinis und nahmen brav von Frank die Plastikeimer entgegen.

»Wir brauchen jede Menge Müschelkes! Nich nur so 'n popeliget halbet Eimerchen voll«, befahl der Chef im Ring und gab seiner Liebsten einen kleinen Klaps auf den Po.

Die beiden Grazien schoben los, noch nicht ahnend, dass auch das Sammeln hübscher Muscheln in richtige Arbeit ausarten konnte.

»Verstehse, Loretta? RUHRPOTT …«, sagte Frank träumerisch und markierte in der Luft mit beiden Händen den Schriftzug, den er wie ein Mosaik kunstvoll aus Muscheln aller Art und Größe zu klöppeln gedachte, wie er mir detailliert darlegte. Seiner ausladenden Armbewegung nach zu urteilen, schwebte ihm etwas von mehreren Metern Breite und einem Meter Höhe vor. Weiterhin plane er diverse dekorative maritime Motive wie Anker, Seesterne, Fische und Segelboote, teilte er mir mit.

»Dat wird die geilste Sandburch weit und breit«, beendete er schließlich strahlend seinen enthusiastischen Vortrag.

Da muss eine alte Frau lange für Muscheln sammeln, dachte ich, zu früh gefreut, Mädels.

»Das wird super«, sagte ich, und ich meinte es ehrlich.

Wir kannten uns jetzt seit einem Jahr, und er schaffte es immer wieder, mich mit seiner beinahe kindlichen Begeisterung anzustecken. Das Schicksal hatte uns an einem überaus unschönen Schauplatz zusammengeführt, und ich war glücklich, dass die nervige kleine Quasselstrippe Frank zu meinen engsten Freunden gehörte. Er war verlässlich und treu wie Gold – und er tat absolut alles für seine Freunde.

Nach seiner und Erwins Anreise gestern Abend hatte Frank umgehend die Zügel in die Hand genommen. Alle Fragen musste er sofort klären: Wo gab es frischen Fisch, und woher hatten wir das vorzügliche Grillgut? Ab wann und wo konnte er morgens Tageszeitung und ofenwarme Brötchen besorgen? Wer verkaufte das beste Obst und Gemüse? Wir wussten, wir mussten uns ab sofort um nichts mehr kümmern, was mit unserem leiblichen Wohl zu tun hatte. Das würde alles Frank erledigen, mit Erwin an seiner Seite. Jetzt waren Männer im Haus, und die Damen konnten sich zurücklehnen.

Deshalb stand für mich fest: Wenn er die *geilste Sandburch weit und breit* wollte, sollte er sie kriegen.

Frank und ich stürzten uns in die Arbeit. Das Gute daran war, dass ich dabei rundum bräunen konnte und gleichzeitig ordentlich Kalorien abtrainierte, die ich mir dann abends in Form von Pizza oder Backfisch mit doppelt Remoulade wieder zuführen konnte, ohne ein schlechtes Gewissen zu haben. Mit einer Schaufel zog Frank den Verlauf des Walls in den Sand, und nach einer längeren Debatte entschieden wir uns dafür, den Eingang meerwärts zu platzieren.

Ich ließ es langsam angehen, während er mit Feuereifer schippte, was das Zeug hielt. Nach einer Minute riss er sich schwitzend das Tanktop vom Körper, weitere zwei Minuten später folgten die Bermudas und enthüllten eine knappe Badehose in Neongelb. Ich fragte mich, wo die Bodybuilder nur immer diese grellfarbene Kleidung fanden. Um seinen leuchtenden Hintern nicht ständig vor Augen zu haben, entschied ich mich spontan, mich mit meiner Schaufel in die entgegengesetzte Richtung zu bewegen. Irgendwann würden wir uns wieder begegnen, und bis dahin hatten meine Augen Zeit genug, um zu entspannen.

Gerade, als mir langweilig wurde, Sand von A nach B zu schaufeln, kommandierte er: »Loretta – Wasser.«

Ich Dummerchen dachte, er hätte Durst. Ich hielt ihm eine Mineralwasserflasche aus der Kühltasche unter die Nase. Er guckte mich an, als hätte ich den Verstand verloren.

»Für den Wall, Loretta, nich für mich«, sagte er. »Wir müssen dieset lose Zeuch doch stabil machen!«

Aha, jetzt war auch klar, warum er diese Gießkannen mit Brausenaufsatz besorgt hatte: um sein Jahrhundert-Bauwerk damit zu besprenkeln und zu stabilisieren, damit es bis in alle Ewigkeit für die Nachwelt erhalten blieb.

»Salzwasser?«, fragte ich sicherheitshalber.

Womöglich musste es französisches Tafelwasser sein, damit sein architektonisches Kunstwerk die adäquate Festigkeit bekam … was verstand ich schon von professionellem Sandburgenbau? Als er nickte, schnappte ich mir folgsam die beiden Gießkannen und dackelte los.

Ich ging ein paar Schritte ins Meer, bis mir das Wasser bis knapp über die Waden reichte. Es war kalt und erfrischend, aber ich spürte bereits den Sog der einsetzenden Ebbe. Rhythmisch schwappte das Wasser ans flache Ufer und zog sich wieder zurück. Jedes Mal wurde der noch schmale Streifen dunkel glänzenden Meeresbodens dort ein paar Zentimeter breiter. In wenigen Stunden würde das Watt bis zum Horizont reichen. Weit entfernt entdeckte ich Bärbel und Diana mit ihren bunten Plastikeimern, wie sie über den Strand schlenderten und sich alle paar Schritte bückten, um Muscheln aufzuheben.

Ich tauchte die Kannen ins Wasser, ließ sie volllaufen und stiefelte zurück zu Frank. Der Wall um die Strandkörbe herum war mittlerweile kniehoch.

»Und jetzt?«

»Brause drauf und dann vorsichtig gießen, aber nur da, wo ich sage.«

Ich tat wie mir geheißen. Ich besprenkelte das Stück Wall, auf das er deutete, und der lose Sand sog die Feuchtigkeit auf und wurde dunkel. Sorgfältig klopfte Frank mit der Handfläche darauf herum, bis die Oberfläche die gewünschte Festigkeit hatte. Das Wasser reichte für vielleicht 2 Meter, dann musste ich wieder los.

Als ich zurückkam, standen Bärbel und Diana vor der schon deutlich erkennbaren Burganlage und staunten. Ihre Ausbeute an Muscheln durften sie in eine der großen Plastiktaschen kippen, deren Boden dadurch knapp bedeckt war.

»Dat reicht noch lange nich«, konstatierte Frank, »die Tasche muss halbvoll, mindestens.«

»Wir könnten ein paar Kids mit Lollis bestechen, damit sie Muscheln für uns suchen«, schlug Diana vor, aber Bärbel schüttelte den Kopf.

»Damit lockst du doch heutzutage kein Kind mehr hinter dem Ofen hervor. Da muss schon etwas mehr rausspringen. Eine Spielekonsole oder ein Mountainbike. Mindestens.«

Diana seufzte. »Wir hätte deine mitnehmen sollen. Komm, wir holen uns ein Eis, und dann geht's weiter.«

Bärbel gab Frank einen Kuss, dann brachen die beiden zur nächsten Runde auf.

»Lasst euch nich von fremde Männer anquatschen!«, rief Frank ihnen hinterher, dann wandte er sich wieder mir zu und bedeutete mir mit einer knappen Handbewegung, mit dem Sprenkeln fortzufahren. Es gab noch viel zu tun – keine Zeit für Müßiggang.

Immerhin waren wir im Urlaub.

Als die beiden Mädels von ihrer zweiten Muscheltour zurückkehrten, war die Strandburg zu drei Vierteln vollendet. Der etwas mehr als kniehohe Wall war stabil und oben akkurat abgeflacht und geglättet, als hätte Frank mit Wasserwaage und Mauerkelle gearbeitet.

Diana stemmte die Hände in die Seiten. »Bleibt es dabei, oder planst du noch einen Wassergraben und eine Zugbrücke? Oder einen kleinen privaten Jachthafen, vielleicht? Wir könnten doch einen Wasserlauf bis zum Meer anlegen, das geht bestimmt ratzfatz. Und ein Anlegesteg ist auch schnell gezimmert.«

Frank ließ sich nicht aus der Ruhe bringen. »Veräppelt mich ruhich, Mädels. Ihr werdet mir noch dankbar sein. Durch den Wall isset hier schön windgeschützt, wenn ihr auf 'm Strandlaken liecht. Und man kann sich da dranlehnen, beim Lesen oder so.«

»Du machst das wunderbar, Schatz«, sagte Bärbel. Sie ging zu Frank und küsste ihn. »Guck mal – die Muscheln.«

Er warf einen Blick in ihren Eimer und nickte anerkennend. »Super. Nochma so viele, mindestens, dann kann ich hier schon wat Schönet zaubern.«

Ich trat zu Diana, die das Gegurre unserer Turteltäubchen mit spöttisch gekräuselten Mundwinkeln beobachtete.

»Siehst du – so geht *nett,* meine Liebe. Ganz schön exotisch, was?«, murmelte ich. »Und verzieh lieber deinen Mund nicht so. Das gibt Falten.«

Sie schnaubte leise. »Manchmal denke ich, die beiden sind direkt aus einer Hollywoodschnulze entsprungen. Haben die denn niemals Streit?«

»Warum sollten sie? Sie lieben sich und sind nett zueinander. Sie machen sich zum Beispiel nicht über die Dinge lustig, die der andere schön findet, sondern freuen sich mit ihm. Frank ist stolz auf seine Burg, also ist Bärbel auch stolz darauf. So einfach ist das. Ist doch schön. Ich mag das.«

»Wat seid ihr zwei denn da am Tuscheln?«, fragte Frank.

»Wir bewundern deine Baukunst«, sagte ich.

Er strahlte über das ganze Gesicht. »Sieht schon super aus, oder? Und wenn die erssma fertich is …«

Ich warf Diana einen Blick zu, und sie verstand.

Siehst du, sagten meine Augen, so einfach ist es, jemanden glücklich zu machen.

Nach einer dritten Muscheltour war Frank endlich mit der Ausbeute zufrieden. Vorerst. Diana und Bärbel gingen zum Kiosk, um Pommes und Bratwurst für alle zu besorgen. Da Doris anderweitig beschäftigt war, hatten wir prompt vergessen, Proviant einzupacken.

Frank zauberte einen klobigen Zimmermannsbleistift hervor, kniete sich in den Sand und begann, die geplanten Motive als Vorlage für die Mosaik-Arbeiten in den Wall zu ritzen. Plötzlich hielt er inne, stand auf und trat einen Schritt zurück.

Er sah mich ratlos an. »Jetz ham wir 'n echtet Problem, Loretta. Jetz muss 'ne gut durchdachte Entscheidung her: innen oder doch lieber außen?«

Ich verstand kein Wort. »Innen oder außen was?«

»Na, die Müschelkes. Außen dran – dann können dat alle schön sehn und neidisch werden, aber wir sehn dat nich. Innen wär' wie Bilder anne Wand. Wat meinze?«

Ich dachte nach. Sogar richtig ernsthaft.

»Wenn die Muschelbilder innen wären, könnten wir uns nicht anlehnen, ohne sie vielleicht kaputtzumachen«, antwortete ich schließlich. »Vielleicht sollten wir auf Bärbel und Diana warten und dann gemeinsam …«

»Ich weiß!«, unterbrach er mich. Seine Augen leuchteten triumphierend. »Innen *und* außen! Ihr müsst doch noch mal los!«, rief er den beiden entgegen, die gerade mit unserer Stärkung zurückkehrten. »Mindestens noch mal so viele Muscheln.«

Diana schnappte nach Luft und durchbohrte mich mit Blicken. »Was war hier los? Was hast du ihm eingeredet? Er war doch vorhin vollkommen zufrieden mit den Muscheln! Was hast du *getan*, Loretta?«

Ich zuckte unschuldig mit den Schultern. »Ich? Nichts. Innen *und* außen – du verstehst? Heißt: Frank hat eine kreative Entscheidung getroffen, die einen leichten Mehraufwand bedeutet.«

»Und du hattest keine Möglichkeit, etwas dagegen zu unternehmen?«, fauchte Diana mich an. »Das hier soll ein *Urlaub* sein. Ich will mich ausruhen. Verdammt, Frank, was hast du denn vor? Mit den Muscheln hier müsstest du doch schon das komplette Neue Testament an die Wand schreiben können! Und die 10 Gebote noch dazu!«

»Erssma wird gegessen«, kommandierte Frank ungerührt, als hätte er Dianas Beschwerde nicht gehört. »Danach is frische Energie da. Und 'n bissken mehr Watt mit jede Menge Müschelkes für unser Traumhaus. Und dat mit die 10 Gebote … die Idee is gar nich so schlecht.«

Wir verputzten unseren fettigen Snack, und danach zog ich mit auf Muschelsuche. Unsere Eimer füllten sich rasch. Als wir zurückkehrten, prangte auf der Innenseite des Walls der Schriftzug »RUHRPOTT« aus Herzmuscheln. Wir applaudierten beeindruckt, denn es sah wirklich super aus.

Mehrere Anker, Fische und Segelboote waren angezeichnet, außerdem ein weiterer Ruhrpott-Schriftzug an der Außenmauer. Genauer gesagt waren da ein J, dann ein Herz und dann das Wort Ruhrpott.

»Jott Herz Ruhrpott?«, fragte Diana grinsend. »Rätselhaft. Wer ist denn *Jott?*«

Frank verdrehte die Augen. »*I love Ruhrpott* heißt dat. Dat sieht doch wohl jeder.«

»Ist ja noch Platz genug, um die Erklärung danebenzuschreiben«, sagte Diana. »Schwein gehabt.«

»Ker, jetz hör aber auf!« Frank hatte gerade noch rechtzeitig gemerkt, dass Diana ihn foppen wollte. »Dat du mich auch immer auf 'n Arm nehmen musst! Mach dich ma lieber nützlich.«

Diana schlug vor, an der Strandbar Gin Tonics für uns zu holen. Bärbel und ich nahmen an, aber der Baumeister lehnte dankend ab, da er sich konzentrieren müsse, wie er sagte. Dann durften wir ihm dabei helfen, unsere imposante Strandburg zu verzieren. Natürlich gab er vor, welche Muscheln wir für welches Motiv zu verwenden hatten.

Und es machte sogar Spaß.

Er teilte uns verschiedene Abschnitte der Burgmauer zu. Wir saßen im Schneidersitz im Sand, jeder mit einem kleinen Eimer voller Muscheln neben sich, und vertieften uns in unsere Aufgabe. Vorschläge unsererseits, was den Wall noch schmücken könnte – Herzen oder Blümchen, zum Beispiel –, wurden von Frank freundlich zur Kenntnis genommen, aber nicht ernsthaft in Betracht gezogen. Wir seien am Meer, belehrte er uns streng, und das bedeute Seesterne und Segelschiffe, basta.

Meine glänzende Idee, »Wer das liest, ist doof« an den Wall zu schreiben, behielt ich dann lieber für mich. So angeschickert konnte ich gar nicht sein, dass ich nicht mehr wusste, dass dieser brillante Einfall bei Frank auf taube Ohren stoßen würde.

Tatsächlich verwandelten wir unsere Strandburg in einen Hingucker, der von anderen Strandbesuchern nicht nur einmal fotografiert wurde. Frank platzte beinahe vor Stolz. Ich konnte nur hoffen, dass er nicht noch einen unechten Perserteppich und ein paar Topfpflanzen anschleppte, um es uns noch gemütlicher zu machen.

Kapitel 5

Selbstdarstellung will gelernt sein – gerade dann, wenn man als Kunstwerk an der Wand hängt

Wenn ich heute an den Beginn dieses Abends zurückdenke, sehe ich die Bilder in Zeitlupe.

Wie in einer Liebesschnulze, in der die Szenen absoluten Glücks aneinandergereiht werden, um die Fallhöhe zur Katastrophe noch deutlicher zu machen: das Paar, wie es an einem traumhaften Strand – wahlweise auf einer blumenübersäten Wiese – aufeinander zuläuft und sich strahlend in die Arme sinkt; ein Essen, bei dem das Paar sich gegenseitig Bissen in den Mund steckt; Lachen, Gespräche, ein eng umschlungener Spaziergang bei Sonnenuntergang.

So sehe ich diesen Abend: Zeitlupe und Weichzeichner. Jedenfalls bis die Situation eskalierte.

Noch war alles perfekt … und niemand ahnte, dass uns das Lachen bald vergehen würde.

Die Galerie befand sich in einem weitläufigen, umgebauten Gehöft gleich hinter dem Deich. Lasse Langner, der Galerist, war des großstädtischen Kunstrummels überdrüssig geworden und hatte den Plan ausgebrütet, die Menschen aus den Metropolen aufs Land zu locken. Alte Industriehalle war Schnee von vorgestern – davon gab es im Ruhrgebiet mehr als genug, fand Langner. Dank einiger Investoren, die er von seinem Konzept überzeugen konnte, hatte er das Gehöft samt Scheune erworben und dann unter strengsten Denkmalschutzauflagen renoviert.

Natürlich brauchte er für seine Eröffnung einen großen Namen – und genau an dieser Stelle war Maria, die berühmte Fotografin, ins Spiel gekommen. Langner hatte Jahre zuvor in Düsseldorf ihre erste Ausstellung überhaupt gemacht, und jetzt konnte Maria sich revanchieren.

Am Rand des schmalen Wirtschaftswegs, der auf einen gepflasterten Vorplatz führte, reihte sich bereits Nobelkarosse an Nobelkarosse, als wir eintrafen. Auf dem Platz vor der Galerie durfte niemand sein Auto abstellen, da er zum Wenden benötigt wurde.

Von Maria wussten wir, dass Langner zahlreiche Ehrengäste und natürlich die Presse eingeladen hatte. Isolde, die diesen Rummel gewöhnt war, freute sich über unsere erstaunten Gesichter, als wir unter den Gästen in der Galerie bekannte TV-Darsteller, Musiker und sonstige Prominente entdeckten, die plaudernd herumstanden und Champagner tranken. Ein Streichquartett spielte Mozart, und wie aus dem Boden gewachsen stand plötzlich ein freundlicher Kellner vor uns, um uns mit perlendem Champagner zu versorgen.

An den Backsteinwänden, die von schwarzem Fachwerk durchzogen waren, hingen unsere – und weitere – Schwarz-Weiß-Porträts in riesigen Vergrößerungen. Natürlich kannte ich mein Bild, schließlich hatte ich es zusammen mit Maria und den anderen ausgesucht, außerdem hatte ich es zu Hause an der Wand. Aber jetzt … aufwendig und teuer gerahmt … in dieser Größe … wow. *Loretta* stand auf einem kleinen Schild rechts unten am Rahmen, und kein Zweifel: Das war ich, Loretta Luchs, vertraut und fremd zugleich.

Ich sah mich nach den anderen um. Genau wie ich standen sie fassungslos vor ihren überlebensgroßen Abbildern und kriegten den Mund nicht mehr zu.

Ich brauchte dringend mehr zu trinken und stieß mit Frank zusammen, der in gleicher Mission unterwegs war.

»Boah, Loretta, dat is ja wohl der Hammer«, flüsterte er aufgeregt, »gerade stehn zwei so Typen vor meim Bild, und der eine sacht, dat Bild is so *wahrhaftich* und so *echt,* klar bin ich echt, wat denkt der denn? Dat ich 'ne Puppe bin? Und dann sacht der, dat will er kaufen und in sein Wohnzimmer hängen, und auf einmal …«, er holte tief Luft, »auf einmal raff ich, wer dat is!«

Mit zitterndem Finger deutete er quer durch den Raum auf einen lässig gekleideten Mann mit Sonnenbrille, der mit so einer Art

High-Class-Rockerbraut in Designer-Nieten angeregt über Franks Porträt zu debattieren schien.

Ich kniff die Augen zusammen. »Das ist doch …« Ich kannte diesen Typen, hatte ihn schon zigmal in Musiksendungen oder Konzertmitschnitten gesehen, aber der Name wollte mir partout nicht einfallen.

»Genau der!«, zischte Frank. »Ich hab alle CDs von dem! Der is mein absolutet Idol! Und jetz soll ich in dem sein Wohnzimmer anne Wand hängen? Wie abgefahrn is dat denn?«

Er hielt einen vorbeilaufenden Kellner auf und nahm zwei Gläser Champagner vom Tablett. Wenn ich gedacht hatte, eines davon sei für mich, hatte ich mich getäuscht: Frank stürzte eins auf ex, das zweite behielt er für später. Ich bediente mich ebenfalls und nippte an dem prickelnden Getränk.

Dann sah ich mich suchend um. »Wo sind die anderen?«

»Draußen.« Immer noch schnaufte er aufgeregt. »Luft schnappen auf den Schreck.«

Wir gingen ebenfalls hinaus und fanden unsere Freunde vor der Scheune im nobel gestalteten Cateringbereich, wo die illustre Gesellschaft später mit leckerem Essen versorgt werden sollte. Weiße Pavillons mit Pagodendach, Stehtische und gemütliche Sitzecken sowie eine Cocktailbar, eine Hightech-Grillstation mit allen Schikanen und ein meterlanges Büfett warteten auf die Gäste, die sich zurzeit noch in der Scheune aufhielten.

»Ist das *aufregend*! Ich fühle mich wie ein prominenter Star!«, jubilierte Doris, und Erwin strahlte angesichts der funkelnden Augen seines geliebten Täubchens.

»Hat Frank euch erzählt, dass dieser … dieser … wie-heißt-er-gleich sein Foto kaufen will?«, fragte Bärbel stolz, und da alle außer mir den Kopf schüttelten, durfte Frank noch einmal loslegen mit der atemberaubenden Geschichte, in wessen Wohnzimmer er demnächst hängen würde. Alle waren angemessen beeindruckt, und dann machten wir uns einen Spaß daraus, uns gegenseitig mit Fantasien zu überbieten, wer wohl unser Bild kaufen würde.

Dank reichlich fließenden Champagners wurden wir immer

lauter und fröhlicher, bis Isolde schließlich im großen Scheunentor erschien und uns zu sich winkte.

»Hier seid ihr! Kommt rein, es geht los!«

Lasse Langner, ein kleiner Mann mit grauer Cäsarenfrisur zum froschgrünen Samtanzug, stand vor Dianas Porträt, Maria und einen grauhaarigen Mann im modischen Anzug neben sich. Vor ihnen hatten sich im Halbkreis die Gäste und die Pressevertreter versammelt und erwarteten seine Eröffnungsrede.

»Liebe Freundinnen und Freunde«, sagte Langner, »ich freue mich, dass ihr so zahlreich meiner Einladung in meine *Galerie am Deich* gefolgt seid. Nur durch die überaus großzügige Unterstützung von Julius Mühling«, der elegante Mann neben ihm verbeugte sich leicht und hob sein Glas, »war es mir möglich, diesen Traum zu realisieren, und darum wollen wir nun …«

Mühling …, grübelte ich, und langsam wurde mir klar, woher der Mann mir vage bekannt vorkam: Er war der Spross einer alten, ultrareichen Stahldynastie aus dem Ruhrgebiet, bekannt als spendabler Förderer der schönen Künste und ansonsten berufsmäßiger Sohn, der sein Luxusleben genoss. Soweit ich mich aus seinem sporadischen Auftauchen in Klatschmagazinen, die ich selbstverständlich ausschließlich in Wartezimmern von Ärzten oder bei Frisörbesuchen las, erinnerte, war er mit irgendeiner Gräfin oder Ähnlichem verheiratet und hatte zwei beinahe erwachsene Söhne.

Langners Stimme drang wieder an mein Ohr.

»… Aber wir feiern nicht nur die Eröffnung meiner Galerie, sondern gleichzeitig die neue Ausstellung der Künstlerin und meiner lieben Freundin, Maria Gonzalez, die jeder von euch kennt und bewundert. Neben ihrer Arbeit für alle hochklassigen Modemagazine und mit sämtlichen wichtigen Designern dieser Welt ist sie für ihre Landschaftsfotografien berühmt. Bisher waren auch ihre Modelle überwiegend prominente Stars, die wir von Leinwand und Bühne kennen. Für ihr aktuelles Projekt hat sie zum ersten Mal in ihrer beispiellosen Karriere diesen Pfad verlassen und Modelle ausgewählt, die bisher keine Erfahrung mit dem Posieren vor der Kamera eines Profis hatten. Ich bin stolz, dass sie meine Galerie ausgewählt hat, um das beeindruckende Ergebnis dieser Arbeit zu präsentieren. Liebe Freundinnen und Freunde: Maria Gonzalez!«

Es wurde applaudiert, und Maria ergriff das Wort.

»Gracias, meine liebe Lasse. Keine lange Rede, denn wir wolle doch feiern, sí? Meine Bilder sspreche für sich, denke ich. Ehrliche Porträts, keine große Insssenierung.«

»Haben Sie für dieses Projekt mit professionellen Modellen gearbeitet?«, fragte ein Reporter.

Maria schüttelte lächelnd den Kopf und übersah gnädig, dass Lasse Langner diese Frage in seiner Rede längst beantwortet hatte. »Oh nein. Ein paar ssind enge Freunde, andere ssind Menschen, die ich auf die Strassse angessproche habe. Einige davon ssind heute hier, um mit mir sssu feiern.«

Alle blickten sich neugierig um.

»Geht nach vorne«, flüsterte Isolde und schob uns durch die Menschen in Richtung Maria, wo wir verlegen herumstanden, während die Gäste der Veranstaltung uns applaudierten, bevor wir anschließend von der Presse belagert wurden.

Ehe ich wusste, wie mir geschah, schleppte mich ein bebrillter, hagerer Jüngling ganz in Schwarz vor mein Porträt. Er volontiere gerade in der Kulturredaktion einer überregionalen Tageszeitung, erklärte er mir, gab aber den Namen des Blattes nicht preis, wie mir allerdings erst hinterher auffiel. Der junge Mann manövrierte mich vor meinem Porträt in Position und zückte eine Kamera. Zwei Blitze knallten mir ins Gesicht, ohne dass er es für nötig befunden hätte, mich darauf vorzubereiten. Noch während dunkle Flecken vor meinen geblendeten Augen tanzten, zog er ein Diktiergerät hervor, knipste es an und hielt es mir unter die Nase.

»Was machen Sie beruflich, Loretta?«, fragte er.

Noch immer vollkommen überrumpelt, antwortete ich automatisch. »Ich bin Telefonistin. In einem Callcenter.«

Sein Gesicht hellte sich auf. Das war die Story, auf die er gehofft hatte: Aschenputtel meets die Welt der ›Reichen und Schönen‹

und kann ihr Glück kaum fassen, aus ihrem grauen, belanglosen Alltag entführt worden zu sein.

Jawohl – das alles war in seiner Miene zu lesen.

»Wie war es für Sie, mit der berühmten Maria Gonzales zu arbeiten? So ein Fotoshooting erlebt man schließlich nicht alle Tage.«

Ich zuckte mit den Achseln. »Wir waren in ihrem Atelier, und sie hat mich fotografiert.«

Wenn dieser Hanswurst glaubte, dass ich das Klischee vom beeindruckten Lieschen Müller bedienen würde, hatte er sich geschnitten, aber hallo. Und ich würde mich selbstredend hüten, mehr von diesem wunderbaren, fröhlichen Tag im Atelier zu erzählen, der mit einer Party geendet hatte, nachdem Maria unsere Porträts – und viele weitere tolle, nebenbei und spontan entstandene Fotos – im Kasten hatte.

»Waren Ihre Freunde neidisch, weil Sie für einen Tag die Welt der Reichen und Schönen erleben durften?«

Ich war baff – er benutzte diese abgelutschte Phrase tatsächlich! Ich kannte sie eigentlich nur aus diesen belanglosen TV-Magazinen, in denen man schon zu den sogenannten Schönen und Reichen gezählt wurde, wenn man die ehemalige, silikonbrüstige Gespielin eines halbbekannten Schauspielers war. Und mit neidischen Freunden konnte ich auch nicht dienen – die waren ja alle dabei gewesen.

»Was stellen Sie sich vor?«, fragte ich gallig zurück. »Champagner und Kaviar? Bedienstete und Glamour? Ich muss Sie enttäuschen – nichts dergleichen.«

Ein Anflug von Enttäuschung huschte über sein Gesicht. Dann legte er nach. »Waren Sie enttäuscht?«

Er grinste so verschmitzt-vertraulich, dass ich ihm am liebsten eine geknallt hätte, weil er mich für eine dämliche, naive Pute zu halten schien. Frechheit.

»War ich nicht, denn ich hatte ja keine derartigen Erwartungen«, antwortete ich beherrscht.

»Wie kam es, dass Sie von dieser berühmten Künstlerin für dieses Projekt gecastet wurden, Loretta?«, fragte er. »Saßen Sie in einem Café, und Maria Gonzalez hat Sie angesprochen?«

Ich schüttelte den Kopf. »Wir kennen uns privat, und sie hat mich gefragt, ob ich Lust dazu hätte.«

Der Journalist starrte mich fassungslos an. Offenkundig überstieg es seine Vorstellungskraft, dass eine wie auch immer geartete, private Verbindung zwischen der unbedeutenden Callcenter-Mitarbeiterin Loretta und der weltberühmten Künstlerin Maria Gonzalez existieren sollte.

Er hatte sich rasch wieder gefangen. »Sie meinen, Sie sind nach dem Fotoshooting in lockerem Kontakt geblieben. Und Ihre Teilnahme bei der Vernissage heute ist sicher noch ein ganz besonderer Moment in Ihrem Leben ...«

Wieder schüttelte ich den Kopf. »Nein, Maria gehört zu meinem Freundeskreis. Schon *vor* dem Fotoshooting.«

Jetzt war *er* beeindruckt.

Und ich musste dringend – man möge mir die Angeberei bitte nachsehen – noch eins drauflegen.

»Wir verbinden diese Vernissage mit einem gemeinsamen Urlaub«, sagte ich so lässig, dass ich von mir selbst beeindruckt war. »Wir haben mit ein paar Leuten zwei Ferienhäuser gemietet, und ab morgen ist auch für Maria hoffentlich nach der vielen Arbeit für dieses Projekt nur noch Erholung angesagt. Sie wissen schon: Radtouren, Sonnenbaden am Strand, Wattwandern. Wie die Reichen und Schönen halt ihren Urlaub verbringen.«

Seine Sprachlosigkeit war allumfassend. Maria Gonzalez, die unbezahlbare Künstlerin, die auf der ganzen Welt mit Topmodels, Hollywooddiven und Rockstars arbeitete, sollte stinknormalen Nordsee-Urlaub machen? Zusammen mit einer Telefonistin? Am gleichen Strand wie Krethi und Plethi? Am Hafen-Imbiss für Backfisch anstehen? Das ging über seinen Horizont. Er sah aus, als könnte er einen Schnaps vertragen.

Ich lächelte freundlich. »Haben Sie noch weitere Fragen an mich?«

Zu meinem Vergnügen konnte er mich nur noch anglotzen und stumm den Kopf schütteln.

Auf der Suche nach den anderen sah ich, wie Doris und Erwin von einem Fernsehteam interviewt wurden und Bärbel und Frank von einem anderen. Maria und Isolde waren in ein Gespräch mit dem froschgrünen Galeristen und zwei Schauspielerinnen vertieft. Diana war nirgends zu sehen. Die Galerie hatte sich geleert, also war das Büfett vermutlich eröffnet.

Ich ging nach draußen und fand Diana an der Bar. In Gesellschaft von Julius Mühling. Ich stellte mich dazu, und der Herr war *not amused.* Diana dafür umso mehr – sie hatte einen kleinen Schwips, wie ich sofort feststellte.

»Loretta, Julius gibt eine Runde Cocktails aus. Er hat gesagt, ich muss unbedingt einen probieren … Sex-irgendwas.« Sie kicherte und sah Mühling fragend an.

»*Sex on the Beach*«, sagte er.

»Genau! Sex am Strand«, gibbelte Diana. »Das soll doch wohl kein unartiges Angebot sein, Julius? Wo wir doch hier an der Nordsee sind? Der Strand ist nicht weit von hier.«

Seine Antwort bestand aus einem tiefen Blick in Dianas himmelblaue Augen, den sie lächelnd erwiderte.

Diana war im Flirt-Modus. Natürlich hatte Julius Mühling keinerlei Chance, wirklich rangelassen zu werden, dazu kannte ich meine beste Freundin und Mitbewohnerin gut genug. Diana würde sich niemals mit einem verheirateten Mann einlassen, und sein Ehering war nicht zu übersehen.

Mühling erinnerte sich an seine gute Erziehung und riss seinen Blick mühsam von Dianas Gesicht los. »Äääätph, darf ich Sie ebenfalls zu einem Sex … äh … Cocktail einladen?«, fragte er mich.

»Sehr gern, vielen Dank«, antwortete ich und nahm mir vor, Diana nicht von der Seite zu weichen.

Der Barkeeper kippte Wodka, Pfirsichlikör, Orangen- und Cranberrysaft in einen Cocktailshaker, fügte Eiswürfel hinzu und führte uns seine persönliche Barkeeper-schüttelt-virtuos-den-Shaker-Choreografie vor, die in seinem Fall ein wenig an einen Flamenco erinnerte. Mit Schwung goss er die rote Flüssigkeit dann in drei bauchige Longdrinkgläser, die er umgehend mit allerlei einschlägigem Trödel zu dekorieren begann: Flitterkram an Holzstäbchen, eine Scheibe Orange, ein Spieß mit kandierten Kirschen, zwei Knickstrohhalme …

»Für mich bitte nur einen Strohhalm«, bat ich. »*Ausschließlich* den Strohhalm, wenn Sie so freundlich sein wollen. Nichts von dem anderen Gedöns.«

Er entfernte den überflüssigen Deko-Krempel so widerwillig aus meinem Glas, als hätte ich mit meiner Bitte seine Barkeeperehre angekratzt. War mir aber egal, zumal Diana sein Ego wieder aufrichtete, indem sie flötete: »Ich will das ganze Programm! Je mehr, desto besser!«

Mühlings Gesichtsausdruck entnahm ich, dass ein angetörnter Mann wirklich alles sexuell verstehen konnte, wenn er nur wollte.

»Du bist eine Frau nach meinem Geschmack«, raunte er Diana ins Ohr, und ich verdrehte innerlich die Augen. Er rückte ein Stück näher an sie heran, um besser in ihren Ausschnitt glotzen zu können, und sie wich nicht zurück.

Ach du Schande.

Ausgerechnet in diesem Moment tauchte Isolde auf und bat mich, unbedingt mit ihr zu kommen, jemand wolle mich kennenlernen. Ich begleitete sie nur zögernd, aber dann dachte ich mir, dass Diana alt genug war, auf sich selbst aufzupassen. Ich drehte mich noch einmal zu ihr um und sah, dass sie bereits den nächsten Cocktail entgegennahm. Zwischen Mühling und sie hätte keine Briefmarke mehr gepasst.

Isolde hatte meinen Blick bemerkt. »Was ist los? Machst du dir Sorgen um Dianas guten Ruf?«

»Dieser Julius Mühling … er ist doch verheiratet, oder?«

Sie zuckte mit den Achseln. »Schon, aber das hat ihn noch nie gestört, wenn er scharf auf jemanden war.«

»*Jemanden?*«

Sie grinste. »Es heißt, dass auch hübsche junge Männer eine gewisse Faszination auf ihn ausüben.«

»Ist ja 'n Ding. Und was sagt seine Frau dazu?«

»Was soll sie schon dazu sagen? Die Ehe wurde sowieso aus dynastischen Erwägungen geschlossen: Stahlbaron heiratet verarmten, uralten Adel. Sie hat ihre eheliche Pflicht erfüllt und zwei Erben in die Welt gesetzt. Hast du sie schon mal gesehen? Sie wirkt immer, als würde sie schon ein Erdbeertörtchen mit Sahne für ein lästerliches Vergnügen halten. Sollte mich nicht wundern, wenn sie heilfroh wäre, dass sie den Hallodri nicht mehr in ihr Bett lassen muss. Und solange er diskret vorgeht, kann er vermutlich tun und lassen, was er will.«

»Diskret?« Ich deutete mit dem Kinn auf die beiden Turteltäubchen an der Bar.

Isolde zog mich lachend weiter. »Sei nicht so spießig, Schätzchen. Gönn den beiden doch ein bisschen Spaß. Diana wird schon wissen, was sie tut.«

Ich blickte noch einmal zurück und sah Diana mit Mühling hinter einem der Pavillons verschwinden.

Ach du Schande.

Kapitel 6

Ein Gespräch von Ermittler zu Ermittler und ein Bett im Heu, in dem es allzu sehr piekst

Isolde führte mich zu einem Mann, der mit dem Rücken zum Raum stand und mein Foto betrachtete.

»Hier ist die junge Dame, die Sie unbedingt kennenlernen wollten«, verkündete Isolde so pompös, als hätte ich mindestens die Formel für den Weltfrieden entdeckt.

Der Mann drehte sich um, und ich staunte nicht schlecht: Er war einer der bekanntesten Fernsehkommissare unseres Landes. Eigentlich war er längst übers Rentenalter hinaus, aber beim Fernsehen sah man das bekanntlich nicht so eng, gerade bei Männern. Die wurden mit über 70 noch immer als virile Helden inszeniert, während sie im realen Arbeitsleben schon seit 10 Jahren pensioniert wären und ihrer Gattin auf den Keks gingen. Bestimmt schon seit 20 Jahren ermittelte, prügelte, küsste und verhaftete er sich durch die, wie ich fand, ziemlich mittelprächtigen Drehbücher einer überaus beliebten Serie und weigerte sich standhaft, abzutreten und den Staffelstab an einen Jüngeren weiterzugeben.

Er musterte mich neugierig und streckte mir die Hand hin. »Wir sind quasi Kollegen, habe ich gehört.«

Ach was, du arbeitest also auch an einer Sexhotline?, dachte ich amüsiert – ahnte aber, worauf er hinauswollte.

»Ich habe dem Herrn von deinen Abenteuern als Ermittlerin erzählt«, sagte Isolde strahlend, aber das hatte ich mir bereits gedacht. Natürlich war ich alles andere als begeistert, aber jetzt war es ohnehin zu spät.

»Ich denke ernsthaft darüber nach, Ihr Porträt zu kaufen«, plauderte der berühmte Fernsehkommissar. »Das fände ich irgendwie witzig, wenn Sie über meinem Esstisch hängen würden: Sie klären Morde auf, ich kläre Morde auf …«

Ich dachte wirklich, ich kann meinen Ohren nicht trauen. Irgendwie hatte er sich da nicht besonders geschickt ausgedrückt. Entschuldigung – über seinem Esstisch hängen? Mit einer Schlinge um den Hals, vielleicht? An einem Kronleuchter, sachte hin und her pendelnd?

Und: Glaubte er tatsächlich, ein Ermittler zu sein und Morde aufzuklären? Aber TV-Doktoren wurden von Fans um Diagnosen gebeten, TV-Anwälte um juristischen Rat … warum sollte er nicht mittlerweile glauben, ein echter Ermittler zu sein? Bestimmt quatschten ihn die Leute ständig damit voll, dass sie ganz sicher waren, ihren Nachbarn beim Killen seiner Gattin beobachtet zu haben, und ob er nicht vielleicht mal Ermittlungen aufnehmen wolle.

Nicht zuletzt durch Erwins Patentochter, Kommissarin Astrid Küpper, wusste ich mittlerweile, dass Fernsehkrimis mit dem Alltag echter Ermittler ungefähr so viel zu tun hatten wie abgeranzte Pommesbuden mit Sterne-Restaurants.

Er klärt Morde auf, also wirklich …

»Oh, ich kläre keine Morde auf«, sagte ich, »meine bescheidene Hilfe bei der Ergreifung von Straftätern war rein zufällig und hatte mit klassischer Ermittlungsarbeit rein gar nichts zu tun. Ich weiß ja nicht, was Isolde Ihnen erzählt hat, aber ganz bestimmt hat sie stark übertrieben.«

Ich drehte mich zu Isolde um, aber sie hatte sich in Luft aufgelöst.

»Mögen Sie mir erzählen, was Sie außerdem noch beruflich machen?«, fragte er.

Außerdem noch?

»Sie meinen, wenn ich gerade keine Morde aufkläre?«

Er nickte.

Mich ritt der Teufel, und es flog mir aus dem Mund, bevor ich auch nur eine Zehntelsekunde darüber nachgedacht hatte: »Ich arbeite an einer Sexhotline.«

Ping! Sofort war er angeknipst und brannte lichterloh vor Neugier. Jetzt fand er mich erst recht interessant.

»Eine Ermittlerin aus dem Sexmilieu! Das ist aber spannend!«, rief er mit leuchtenden Augen. »Wenn das kein Filmstoff ist, dann weiß ich auch nicht. Fantastische Story. Darüber würde ich mich sehr gern mit Ihnen unterhalten!«

Das konnte ich mir lebhaft vorstellen. Mein Enthusiasmus hielt sich allerdings in engen Grenzen. Eine Ermittlerin aus dem Sexmilieu – klar. Natürlich muss ich mich an dieser Stelle fragen lassen, warum ich wahrheitsgemäß Auskunft gegeben hatte. Weil ich ihn, den bekannten Schauspieler, beeindrucken wollte? Weil mich dieser Dödel von der Zeitung mit seiner Lieschen-Müller-Fantasie so geärgert hatte? So nach dem Motto: Hallo – mein Leben ist mindestens so spannend wie deins?

Jetzt hatte ich den Salat.

Dennoch verspürte ich keine Lust, ihn mit saftigen Geschichten zu versorgen und ihm die Vorlagen für frische sexuelle Fantasien frei Haus zu liefern. Das gab es nur gegen bare Münze. Und am Telefon. Außerdem – der Mann war locker 35 Jahre älter als ich, und das Thema Sex hatte in Gesprächen zwischen uns rein gar nichts zu suchen, fand ich. Aber ich wusste da jemanden seines Alters, der bestimmt Spaß daran haben würde.

»Gehen Sie nicht weg, ich bin gleich wieder da«, sagte ich und marschierte raus, um Doris zu suchen.

Sie saß mit ihrem Erwin an einem großen Tisch und beobachtete verliebt ihren Göttergatten dabei, wie er Berge von Meeresfrüchten verdrückte.

»Hör mal, Doris, du kennst doch Kommissar Wickerling, oder? Den aus der Serie. Er ist hier, und er würde unheimlich gern alles über unsere Arbeit an der Sexhotline erfahren. Hast du Lust? Darf ich ihn herbringen?«

Ich hatte absichtlich seinen bekannten Rollennamen benutzt, so ersparte ich mir lange Erklärungen.

»*Der* Kommissar Wickerling?«, quiekte sie und stieß Erwin begeistert in die Seite. »Den gucken wir doch immer, Erwin! Dieser zerknitterte, alte Typ, den du immer *Kommissar Widerling* nennst! Klar hab ich Lust! Wo ist er?«

Ich ging zurück in die Galerie, und tatsächlich stand er nach wie vor neben meinem Foto und wartete artig auf mich.

Natürlich musste ich ihn nicht zweimal bitten, das hätte mich auch sehr gewundert. Nachdem er erfahren hatte, dass draußen eine weitere Kollegin auf ihn wartete, konnte es ihm nicht schnell genug gehen. Gleich zwei Damen aus dem ältesten Gewerbe der Welt – heute musste glatt sein Glückstag sein. Aufgeregt tippelte er neben mir her, und ihm fiel beinahe die Kinnlade ins Gras, als er Doris in ihrer ganzen Pracht erblickte.

»Darf ich vorstellen? Meine Kollegin Doris. Und Ihr Gatte – übrigens auch ein *Kollege*. Erwin war früher bei der Polizei. Bei der *echten* Polizei. Meine Lieben …«

Ich deutete auf den Mann neben mir, aber Doris wedelte hysterisch mit der Hand.

»Du brauchst uns den Herrn doch nicht vorstellen, Loretta. Wir wissen natürlich, wer er ist.« Sie hielt ihm die Rechte huldvoll entgegen und bekam zur Belohnung einen vollendeten Handkuss, der sie zum Kichern brachte. »Aber Kommissar Wickerling …«

Er machte sich nicht die Mühe, sie zu korrigieren. Vermutlich wurde er seit 20 Jahren von jedem mit diesem Namen angesprochen und hatte seinen echten längst vergessen.

Weil ich gute Manieren habe, rückte ich ihm einen Stuhl zurecht. Schließlich stehe ich auch in der U-Bahn für ältere Herrschaften auf, ich weiß, was sich gehört. Überrumpelt setzte er sich zu Doris und Erwin an den Tisch.

»Also, Sie interessieren sich für meinen Beruf? Was wollen Sie wissen?«, fragte Doris mit leuchtenden Augen.

Mir war klar, dass ich mich guten Gewissens verdrücken konnte. Sie würde ihm Geschichten um die Ohren hauen, die der gute Mann sein Lebtag nicht vergessen würde. Und wenn dann noch nicht der Morgen graute oder der Fernsehkommissar vor Erschöpfung eingeschlafen war, konnte Erwin bestimmt für weitere Unterhaltung sorgen. Eingedenk der Tatsache, dass Erwin den Mann laut Doris *Kommissar Widerling* zu nennen pflegte, nahm ich mir allerdings vor, zwischendurch nach dem Rechten zu sehen.

Man konnte nie wissen.

»Viel Spaß. Bis später«, sagte ich und winkte graziös zum Abschied, was aber keiner von ihnen registrierte, weil Doris bereits lebhaft monologisierte und der berühmte Schauspieler fasziniert an ihren Lippen hing.

Am Büfett stellte ich mir eine kleine Schnickschnack-Fingerfood-Auswahl zusammen und holte mir einen alkoholfreien Drink an der Bar. Dann lustwandelte ich müßig über das Gelände, auf der Suche nach einem ruhigen Plätzchen für ein entspanntes Picknick. Allerorten herrschte gute Stimmung. Die Besucher der Vernissage bevölkerten die Tische im Cateringbereich und waren damit beschäftigt, über sich selbst und ihre Relevanz im Kunst- und Kulturbetrieb zu schwadronieren. Überall schnappte ich Wortfetzen auf: *Mein letzter Film …* oder *meine aktuelle Tournee …* oder *mein nächstes Projekt …* oder *meine letzte Premiere …* Dabei ließen sie sich nicht nur die angebotenen Köstlichkeiten schmecken, sondern auch von einem schnieken Pianisten beklimpern, der auf einem Flügel dezent Jazziges zum Besten gab. Nicht meine Lieblingsmusik, aber ich fühlte mich auch nicht belästigt.

Ab und zu streifte mich ein neugieriger Blick: *Ist die auch wichtig? Muss ich vorgeben, sie zu kennen? Irgendwo habe ich das Gesicht schon gesehen, aber ich weiß gerade nicht …*

Ich hänge drinnen an der Wand, Leute!, dachte ich. Da habt ihr mein Gesicht gesehen!

Schlendernd umrundete ich das pittoreske Gehöft und entdeckte neben einer alten Scheune eine Kastanie mit einer Bank rund um den Stamm. Die Krone des mächtigen Baumes spendete willkommenen Schatten. Ich setzte mich und inspizierte voller Vorfreude meine Ausbeute vom Fingerfood-Büfett: mit Hummer gefüllte Minifrühlingsrollen, kleine Fischfrikadellen, Matjes-Sushi, gefüllte Calamari-Tuben und mundgerechte Backfischhappen mit Remoulade – der Galerist ließ sich nicht lumpen, das stand mal einwandfrei fest.

Wann hatte ich zuletzt in derart idyllischer Umgebung derart exquisit gespeist – in freier Natur, unter blauem Himmel, in friedlicher Umgebung unter gut gelaunten Menschen? Na ja, mit einigem Abstand zu all diesen Menschen, aber immerhin.

Meine Hand kreiste unschlüssig über der kulinarischen Vielfalt auf meinem Teller, und ich hatte mich gerade für ein Hummer-Frühlingsröllchen entschieden, als die Seitentür der Scheune direkt neben mir mit Getöse aufflog. Diana kam kichernd herausgewankt. Ihre Kleidung wirkte leicht … nun … derangiert, und sie zupfte sich Stroh aus den zerzausten Locken. Ihre Wangen glühten.

»Verfluchtes Heu«, murmelte sie. »Piekst. Ätzend.«

»He – wo willst du denn auf einmal hin? Du kannst doch nicht einfach … verdammt! Komm zurück!«, brüllte eine erzürnt klingende Männerstimme aus der Scheune hinter ihr her.

Erst jetzt bemerkte sie mich. Sie torkelte auf mich zu und ließ sich neben mir auf die Bank fallen. Um ein Haar wäre ihr Hintern auf den leckeren Röllchen, Frikadellchen und Bratfischhäppchen gelandet, aber ich hatte das Unheil kommen sehen und mein Picknick in Sicherheit gebracht.

»Träum weiter, du Honk«, murmelte sie und schloss konzentriert die Knöpfe am Oberteil ihres Kleides. Dann sah sie mich an. »So ein *Schwachkopf.*«

Wen sie damit meinte, war mir nicht nur sowieso klar, sondern wurde zusätzlich umgehend durch das Auftauchen des Schwachkopfes in der Scheunentür bestätigt: Auftritt Julius Mühling, verschmähter Möchtegernliebhaber.

Mit wirren Haaren, gelockerter Krawatte und glasigem Blick stand er schwankend da, blinzelte in die Helligkeit und schrie: »Sag mal, spinnst du? Komm gefälligst zurück, aber sofort! Was ist denn auf einmal los mit dir?«

»Unsere kleine Party ist zu Ende. *Das* ist los«, gab Diana zurück und warf ihm einen gleichermaßen flüchtigen wie desinteressierten Blick zu. Dann widmete sie ihre gesamte Aufmerksamkeit meinem Teller, den ich noch immer in den Händen hielt. »Hmmm … kleine Frühlingsrollen. Die liebe ich. Ich darf doch?«

Ohne meine Antwort abzuwarten, griff sie mit einer anmutigen Bewegung zu. Die knusprige Kruste krachte leise, als sie hineinbiss. Wie in einem Werbespot schloss sie genießerisch die Augen, während sie kaute. Fehlte nur noch an- und abschwellende Geigenmusik. Sie schluckte und leckte sich provozierend langsam einen Krümel von der Oberlippe. Selbst ich muss zugeben, dass sie dabei ziemlich sexy aussah.

Mühling kam ein paar Schritte auf uns zu, bebend vor Zorn. »Was das soll!«, brüllte er, was mich zusammenzucken ließ, da mich ein Speicheltröpfchen an der Stirn traf.

Würg. Angeekelt wischte ich seine Spucke mit dem Handrücken weg, während meine Freundin in aller Gemütsruhe ein weiteres Röllchen verputzte.

»Ich hatte hier eigentlich ein anderes Publikum erwartet«, sagte sie dann im Plauderton zu mir. »Irgendwie niveauvoller. Nicht solche Schreihälse.«

Nur ihrem Atem merkte ich noch an, dass sie getrunken hatte, ansonsten klang sie bemerkenswert nüchtern. Als ich sie mit ihm zusammen hatte verschwinden sehen, war sie mir reichlich angeschickert vorgekommen. Sie *musste* angeschickert gewesen sein, denn sonst wäre sie niemals mit ihm in die Scheune gegangen, um dort … nun ja. Ich gönnte ihr jeden Spaß der Welt, aber vielleicht hatte sie sich dafür heute mal den Falschen ausgesucht. Sah jedenfalls ganz so aus.

Mühlings Gesicht war dunkelrot angelaufen. »Sag mal, *spinnst* du?«, wiederholte er, weil ihm wohl nichts Besseres einfiel.

»Und mit größerem Wortschatz«, fuhr Diana, immer noch ausschließlich an mich gewandt, fort.

Insgeheim stimmte ich ihr zu. Momentan beschränkte sich Mühlings Beitrag zu unserer gepflegten kleinen Konversation im Großen und Ganzen darauf, zwei Sätze zu wiederholen. Aber der Mann hatte auch schon einiges intus, das wollen wir zu seiner Ehrenrettung an dieser Stelle nicht vergessen.

»Ich rede mit dir!«, schrie Mühling, der sichtliche Probleme damit hatte, dass er von uns – beziehungsweise von Diana – vollständig ignoriert wurde, obwohl er tobte wie ein Berserker.

Ich konnte mir gut vorstellen, dass er anderes gewohnt war. Vermutlich standen die Leute in seinem Umfeld ehrfürchtig stramm, sobald er den Mund aufmachte – und Frauen fielen ihm reihenweise schmachtend vor die Füße. Männer vielleicht auch, falls Isolde recht hatte. Und jetzt kam hier eine des Wegs, die nicht beeindruckt von ihm war und sich ihm verweigerte. Die allerdings – so befürchtete ich ganz sicher nicht zu Unrecht – zunächst in Wort und Tat das Gegenteil signalisiert hatte.

Als Diana noch immer nicht reagierte, packte er sie grob am Oberarm und zischte: »Guck mich gefälligst an, wenn ich mit dir rede, du verfluchte kleine …«

Diana fuhr hoch wie von der Tarantel gestochen. Mit einem Ruck riss sie sich los. »Ich verfluchte kleine *WAS?* Sprich es aus, wenn du dich traust!«

Mühling zog verächtlich die Mundwinkel herunter. »Du weißt genau, was ich meine. Schließlich bist du mit mir in die Scheune gegangen, oder etwa nicht? Ich kenne solche wie dich! Erst die Kerle heißmachen und dann plötzlich etepetete!«

»Ach ja? Alles Schlampen außer Mutti, oder was? Und du bist nicht in die Scheune gegangen? Oder ist das bei Männern etwas anderes?«, gab Diana zurück.

Er starrte sie an, und Diana starrte zurück. Sie standen sich buchstäblich Nase an Nase gegenüber. Wer würde als Erster einknicken? Oder verlor er vollends die Beherrschung und schlug sie?

Mit angehaltenem Atem wartete ich, was als Nächstes passieren würde.

Schließlich wandte er sich mit einer wegwerfenden Handbewegung ab und sagte: »Ich kann Dutzende wie dich haben. Hunderte! Hier gibt es genug Frischfleisch.«

Bemüht, Haltung zu bewahren, stelzte er steifbeinig von dannen und verschwand in Richtung Cateringbereich.

Ich stieß geräuschvoll die Luft aus. »Puh. Das hätte ins Auge gehen können, wenn er richtig ausgeflippt wäre.«

Diana zuckte mit den Schultern. »Der doch nicht. Schwachkopf, sag ich doch. Ich kenne meine Pappenheimer.«

Als Diana und ich eine Stunde später zur Party zurückgingen, war der Tisch unserer Freunde der mit Abstand lauteste und fröhlichste. Der Fernsehkommissar saß noch immer dort, außerdem hatten sich Isolde, Bärbel und Frank dazugesellt. Frank sprang auf und holte einen freien Tisch heran, damit Diana und ich Platz hatten.

»Wo seid ihr gewesen?«, fragte Isolde.

Ich deutete vage in die Botanik. »Wir haben dahinten gesessen. Kleines Picknick unter einer Kastanie. Hier auf dem Gelände gibt es echt schöne Ecken.«

Diana neben mir kicherte leise.

»Ich hole uns einen schönen Fruchtcocktail«, sagte ich rasch, als sie nach Franks Glas griff. »Alkoholfrei.«

Wenn ich die klare Flüssigkeit im Glas mit Franks ausgelassener Heiterkeit und seinen geröteten Augen kombinierte, handelte es sich bei seinem Getränk nicht um Mineralwasser. Wodka Tonic, schätzte ich.

Und ich war der Meinung, dass Diana für heute genug getrunken hatte.

An der Theke der Bar war einiges los, und ich zwängte mich durch die Leute, die sich davor tummelten. Während ich auf meine Drinks wartete, ging ich ein Stück beiseite und sah mich um. Auf dem Büfett warteten nur noch kümmerliche Reste auf Feinschmecker, um den Pianisten hatte sich ein munteres Grüppchen versammelt und gab Schlager aus den Dreißigern zum Besten. Der Barkeeper reichte mir die beiden bestellten Getränke, und ich ging zurück zu unserem Tisch. Auf den ersten Blick war mir klar, dass Diana nachgetankt hatte, denn Franks Glas war leer.

Das konnte ja noch heiter werden.

Kapitel 7

Ein Mann sieht rot – und ein Auge wird blau

Es wurde später, es wurde dunkel.

Zufrieden saß ich mit meinen Freunden und dem Fernsehkommissar am Tisch. Der lebhaften Unterhaltung, die sich mittlerweile um Anekdoten aus dem Film- und Fernsehgeschäft drehte, folgte ich nur mit halbem Ohr. Träge und entspannt nuckelte ich an meinem Strohhalm und sah mich um.

Die Pressevertreter hatten sich verzogen, um ihre wartenden Redaktionen mit dem erbeuteten Material zu füttern. Bestimmt würde ich einiges davon demnächst beim Frisör lesen können. Vielleicht würde ich sogar im Internet danach suchen, war bestimmt lustig. Unter Lampions wurde geplaudert und gelacht. Die Gäste der Vernissage bemühten sich nach Kräften, die Bar leerzutrinken. Der berühmte Sänger, von dem Frank alle CDs hatte, saß mittlerweile am Klavier und sang sich durch seine Hits.

Julius Mühling lag halb auf der Theke und textete den bedauernswerten Barkeeper voll, der erleichtert aufatmete, als der laubfroschgrüne Gastgeber auftauchte. Lasse Langner legte seinem generösen, aber sturzbetrunkenen Förderer der schönen Künste den Arm um die Schultern und redete auf ihn ein. Mühling richtete sich auf, stierte wild um sich und schubste ihn weg. Der überraschte Langner verlor das Gleichgewicht und setzte sich auf den Hosenboden, sprang aber direkt wieder auf und griff nach Mühlings Arm. Der riss sich grob los und nahm torkelnd Fahrt auf.

Auf unseren Tisch zu.

Auf halber Strecke blieb er stehen, schwankend wie ein Schilfrohr im Wind. Sein schicker Anzug hatte ihm das Abenteuer im Heu nicht verziehen und präsentierte sich nun mit mehr Knitterfalten als ein Plisseerock. Die Krawatte hing auf Halbmast. Seine zu Beginn des Abends noch nach hinten gekämmten, grau melierten Bohemien-Haare hingen ihm strähnig ins Gesicht. Es gab also doch etwas, das einen schönen Menschen entstellen konnte: Alkohol. Er glupschte mit verschwommenem Blick in unsere Richtung, deutete auf uns und grölte: »Da vorne … die da! Blöde Nutte!«

Umgehend erfreuten wir uns allgemeiner Aufmerksamkeit. Gespräche wurden unterbrochen. Hier und da wurde gekichert. Der Mann am Klavier hörte auf zu spielen und starrte uns – wie alle anderen auch – neugierig an. Man hätte eine Stecknadel fallen hören können. Fehlte nur noch, dass der Barkeeper wie in einem Western hastig die Flaschen in Sicherheit brachte und sich dann hinter seinem Tresen auf den Boden warf.

»Julius, bitte«, zischte Langner peinlich berührt und versuchte, Mühling wegzuführen.

Vergebens, natürlich.

Wieder machte Mühling sich frei. »Ich werde jetzt allen hier erzählen, was du für eine bist«, verkündete er. »Da! Die da mit den blonden Locken! Sieht aus wie 'ne verdammte Unschuld vom Lande, aber in Wirklichkeit …«

Um seiner selbstgerechten Empörung und Verachtung wirkungsvoll Ausdruck zu verleihen, wollte er demonstrativ ausspucken, kriegte es aber nicht so richtig auf die Reihe und rotzte auf seine hübschen Wildlederschuhe. Irgendwo prustete jemand los, was die Situation nicht wirklich entspannte.

»Na? Wissen deine *tollen* Freunde, was du für 'ne Schlampe bist?«, machte Mühling unverdrossen weiter und kam ein paar Schritte näher.

»Klar wissen die das«, sagte Diana gelassen und musterte ihn mit einem Gesichtsausdruck, den man nur als desinteressiert bezeichnen konnte. Dann fuhr sie fort: »Und wissen deine Freunde, was du für 'n Schwachkopf bist?«

»Keine Schlampe redet so mit Julius Mühling!«, schrie er mit hochrotem Kopf.

Isolde stand auf und ging zu ihm. »Julius, es reicht. Sag nichts, was du morgen bereust.«

Er beachtete sie nicht. Isolde winkte Langner, der händeringend ein paar Meter entfernt stand. Ihm war die Szene sichtlich unangenehm, aber Mühling war sein Geldgeber. Ihm war anzusehen, wie sehr er mit sich kämpfte. Einerseits wollte er seine Gäste davor schützen, angepöbelt zu werden, andererseits bestand die Gefahr, dass er es sich mit seinem Sponsor verscherzte. Jetzt ging er zögernd einige Schritte näher heran, wusste aber noch immer nicht, was er tun sollte.

»Ich bereue nur, dass ich mit dieser Schlampe ins Heu gegangen bin!«, informierte Mühling sein interessiert lauschendes Publikum. Dann kam er weiter auf uns zu und torkelte um den Tisch herum. Er wollte Diana an der Schulter packen, griff aber daneben. »Und du entschuldigst dich jetzt gefälligst, du … du …«

Gleichzeitig sprangen Frank und der Fernsehkommissar auf. Bärbel hielt Frank fest, der schnaufend die Fäuste ballte.

»Hier sind Damen am Tisch! Beherrschen Sie sich, Mann«, forderte der TV-Star pompös.

Ich rechnete beinahe damit, dass er dem Betrunkenen einen Handschuh ins Gesicht klatschen und Satisfaktion verlangen würde, aber nichts dergleichen geschah.

»Damen? *Damen?*« Mühling verzog verächtlich den Mund. »Wo sind denn hier Damen? Ich seh nur Nutten!«

Vielleicht hatten die meisten am Tisch gehofft, die unangenehme Situation würde sich auflösen oder der außer Rand und Band geratene Mühling sich doch noch von Isolde und Langner besänftigen lassen. Erwin und Doris schienen Mühlings Auftritt sowieso als Unterhaltungsprogramm zu verstehen, zumal sich Diana als diejenige, die von ihm angegriffen wurde, überhaupt nicht provozieren ließ. Er bemühte sich nach Kräften, sie zu beleidigen, aber sie – bis auf ihre kleine Bemerkung – zuckte nur mit den Schultern. Nur: Jetzt hatte er sämtliche Frauen am Tisch als Nutten bezeichnet, gar nicht fein.

Erneut fasste er nach Dianas Schulter – und diesmal kriegte er sie auch zu packen.

Wie schnell Frank sein konnte, hatte ich schon erlebt. Er war wie einer dieser Superhelden mit wehendem Cape, die in der einen Zehntelsekunde hier stehen und in der nächsten ganz woanders.

Das beherrschte Frank aus dem Effeff, wie er Mühling umgehend bewies.

Er zerrte ihn von Diana weg, und Mühling drehte sich in Zeitlupe um. Er überragte Frank um mindestens Haupteslänge und stierte ihn verdutzt an. »Wer bist du denn?«, lallte er. »Der Liliput-Zuhälter von der blöden Nutte?«

Ehe jemand reagieren konnte, lag er auf dem Rücken und hielt sich das Gesicht, während Frank die leichten Abschürfungen an seiner Faust begutachtete.

An den umliegenden Tischen gab es vereinzelt Applaus, aber Isolde zog scharf die Luft ein. »Verdammt, Frank«, murmelte sie, »du hast keine Ahnung, wie viel Ärger dir der Kerl machen kann …«

Bärbel hatte wie erstarrt zugesehen, aber jetzt stand sie auf. Sie war leichenblass. »Du hattest gesagt, das würde nie mehr passieren«, sagte sie leise. »Du hast es mir versprochen, Frank. Du hast es mir *geschworen.*«

Mit tatkräftiger Hilfe von Langner hatte Mühling sich nach mehreren vergeblichen Versuchen schließlich hochgerappelt und hielt sich mit der Hand ein Auge zu. Mit dem anderen fixierte er Frank und fauchte: »Das wirst du bereuen, mein Freund. Wir sind noch nicht fertig miteinander.«

Langner hatte an der Bar Eis besorgt und in ein Tuch eingeschlagen. Den behelfsmäßigen Beutel gab er Mühling, der ihn sich aufs verletzte Auge drückte.

»Komm, Julius, lass uns hineingehen«, sagte Langner. »Und morgen lachen wir darüber.«

Mühling ließ sich wegziehen, drehte sich aber noch einmal zu Frank um. »Du hättest dich nicht mit mir anlegen sollen. Ich werde dich finden, Bürschchen, und dann mach ich dich fertig.« Plötzlich klang er stocknüchtern.

»Wat soll dat sein, du Hirni?«, fragte Frank. »'ne Drohung?«

Mühling schüttelte den Kopf. »Oh nein, du Zwerg, das ist ein Versprechen. Vor Zeugen. Du scheinst keine Ahnung zu haben, mit wem du es zu tun hast. Ich scheiß größere Haufen als du. Du bist ein toter Mann.«

Er wandte sich ab und ging mit Lasse Langner in die Galerie. Die atemlose Stille um uns herum hielt noch einen Moment an, dann setzten die Gespräche wieder ein. Jetzt wurde allerdings getuschelt, und ich konnte mir lebhaft vorstellen, worüber. Kurze Zeit später kam Maria an unseren Tisch.

»Wasse war los hier?«, fragte sie aufgeregt.

Isolde legte ihr die Hand auf den Arm. »Julius hat mal wieder zu viel getrunken, Liebes. Er ist Diana gegenüber ausfallend geworden, und Frank hat sie verteidigt.«

»Dasse gibt Ärger. *Muy problemas*«, erwiderte Maria düster und sah Frank mitleidig an, als sei sein Schicksal bereits besiegelt – welches auch immer.

»Toll. Wirklich toll«, sagte Bärbel eisig zu Frank. »Jetzt haben wir diesen Verrückten an den Hacken.«

Frank winkte ab. »Der labert doch bloß. Glaubsse ernsthaft, der Witzbold macht uns Ärger? Der weiß doch morgen nich ma mehr, dat der heute hier war.«

Aber er wird morgen ein blaues Auge haben, dachte ich, und das könnte seiner Erinnerung auf die Sprünge helfen.

Genau wir mir fiel auch Bärbel der Blick auf, den Isolde und Maria wechselten. »Was ist los?«, fragte sie alarmiert.

Isolde wand sich zunächst, dann sagte sie: »Nun, Julius Mühling ist dafür bekannt, nachtragend zu sein.«

»Was soll er machen?« Ich sah die anderen der Reihe nach an. »Wir haben alle gesehen und gehört, wie er sich hier aufgeführt hat. Er hat Diana angegriffen. Er hat uns massiv beleidigt. Alle Frauen am Tisch als Nutten bezeichnet. Sogar Kommissar Wickerling hat sich für uns eingesetzt. Haben Sie doch?«

Ich sah mich um, aber er war verschwunden. Nanu? Erst jetzt fiel mir auf, dass sich die Tische um uns herum geleert hatten und eine Limousine nach der anderen auf den Vorplatz gerollt kam, wendete und dann in der Nacht verschwand. Sah ganz so aus, als wollte keiner der prominenten Herrschaften mit der kleinen Auseinandersetzung in Verbindung gebracht oder gar als Zeuge bemüht werden. Jedenfalls nicht als Zeuge gegen Julius Mühling, der

Kunstprojekte finanzierte. Dazu gehörten auch Filme oder Tourneen von Musikern, wie ich wusste. Mit diesem Mann verscherzte man es sich nicht, wenn man weiterhin Karriere machen wollte.

»Erwin, ich möchte hier weg«, wisperte Bärbel, die aussah, als könnte sie sich kaum noch auf den Beinen halten.

Als Frank zu ihr ging, wandte sie sich ab.

Erwin bestellte ein Taxi für sein Täubchen, Diana, Bärbel und sich. Mit waidwundem Blick verfolgte Frank hilflos, wie der Wagen vom Hof fuhr. Bärbel hatte auf keinen seiner Versuche, sich bei ihr zu entschuldigen, reagiert.

»Meine Süße is sauer auf mich«, murmelte er und setzte sich neben dem Eingang der Galerie auf eine niedrige Mauer. Er war untröstlich, also hockte ich mich schweigend neben ihn und beobachtete die Aufräumarbeiten.

Jemand hatte helle Außenbeleuchtung eingeschaltet, die das schummrige Licht der Lampions nun überstrahlte. Eine resolut wirkende Frau, die ich zuvor hinter dem Büfett gesehen hatte, versammelte das Team um sich und verteilte die anfallenden Aufräumarbeiten. Kurze Zeit später fuhr einer der Mitarbeiter einen Lieferwagen des Cateringunternehmens vor. Die Servicekräfte räumten auf, stapelten Stühle, spülten Gläser, packten benutztes Geschirr in große Plastikkisten und räumten die kläglichen Überreste des Büfetts ab. Ihnen war anzusehen, dass sie müde waren und schnell nach Hause wollten.

Zwei Kellner standen rauchend abseits, und einer ihrer Kollegen mahnte sie zu mehr Einsatz, was sie komplett ignorierten. Sie wurden dafür von der Chefin barsch zurechtgewiesen. Dem darauffolgenden Wortgefecht entnahm ich, dass die beiden Arbeitsverweigerer neu im Team waren. Anschließend machten die beiden Männer sich mürrisch daran, Tische zusammenzuklappen und im Schneckentempo in den Lieferwagen zu laden.

»Das hat man nun davon, dass man jemandem einen Gefallen … Ich hätte auf mein Gefühl vertrauen sollen«, murmelte die resolute Chefin, als sie an Frank und mir vorbei in die Galerie eilte, »denken, die Arbeit besteht darin, Models Champagner zu servieren … tss … Nie wieder nehme ich Leute, die ich nicht …«

Kaum war die Chefin außer Sicht, steckten die beiden gescholtenen jungen Männer die Köpfe zusammen und tuschelten. Sie fuhren auseinander, als sich eine Kollegin näherte, und machten mit ihrer Arbeit weiter.

»Ich geh mal rein. Nachgucken, wie weit Isolde und Maria sind«, sagte ich zu Frank.

Er nickte nur und sah nicht einmal hoch.

Isolde half der Frau, Sektgläser zusammenzusuchen und in eine Plastikbox zu stellen.

»Du kommst gerade recht, Loretta«, sagte sie, »sechs Hände schaffen mehr als vier. Frau Claassen hat sich ihren Feierabend mehr als verdient.«

»Aber das ist doch nicht Ihre Aufgabe, Sie sind doch Gäste«, wehrte die Frau ab, aber ihr war anzumerken, dass sie sich über die Hilfe freute.

Ich ging durch die Galerie und sammelte Gläser ein, die in Fensternischen und auf dem Boden standen. In einem Büroraum hinter der Ausstellungsfläche saß Maria mit dem Galeristen über Papieren. Ich klopfte an den Türrahmen, und sie sahen hoch.

»Irgendwelche Gläser hier? Wir räumen auf.«

»Ja, hier sind ein paar.« Der froschgrüne Herr Langner zeigte auf ein Tablett mit leeren Champagnerschalen, das auf einem Sideboard stand. Dann stutzte er und runzelte die Stirn. »Moment mal – ihr räumt auf? Aber dafür habe ich doch Leute engagiert!«

»Ein bisschen Bewegung tut gut«, sagte ich. »Alles ehrenamtlich. Und, Maria? Bist du zufrieden?«

Sie nickte und deutete auf die Papiere. »Funfssehn verkauft. Nur heute Abend. Ssssehr gut, Loretta. Dein Bild auch.«

Huch – tatsächlich?

Merkwürdige Vorstellung, dass ein Foto von mir jetzt ein Kunstwerk war. Nicht, dass wir uns missverstehen: Marias Bilder waren natürlich Kunst, aber schließlich war ich darauf zu sehen, wie auf einem x-beliebigen Schnappschuss vom Strand. Mit dem kleinen, aber teuren Unterschied, dass die berühmte Fotografin Maria Gonzalez es geschossen hatte. Und demnächst würde mein Porträt in einem mir fremden Raum bei mir vollkommen fremden Leuten hängen. Irgendwie fühlte ich mich unbehaglich bei dieser Vorstellung.

Dennoch gab ich mich erfreut, um sie nicht zu enttäuschen. »Das ist ja super! Du musst mir später unbedingt erzählen, wer es gekauft hat!«

Ich schnappte mir das Tablett und ließ die beiden wieder allein. Frau Claassen nahm mir die Gläser ab, bedankte sich überschwänglich und ging hinaus.

Ich sah ihr nach und sagte: »Was für ein Abend. Maria ist zufrieden, höre ich.«

Sofort leuchtete Isoldes Gesicht auf. »Ich freue mich mit ihr. Die Ausstellung ist ein großer Erfolg. Als Modefotografin ist sie weltberühmt, aber Porträts präsentiert sie zum ersten Mal. Sie war sehr aufgeregt.«

»Sie ist doch nicht sauer wegen der Sache mit Mühling?«, fragte ich vorsichtig.

Isolde verdrehte die Augen. »Hör bloß auf. Dieser Vollidiot. Führt sich auf wie 'ne abgerissene Handgranate. Von mir aus hätte Frank ihm ruhig ordentlich Prügel verpassen können. Ein blaues Auge reicht bei Weitem nicht, um ihn zur Vernunft zu bringen.«

Wie aufs Stichwort tauchte Frank auf. »Bleimwa noch lange?«, lallte er weinerlich und mit verdächtig geröteten Augen. »Bärbel. Ich will zu meine Süße. Muss 'tschulligung sagen.«

Maria hatte noch mit Lasse Langner zu reden, also verabschiedeten wir uns und nahmen ein Taxi.

Als wir bei den Ferienhäusern ankamen, war dort alles hell erleuchtet, und es herrschte eine gewisse Hektik. Erwins Auto stand mit offenem Kofferraum in der Einfahrt, und er schleppte Gepäck aus dem Haus, das er in den Wagen lud.

Es stellte sich heraus, dass Doris einen Anruf bekommen hatte: Eine ihrer Enkelinnen, die gerade schwanger war, hatte sich den rechten Arm gebrochen und brauchte dringend Hilfe. Ehrensache, dass Doris und Erwin sofort abreisten.

»Aber kannst du denn fahren?«, fragte ich ihn eingedenk der Menge Alkohols, die er während der Party konsumiert hatte.

»Muss er nicht«, sagte Bärbel schmallippig, die gerade einen Koffer heranschleppte. »Ich fahre. Ich bin nüchtern.«

Frank stand leise schwankend da und begriff überhaupt nichts. Verdattert sah er zu, wie Bärbel das Gepäck in den Kofferraum wuchtete. Das Ausmaß seiner Verblüffung war schon allein daran zu erkennen, dass er ihr nicht mit dem schweren Koffer half.

»Wieso fahrn wir denn schon?«, nuschelte er schließlich.

Ich kannte die Antwort, bevor Bärbel sie aussprach.

»Nicht wir fahren«, sagte sie zu ihm, ohne ihn anzusehen. »Ich fahre nach Hause. Ohne dich. Ich brauche ein paar Tage Abstand, Frank. Ich muss nachdenken.«

»Ach du liebes bisschen«, murmelte Isolde neben mir.

»Aba du kannz doch nicht ohne mich …«

Frank – schlagartig ernüchtert – lief hinter Bärbel her, aber sie ignorierte ihn konsequent. Ihm blieb nichts übrig, als sie gewähren zu lassen, wenn er alles nicht noch schlimmer machen wollte.

Als alles verpackt war, verabschiedeten wir uns schweren Herzens. Ich war sehr traurig, den Rest des Urlaubs ohne Doris, Erwin und Bärbel verbringen zu müssen – und ich wollte mir nicht ausmalen, wie schlecht Franks Laune sein würde.

Sie fuhren los, und mir fiel auf, dass ich Diana nirgends sah. Ich suchte alles nach ihr ab und fand sie schließlich schlafend in ihrem Schlafzimmer, laut schnarchend. Der Raum duftete dezent nach Alkohol.

»Ich schlafe drüben«, sagte ich zu Isolde, die mir gefolgt war. »Da ist ja jetzt Platz genug. Und Frank ist nicht so alleine.«

Ich holte das Bettzeug aus meinem Zimmer, und wir gingen wieder rüber. Frank hockte stumm auf dem Sofa. Das Haus war still und leer. Isolde und ich sahen uns an, und sie seufzte leise.

»Ich mach uns mal einen schönen Tee«, sagte sie dann betont fröhlich. »Frank, für dich auch?«

Er hob ganz langsam den Kopf, in seinen Augen standen Tränen. »Und wat soll dat bringen? Bärbel is wech.«

»Das kriegen wir schon wieder hin«, erwiderte Isolde. »Lass ihr Zeit, Frank. Du wirst sehen, sie beruhigt sich wieder. Jetzt ist sie sauer auf dich, aber ihr liebt euch doch.«

»Ich muss raus anne frische Luft«, würgte er hervor. »Die Bärbel is wech.«

Er stand auf und ging hinaus auf die Terrasse.

Wieder seufzte Isolde. »Das ist alles nicht gut«, sagte sie. »Gar nicht gut.«

Wie recht sie hatte.

Kapitel 8

Jede Menge miese Laune und eine Meerjungfrau mit dem Gesicht eines Kirmesboxers

Als Isolde und ich mit dem Tee auf die Terrasse kamen, war Frank auf einer Liege eingeschlafen. Ich rüttelte probeweise an seiner Schulter, aber er wachte nicht auf.

»Lass ihn, ist besser so«, sagte Isolde. »Bevor wir ins Bett gehen, holen wir für ihn noch eine Wolldecke, das reicht.«

Wir setzten uns an den Tisch und genossen den heißen, süßen Tee. Die Nachtluft war mild und würzig, es herrschte die tiefe Stille ländlicher Gegenden.

Isolde deutete mit dem Kopf in Richtung Frank. »Ich hoffe, das renkt sich wieder ein mit den beiden.«

»Sie ist jedenfalls stinksauer. Wir müssen ihn unbedingt davon abhalten, ihr hinterherzufahren. So gut kenne ich sie, dass er damit alles noch sehr viel schlimmer machen würde. Er darf ihr auf keinen Fall auf die Pelle rücken.«

»Was hat sie denn überhaupt derart wütend gemacht, dass sie nicht einmal mehr mit ihm sprechen wollte? So habe ich sie zuvor noch niemals erlebt.«

Ich erzählte Isolde in groben Zügen von Franks Vorgänger, dem Vater von Bärbels Kindern. Er hatte sie verprügelt, und wenn Bärbel auf etwas empfindlich reagierte, dann war es körperliche Gewalt. Das hasste sie wie die Pest.

»Frank hat auch meinem Ex einmal die Nase gebrochen«, schloss ich, »das war letztes Jahr.«

Angesichts Isoldes hochgezogener Brauen fügte ich eilig hinzu: »Er ist kein Schläger oder so. Damals hat Tom mich bedrängt, und Frank hat eingegriffen. Dafür bin ich ihm dankbar. Aber als er und Bärbel zusammengekommen sind, hat er ihr hoch und heilig versprochen, die Fäuste nicht mehr auszupacken. Und dieses Versprechen hat er heute gebrochen.«

Isolde nickte. »Haben wir ja alle gesehen.«

»Genau. Und du hast ja vorhin selbst gesagt, dieser Kerl hätte ordentlich Prügel verdient, nicht wahr? Aber auch wenn Frank Dianas Ehre verteidigt hat gegen diesen … diesen … wie heißt der Idiot noch gleich?«

»Julius Mühling.« Sie verzog den Mund. »Ein wirklich, wirklich unangenehmer Typ. Aber …« Sie brach ab und wich meinem Blick aus.

Sofort erwachte mein Misstrauen. »Aber?«

»Er ist sehr einflussreich. Und überaus nachtragend, aber das sagte ich ja bereits. Er kann es überhaupt nicht leiden, abgewiesen zu werden. Und erst recht nicht vor Publikum. Dass er selbst die Öffentlichkeit gesucht hat, spielt dabei keine Rolle.«

Ich zuckte mit den Schultern. »Dieser Idiot. Er hätte einfach nur die Klappe halten müssen, dann hätte es niemand mitgekriegt. Aber nein, er musste Diana vor allen Leuten blöd anmachen und beleidigen. Mächtig großer Fehler.«

»Julius Mühling macht niemals Fehler, verstehst du? Und wenn er doch welche macht, wird so lange an der Sache rumgeschraubt, bis es nicht mehr sein Fehler ist. Darin hat er Erfahrung. Wir können nur darum beten, dass er morgen alles vergessen hat und nach Hause fährt. Sonst …«

»Sonst was? Was soll er denn machen?«

Ich bekam keine Antwort, denn wir hörten vor dem Haus ein Auto anhalten.

»Das ist Maria«, sagte Isolde und ging nach vorne.

Ich blieb wütend und verwirrt zurück. Herrje – die ganze Sache stank mir gewaltig.

Da kam so ein Kerl daher und mischte alles auf, und am Ende des Abends blieben nur Trümmer zurück. Besoffenes Herumgegröle, eine Schlägerei, Beleidigungen, Drohungen, Party gesprengt, ein entsetzter Gastgeber, Bärbel abgereist. Ganz sicher nicht das, was vor allem Maria sich von der Vernissage erhofft hatte. Für sie tat es mir besonders leid. Bei alldem fand ich allerdings am schlimmsten, dass die Beziehung von Bärbel und Frank deshalb auf der Kippe stand.

Als Isolde zusammen mit Maria zurückkam, war diese schon über die aktuelle Entwicklung der Ereignisse aufgeklärt.

»Diessse sssüße kleine *hombre*«, sagte Maria mit Blick auf den schlafenden Frank, »viel Ehregefühl. Haut diessse Julius einfach auf die Auge.«

»Weißt du zufällig, ob er morgen abreist?«, fragte Isolde. »Dann hätten wir Ruhe vor ihm.«

Maria schüttelte den Kopf. »Nein, er hat noch Termine hier. Mit Lasse, wegen neue Projekte. Besser, wenn Frank und er nicht begegnen.«

Na, das konnte ja heiter werden.

»Doris und Erwin haben doch Karten für einen Segeltörn morgen«, sagte Isolde plötzlich in unser Schweigen hinein, »die liegen auf dem Esstisch. Mit einer Nachricht, dass wir sie nicht verfallen lassen sollen. Wie wäre es – Loretta, du machst den Ausflug mit Frank. Das bringt ihn auf andere Gedanken.«

»Aber wollt ihr denn nicht selbst …?«

Isolde und Maria fassten sich an den Händen und sahen sich verliebt an. »Wir zwei alten Mädchen können etwas Ruhe und Erholung brauchen. Wir gehen an den Strand«, sagte Isolde. »Einverstanden, *mi amor?*«

Maria nickte und küsste die Hand ihrer Geliebten.

Ehrlich gesagt – ich wusste nicht so recht. Eigentlich hatte ich keine Lust, für ihn das Kindermädchen zu spielen. Ob ihn das wohl aufheitern konnte, falls er überhaupt zu diesem Törn zu überreden war? Oder würde ich den Tag mit einem unterirdisch gelaunten Frank verbringen, den ich irgendwann nur noch über die Reling kippen wollte, weil er mir den letzten Nerv raubte? Aber dann hielt ich inne und schimpfte mit mir selbst. Frank war mein Freund, und es war ein Freundschaftsdienst, den Tag mit ihm zu verbringen. Basta.

Natürlich hatte ich mit meiner Einschätzung vollkommen recht gehabt: Franks Laune war am nächsten Morgen unbeschreiblich schlecht. Nachdem er auf der Gartenliege erwacht war, schlurfte er mit zerknittertem, bartstoppeligem Gesicht und Zornesfalte zwischen den Augenbrauen durchs Haus und beantwortete meine Versuche, ihn anzusprechen, mit unverständlichen Grunzlauten.

»Kaffee, Frank?«

Grunz.

(War nur als Nein zu interpretieren.)

»Hast du gut geschlafen?«

Grunzmurmelschnaub.

(Eher nicht, vermutete ich.)

»Kann ich irgendwas für dich tun?«

Schnaubschnaubmurmelgrunz.

(Klang ganz so, als empfahl er mir, mich um meinen eigenen Kram zu kümmern.)

Er verschwand ins Bad. Nachdem er ausgiebig geduscht hatte, sah er leidlich besser aus. Zum Rasieren hatte es allerdings nicht gereicht, doch ich würde mich hüten, ihn darauf anzusprechen. Widerwillig ließ er sich von mir zum Frühstück nach drüben zu Isolde, Maria und Diana schleppen, wo ihm immerhin sofort sein geliebter *Expresso* kredenzt wurde.

Der Himmel war wolkenlos, aber der Wind ließ den Sonnenschirm über dem Tisch ordentlich flattern.

Wir setzten uns, waren jedoch nur zu viert. Diana sei noch im Tiefschlaf und trotz aller Bemühungen nicht aufgewacht, erklärte Isolde kichernd.

»Perfektes Wetter für euren Segeltörn«, sagte sie dann. »Wann müsst ihr zwei los?«

Ups – das hatte ich noch nicht geklärt.

Frank, der sich gerade stoisch durch ein Fleischsalat-Brötchen mampfte, hörte mit dem Kauen auf und sah hoch. »Hmpf?«

»Wir haben von Doris und Erwin Karten für einen Törn mit einem Dreimaster«, erklärte ich ihm munter. »Das wird super. Perfektes Segelwetter heute.«

Er schluckte und stierte mich an, als hätte ich nicht mehr alle stramm. Seine Stirn umwölkte sich. »Segeltörn … pfff … bestimmt nich. Keine Zeit für. Ich hab wat anderet vor. Ich fahr nach 'm Frühstück los. Zu Bärbel.«

»Auf gar keinen Fall!«, rief Isolde resolut, während ich gleichzeitig blaffte: »Das wirst du nicht tun!«

»Ihr könnt mich nich aufhalten«, gab er heftig zurück, nachdem er sich von seiner Verblüffung über unsere barsche Reaktion erholt hatte. Er lehnte sich zurück und sah uns angriffslustig an. »Ich will zu meine Süße.«

»Höre sssu, *hombre*«, sagte Maria ganz sanft, »du musse deine *mujer* Sssseit gebe.«

Isolde nickte. »Maria hat recht, Frank. Gib ihr Zeit. Sie ist wütend und enttäuscht, aber sie wird sich beruhigen. Bestimmt. Sei ein kluger Mann und lass ihr ein paar Tage, damit sie merkt, wie sehr sie dich vermisst.«

Frank starrte bockig auf sein Frühstücksbrettchen. »Ich will zu meine Bärbel. Sofort. Wieso überhaupt wütend? Wat habbich denn gemacht?«

Innerlich verdrehte ich die Augen. So war das also: Ich musste ihm wie einem Kleinkind erklären, dass er unartig gewesen war. Ich atmete dreimal tief durch, um ruhig zu bleiben.

»Du hast dich geprügelt, falls ich dich erinnern darf. Und du hattest Bärbel versprochen, das nicht mehr zu tun«, sagte ich. »Du wirst dich entschuldigen und ihr bei allen Heiligen schwören müssen, dass dir das nie mehr wieder passieren wird. Unbedingt. Aber nicht heute. Und morgen auch nicht. Oder übermorgen. Dazu ist es viel zu früh, glaub mir, Frank.«

Er verschränkte die Arme vor der Brust. »Der Typ is frech geworden. Der hat die Diana beleidicht. Und alle anderen Fraun am Tisch. Der hat dat verdient.«

»Selbst wenn er es herausgefordert hat, hast du dich falsch verhalten!«, gab ich zurück. »Zuzuschlagen ist unter deinem Niveau, Frank. Du hättest den Idioten einfach labern lassen sollen. Hast du aber leider nicht. Und damit dein Versprechen Bärbel gegenüber gebrochen. Wenn du sie behalten willst, bleibst du hier und hältst die Füße still.«

Er warf mir einen wütenden Blick zu. »Aber auf dat dämliche Schiff geh ich trotzdem nich. Kannze mit Diana machen.«

Wie aufs Stichwort kam Diana auf die Terrasse gewankt: Bademantel, Sonnenbrille, eine Tüte mit Tiefkühlerbsen an die Stirn gedrückt. Sie ließ sich schwer auf ihren Stuhl plumpsen und stöhnte.

»Na? Lust auf einen Segeltörn?«, flötete ich zuckersüß.

»Sicher. Aber nur, wenn du von mir vollgekotzt werden willst«, fauchte sie zurück.

»Unbedingt. Ich bestehe darauf. Das ist doch das Beste an einem Segelausflug zusammen mit dir.«

Wir – sogar Frank – lachten, nur Diana verzog das Gesicht und hielt sich gequält die Ohren zu.

Dann winkte sie mit matter Hand ab. »Ich werde das Haus nicht verlassen. Gardinen zu, Couch, Kaffee, Kopfschmerztablette – das ist heute mein Programm. Kein Strand, kein Segeltörn. Basta.« Sie nahm Franks lädierte Hand, studierte sie ausgiebig und fügte hinzu: »Wenn jemals jemand einen ordentlichen Schlag aufs Maul verdient hat, dann dieser Kerl gestern. Gut gemacht, Frank.«

Ich zuckte zusammen – das war jetzt nicht gerade der produktivste und diplomatischste Gesprächsbeitrag, fand ich. Prompt breitete Frank in einer Wenigstens-eine-hier-versteht-mich-Geste die Arme aus und sah triumphierend in die Runde.

Diana fand sich von drei Augenpaaren strafend angestarrt. »Was ist denn los?«, fragte sie verblüfft.

Mir ging auf, dass sie nicht auf dem Laufenden sein konnte. Sie war gestern Abend betrunken ins Bett gekippt und hatte von der Abreise der anderen nichts mitbekommen. Isolde brachte sie auf den Stand der Dinge.

»Ach soooo … Bärbel ist sauer.« Diana stupste Frank an. »Lass den Kopf nicht hängen. Gib ihr einfach ein paar Tage Zeit, und dann redest du mit ihr.«

Na also. Warum nicht gleich so.

Nachdem nun auch Diana auf unsere Seite gewechselt war, beruhigte Frank sich endgültig. Er war jetzt doch geneigt, unseren Rat anzunehmen und seiner geliebten Bärbel ein paar Tage Abstand von ihm zuzugestehen.

Zwei Stunden später standen wir mit 100 oder mehr anderen Ausflüglern am Hafen und warteten darauf, den dunkelgrünen Dreimaster namens *Kallianass*a entern zu dürfen. Die Masten mit den noch gerefften Segeln ragten so schwindelerregend hoch in den beinahe dunkelblauen Himmel, dass ich mir kaum vorstellen konnte, wie es für die Mitglieder der Crew sein musste, oben an der Spitze auf der winzigen Plattform zu stehen. Frank und ich liefen aufgeregt an dem eleganten Schiff entlang und amüsierten uns köstlich über die Galionsfigur am Bug, eine blonde Meerjungfrau mit den groben Gesichtszügen eines Kirmesboxers. Kichernd posierten wir gegenseitig für Fotos mit dem bestürzend hässlichen Geschöpf aus Holz, und ich war insgeheim froh, dass Frank zu gewohnter Form zurückgefunden hatte.

Endlich durften wir an Bord gehen. Frank und ich stürmten sofort die schmale Treppe hoch zum Oberdeck, eine Art Sonnenterrasse auf gleicher Höhe mit der Brücke des Kapitäns. Dort sicherten wir uns zwei bequeme Deckstühle mit bester Sicht aufs Wasser.

Nachdem uns der Kapitän über einen knarzenden Lautsprecher mit Informationen versorgt hatte, was den Namen des Schiffs (eine Meeresnymphe aus der griechischen Mythologie), Verhalten bei Notfällen, die Benutzung der Rettungsinseln und Ähnliches anging, ging es endlich los.

Der Schiffsmotor wurde angeworfen, und beißender Dieselgestank umhüllte uns, aber die durchaus steife Nordseebrise wehte ihn gleich wieder weg. Leider war es zu windig, um alle Segel zu setzen (»Dann haut es uns gleich auf die Seite«, scherzte der Kapitän), aber schließlich wurden unter der begeisterten und tatkräftigen Mithilfe einiger männlicher Ausflügler einige Segel gelöst. Der Motor verstummte, und das weiße Tuch blähte sich majestätisch im Wind. Prompt legte sich die *Kallianassa* schräg und nahm rasante Fahrt auf. Jetzt wusste ich auch, warum die Stühle, auf denen wir saßen, fest mit dem Decksboden verschraubt waren – bei dieser Schräglage wären wir sonst kreuz und quer über die Planken geschliddert. Auf dem Deck unter uns kreischten die Leute an der

Reling auf, als Gischtfontänen vom eintauchenden Bug hochspritzten und sie großzügig mit Salzwasser benetzten.

Es war herrlich. Trotz Windstärke 7 – auch darüber hatte der Kapitän uns informiert – und sichtlich aufgewühlter See glitt der Dreimaster völlig ruhig durch die Wellen. Kein Auf und Ab oder Hin und Her, wie ich es befürchtet hatte – keine Übelkeit in Sicht.

Frank blinzelte in die Sonne und strahlte mich an. »Boah, wie geil is dat denn?«, rief er begeistert. »Ich war noch nie segeln! Du schomma, Loretta?«

Ich schüttelte den Kopf. Nein, auch für mich war es eine Premiere. Nicht sehr fein von mir, aber ich dankte innerlich Doris' Enkelin dafür, dass sie sich den Arm gebrochen und mir so diesen Ausflug ermöglicht hatte.

Es gab nur das Hier und Jetzt: das blaue Meer, die Möwen über uns, die weißen Segel, den Duft des Salzwassers, gut gelaunte Menschen um uns herum. Aus den Lautsprechern krächzten einschlägige Shantys, und ich konnte nicht anders, als mitzusingen.

»Ich muss mal zum Klo«, sagte ich irgendwann und stand auf. »Soll ich dir was zu trinken mitbringen?«

Frank nickte. »Bierchen, wennse haben.«

Das Laufen erwies sich auf den schrägen Planken als durchaus schwierig. Ich taumelte einige Schritte in Richtung Reling und klammerte mich fest, dann nahm ich Anlauf und turnte die schmale Treppe hinunter. Der Weg zur Toilette führte durch die Schiffsbar. Der Tresen war umlagert von einer lärmigen Männerrunde in teurer Freizeitkleidung in maritimem Stil. Die Tische waren ebenfalls alle besetzt. Mir war das ein Rätsel: Wie konnten die Leute freiwillig unter Deck sitzen, anstatt die frische Luft und den Blick über das Meer zu genießen?

Auf dem Rückweg drängte ich mich zum Tresen durch, um Frank ein Bier und mir ein Mineralwasser zu holen. Ich hatte einige Mühe, die Aufmerksamkeit des Barkeepers zu erlangen, denn die fröhlich feiernde Herrenrunde hielt ihn schwer auf Trab. Schließlich gelang es mir, unsere Getränke zu bestellen.

»Und dann hab ich es diesem blonden Feger in der Scheune so richtig besorgt«, grölte eine trunkene Stimme ein Stück weiter den Tresen hinunter, und einige Männer lachten dröhnend.

Es war eine Stimme, die ich nie wieder zu hören gehofft hatte: die von Julius Mühling nämlich. Erschrocken wandte ich mich ab und kehrte ihm den Rücken zu. Verdammt, wenn Frank und er sich hier über den Weg liefen, würde es nicht gut enden. Ich überlegte fieberhaft, wie ich an meine Getränke kommen sollte, ohne mich wieder umzudrehen. Das hätte noch gefehlt, dass er mich sah und das Theater wieder von vorne losging.

»Und dann hat sie dir eine verpasst?«, fragte jemand. »Oder woher hast du dein blaues Auge?«

»Oh nein«, erwiderte Mühling, »das war so ein Wicht, der auch scharf auf die Kleine war. Glaubt mir, der sieht bei Weitem nicht mehr so gut aus wie ich!«

Ach guck, dachte ich, für die Kumpels gibt es also eine ganz eigene Version der Geschichte. Aber vielleicht hatte Mühling den Vorfall ja tatsächlich so abgespeichert, weil er gestern schlicht zu betrunken war, um sich heute daran zu erinnern? Und wenn wir großes Glück hatten, schlüpfte Frank sogar durch die Maschen seiner lückenhaften Erinnerung.

Vorsichtig linste ich in Mühlings Richtung. Unsere Augen trafen sich, und sein Blick wurde starr. War das also auch geklärt.

Ich warf dem Barkeeper das Geld auf den Tresen und schnappte mir die Getränke. Auf das Wechselgeld verzichtete ich angesichts der Situation. Eilig kehrte ich zu Frank zurück.

»Der Mühling ist unten in der Bar«, zischte ich.

»Wer?«

»Der Kerl von gestern Abend. Dem du auf der Party das blaue Auge verpasst hast.«

Sofort schaltete Frank in den Alarm-Modus. Er richtete sich auf und reckte den Hals. Aufmerksam scannte er das Deck nach seinem brandneuen Erzfeind ab. »Hat der Heiopei dich etwa doof angemacht? Soll ich …?«

Ich legte ihm die Hand auf den Arm. »Hat er nicht. Bleib cool. Er ist viel zu besoffen, um es die Treppe hoch zu schaffen.«

Frank knirschte buchstäblich mit den Zähnen. »Dat würd ich dem auch schwer raten, mir nich zu nahe zu kommen, dem Penner. Der is' schuld, dat meine Bärbel wech is'. Dat würd' der nich überleben, wenn ich den zwischen die Finger krich.«

Ach du Schande.

Tatsächlich tauchte Mühling nicht auf, und der Rest des Segeltörns verlief insofern friedlich, als es keinen Streit gab. Aber wir waren angespannt, und Frank ließ die Treppe keine Sekunde mehr aus den Augen.

Als die *Kallianassa* anlegte, blieben wir oben an Deck, bis Mühling und seine Kumpels von Bord gegangen waren.

Erst dann verließen wir das Schiff.

Kapitel 9

Eine Party in der Strandbar, ein paar Tänzchen in Ehren und ein Bräutigam mit einem sehr merkwürdigen Vornamen

Um uns von Mühling abzulenken, wollten Frank und ich zu den anderen, die wir am Strand wussten. Besser gesagt: Wir bahnten uns mühsam den Weg durch die Touristenmassen, die den pittoresken Hafen, das nicht minder pittoreske Dorf und die offizielle Passage zum Strand bevölkerten.

Im Urlaub haben ja alle unendlich viel Zeit und frönen der Entschleunigung – auch so ein bescheuertes Modewort, von dem keiner so recht weiß, was es bedeutet. Hier bedeutete es gerade, dass ich mir vorkam, als wäre ich in ein Zeitlupen-Universum katapultiert worden, in dem ich dazu verdammt war, mich nach wie vor in normaler Geschwindigkeit zu bewegen.

Aus meiner Sicht unendlich langsam schlenderten, trödelten und schlichen alle durch die Gegend, schoben ihre geliehenen Fahrräder oder standen wie lebendige Straßensperren einfach in Gruppen herum – müßig auf der Suche nach dem ultimativen Souvenir oder dem besten Platz auf der Terrasse der Pizzeria. Vor den Geschäften mit Touristenbedarf knubbelten sich Menschentrauben um monumentale Drehständer mit vollkommen nutzlosem Krempel für den Strand oder Ansichtskarten, Lenkdrachen, Schirmmützen, Sonnenbrillen und T-Shirts mit Aufdrucken wie *Moin, Moin!* oder *Ich bin eine Nordseekrabbe.* Brauchte man unbedingt. Nach einem endlosen Entscheidungsfindungsprozess schleppten sie dann Tonnen von diesem Trödel in die Geschäfte zur Kasse, als hinge ihr Leben vom Besitz dieser Produkte ab.

Hafen und Dorf waren klein, und außerhalb der Saison reichte der zur Verfügung stehende Platz bestimmt locker für alle. Ich konnte mir nicht vorstellen, dass die Einheimischen dann ständig zusammenstießen oder warten mussten, bis ein mit Menschen verstopfter Engpass wieder frei wurde.

Aber jetzt, im Sommer, zog es Urlauber sämtlicher Bundesländer an die Nordsee. Wir gehörten auch dazu, das war nun einmal Fakt. Kein Recht also, genervt zu sein. Dennoch: Mir war gerade ein bisschen so, als hätte ich keinen Einfluss mehr darauf, wohin die Masse mich spülen würde. Das gefiel mir überhaupt nicht. Am liebsten hätte ich mir den Weg freigeschossen, um ehrlich zu sein. Wenn ich morgens auf dem Weg zur Arbeit im Stau stand, ging es mir ähnlich: Ich wusste genau, dass ich nichts tun konnte – und trotzdem kochte das Blut in meinen Adern vor Ungeduld.

Die kurze Begegnung mit Mühling hatte mich aufgeregt.

Dieser Blick vorhin auf dem Segelschiff … der Mann hatte rein gar nichts von dem vergessen, was gestern passiert war. Und er war noch immer hier im Ort, wohnte vielleicht in einem der exklusiven Hotels oder hatte ein Ferienapartment mit Meerblick gemietet und hatte vor, noch ein paar schöne Tage an der Küste zu verbringen. Warum auch nicht – das war sein gutes Recht, auch wenn es mir nicht in den Kram passte. Denn so hatte er Zeit und Muße genug, seine Vergeltung zu planen.

Jede Wette – er wetzte bereits die Messer.

Wusste er, wer wir waren und wie wir hießen? Er könnte den Galeristen fragen – wir hatten alle auf der Gästeliste gestanden: Diana Jedamzik, Frank Kropka, Loretta Luchs. Alles keine Allerweltsnamen, auch Franks nicht. Wenn Mühling ihn finden wollte …

Von mir selbst genervt, schüttelte ich den Kopf, um diese dummen Gedanken zu vertreiben. Es ärgerte mich über alle Maßen, dass dieser Mensch mir durchs Gehirn geisterte, das wollte und durfte ich nicht zulassen. Ich hatte Urlaub, ich wollte Spaß haben. Und nicht an diesen Blödmann denken, der weiß Gott schon genug Unheil angerichtet hatte.

»Wat is los?«, fragte Frank, den ich vollkommen vergessen hatte.

»Nix«, antwortete ich.

»Und warum hasse dann den Kopp geschüttelt?«

Ich würde den Teufel tun und ihm verraten, worüber ich gerade nachgedacht hatte, also sagte ich: »Hab mir selbst eine Frage gestellt und die Antwort war Nein.«

Er starrte mich verdutzt an und bemerkte deshalb das Hindernis nicht, das unerwartet unseren Weg versperrte. Die ganze Zeit schon waren wir in ihrem Kielwasser spaziert, aber dann blieb diese schreckliche, unablässig vor sich hin lärmende Großfamilie urplötzlich stehen, um in ein Schaufenster voller Leuchttürme in allen Größen, Holzkutter und Möwenstatuen zu gaffen – die üblichen Nordsee-Devotionalien halt.

Ich konnte einen Zusammenprall verhindern und umkurvte sie in letzter Sekunde, aber Frank hatte nicht so viel Glück und trat dem unrasierten, halbglatzigen Familienoberhaupt in die Hacken. Der Mann fuhr sofort aggressiv herum, wild entschlossen, den Übeltäter zur Rechenschaft zu ziehen. Ich sah Unheil nahen und hastete zurück, um mir Franks Hand zu schnappen und ihn aus der Gefahrenzone zu ziehen.

»Bisse blind oder wat? Pass demnächs gefällichs auf, wode hinläufs, du Trottel!«, blökte der Mann hinter uns her.

Toll, da bist du weit weg von zu Hause, aber der Ruhrpott verfolgt dich überallhin, dachte ich.

Frank stockte prompt, aber ich zerrte ihn unnachgiebig weiter.

»Dreh dich nicht mal um«, zischte ich ihn an und bog mit ihm an der Hand in den Weg ein, der zum Strand führte. Ich spürte seine Gegenwehr und sein Bedürfnis, sich mit dem Mann anzulegen. Das würde ich verhindern, und wenn es das Letzte war, das ich in meinem Leben machte.

Ich hatte die Nase voll von diesen testosterongeschwängerten Revierkämpfen.

Nachdem ich uns außerhalb der Gefahrenzone wähnte und ihn losgelassen hatte, marschierten wir in verbissenem Schweigen nebeneinander her. Auch hier war eine Menge los, denn der Großteil der Strandbesucher war jetzt, am Spätnachmittag, bereits unterwegs zum Abendessen. Umso besser – dann war am Strand wenigstens Ruhe, und ich musste nicht ständig aufpassen, ob Frank mit irgendwem Streit kriegte.

Herrje – diesen Urlaub hatte ich mir wahrlich anders vorgestellt.

Zu unserer Überraschung waren Isolde und Diana in der Strandburg, dafür fehlte Maria. Eine kurzfristig angesetzte Besprechung in der Galerie, erklärte Isolde. Diana hatte einen Strohhut auf dem Gesicht liegen und schien zu schlafen – jedenfalls reagierte sie nicht auf unsere Ankunft. Ich setzte mich in den freien Strandkorb und klopfte auffordernd auf den Platz neben mir, aber Frank reagierte nicht darauf. Erst stand er unschlüssig herum, dann zog er Jeans, Khakijacke und Sneakers aus, sodass er nur noch seine neongelbe Badehose und ein grellgrünes Tanktop trug. Schließlich grummelte er etwas von »ein paar Schritte laufen« und stapfte in Richtung Wasser beziehungsweise Watt davon.

»Wer nicht will, der hat schon«, murmelte ich und machte es mir bequem.

Isolde klappte ihren Krimi zu, beschirmte die Augen mit der Hand gegen die glitzernde Sonnenreflexion auf dem glänzenden Watt und blickte Frank hinterher. »Welche Laus ist dem denn über die Leber gelaufen?«

»Außer der, dass seine Freundin abgereist ist?«, fragte ich kiebig und erkannte sofort, dass ich mich im Ton vergriffen hatte. »Tut mir leid, Isolde. Ich … Julius Mühling war auf dem Segelschiff. Das hat mir die Laune verdorben. Maria hatte ja gesagt, dass er noch bleibt, um mit Langner Projekte zu besprechen, aber das hab ich wohl irgendwie verdrängt. Ich hatte wirklich gehofft, er ist schon am anderen Ende der Welt und nervt *dort* irgendwen mit seinen grottenschlechten Manieren. Eigentlich sollte der Ausflug heute Frank auf andere Gedanken bringen, aber jetzt …«

Isolde zog scharf die Luft ein. »Himmel hilf. Hat Mühling … sind die beiden …?«

Ich schüttelte den Kopf und linste rüber zu Diana. Sie lag noch immer bewegungslos da, trotzdem senkte ich die Stimme. »Es gab keinen Kontakt zwischen Frank und ihm. Ich sah Mühling zufällig mit ein paar Saufkumpanen unter Deck an der Bar. Natürlich floss der Alkohol in Strömen. Er gab eine sehr kreative Version der Geschichte zum Besten, wie er zu seinem blauen Auge gekommen ist. Und er schwadronierte lautstark von einer gewissen Blondine, der er es in der Scheune so richtig besorgt habe, wenn ich seine überaus eloquenten Worte zitieren darf.«

Diana fuhr hoch wie Dracula aus seinem Sarg und kreischte: »*Was* hat der gesagt?«

Verdammt.

»Vielleicht hat er ja eine andere Blondine …«

Mit einer brüsken Handbewegung schnitt sie mir das Wort ab. »So ein Blödsinn! Natürlich meinte er mich! Dieser Drecksack!«

Sie fuchtelte wild mit dem Strohhut herum, und mir wurde angst und bange. Sie war echt wütend. Warum hatte ich bloß nicht meine Klappe gehalten? Schließlich war ich die Einzige, die Mühlings dummes Macho-Gelaber gehört hatte. Na ja, abgesehen von seinen Kumpels an der Bar. Und all den anderen, die noch am Tresen gestanden hatten.

»Er war besoffen, diese anderen Typen waren besoffen. Keiner von denen weiß, dass er von dir gesprochen hat, Diana. Die kennen dich nicht. Und du wirst ihnen nie begegnen«, sagte ich.

»*Er* sollte sich wünschen, dass wir uns nie wieder begegnen.« Diana schnaubte. »Sonst packe ich mal aus.«

Isolde horchte auf. »Auspacken? Was meinst du?«

Ja genau, was meinte sie?

Diana schien einen Moment mit sich zu ringen, aber dann winkte sie ab. »Nichts von Bedeutung. Aber dieser Typ zieht mich in den Dreck. Vor anderen Leuten. Dazu hat er kein Recht. Gerade er nicht. Das nervt mich.«

Nichts von Bedeutung? Wer's glaubt …

Was war in der Scheune vorgefallen, von dem sie bisher noch nichts erzählt hatte? Allerdings hatte ich noch keine Gelegenheit gehabt, sie auszuquetschen, aber ich würde es schon noch herausfinden, nahm ich mir vor. Jetzt wäre für sie die optimale Gelegenheit gewesen: Wir waren unter Mädels, und es war so gar nicht Dianas Art, eine Chance auszulassen, sich über einen Mann wie

Mühling lustig zu machen. Ob er keinen hochgekriegt hatte? War er deshalb so aufgebracht?

War es zwischen den beiden überhaupt so weit gekommen? Bisher hatte ich den Eindruck, dass es nur um eine Fummelei im pieksenden Heu ging – ohne Happy End für Julius Mühling, natürlich. Eigentlich wäre jemand wie er doch geradezu prädestiniert für Dianas Domina-Nummer … Aber schließlich war sie ja auch im Urlaub, warum sollte sie also Lust haben, zu *arbeiten?*

Diana stand auf. »Ich gehe jetzt Frank holen. Und dann gönnen wir uns ein paar Cocktails an der Bar. Oder nein: Vorher ist mir noch nach Fett. Ich bringe auf dem Rückweg Grillhähnchen und Pommes mit. Wollt ihr auch?«

Isolde und ich nickten. Wir sahen Diana nach, wie sie entschlossen durch den weichen Sand in Richtung Watt marschierte. Ihre ganze Körperhaltung zeigte, wie sauer sie war.

»Ganz schön klein, dieses Dorf«, sagte Isolde schließlich. »Dass du Mühling auch noch mal begegnen musstest …«

»Irgendwann muss der doch mal abhauen. Hat Maria etwas gesagt? Hat er noch viele Termine mit diesem … diesem … wie heißt denn noch dieser Galerist?«

»Langner. Lasse. Keine Ahnung, Maria hat mir nichts erzählt. Aber Julius Mühling ist Langners größter Sponsor, er hat praktisch den Umbau dieses Gehöfts zur Galerie bezahlt, soweit ich weiß. Und nicht nur das: Er unterstützt viele Nachwuchskünstler und interessante künstlerische Projekte. Lasse berät ihn häufig bei der Auswahl derjenigen, die dann in den Genuss von Mühlings Großzügigkeit kommen. Könnte also noch eine ganze Menge zu besprechen geben.«

»Herrgott, können die das nicht in irgendeiner hippen Großstadt machen? London, Paris, Tokio?« Ich seufzte. »Oder findet dieser aufgeblasene Kerl es gerade supertoll, hier auf dem Dorf einen auf ganz dicke Hose zu machen, weil er in Berlin oder sonst einem offiziellen Mekka der Kreativbranche lediglich einer von vielen Angebern wäre und in absoluter Bedeutungslosigkeit versinken würde?«

Isolde kicherte leise. »Man weiß es nicht. Unter den Blinden ist der Einäugige König, weißt du doch. Aber wahrscheinlich hat Mühling, wie viele Menschen mit einem derart geblähten Ego, in Wirklichkeit schwere Minderwertigkeitskomplexe und will eigentlich nur geliebt werden.«

»Och, der Arme. Will nur auf den Arm, oder was?« Ich schüttelte den Kopf. »Wenn das sein eigentliches Ziel ist, sollte er sich mal schnellstens professionelle Hilfe holen.«

Damit hakten wir das Thema ab und beobachteten, wie eine winzige Diana über das glitzernde Watt lief und endlich weit draußen Frank erreichte, der an seinem neongelben Hintern und diesem fürchterlichen Shirt schon auf Hunderte Meter Entfernung zweifelsfrei zu identifizieren war.

Nachdem wir uns mit Frittiertem vollgestopft hatten, räumten wir zusammen, verstauten Badelaken, Stühle und alles andere in den Strandkörben und verschlossen sie mit dem Holzgitter. Es war Zeit für ein paar gepflegte Cocktails.

Die Strandbar war gut gefüllt, aber wir fanden noch einen Tisch für vier Personen. Der DJ legte Calypso auf, und die Barbesucher wippten gut gelaunt im Rhythmus mit. Eine Gruppe junger Männer feierte Junggesellenabschied in knallroten T-Shirts, die mit *Ubbo heiratet und wir besaufen uns auf seine Kosten* bedruckt waren. Der Bräutigam mit dem eigenartigen Namen Ubbo trug ein Sträflingskostüm und eine alberne Groucho-Marx-Brille mit doofer Nase und Schnäuzer. Die fröhliche Truppe räumte spontan ein bisschen um und schuf so eine improvisierte Tanzfläche. Ihre gute Laune animierte viele der anderen Gäste, ebenfalls das Tanzbein zu schwingen. Offenbar hatten wir uns für den Besuch der Strandbar genau den richtigen Abend ausgesucht. Es wurde gefeiert, gelacht und geschwoft, und als Harry Belafonte erklang, gab es auch für uns kein Halten mehr.

Wenn ich *uns* sage, meine ich Diana, Isolde und mich. Frank war nicht aus seinem Stuhl zu bewegen und zog es vor, düster in sein Cocktailglas zu starren. Wir Mädels ließen uns die Laune nicht verderben und tanzten mit ständig wechselnden Herren. Ich hatte zweimal das Vergnügen mit dem Bräutigam, der tatsächlich Ubbo hieß, wie er auf Nachfrage bestätigte. Er war bester Laune und ließ keine der anwesenden Damen aus. Eine nach der anderen forderte er auf und zog sie auf die Tanzfläche. Sein tänzerisches Repertoire reichte vom Discofox bis zum wilden Freestyle, da war er anpassungsfähig – die jeweilige Dame hatte die Wahl. Zwei andere Burschen, die am Rand der Tanzfläche standen, ohne mitzufeiern, kamen mir vage bekannt vor, aber ich hätte nicht sagen können, woher. Vom Segeltörn? Vom Strand? Oder vom örtlichen Supermarkt, vielleicht? Egal.

Es wurde langsam dunkel, und die Lampionketten gingen an. So schön es war – ich wurde allmählich müde.

Ich tanzte an Isolde ran und sagte: »Was meinst du – Aufbruch?«

Sie nickte. »Von mir aus gerne. Wird Zeit, dass ich ins Bett komme. Wo sind die beiden anderen?«

Ich sah mich um. Keine Diana auf der Tanzfläche.

Wir gingen zu unserem Tisch.

Keine Diana, auch Frank war verschwunden.

Verdammt. Wo waren die beiden abgeblieben?

»Vielleicht sind sie an den Strand gegangen. Ich kann mir nicht vorstellen, dass sie nach Hause sind, ohne Bescheid zu sagen. Soll ich sie suchen?«

»Mach das. Darf die alte Frau sich hier so lange ausruhen und noch ein Gläschen Sekt trinken?« Isolde grinste und sank graziös auf einen Stuhl.

Ich grinste zurück. »Lass dich nicht von fremden Männern anquatschen …«

Im letzten Licht des Tages suchte ich den Strand nach meinen Freunden ab. In unserer Strandburg waren sie nicht – dort sah ich zuerst nach. Hier und da saßen noch Leute in ihrem Strandkorb oder hockten im Sand. Ob Diana und Frank doch schon in unser Feriendomizil zurückgekehrt waren? Als ich schon aufgeben wollte und am Deich entlang wieder auf dem Rückweg zur Strandbar war, entdeckte ich sie dort auf einer Bank.

»Hier seid ihr. Isolde und ich wollen los«, sagte ich.

»Jetschon?«, quengelte Frank wie ein kleiner Junge, der von seiner Mutter zum Abendessen gerufen wurde, aber den Spielplatz nicht verlassen wollte.

Diana tätschelte seine Hand. »Komm, wir trinken noch einen Absacker zusammen, und dann geht's ab in die Heia.«

Er sträubte sich, ließ sich aber schließlich von uns überreden, mitzukommen. In der Strandbar bestellten wir beim Kellner noch eine Runde Cocktails für alle und beobachteten den Trubel um uns herum. Frank war ungewohnt schweigsam, aber wir ließen ihn in Ruhe.

Alles war wunderbar und hätte ewig so weitergehen können, wenn ich nicht plötzlich wieder einmal eine gleichermaßen wohlbekannte wie verabscheute Stimme gehört hätte, die laut und grölend lachte und Champagner bestellte. Mühling. Die anderen schienen nichts bemerkt zu haben. Frank starrte in sein Glas, Diana und Isolde unterhielten sich angeregt.

Meine Gedanken rasten.

Wie kriegte ich Diana und Frank aus der Bar, ohne dass es zu einer Begegnung mit Mühling kam? Wenn er in der Begleitung seiner Kumpels vom Segelschiff war, konnte ich mir nicht vorstellen, dass er uns vornehm übersehen würde. Im Gegenteil: Er würde sich vor seiner Peergroup zwanghaft produzieren müssen, und das konnte nur nach hinten losgehen.

Franks Blick ging über meine Schulter, und plötzlich weiteten sich seine Augen. Auch ohne mich umzudrehen, wusste ich, was der Gong geschlagen hatte.

»Da sitzt das kleine Arschloch!«, röhrte Mühling, und schon stand er neben uns.

»Julius, lass es gut sein«, sagte Isolde besänftigend. Genau wie am Abend der Vernissage. Und genau wie an jenem Abend brachte es auch heute überhaupt nichts.

»Halt dich raus«, zischte er, ohne sie anzusehen. Nicht einmal

Diana schenkte er Beachtung. Sein Blick war starr auf Frank gerichtet. »Wir zwei sind noch nicht fertig miteinander, Freundchen. Dich mache ich fertig, und wenn es das Letzte ist ...«

Wütend schüttelte er seine Begleiter ab, die ihm zu unserem Tisch gefolgt waren. Einer davon war Lasse Langner, der Galerist. Allmählich wurden die Leute um uns herum aufmerksam. Sie hörten auf zu tanzen und gafften, denn die Show, die hier gerade geboten wurde, war deutlich interessanter.

Julius Mühling deutete auf den Mann neben sich. »Das hier ist mein Anwalt, Freundchen. Thomas Bender. Merk dir den Namen gut, denn du wirst jede Menge Post von ihm bekommen. Der wird dir den Arsch so aufreißen, dass du deines Lebens nicht mehr froh wirst. Ich verklage dich auf mehr Schmerzensgeld, als du in deinem ganzen Leben verdienen kannst. Ich werde dich zertreten.« Er wandte sich seinem Anwalt zu. »Thomas, das ist der Kerl. Tätlicher Angriff, Körperverletzung. Völlig ohne Grund.«

»Herrgott, hör doch endlich auf damit, du Idiot«, rief Diana. »Ist dein erbärmliches Leben wirklich so langweilig, dass du uns auf die Nerven gehen musst?«

»Seien Sie vorsichtig mit Beleidigungen, junge Dame«, knödelte der Anwalt pompös, »ich bin hier Zeuge. Und nach dem, was Herr Mühling mir von den empörenden Vorkommnissen am gestrigen Abend ...«

»Oh, davon habe ich gehört«, höhnte Diana, »lassen Sie sich gesagt sein, dass es mir Ihr Mandant keineswegs *besorgt* hat, wie er öffentlich behauptet. Wenn er das getan hätte und dabei noch einigermaßen geschickt gewesen wäre, sähen Sie mich jetzt deutlich entspannter. Vielleicht sollte ich ihn wegen übler Nachrede verklagen, was meinen Sie als Fachmann?«

»Passen Sie auf ...«, begann der Anwalt wieder.

Frank erwachte aus seiner Erstarrung. »Vielleicht passen *Sie* mal besser auf Ihrn Freund auf«, sagte er zum Anwalt, »ich lass mich nich bedrohn. Nich von so eim Kasper. Der soll sich ma schön fernhalten von mir, sonz gibs nochma auf die Nuss. Aber diesmal ’n bissken härter.«

Mühlings Gesicht wurde dunkelrot. »Du drohst mir, du Niemand? Hast du das gehört, Thomas? Er hat mir gedroht! Vor Zeugen! Du willst du dich wohl vor deinen kleinen Schlampen hier aufspielen, Freundchen. Glaub mir, du hättest dich nicht mit mir anlegen sollen. Mit Julius Mühling legt man sich nicht ungestraft an, da kannst du jeden fragen, der es jemals versucht hat. Jeden! Dein Leben ist vorbei, du armseliger Verlierer.«

Oh mein Gott, oh mein Gott, dachte ich halb hysterisch. Zu mehr war mein Gehirn nicht in der Lage. Dieser Mühling quatschte daher wie ein irrer Bösewicht aus einem viertklassigen Film, und mir fiel absolut nichts ein, was ich hätte tun können, um die Situation zu entschärfen. Unwillkürlich griff ich nach Franks Arm, aber der Stuhl neben mir war leer. Frank war längst um den Tisch herumgeflitzt und hatte Mühling einen ordentlichen Schwinger perfekt aufs Kinn platziert. Einmal mehr lag Julius Mühling auf dem Rücken wie ein Käfer.

Frank stand über ihm und schnaufte aufgeregt durch die Nase. »Komm mir nich nochma inne Quere«, sagte er, »sonz vergess ich mich. Und dann werden wir ma seh'n, ob mein Leben zu Ende is oder deins.«

Mühling sprang auf und brüllte herum, er wolle Frank den Hals umdrehen. Seine Begleiter hielten den Tobenden fest. Ich stellte mich zwischen sie und Frank und sah Langner flehend an. Er flüsterte mit dem Anwalt, dann nahm Bender den wütenden Mühling am Arm und führte ihn weg von uns.

»Es tut mir leid«, sagte Langner zu Isolde. »Du kennst ihn ja. Wenn er getrunken hat …«

Ich hatte die Nase voll. »Soll das etwa eine Entschuldigung sein? Finden Sie es in Ordnung, wie der Mann sich aufführt?«

Langner zuckte mit den Schultern. »Er reist morgen ab. Außerdem: Was erwarten Sie von mir? Soll ich ihn einsperren?«

Ich schnaubte. »Zu viel Angst, dass er Ihnen den Geldhahn zudreht, vermute ich mal.«

Isolde legte mir die Hand auf den Arm. »Nicht, Loretta. Lasse hat recht. Er ist nicht für Mühling verantwortlich.«

Lasse Langner guckte ein Anstandsminütchen lang betreten vor sich hin, dann nickte er zum Abschied und ging. Unser atemloses Publikum glotzte uns weiterhin erwartungsvoll an, dann begriffen die Leute langsam, dass die Show vorbei war. Die Jungs in den roten T-Shirts orderten eine weitere Runde, und die Party ging weiter, als wäre nichts gewesen.

Ich drehte mich zu den anderen um. »Ich habe die Nase voll. Lasst uns abzischen.«

Diana und Isolde nickten, aber Frank war verschwunden.

»Wo ist Frank?«, fragte ich alarmiert.

»Er will seine Ruhe, hat er gesagt. Er ist losmarschiert, ehe ich ihn aufhalten konnte.« Isolde wirkte besorgt.

Das war ich auch. »Wir müssen ihn suchen …«

Diana schüttelte den Kopf. »Nein, Loretta, wir lassen ihn in Ruhe. Er soll erst mal runterfahren. Und morgen sehen wir weiter.«

Kapitel 10

Die Neugier der Möwen, der fehlende Schlaf des Kommissars und die Leiden eines Notarztes

Jetzt war ›morgen‹, und was ich ›sah‹, war, dass vor unserer Strandburg der tote Julius Mühling saß.

Das hier hatte Diana mit Sicherheit nicht gemeint, als sie mich gestern Nacht beruhigen wollte. Neben mir zappelte der Besitzer des Handys und wartete darauf, dass ich endlich eine Nummer wählte. Ich dachte nach. Notarzt? Polizei? Gleich beide? Oder sollte ich es dem einen überlassen, den anderen zu informieren?

»Wollen Sie nicht mal allmählich jemanden anrufen?«, nörgelte der Typ. Plötzlich verlor er die Geduld. »Herrgott noch mal, geben Sie schon her.«

Er riss mir das Telefon aus der Hand und wählte drei Ziffern.

Nachdem er erklärt hatte, was los war und wo wir zu finden waren, unterbrach er die Verbindung und stopfte das Handy zurück in seinen Rucksack.

»Vielen Dank auch«, fauchte er wütend, »jetzt hänge ich hier fest. Und warum? Weil Sie ...« Er fuchtelte herum und wusste nicht mehr weiter.

»Weil ich *was?* Die Leiche hier deponiert habe, um Ihnen den Tag zu versauen? Wohl kaum, oder?«

»Trotzdem! So was hier«, er deutete auf den toten Mühling, »bedeutet immer Ärger!«

Aus Gründen der Diplomatie verzichtete ich darauf, ihn daran zu erinnern, dass er sich kaum 10 Minuten zuvor schier überschlagen hatte, um möglichst schnell die Leiche anzugaffen und Fotos von ihr zu machen. Als eine Möwe heransegelte und auf Mühlings Kopf landete, kämpfte er sichtlich gegen das Bedürfnis, sein Handy wieder herauszuholen und dieses einzigartige Motiv für die Nachwelt festzuhalten.

»Kscht!«, machte ich und klatschte in die Hände.

Die Möwe flatterte mit den Flügeln und erhob sich träge in die Luft, um sich dann auf einem unserer Strandkörbe niederzulassen.

Was hatte das Mistvieh vor?

Wollte es an Mühling picken?

Das ging mir dann doch zu weit.

»Wurde auch Zeit«, murmelte ich genervt, als endlich der knallrote Krankentransporter und ein Polizeiwagen mit Blaulicht und Sirenengeheul innen am Deich angerast kamen. Der Typ stand dort bereit, um die Leute zu unserer Strandburg zu führen. Ich hätte ihn gern gebeten, noch einmal sein Handy benutzen zu dürfen, um meine Freunde zu informieren, dass sie sich selbst um Frühstücksbrötchen kümmern mussten, hatte mich aber dann doch nicht getraut, ihn danach zu fragen.

Der Trupp aus Notarzt, zwei Sanitätern und zwei uniformierten Polizisten, angeführt von dem Wattwanderer, kam heran.

»Die da hat ihn gefunden«, sagte er und zeigte auf mich. Dann heftete er sich unauffällig an die Fersen des medizinischen Personals.

Am liebsten hätte ich ihn für die Unverschämtheit, mich als *die da* zu bezeichnen, in den Hintern getreten. Außerdem gehörte es sich nicht, mit dem nackten Finger auf angezogene Leute zu zeigen. Ich war so damit beschäftigt, seinen Rücken mit bösen Blicken zu durchbohren, dass ich mir die beiden Polizisten nicht näher ansah. Deshalb raffte ich erst, als ich von ihr angesprochen wurde, dass es sich bei einem der Beamten um eine junge Frau handelte – diese Uniformen waren wirklich alles andere als kleidsam.

»Moin. Polizeiobermeisterin Meike Benninga«, sagte sie. »Und das ist mein Kollege, Hinnerk Jürgens.«

Der Polizist tippte zum Gruß an den Schirm seiner Mütze, dann gesellte er sich zum Notarzt.

»Sie haben also diesen Toten gefunden, Frau …?«, fragte Polizeiobermeisterin Benninga.

»Luchs, Loretta Luchs«, erwiderte ich.

Sie hob einen Finger. »Kleinen Moment.«

Dann durchwühlte sie hektisch die beiden voluminösen Brusttaschen ihrer Uniformjacke, die so vollgestopft waren, dass sie ihre weiblichen Formen erfolgreich tarnten. Erst die linke, dann die rechte. »Schiet, verdammter«, murmelte sie, förderte aber schließlich ein kleines Notizbuch zutage. Sie blätterte das Büchlein auf, suchte nach einem Kugelschreiber und fand ihn, klick-klick, Mine rein, Mine raus, kritzelkritzel.

»Frau Luchs. Wann genau haben Sie den Toten entdeckt?«

Verdammt, wieder mal keine Uhr um. Und dabei hatte ich mir doch so fest vorgenommen, immer eine zu tragen – nur für den Fall, dass ich eine Leiche fand und der Polizei sagen musste, wann genau das gewesen war.

»So gegen halb acht, schätze ich. Circa 10 Minuten, bevor wir Sie gerufen haben. Das lässt sich über die Notrufzentrale doch bestimmt nachvollziehen? Genauer kann ich es nicht sagen, tut mir leid.«

Sie nickte und schrieb mit. »Was haben Sie hier am Strand gemacht? So früh am Morgen?«

Ich schluckte eine ganze Kanonade kesser Bemerkungen herunter, die mir spontan dazu einfielen. Was habe ich hier wohl so früh am Morgen gemacht, werte Frau Wachtmeisterin? Einen Schatz vergraben, vielleicht? Rauschgiftpakete aus dem Wasser gefischt, die meine Komplizen von einem vorbeifahrenden Frachter geworfen haben? Oder nackt die Sonne begrüßt und dabei meinen Namen getanzt?

Stattdessen sagte ich: »Ich war wattwandern. Ich entdeckte den Toten und wollte die Polizei alarmieren. Aber ich habe kein Handy bei mir. Also wandte ich mich an diesen Herrn dort, den ich im Watt sah. Er hat Sie dann angerufen.«

»Von da draußen wollen Sie den Toten gesehen haben? Das ist nicht möglich!«, verkündete sie mit einem Triumph in der Stimme, als hätte sie gerade den Fall geknackt.

Du kommst dir wohl unheimlich schlau vor, dachte ich gallig. Aber dann dachte ich, dass sie in ihrer jungen Laufbahn vielleicht noch nie mit etwas anderem zu tun hatte als geklauten Fahrrädern, Temposündern auf Landstraßen und aufgebrochenen Strandkörben. Und jetzt saß ein Toter an ihrem Strand. Kein Wunder, dass sie aufgeregt war und auf keinen Fall etwas falsch machen wollte. Außerdem hatte sie verdammt noch mal recht: Vom Watt aus war Mühling unmöglich zu sehen.

»Von dahinten bemerkte ich, dass sich hier enorm viele Möwen versammelt hatten. Sie hockten auf Strandkörben und schienen etwas in ihrer Mitte zu beobachten. Das machte mich neugierig. Als ich näher kam, sah ich, dass das … nun ja … *Objekt* ihres Interesses an unserer Strandburg saß.«

Sie blickte auf. »*Ihre* Strandburg?«

»Ja, diese drei Körbe haben meine Freunde und ich zurzeit gemietet. Das ist unsere Strandburg.«

Ihre blauen Augen weiteten sich. Eigentlich war sie sogar recht hübsch, wenn ich mir diese schreckliche Uniform mal wegdachte. Als sie sich umdrehte, entdeckte ich einen weizenblonden Zopf, der geflochten ihren Rücken hinabhing.

Ich konnte buchstäblich hören, wie es in ihrem Gehirn arbeitete, als sie versuchte, diese Information einzusortieren. Meine Erfahrung mit ähnlichen Situationen hatte mich gelehrt, dass die Polizei traditionell nicht an Zufälle glaubte. Ich fand *zufällig* den Toten, der *zufällig* an meiner Strandburg lag? Na klar …

Und gleich würde sie auch noch erfahren, dass ich den erdrosselten Mann kannte. Das würde sie komplett umhauen, dessen war ich mir ganz sicher.

Sie sah mich wieder an. »Frau Luchs, kennen Sie den Mann?«

Ehe ich antworten konnte, rief ihr Kollege, der – vermutlich auf der Suche nach Spuren – die Burgmauern umrundete und gerade von den Strandkörben verdeckt war: »Düwelschlach, Meike, dat muss du dir ankieken! Dor leecht noch eener!«

Ich erstarrte. Noch eine Leiche? Nun, das haute *mich* um. Hatte gestern Nacht ein irrer Serienmörder sein Unwesen getrieben und seine Opfer praktisch vor meiner Haustür abgeladen? Was sollte der Scheiß?

Bei den Worten des Polizisten war nicht nur ich eingefroren, sondern auch alle anderen Anwesenden – bis auf Mühling natürlich, denn bei dem gab es nichts mehr einzufrieren. Alles guckte atemlos auf die drei Strandkörbe, hinter denen sich der Polizist aufhielt.

»He – der is ja gor nich dood!«, verkündete er dann so überrascht, als sei es vollkommen verrückt, auf jemanden zu stoßen, der *lebte.*

»Wat is los?«, fragte eine vom Schlaf noch belegte Stimme. »Werd ich jetz verhaftet, weil ich am Strand gepooft hab?«

Meine Erstarrung wich übergangslos dem Gefühl, dass mein gesamter Körper aus Gummi sein musste. Ich fiel fast in Ohnmacht. Frank.

»Sie kennen den Mann?«, wiederholte die Polizeiobermeisterin gelassen.

»Welchen jetzt? Den toten oder den lebendigen?«, fragte ich, um etwas Zeit zu gewinnen, denn mein Hirn lief Amok. Das hier sah alles überhaupt nicht gut aus, fand ich. Mühling tot und Frank in unmittelbarer Nähe, und das nach ihrer gemeinsamen Vorgeschichte – schlimmer ging es wohl kaum.

»Suchen Sie sich einen aus«, sagte die Beamtin.

Die Frage, ob ich Frank kannte, beantwortete sich von selbst. Er kam zwischen den Strandkörben hervorgetorkelt und sah erst mich und die Polizistin, dann ging sein Blick zum Standbild aus Leiche, Notarzt, Sanitätern und Handy-Verleiher. Sie glotzten ihn an, als wäre er eine Geistererscheinung.

»Loretta – wat is denn hier bloß los?«, fragte Frank mich entsetzt, dann wurde er kreideweiß und kippte einfach um, mit dem Gesicht voran in den Sand. Und ich fragte mich einen hysterischen Moment lang, ob seine Gesichtszüge sich wohl wie ein Relief abzeichnen würden, wenn er aufstand.

Die Sanitäter erwachten aus ihrer Starre, erinnerten sich an ihren Beruf und rannten zu Frank, aber er war sofort wieder wach. Er schüttelte kurz benommen den Kopf und ließ sich von ihnen aufhelfen. Mit zitterndem Finger zeigte er auf Mühling und rief mit kläglicher Stimme: »Wat macht der hier bei unsere Burch, Loretta? War ich dat etwa?«

Unnötig, zu erwähnen, dass die beiden Polizisten schlagartig hellwach waren.

Zack – schon hatte der Polizist namens Hinnerk ebenfalls ein Notizbuch in der Hand und nahm Franks Personalien auf, der die Fragen des Beamten mit nahezu tonloser Stimme beantwortete. Immer wieder fing ich Franks flehenden Blick auf, aber ich konnte nichts für ihn tun – was auch? Das Schlaueste war wohl, ihm einen Anwalt zu besorgen.

Ich war gerade dabei, Meike Benninga zu erklären, woher ich Julius Mühling kannte, als zwei weitere Fahrzeuge vorfuhren: ein dunkler Kombi und ein silberner Transporter. Insgesamt vier Leute stiegen aus. Nachdem die junge Polizistin durch Rufen und Winken auf sich aufmerksam gemacht hatte, kam der Trupp auf uns zu.

Der Fahrer des Kombis besichtigte den toten Julius Mühling, dann stellte er sich zu Meike Benninga und mir. Zu meiner grenzenlosen Überraschung begrüßte er sie mit einem ziemlich innigen Kuss und sagte: »Moin, Süße. Was haben wir?«

»Wieso bist du denn im Dienst?«, fragte sie. »Ich dachte, du hast frei heute.«

Der junge Kommissar, der ziemlich übernächtigt aussah, zuckte mit den Schultern. »Anruf heute Morgen. Drei Leute krank. Und da bin ich jetzt.«

Der andere Uniformierte kam zu uns herüber. »Moin, Ubbo. Schwer gefeiert gestern?«

Der junge Mann nickte. »Allerdings.«

Er seufzte und fuhr sich über die blonden Bartstoppeln, was ein schabendes Geräusch verursachte, das schwer an meinen Nerven zerrte. Außerdem: *Ubbo?* Das war doch nicht etwa …?

»Nutzt ja nichts«, fuhr er fort. »Was ist hier los?«

»Der Tote dort hinten heißt Julius Mühling«, referierte die junge Beamtin. »Erdrosselt, so wie es aussieht. Das hier ist die Finderin, Loretta Luchs. Und der Herr dort«, sie deutete auf Frank, der wie erstarrt ein paar Schritte entfernt stand, »wurde schlafend hier aufgefunden. Er wirkte desorientiert und hat ein paar sehr merkwürdige Dinge gesagt.«

»Und was genau war daran merkwürdig?«, fragte der verschlafene Kommissar. Er warf Frank einen flüchtigen Blick zu und stutzte. Dann runzelte er die Stirn und schüttelte den Kopf, als würde sich eine Erinnerung melden, die er aber nicht greifen konnte.

Meike Benninga hob die Augenbrauen. »Zitat: *War ich das etwa?* Also, ich finde das ziemlich merkwürdig. Du etwa nicht? Und reichlich verdächtig.«

Jetzt nahm der Kommissar erst mich und dann Frank genauer in Augenschein. Aus irgendeinem Grund war mir bereits klar, wo wir uns begegnet waren, aber er brauchte einen Moment, bevor es ihm dämmerte: *Ubbo heiratet und wir besaufen uns auf seine Kosten.* Die Party in der Strandbar. Der übernächtigte Kommissar war natürlich der Bräutigam mit der bescheuerten Brille. Und die Polizistin seine Braut – es sei denn, er begrüßte alle Kolleginnen mit einem Kuss auf den Mund. Konnte ich mir zwar nicht vorstellen, aber was wusste ich schon von den friesischen Bräuchen?

Lustige Namen hatten sie hier jedenfalls.

»Hab ich alle schon mal getroffen«, sagte er dann zu ihr. »Wir zwei«, er nickte mir zu, »haben gestern Abend miteinander getanzt. Und er dort«, es folgte eine Kopfbewegung in Richtung Frank, »hatte Streit mit dem Opfer. Offenbar Teil 2 einer zu einem früheren Zeitpunkt begonnenen Auseinandersetzung, wie es sich für mich anhörte. Fäuste flogen, massive Drohungen wurden ausgestoßen. Sieht so aus, als hätten wir hier einen erstklassigen Verdächtigen. Jetzt müssen wir nur noch herausfinden, was zwischen der Schlägerei gestern Abend und dem Tod des Opfers passiert ist. Gehen wir an die Arbeit.«

Die Augenbrauen der Polizistin kehrten an ihren üblichen Aufenthaltsort zurück, dafür starrte sie mich nun mit gerunzelter Stirn an. Ihre Augen funkelten wütend. Was war denn jetzt los? Sie war doch nicht etwa eifersüchtig auf mein harmloses Tänzchen mit ihrem Bräutigam? Oder doch? Andererseits – war es wirklich Wut, die ich in ihren Augen sah oder doch etwas anderes, das ich nicht zu interpretieren vermochte …?

Egal. Ich hatte gerade ganz andere Sorgen.

Während der Kommissar sich mit seinen Leuten besprach, versuchte ich, ein wenig Ordnung ins gedankliche Chaos zu bringen.

»Was ist hier passiert?«, flüsterte ich Frank zu, nachdem ich mich unauffällig Schritt für Schritt neben ihn manövriert hatte.

»Ich hab kein Schimmer, Loretta«, murmelte er, »echt nich. Musse mir glauben. Totalen Blackout. Ich bin grade hier aufgewacht, dat is allet, wat ich weiß.«

»Aber du musst dich doch an irgendwas erinnern. Hast du den Mühling später noch mal irgendwo getroffen? Wieso sitzt der denn hier an unserer dämlichen Sandburg?«

»Hey!«, rief die Polizistin. Sie hatte uns beim Tuscheln erwischt. »Sie sprechen doch nicht gerade Ihre Aussagen ab?! Auseinander, aber sofort!«

Ich kam mir plötzlich vor wie früher in der Schule, wenn ich von meiner Freundin weggesetzt wurde, weil wir zu viel schwatzten und dadurch den Unterricht störten. Ätzend. Widerwillig entfernte ich mich ein paar Schritte von Frank.

»Hinnerk soll ihn ins Präsidium bringen«, sagte der Kommissar. »Du sperrst hier alles ab und hältst uns die Neugierigen vom Hals. Ich lasse noch zwei Mann Verstärkung kommen.«

Er hatte recht: Bald würden die ersten Urlaubsgäste hier erscheinen und alles bevölkern.

Mittlerweile hatten die Männer aus dem Kombi weiße Overalls aus Papier angezogen. Die Polizistin holte sich von ihnen eine dicke Rolle Flatterband und begann damit, den Tatort großräumig abzusperren. Dabei benutzte sie andere Strandkörbe, um das Band an ihnen zu befestigen. Ihr Kollege nahm den bedauernswerten Frank am Arm und führte ihn zum Streifenwagen.

Den verzweifelten Blick, den mir mein bester Freund über seine Schulter zuwarf, werde ich wohl mein Lebtag nicht vergessen.

»Wie geht es denn jetzt weiter, Kommissar …?«, fragte ich.

Er sah mich erstaunt hat. »Oh, ich habe mich noch nicht vorgestellt. Claassen. *Haupt*kommissar Claassen.«

Der jetzt denkt, dass er den Fall schon gelöst hat, dachte ich giftig, aber in die Suppe werde ich dir spucken, Freundchen.

Er konnte ja nichts dafür – ich an seiner Stelle wäre vermutlich nicht weniger siegessicher gewesen. Riesige, rot blinkende Neonpfeile deuteten auf Frank, und Claassen musste nicht nach Zeugen für den Zwist zwischen Frank und Mühling suchen, denn er war selbst einer. Auch das mögliche Motiv kannte er bereits. Würde er überhaupt Zeit damit vergeuden, andere Optionen in Betracht zu ziehen?

Der Handy-Typ, den ich in der Zwischenzeit völlig vergessen hatte, kam angeschlurft. »Kann ich endlich gehen?«

»Wer sind Sie denn?«, fragte Claassen verblüfft.

»Niemand«, brummte der Mann. »Ich hatte bloß das Pech, ein Handy in meinem Rucksack zu haben und die Polizei und den Notarzt zu informieren.«

»Hat man schon Ihre Personalien aufgenommen?«

Der Typ schüttelte den Kopf. »Können wir das bitte schnell erledigen? Meine Frau wartet auf mich.«

Claassen winkte seine Freundin heran und bat sie, sich darum zu kümmern. Dann befahl er mir, mich nicht vom Fleck zu rühren, und ging zum Notarzt, der ein Formular auf einem Klemmbrett ausfüllte. Der Wind zerrte an dem Papier, sodass es immer wieder hochschlug, was dem Arzt einige saftige, nicht druckreife Flüchen entlockte. Ich hätte ihm gerne angeboten, sich in einen unserer Strandkörbe zu setzen, konnte mir aber nicht vorstellen, dass irgendetwas an diesem Ort verändert werden durfte.

Ein Mann im weißen Overall öffnete einen Metallkoffer mit einer beeindruckenden Fotoausrüstung und begann damit, Julius Mühling von allen Seiten und aus jeder Entfernung abzulichten.

»Was haben Sie für mich?«, fragte Claassen den Arzt.

»Nicht natürlicher Todesfall, äußere Erstickung«, antwortete der Mediziner. »Das Opfer wurde erdrosselt, wie Sie sehen. Zyanose und leichte Dunsung des Gesichts, horizontale Strangfurche. Der Seidenschal um seinen Hals sitzt sehr stramm und ist fest verknotet. Keine bis wenig Gegenwehr.«

Der Wind stand günstig und wehte jedes Wort klar und deutlich in meine Richtung. Das war ganz sicher nicht im Sinne der Ermittlungen, aber ich hatte nicht vor, den Kommissar darauf aufmerksam zu machen. Ich sah harmlos in die andere Richtung und spitzte die Ohren.

»Keine Gegenwehr? Ernsthaft? Und das wissen Sie, weil …?«, fragte der Kommissar.

»Kaum Petechien.«

Kommissar Claassen schabte ratlos über sein Kinn. Er schien zu zögern, ob er nachfragen sollte, tat es dann aber doch. »Was soll das sein? Abwehrverletzungen?«

Der Arzt schüttelte den Kopf. »Nein, natürlich *nicht*. Petechien sind Stauungsblutungen, zum Beispiel in den Augenbindehäuten. Je weniger Gegenwehr, desto weniger Stauungsblutungen.« Er seufzte, als wäre es für ihn eine unglaubliche Zumutung, das einem medizinischen Laien erklären zu müssen. »Aber das ist nur ein erster, spontaner Eindruck. Der hat keinesfalls Verbindlichkeit.«

»Was bedeutet das, wenn sich einer nicht wehrt, während er erdrosselt wird? War er betäubt?«

»Das kann ich ihm nicht ansehen«, entgegnete der Arzt steif. »Ich bin kein Magier. Oder Hellseher, wie Sie zu glauben scheinen. Ich werde der Staatsanwaltschaft selbstverständlich empfehlen, eine Obduktion zu veranlassen. Erst nach etlichen weiteren Untersuchungen werden wir mehr wissen.«

»Hm«, machte Kommissar Claassen. »Eines interessiert mich noch: Wie lange ist der Mann tot?«

Der Arzt leckte seinen Zeigefinger an und hielt ihn erst hoch in die Luft, danach direkt vor Mühlings Nase. »Seit exakt … Moment … 1.14 Uhr heute Morgen.«

Sieh da, der Doc war ein ausgewachsener Komiker. Gerade noch konnte ich ein Kichern unterdrücken.

Claassen, offenkundig zu unausgeschlafen, um den Sarkasmus

zu bemerken, entgleisten prompt die Gesichtszüge. »Was? Das können Sie …«

»Natürlich nicht«, fiel ihm der Notarzt schroff ins Wort. »Kurz nach Mitternacht, schätze ich. Sagen wir so: zwischen Mitternacht und 2 Uhr morgens. Er ist vollkommen ausgekühlt. Über die Leichenflecken und so weiter werde ich ebenfalls erst nach der Obduktion etwas sagen können.«

»Ja, ja, klar, die Obduktion«, murmelte der Kommissar geistesabwesend, schon wieder ganz in seine eigenen Gedanken versunken. »Wurde er hier ermordet? Was meinen Sie?«

Der Arzt maß ihn von oben bis unten und schnaubte wie ein wütendes Pferd. »Sehe ich aus, als wäre ich von der Spurensicherung? Trage ich einen weißen Strampelanzug aus Papier?«

Claassen war sichtlich überrascht von dieser Reaktion, denn er hatte im Gegensatz zu mir nicht mitbekommen, dass der Notarzt zusehends genervter wirkte und keinerlei Lust mehr hatte, die – aus seiner Sicht – grenzenlos dummen Fragen des Ermittlers zu beantworten.

Ich sah Mühling an, der wie eine Schaufensterpuppe an der Strandburg lehnte. Sein Gesicht war leicht aufgedunsen, aber wer ihn nicht gekannt hatte, würde es vielleicht nicht einmal bemerken. Mir fiel auf, wie akkurat seine Kleidung war, nichts war verrutscht oder zerknautscht. Wie frisch gebügelt und von einer überfürsorglichen Mutti zurechtgezupft, bevor sie den Jungen aus dem Haus gehen lassen würde.

Bis auf die Sandablagerungen auf ihm und das zu stramm um seinen Hals gezogene Tuch sah alles ganz normal aus.

Jemand hatte die Szenerie sehr sorgfältig arrangiert, dessen war ich sicher.

Und ich würde herausfinden, wer das getan hatte.

Kapitel 11

Loretta redet um den heißen Brei herum und stellt fest, dass ein Kommissar auch nur ein Sohn ist

»Sie können hier nicht durch!«, hörte ich Meike Benninga kategorisch sagen. Zwei Frauen protestierten empört. Ich kannte ihre Stimmen: Diana und Isolde.

Ich drehte mich um, und da standen sie hinter der Flatterband-Absperrung und redeten gleichzeitig auf die Polizistin ein, die mit vor der Brust verschränkten Armen dastand und weder wankte noch wich. Ich war unsicher – ob ich mit ihnen sprechen durfte? Aber Kommissar Ubbo konferierte gerade mit seiner Spurensicherung und schenkte mir keine Aufmerksamkeit, also ging ich zu meinen Freundinnen. Meike Benninga stoppte mich nicht, sondern hörte lieber zu.

»Morgen. Was macht ihr denn hier?«, fragte ich.

Ich wählte einen neutralen Konversationsbeginn, da ich keinen blassen Schimmer hatte, wie ich ihnen beibringen sollte, was hier gerade abging und dass Frank verhaftet war. Und vor allem, warum. Das heißt: Eigentlich wusste ich gar nicht so genau, ob man ihn wirklich verhaftet hatte, aber ich hatte keinen Zweifel daran, dass Kommissar Claassen genau das plante. Würde ich an seiner Stelle genauso machen.

Wie gesagt – rot blinkende Neonpfeile.

»Wir haben uns Sorgen gemacht«, sagte Isolde. »Du bist seit Stunden weg.«

»Woher wisst ihr denn, wie lange ich weg bin?« Mal sehen, wie lange ich sie würde ablenken können.

»Ich habe dich gehört, als du die Nachricht bei uns deponiert hast, das war so um 7. Du willst kurz ins Watt und auf dem Rückweg Brötchen mitbringen, steht auf dem Zettel. Wir haben ab halb 9 am Frühstückstisch gesessen und auf dich gewartet. Wer taucht nicht auf? Du. Und wem knurrt der Magen? Uns.«

Das war natürlich sehr bedauerlich, aber bei Weitem nicht unser größtes Problem, aber das wussten sie noch nicht.

»Hm. Ich wurde aufgehalten. Nicht meine Schuld. Wie spät ist es denn?«

»Schon nach 10.«

Erstaunlich. Wie rasend schnell die Zeit doch vergeht, wenn man beschäftigt ist …

»Tatsächlich? Schon so spät? Ich hab wohl irgendwie die Zeit vergessen«, erwiderte ich und guckte möglichst harmlos aus der Wäsche.

Diana riss ihre Augen von den vielen, überaus beschäftigten Menschen in Uniformen und sonstiger Dienstkleidung los und fauchte: »Herrgott, Loretta, hör endlich auf zu labern. *Was ist hier passiert?*«

Sie zeigte vorwurfsvoll auf die hektische Betriebsamkeit um unsere Strandburg herum, die gerade um zwei weitere uniformierte Polizisten und zwei Männer von einem Bestattungsunternehmen bereichert wurde. Wie sie es wohl bewerkstelligen würden, Mühling in den Zinksarg zu verfrachten? Immerhin saß er … gab es nicht so etwas wie Leichenstarre? Und überhaupt – was durfte ich überhaupt erzählen?

Ich linste zu Meike Benninga hinüber, die inzwischen in einigen Metern Entfernung alle Mühe hatte, mehreren Leuten den Zugang zu deren Strandkörben zu verwehren.

»Kurzform«, raunte ich, »Julius Mühling sitzt tot an unserer Burg, Frank lag schlafend hinter den Strandkörben und ist verhaftet oder so was Ähnliches. Vermute ich jedenfalls.«

Isolde schlug entsetzt die Hand vor den Mund, und Diana quiekte: »So was Ähnliches? Was soll das denn heißen?«

Interessant – aber nicht wirklich unerwartet –, dass beide auf die spektakuläre Neuigkeit von Mühlings Tod wenig bis überhaupt nicht reagierten. Und auch weiter keine Fragen dazu stellten.

»Ein Polizist hat ihn zur Dienststelle mitgenommen. Frank hat einen Blackout. Er kann sich an nichts von heute Nacht erinnern.«

»Aber das ist doch … Frank hat doch nie im Leben … das ist

doch Blödsinn!«, stammelte Diana. »Niemand, der ihn kennt, würde so etwas glauben.«

»Kann er sich wirklich an überhaupt nichts erinnern?«, fragte Isolde beklommen.

»Dafür kann ich es umso besser«, verkündete Kommissar Claassen, der urplötzlich neben mir stand.

Diana verschränkte die Arme vor der Brust und musterte ihn misstrauisch. »Wer sind Sie denn?«

Klar, woher sollte sie auch wissen, dass es sich bei dem unrasierten Blondschopf um den ermittelnden Kommissar handelte? Er war in Zivil und lässig in Jeans, T-Shirt und leichte Jacke gekleidet. Seine Waffe, die er bestimmt trug, war nicht zu sehen.

»Jemand mit exzellentem Gedächtnis«, sagte er. »An Sie erinnere ich mich gut.« Er nickte Isolde zu. »Und an Sie ebenfalls. Wir haben miteinander getanzt. Gestern Abend.«

»Wäre auch ein Wunder, wenn du eine ausgelassen hättest«, zischte es von links. Meike Benninga war herangekommen und funkelte ihren Bräutigam wütend an.

Diana und Isolde guckten wie in einer einstudierten Choreografie synchron erst die Polizistin an, dann Claassen, dann mich. Wovon redet der Kerl?, fragten ihre Blicke.

Ich seufzte und erklärte meinen verdutzten Freundinnen: »Das ist der Ubbo, auf dessen Kosten gestern Nacht alle seine Freunde gesoffen haben. Der junge Mann in Sträflingskleidung. Und nicht nur das: Er ist auch Hauptkommissar Ubbo Claassen, der die Ermittlungen im Mordfall Julius Mühling leitet.«

Claassen verbeugte sich ironisch und grinste. »Ich hätte es tatsächlich nicht besser erklären können.« Er wurde wieder ernst und fügte hinzu: »Sie meinen, dass niemand, der Ihren Freund kennt, ihm einen Mord zutrauen würde? Nun, dann habe ich eine Neuigkeit für Sie: So, wie ich ihn gestern Abend kennengelernt habe, macht er auf mich einen unkontrollierten und angriffslustigen Eindruck. Er hat den Mann, der jetzt tot ist, bedroht. Ich habe es mit eigenen Ohren gehört.«

»Erstens: Die ganze Situation hat eine Vorgeschichte«, gab Diana hitzig zurück. »Zweitens: Nach einem kurzen Eindruck auf einer Party können Sie ja wohl nicht ernsthaft von *kennen* sprechen. Nicht einmal Sie als Polizist mit bestimmt ganz doll viel Menschenkenntnis. Und drittens: Dürfen Sie als Zeuge überhaupt ermitteln? Sind Sie dann nicht befangen oder so was?«

Claassen zuckte mit den Schultern. »Selbst wenn meine Aussage keine Berücksichtigung findet: Die Auseinandersetzung zwischen Ihrem Freund und dem Opfer haben so viele Leute gesehen ... Aber das mit der Vorgeschichte finde ich überaus interessant. Das können Sie uns alles noch ausführlich erzählen.« Er wandte sich zur Seite und winkte die Polizistin näher zu sich. »Meike, notiere die Personalien der beiden Damen. Und du gehst bitte heute noch bei ihnen vorbei, um ihre Aussagen aufzunehmen.«

»Was ist jetzt mit mir?«, fragte ich. »Kann ich gehen? Wir können uns dann ja auch heute Nachmittag unterhalten.«

»Gehen? Wohl kaum. Sie begleiten mich selbstverständlich in die Dienststelle«, sagte er. »Und zwar jetzt sofort.«

Ich fand seine Antwort reichlich keck, um ehrlich zu sein. Außerdem hatte ich mittlerweile Hunger und Kaffeedurst. Das trug nicht gerade dazu bei, meine Laune zu verbessern.

Claassen sah mich abwartend an, also umarmte ich Diana und Isolde schnell und flüsterte Isolde zu: »Ruft Erwin an! Er soll uns sagen, was wir tun können, um Frank zu helfen. Und kümmert euch um mein Rad, ja? Es steht am Kiosk.«

Ich nestelte den Fahrradschlüssel aus meiner Hosentasche und drückte ihn Diana in die Hand.

Dann folgte ich dem Kommissar zu seinem Wagen.

Wir fuhren den Deich entlang, passierten den Campingplatz, verließen das Dorf und folgten einer Landstraße. Claassen redete nicht mit mir, sondern war ganz in seine Gedanken versunken. Vermutlich heckte er gerade eine Strategie aus, Frank so schnell wie möglich festzunageln. Konnte ich ihm eigentlich nicht übel nehmen, das war schließlich sein Job. Ob er einen Bonus bekam, wenn er einen Mordfall innerhalb von 24 Stunden löste und den

Täter hinter Schloss und Riegel hatte? Bestimmt würde er jetzt, unmittelbar vor seiner Hochzeit, zu ein paar Euro mehr nicht Nein sagen. Das gönnte ich ihm prinzipiell von Herzen, aber nicht auf Kosten meines unschuldigen Freundes.

Ich schaute aus dem Seitenfenster: Weiden mit schwarz-weißen Kühen, mal ein Gehöft – immer aus rotem Backstein, hier war alles aus rotem Backstein gebaut –, eine Windmühle. Rasch wurde mir langweilig, zudem kämpfte ich gegen Hunger und starke Müdigkeit. Nach der Aufregung am Strand war offenbar für den Moment mein Vorrat an Adrenalin aufgebraucht, und mein Körper begab sich in den Energiesparmodus, um die leeren Batterien wieder aufzuladen. Wie lange die Fahrt wohl noch dauern würde?

Hätte ich mir eigentlich denken können, dass unser pittoreskes Fischerdörfchen zwar gefühlt 400 Pizzerien, Eisdielen und Souvenirshops hatte, aber keine Polizeistation. Jedenfalls keine mit einem Dezernat für Kapitalverbrechen. Vielleicht so eine verstaubte kleine Wache, wie man sie aus humorvollen Vorabendserien kannte, wo sie noch ein tannengrünes Telefon mit Wählscheibe stehen hatten und die Computer aus dem vorigen Jahrhundert stammten. Wenn sie überhaupt einen hatten und nicht alles handschriftlich notierten oder in eine uralte, verstaubte Reiseschreibmaschine hämmern mussten. Und die zwei oder drei trotteligen Dorfbullen pflegten den lieben langen Tag mit dem Fahrrad durch die Landschaft zu gondeln und klärten von Zeit zu Zeit bei einem Tässchen Ostfriesentee einen Fall auf, bei dem es allenfalls um eine umgeschubste Kuh oder ein paar geklaute Rüben ging.

»Hier passieren bestimmt nicht viele Morde, oder?«, sagte ich schließlich, weil das Schweigen mich noch müder machte, als ich sowieso schon war.

Claassen nahm den Blick nicht von der Straße. »Typisch. Ihr Touristen denkt immer, auf dem Land gibt es nur trottelige Dorfbullen, die es höchstens mal mit umgeschubsten Kühen und geklauten Kartoffeln zu tun haben.«

Autsch. Ins Schwarze, aber mittenrein.

Ich hatte zwar an Rüben gedacht, aber Tatsache war, dass mir meine Großstädter-Arroganz offenbar gerade aus sämtlichen Poren strömte.

Peinlich.

»Ich … äh … also …«, stammelte ich los, aber er hob die Hand, weil in diesem Moment sein Handy klingelte.

Er drückte auf einen Knopf am Armaturenbrett.

»Ubbo, wo bist du denn?«, fragte eine Frauenstimme.

»Im Dienst«, antwortete er knapp.

»Wieso das denn? Du solltest doch heute frei haben. Das finde ich nicht in Ordnung. Wir sind verabredet.«

Ach guck. Ob die liebreizende Wachtmeisterin Meike das wohl wusste? Wenn sie schon sauer wurde, nur weil er auf seinem Junggesellenabschied ganz harmlos mit ein paar Frauen getanzt hatte, würde sie ihm bei so was bestimmt die Hölle heißmachen, aber mit Schmackes. Ich hatte den Eindruck gewonnen, dass mit ihr nicht gut Kirschen essen war.

»Tut mir leid«, sagte er. »Drei Kollegen sind krank und wir haben einen Mord. Ich musste ran.«

»Das können die doch nicht machen! Ich stehe hier beim Schneider, und du bist nicht da!«

»Muddi – *bitte!*«

Er warf mir einen schnellen Blick zu, und ich kicherte innerlich. Blöde Freisprechanlage, was? Die liebe Mutti also. Ob er seiner Mutter beim Kleiderkauf immer beratend zur Seite stand und sie jetzt nicht wusste, wofür sie sich entscheiden sollte?

»Komm mir bloß nicht mit *Muddi bitte*«, schnarrte es eisig aus dem Lautsprecher.

Den Geräuschen nach deckte sie den Hörer mit der Hand ab und redete dann unverständlich mit jemandem im Hintergrund. Vermutlich stand besagter Schneider neben ihr und tappte ungeduldig mit der Fußspitze.

»Was soll ich denn deiner Meinung nach machen?«, fragte der Kommissar. »Kannst du mir das verraten?«

Raschelraschel, dann ihre Stimme: »Natürlich kann ich das: Gib den Fall ab. Und dann komm her.«

»Das geht nicht. Ich kann den Fall nicht einfach *abgeben.*« Er seufzte ungeduldig. »Wer verfügbar ist, bekommt ihn.«

»Du kannst mir viel erzählen. Außerdem bist du nicht verfügbar. Du hast Urlaub.« Sie stutzte und fuhr dann fort: »Sag mal, du fährst doch nicht etwa Auto, während wir telefonieren? Ist das nicht verboten? Du weißt, dass ich das nicht gut finde.«

»Freisprechanlage, Muddi. Du hast doch selbst eine in deinem Auto und benutzt sie ständig.«

»Das ist etwas anderes. Ich fahre schon 20 Jahre länger Auto als du. Ich habe wesentlich mehr Routine. Du sollst auf den Verkehr achten, Ubbo. Du kannst nicht auf den Verkehr achten und gleichzeitig mit mir sprechen. Wie schnell ist etwas passiert, wenn man unaufmerksam ist? Das ist viel zu gefährlich.«

Claassen verdrehte die Augen und stöhnte leise. »*Frei*-Sprechanlage. *Frei.* Keine Hände nötig. Ich habe kein Handy am Ohr. Beide Hände am Steuer. Wenn du jetzt neben mir sitzen würdest, hättest du nichts dagegen, dich mit mir zu unterhalten, oder?«

Das brachte Muddi kurz zum Schweigen. Dann fragte sie: »Was ist denn jetzt? Kommst du her oder nicht? Wir können Herrn Frerichs doch nicht ewig warten lassen. Das ist unhöflich, Ubbo. Und es ist mir peinlich.«

Ich linste rüber zu ihm. Bildete ich es mir nur ein oder pochte an seiner Schläfe eine Ader? Ich an seiner Stelle wäre wahrscheinlich längst ausgetickt.

»Ich kann nicht«, erwiderte er sehr ruhig. »Ich habe zu tun. Herr Frerichs hat doch meine Maße. Ich war schon dreimal zur Anprobe da. Und ich weiß nicht, wann ich heute oder in den nächsten Tagen dafür Zeit haben werde. Tut mir wirklich leid.«

Ach – in den nächsten Tagen? Doch nicht so eindeutig und wasserdicht, der Fall?

»Na gut. Wenn dir egal ist, in welchem Lumpen du vor dem Altar stehst – bitte.«

Klack. Aufgelegt.

Ich verkniff mir jeglichen Kommentar, obwohl es in mir rumorte. Ein winziges kleines bisschen tat er mir sogar leid: Erst wurde er nach einer wilden Partynacht nach zu wenig Schlaf an seinem freien Tag zu einem Fall gerufen, dann kriegte er nacheinander Stress mit seiner Braut *und* mit seiner Mutter – und zu allem Überfluss bekam er es auch noch mit mir zu tun.

»Sie haben übrigens recht«, sagte er plötzlich.

»Womit?«

»Dass wir hier nicht häufig mit Mord zu tun haben. Mit *echtem* Mord, meine ich. Und das hier sieht aus wie ein echter Mord.«

Ich wusste, was er meinte: nicht etwa, dass es auch *unechten* Mord gab, sondern dass ein Tötungsdelikt bestimmte Kriterien erfüllen musste, um als Mord bezeichnet zu werden. Das hatte Erwin mir mal erklärt, denn als Expolizist kannte er sich da aus. Keine Heimtücke, zum Beispiel: nicht Mord, sondern allenfalls Totschlag. Wirkte sich durchaus positiv auf das zu erwartende Strafmaß aus. Aber ich hatte nicht vor, mich dem Kommissar gegenüber mit Fachwissen zu outen, das ich im Zusammenhang mit anderen Todesfällen, in die ich zufällig hineingeraten war, gesammelt hatte.

Schlafende Hunde soll man nicht wecken.

Wie gesagt: Polizisten glauben nicht an Zufälle.

Also fragte ich, als hätte ich von nix eine Ahnung: »Was ist denn ein echter Mord? Oder wann ist es kein *echter* Mord?«

»Wenn jemand im Affekt gehandelt hat, zum Beispiel. Oder so betrunken war, dass er für sein Tun nicht mehr vollständig verantwortlich zu machen ist.« Er räusperte sich. »Vielleicht trifft das ja auf Ihren Freund zu.«

Oho – reichte er mir gerade die Friedenspfeife?

»Er war es nicht«, sagte ich. »Auch wenn ich Ihnen diesen Triumph gönnen würde. Also nicht den Triumph, Frank zu überführen, sondern den, einen Fall zu lösen. Frank war es nicht.«

»Von Triumph kann keine Rede sein, wenn ein Mensch zu Tode gekommen ist«, gab er streng zurück.

»Herrje – Sie wissen genau, was ich meine. Eine schnelle Aufklärung macht sich in Ihrer Personalakte bestimmt gut und beschleunigt Ihre Beförderung. Das gönne ich Ihnen, ehrlich. Aber Frank kann niemanden umbringen. Egal, wie besoffen er ist.«

»Jeder Mensch kann unter bestimmten Umständen …«

Ich unterbrach ihn mit einer Handbewegung. »Ja, ja, geschenkt. Ich kenne diese Theorie, Herr Claassen. Wir können hier jetzt endlos irgendwelche wilden Szenarien entwerfen mit theoretischen Umständen, unter denen jeder Mensch zum Töten imstande wäre. Laaaaangweilig. Und dadurch wird auch nicht wahrscheinlicher, dass Frank diesen Mann umgebracht hat.«

Er wollte etwas sagen, aber ich redete einfach weiter.

Er wollte meine Aussage?

Bitte sehr.

»Ja, er war betrunken. Ja, er hatte Streit mit Mühling. Zweimal sogar. Vor Zeugen. Die beiden Kerle haben sich aufgeführt wie dumme, pubertäre Kampfgockel und sich gegenseitig bedroht – unreifer geht es wirklich nicht. *Ich werde dich vernichten* – ich bitte Sie! Das haben Sie selbst gestern live und in Farbe miterlebt. Aber Mühling ist eindeutig nicht an den Folgen einer außer Kontrolle geratenen Klopperei unter Besoffenen gestorben. Er wurde *erdrosselt.* Das ist nicht aus Versehen passiert oder weil jemand nicht mehr wusste, was er tat.«

»Ich kann sehr gut verstehen, dass Sie Ihren Freund verteidigen«, erwiderte er. »Niemand mag glauben, dass eine nahestehende Person fähig ist, einen Menschen umzubringen. Das ist Polizeialltag: fassungslose Angehörige von Mördern, fassungslose Arbeitskollegen, fassungslose Freunde und fassungslose Nachbarn.«

»Wie viele Morde haben Sie denn schon aufgeklärt, wenn ich fragen darf? Wenn das Ihr *Alltag* ist?«, fragte ich giftig.

Mittlerweile hatten wir ein Städtchen erreicht, und er musste sich auf den Verkehr konzentrieren. Vielleicht auch besser so. Meine letzte Bemerkung war nicht gerade nett gewesen, zumal ich durch Erwin wusste, dass Claassen absolut recht hatte.

Wir fuhren an einem rosafarbenen Schlösschen mit einem entzückenden Zwiebelturm vorbei – unter anderen Umständen hätte mich das sicherlich deutlich mehr interessiert als momentan. Schließlich bog Claassen auf den Parkplatz vor einem unauffälligen zweigeschossigen Gebäude ab. Wir hatten das Präsidium erreicht. Er parkte ein und machte den Motor aus.

»Hören Sie, Herr Claassen«, sagte ich und bemühte mich um einen möglichst versöhnlichen Ton, »es geht nicht darum, auf Biegen und Brechen meinen Freund zu verteidigen. Das würde ich nicht tun, wenn auch nur der Hauch einer Möglichkeit bestünde, dass er schuldig ist. Es geht darum, dass Sie lieber nach dem wirklichen Täter suchen sollten.«

»Natürlich werde ich sämtliche Spuren verfolgen, die es gibt. Das dürfen Sie mir glauben.« Er zog den Schlüssel ab und sah mich ernst an. »Das Offensichtliche ist nicht zwangsläufig die Wahrheit. Und Ihr Enthusiasmus ist aller Ehren wert. Aber ich kann und darf mich davon nicht beeinflussen lassen. Ich muss in dieser Sache vollkommen neutral bleiben. Ich sammele lediglich Aussagen, Spuren, Indizien und Beweise, die ich der Staatsanwaltschaft übergebe. Und die entscheidet dann, ob sich daraus ein nachvollziehbares Motiv ableiten lässt und zu welcher Anklage es kommt – wenn überhaupt. Damit habe ich rein gar nichts zu tun.«

Kapitel 12

Viele bunte Fähnchen auf einer Landkarte –
und ein schwarzes für Mord

Der pummelige Uniformierte hinter dem Empfangstresen strahlte über das ganze Gesicht, als wir eintraten.

»Moin, Ubbo! Een Drinkeldoden, Düwelschlach. Un dat in dien Urlaub.«

Claassen nickte knapp. Dann sagte er förmlich: »Ich wäre dir sehr verbunden, Kollege, wenn du das Opfer nicht als *Strandleiche* bezeichnen würdest. Der Tote wurde am Strand aufgefunden.«

Aha, dachte ich, Drinkeldingsbums bedeutet also Strandleiche. Bei Strandleiche dachte ich automatisch an jemanden, den die Flut angeschwemmt hatte – und der nach vielleicht Wochen, die er bereits im Wasser verbracht hatte, nicht mehr besonders hübsch aussah.

Seltsame Sprache.

Passte allerdings zu den seltsamen Vornamen.

Mir war natürlich klar, warum Claassen den Uniformierten zurechtgewiesen hatte: Solange Ubbo hier etwas zu sagen hatte, würde kein friesischer Platt-Schnacker das Klischee vom Dorfbullen bedienen.

»Frank Kropka?«, fragte Claassen seinen Kollegen dann.

»Der Verdächtige?« Der Polizist hatte übergangslos in lupenreines Hochdeutsch gewechselt. »Wird gerade erkennungsdienstlich behandelt. Willst du ihn danach verhören?«

»*Befragen.* Zunächst werde ich ihn befragen. Aber vorher unterhalte ich mich mit der jungen Dame hier. Sie ist diejenige, die das Opfer gefunden hat.«

Der neugierige Blick des Uniformierten streifte mich, dann sagte er: »Sollen wir den Verdächtigen so lange in eine Zelle stecken?«

Claassen nickte. »Frag ihn, ob er Hunger oder Durst hat. Nicht vergessen. Und sei höflich.«

Die hatten hier wohl nicht besonders häufig Mordverdächtige einsitzen …

»Gibt es hier richtige Gefängniszellen?«, fragte ich Claassen, als ich ihm die Treppe hinauf in die erste Etage folgte.

»Nein. Wir haben einen kleinen Trakt mit Zellen für Betrunkene oder Randalierer, die wir zu ihrer eigenen Sicherheit mitnehmen. Diese Zellen sind nicht dafür gedacht, jemanden längerfristig unterzubringen, höchstens über eine Nacht oder vielleicht zwei. Nur für kurze Zeit jedenfalls.«

»Wenn Sie also zu dem Schluss kämen, dass Frank wirklich verdächtig ist, würden Sie ihn verlegen, richtig? Wo käme er dann hin?«

»Das erfahren Sie, wenn es so weit ist.«

Aha. Die Zeit der halbprivaten Plauderei war vorbei. Jetzt wurde es ernst – jedes Wort zählte.

Durch eine Glastür betraten wir einen dieser typischen Behördenflure, und er öffnete gleich die erste Tür links und ließ mich eintreten. Ein zweckmäßig eingerichtetes Büro mit gesichtslosem Mobiliar. Ein Schreibtisch, auf der Fensterbank erfreuten wohlgenährte Grünpflanzen das Auge, an einer Wand hing eine große Landkarte der Gegend. Wenn das rot umrandete Gebiet sein Zuständigkeitsbereich war, hatte er im Dienst ordentlich Kilometer zu machen – sogar eine der Ostfriesischen Inseln gehörte dazu. Fähnchen markierten bestimmte Punkte. Rote, blaue, gelbe oder grüne Fähnchen, wobei die Farben vermutlich für verschiedene Delikte standen, nahm ich an. Welche Farbe wohl umgeschubste Kühe hatten?

»Nehmen Sie Platz«, sagte er und deutete auf einen Stuhl, der seitlich an seinem Schreibtisch stand. Er zog eine Schublade auf und kramte darin herum. Dann ging er mit einem schwarzen Fähnchen zur Landkarte und pinnte es dorthin, wo der Strand war.

»Schwarz bedeutet wohl Mord, oder?«, fragte ich. »Das erste auf Ihrer Karte, wie ich sehe.«

Er musterte mich mit gerunzelter Stirn. »Es bedeutet lediglich, dass eine tote Person aufgefunden wurde. Und es ist das erste in diesem *Jahr,* Frau Luchs.«

Ich halte jede beliebige Wette, dass es das erste überhaupt in deiner Laufbahn ist, dachte ich.

»Bevor wir anfangen, Herr Claassen«, sagte ich. »Ich habe heute noch nichts zu mir genommen, ich wollte ja nur kurz ein paar Schritte im Watt ... Ehrlich gesagt wird mir allmählich etwas flau, und ich möchte hier ungern ohnmächtig vom Stuhl kippen. Sie haben nicht zufällig einen Kaffee für mich? Und einen Keks oder so?«

Er öffnete eine Schranktür, hinter der ich Akten und Bürozeugs vermutet hatte, aber es stellte sich heraus, dass sie eine schicke kleine Pantryküche verbarg. Dort standen neben anderen Dingen auch einer dieser Kaffeevollautomaten und ein Gestell mit diversen bunten Kaffeepulver-Kapseln – ich hatte also die große Auswahl. Ich konnte diese Kapseldinger nicht ausstehen, die unendlich viel Verpackungsmüll produzierten. Aber jetzt war nicht der Zeitpunkt, die Umwelt zu retten. Ich brauchte Koffein.

»Wenn Sie haben, nehme ich einen Espresso. Oder am besten gleich zwei.«

Er nickte und wandte mir den Rücken zu. Nach ein wenig Gezische und dem Geräusch einer Flüssigkeit, die in eine Tasse tröpfelt, kam er mit einem Becher zu mir.

»Sahne? Zucker?«

Ich schüttelte den Kopf. »Am liebsten schwarz. Passend zum rabenschwarzen Mordfähnchen auf Ihrer hübschen Landkarte. So viel Stil muss sein.«

Das fand er überhaupt nicht komisch, das merkte ich sofort. Einmal mehr verfluchte ich meine vorschnelle Ruhrpott-Kodderschnauze. Ich sollte besser zusehen, dass ich hier aktiv zu einer angenehmen Gesprächsatmosphäre beitrug, anstatt ihn zu veräppeln – das Thema war schon unangenehm genug. Und alles andere als Stoff für Witzchen.

Also bedankte ich mich sehr höflich, als er eine Packung Schokoladenkekse aufriss und neben meine Tasse stellte.

Dann sagte er: »Ich hätte sonst noch ein Stück Apfelkuchen von gestern im Kühlschrank. Sehr lecker, übrigens. Und Joghurt. Haselnuss oder Kirsche.«

»Mag ich beides nicht besonders. Aber vielen Dank für das freundliche Angebot. Die Plätzchen sind super. Das hier wird ja bestimmt nicht ewig dauern.«

Gekonnt ignorierte er meine letzte Bemerkung. »Schade, dass Sie mir auf dem Weg hierhin nichts gesagt haben. Dann hätten wir bei meiner Mutter halten und etwas Vernünftiges holen können.«

Na, herzlichen Dank auch.

Das fehlte gerade noch, dass ich in der Küche von Claassens Muddi hockte, während sie mir ein paar Stullen schmierte und kalten Braten aus dem Kühlschrank zauberte. Etwas zu viel Provinz für meinen Geschmack. Außerdem war sie ja wohl nicht zu Hause, sondern beim Schneider, wie auch ich dank der Freisprechanlage in seinem Auto wusste …

»Alles bestens. Lassen Sie uns anfangen.«

Während ich an meinem Espresso nippte, holte er ein Diktiergerät aus einer weiteren Schublade an seinem Schreibtisch. Er stellte es zwischen uns, aktivierte es und nannte seinen Namen, das Datum, die Uhrzeit und worum es ging.

»Befragung der Zeugin Loretta Luchs.« Er blickte mich an. »Frau Luchs, Sie haben das Opfer Julius Mühling gefunden. Bitte beschreiben Sie mir den Vorgang noch einmal in eigenen Worten.«

In wessen Worten denn wohl sonst?, dachte ich, kam aber zu dem Schluss, dass diese Formulierung auf meine Angaben seiner Braut gegenüber bezogen war. Die hatte mich ja bereits dazu ausgequetscht – und er selbst auch. Deshalb wusste ich jetzt, auf welche Informationen es ankam.

»Heute Morgen ging ich zum Wattwandern an den Strand. Vom Watt aus bemerkte ich ungewöhnlich viele Möwen, die auf einigen Strandkörben saßen. Als ich nachsehen ging, entdeckte ich das Opfer, Herrn Mühling, tot in der Strandburg, die meine Freunde und ich seit einigen Tagen benutzen. Wir machen hier gerade Urlaub.«

»Und dann haben Sie sofort die Polizei informiert?«

Ich berichtete erneut, wie das abgelaufen war, und tat einfach so, als säße ich hier mit jemandem, der diese Geschichte noch nicht kannte.

»Das Opfer haben Sie sofort erkannt?«

Ich nickte, und er sagte: »Bitte mit Ja oder Nein antworten, Frau Luchs.«

»Ja. Ich kenne den Mann. Julius Mühling. Ich habe ihn sofort wiedererkannt.«

»Herrn Kropka, der schlafend nur wenige Meter entfernt vom Opfer aufgefunden wurde, kennen Sie ebenfalls?«

»Ja. Frank … Herr Kropka gehört zu der Gruppe von Freunden, mit denen ich hier im Urlaub bin.«

»Woher kannten Sie Julius Mühling?«

Aha – jetzt wurde es Zeit für die Vorgeschichte.

»Ich begegnete Herrn Mühling zwei Tage zuvor auf einer Vernissage, bei der er ebenfalls Gast war. Das war unsere erste Begegnung. Vorher kannte ich ihn nicht.«

Seine Augenbrauen hoben sich überrascht. »In dieser neuen Galerie? Die Fotoausstellung?«

Ach guck – der Herr Kommissar war kulturell interessiert, wie es schien.

»Ja, genau. Die Künstlerin ist eine gute Freundin von mir … von uns. Deshalb waren wir dort. Herr Mühling ist wohl ein Kunstmäzen, der die Ausstellung unterstützt hat, soweit ich weiß. Das müssten Sie aber den Galeristen fragen. Lasse Langner.«

»Aha. Und wie gestaltete sich an dem Abend der Kontakt zwischen Ihnen und Herrn Mühling?«

Fieberhaft dachte ich nach. Was konnte ich erzählen, ohne Diana zu kompromittieren? Aber die Sache zwischen ihr und Mühling würde sowieso rauskommen – spätestens dann, wenn er andere Zeugen befragte. Schließlich hatte Mühling laut genug herumposaunt, dass er mit Diana zusammen im Heu war.

»Frau Luchs?«, fragte er nach, weil ich längere Zeit nichts sagte.

»Also, es war so: Zunächst gab es über die Tatsache hinaus, dass er ebenfalls Gast der Veranstaltung war, keine Berührungspunkte. Dann hatte meine Freundin Diana Jedamzik an besagtem Abend allerdings näheren Kontakt zu Herrn Mühling, der nicht ... äh ... zu seiner Zufriedenheit verlief. Er wurde sehr wütend.«

Er zog einen Block zu sich heran und ließ sich den Namen buchstabieren. »Wie erreiche ich diese Frau Jedamzik?«

Ich lächelte. »Sie haben heute Morgen bereits mit ihr gesprochen. Und gestern Nacht mit ihr getanzt. Die hübsche Blondine mit den langen Locken.«

Ich sah ihm an, dass er sich die geistige Notiz machte, seine Braut zu informieren, bevor diese später Diana und Isolde befragen würde.

»Herr Mühling wurde also wütend«, fuhr er dann fort. »Was passierte genau?«

»Diana kam aus einer Scheune, neben der ich zufällig auf einer Bank saß, etwas abseits von der Party. Er kam direkt nach ihr ebenfalls heraus und beschimpfte sie unflätig, weil sie keinen Sex mit ihm wollte.«

»Woher wissen Sie, dass es darum ging? Hatte ihre Freundin es Ihnen erzählt?«

»Unter anderem sagte er etwas wie: *Erst Kerle anmachen und dann plötzlich etepetete.* Er war vollkommen außer sich und griff sie sogar an. Er packte sie ziemlich grob am Arm, weil sie nicht mit ihm reden wollte.«

»Wie reagierte Ihre Freundin?«

»Sie ließ sich auf keinen Disput ein. Schließlich gab er auf und kehrte auf die Party zurück, wie wir kurz danach ebenfalls. Im weiteren Verlauf des Abends betrank er sich sehr und begann später erneut Streit. Erst tönte er herum, Diana sei eine Schlampe, dann kam er sogar an unseren Tisch, obwohl mehrere Leute versuchten, ihn aufzuhalten.«

»Wer waren diese Leute?«

»Lasse Langner, der Galerist. Und Isolde Frankenburg. Das ist die weißhaarige Dame, mit der Sie ebenfalls heute Morgen ... und auch gestern Abend ...«

Wieder notierte er den Namen auf dem Block. Sein Gesicht war unbewegt. »Und dann?«

»Dann eskalierte es irgendwie …«

Wieder dachte ich nach.

Ich versuchte, mich an die Chronologie der Ereignisse zu erinnern. Wann genau hatte wer was zu wem gesagt? Wann hatte Frank sich eingeschaltet und Mühling eine geknallt?

»Es schien ihn noch wütender zu machen, dass sie sich auf keinen Streit einließ«, erzählte ich zögernd, »und er wurde immer unflätiger. Schließlich stand dieser Schauspieler, der bei uns am Tisch saß, auf und wies Mühling zurecht, er solle sich mäßigen, es seien Damen anwesend. Mühling lachte ihn aus und sagte, er sähe hier nur Nutten. Er fasste Diana an, wieder sehr grob. Und dann ist Frank eingeschritten.«

»Eingeschritten? Etwas genauer, bitte.«

Ich seufzte. Nutzte ja nichts – irgendwer würde es früher oder später erzählen. »Er zerrte Mühling von Diana weg. Der fragte Frank, ob er der Zuhälter von der kleinen blöden Nutte sei. Daraufhin hat Frank ihm ein blaues Auge verpasst.«

»Weil Mühling ihn als Zuhälter bezeichnete?«

Oh nein, mein Freund, so nicht. Nicht mit mir.

Das stank 10 Meilen gegen den Wind: Ich sollte jetzt sagen, dass Frank deshalb zugeschlagen hatte, und schon war es eine persönliche Sache zwischen Mühling und ihm. Dazu wurde es vielleicht später, als er dazu überging, Frank alle möglichen juristischen Konsequenzen anzudrohen – aber zu diesem Zeitpunkt ging es ausschließlich um Franks vermaledeite Ritterlichkeit.

»Nein, weil Mühling alle Frauen am Tisch – auch mich – Nutten nannte und Diana nicht nur verbal, sondern auch körperlich angegriffen hatte. Ganz ehrlich: Sämtliche Anwesenden waren der Meinung, dass Mühling es verdient hatte.«

Darauf ging er nicht ein – natürlich nicht. Schließlich konnte er mir schlecht beipflichten, dass ein unverschämtes Großmaul ab und zu mal einen ordentlichen Klaps verdient hatte.

Er bat mich, ihm zu sagen, wer noch am Tisch gesessen hatte, und ich diktierte ihm die Namen.

»Und die kann ich alle noch hier erreichen?«

Ich schüttelte den Kopf. »Doris und Erwin Schneider sind bereits wieder abgereist. Bärbel Minkenberg ebenfalls. Adressen und Telefonnummern kann ich Ihnen geben. Wo Sie diesen Fernsehkommissar auftreiben, müssen Sie Lasse Langner fragen, der wird die Adresse haben. Er hat schließlich alle Leute eingeladen.«

»Hm, da muss ich Amtshilfe beantragen«, murmelte er, während er meine Angaben notierte. Dann sah er mich an. »Brauchen Sie eine Pause?«

»Brauchen Sie eine? Mir wäre wirklich lieber, wenn wir weitermachen könnten«, erwiderte ich.

Er runzelte die Stirn, und wieder einmal verfluchte ich mein loses Mundwerk. Meine Gegenfrage klang reichlich frech, aber eigentlich hatte ich es nur gut gemeint. Schließlich wusste ich, dass er wenig Schlaf bekommen hatte.

»Nun, ich brauche *kein*e Pause«, sagte er steif. »Also gut: Der nächste Kontakt mit Julius Mühling fand dann wo und wann statt? Erst in der Strandbar?«

»Nein, schon vorher. Kein Kontakt, dass wir geredet hätten oder so. Ich sah ihn auf einem Segeltörn mit der *Kallianassa,* den Frank und ich gestern gemacht haben. Zusammen mit vielleicht hundert anderen Leuten. Mühling war auch an Bord.«

»Hat er Sie ebenfalls gesehen?«

»Mich, ja. Aber ich habe mich der Situation sofort entzogen. Wir haben sogar gewartet, bis er das Schiff verlassen hatte, bevor Frank und ich von Bord gegangen sind. Dann sind wir erst wieder in der Strandbar aufeinandergetroffen. Und was dort passiert ist, wissen Sie ja. Mühling zettelte erneut eine Auseinandersetzung an, die sehr schnell eskalierte. Er war betrunken, Frank auch. Sie bedrohten sich gegenseitig massiv. Und dann hat Frank halt noch einmal zugeschlagen.«

»Was passierte danach?«

»Mühling wurde von seinem Anwalt weggebracht, und wir

redeten noch kurz mit Langner. Dann brachen wir ebenfalls auf.«

»Was können Sie mir zum Verbleib von Frank Kropka ab diesem Zeitpunkt sagen?«

Jetzt wurde es eng.

Ich könnte jetzt lügen und behaupten, dass er uns nach Hause begleitet hatte – aber tat ich ihm damit einen Gefallen? Was, wenn ihn irgendjemand während der Nacht gesehen hatte? Und selbst wenn er angeblich die Nacht zu Hause verbracht hatte, konnte ich nicht mit Fug und Recht behaupten, dass ich die ganze Zeit neben seinem Bett gesessen hätte und schwören könnte, dass er nicht mehr unterwegs war. Also lieber die Wahrheit.

»Nein. Das kann ich nicht. Nach der Auseinandersetzung war er unauffindbar. Wir sind ohne ihn in unsere Ferienhäuser zurückgekehrt. Heute Morgen dachte ich, dass er noch schlief, als ich das Haus verließ, um vor dem Frühstück ins Watt zu gehen. Natürlich ging ich automatisch davon aus, dass er im Laufe der Nacht nach Hause gekommen ist. Ich habe mich aber nicht vergewissert.« Ich atmete tief durch und fuhr fort: »Das nächste Mal *gesehen* habe ich ihn, als er von Ihrem Kollegen hinter unseren Strandkörben schlafend aufgefunden wurde. Ich habe keine Ahnung, wo und wie er die Nacht verbracht hat.«

»Können Sie die Aussage meiner Kollegin bestätigen, dass er sagte: *War ich das etwa?*«

Ich nickte zögernd.

»Bitte mit Ja oder Nein antworten, Frau Luchs.«

Ich mochte es kaum laut aussprechen, aber ich hatte keine Wahl.

»Ja, das kann ich bestätigen.«

Damit war meine Befragung beendet, und er schaltete das Gerät aus.

»Würden Sie diese Frage nicht stellen, wenn Sie nach einem Blackout neben einem Toten aufwachen würden, Herr Claassen?«, fragte ich hitzig. »Das hat doch überhaupt nichts zu bedeuten! Er war es nicht, nie im Leben.«

»Ich kenne Ihren Standpunkt, Frau Luchs«, sagte er ernst. »Aber ich muss dem nachgehen. Wenn er unschuldig ist, werden wir auch dafür Beweise finden.«

Ich spürte, wie mir Tränen in die Augen traten. Auch das noch! Ich wollte vor diesem Bullen nicht heulen, aber das Gefühl totaler Hilflosigkeit übermannte mich einfach. Von irgendwoher zauberte er hastig ein Paket Papiertaschentücher. Ich putzte mir geräuschvoll die Nase.

»Aber es kommt doch immer wieder vor, dass Leute verurteilt werden, obwohl sie unschuldig sind … So viele Indizien, die gegen ihn sprechen …« Ich schniefte. »Das ist einfach nicht fair!«

»Zunächst einmal ist nicht fair, dass ein Mensch umgebracht wurde. Ich werde aufklären, warum das passiert ist und wer es war«, sagte er entschlossen. »Sie gehen jetzt am besten nach Hause.«

Zeit, pampig zu werden, fand ich.

»Ich habe nicht die geringste Ahnung, wo ich hier bin, Kommissar Claassen«, fauchte ich. »Und noch weniger Ahnung habe ich, wie ich von hier aus nach Hause kommen soll. Sie haben mich in eine andere Stadt verschleppt. Ich habe kein Geld bei mir.«

Das war zwar gelogen, aber das würde ich ihm bestimmt nicht auf die Nase binden.

»Vielleicht kann einer Ihrer Freunde Sie abholen?«, fragte er überrumpelt. »Sie können gerne telefonieren.«

»Schöne Idee. Einer von denen sitzt bei Ihnen in der Zelle, die beiden anderen wurden angewiesen, auf Ihre Kollegin zu warten, damit sie die Aussagen aufnehmen kann.«

»Ich rufe Ihnen ein Taxi.«

»Das ich dann womit bezahle?«

Er dachte angestrengt nach, dann hellte sein Gesicht sich auf. Er griff nach dem Telefon auf seinem Schreibtisch und wählte eine kurze Nummer. »Meike? Gott sei Dank, du bist noch da. Du fährst doch gleich zu den beiden Damen …«, er sah auf seinem Block nach, »Diana Jedamzik und Isolde Frankenburg … Super, dann nimm doch bitte Frau Luchs mit.« Er wandte sich mir zu, ohne aufzulegen. »Wir sind hier fertig, Frau Luchs. Wenn Sie mich entschuldigen …«

Klar, er musste seine Liebste ja noch über die Mühling-Diana-Situation aufklären.

Fertig sind wir noch längst nicht, dachte ich grimmig, als ich ihm zum Abschied die Hand schüttelte.

Kapitel 13

Ein wilder Ritt über flaches Land und ein Streit unter Freundinnen – aber Rettung naht

Meike Benninga nickte nur stumm zur Begrüßung, als ich vor der Polizeistation zu ihr in den Streifenwagen stieg. Vermutlich hätte sie mich am liebsten auf den Rücksitz verbannt.

Für meinen Geschmack lenkte sie das Auto reichlich schneidig über die kurvenreiche Landstraße. Tempo 70 war erlaubt, aber sie lag deutlich darüber, überholte sogar einige Autos, die ihr zu langsam durch die Landschaft zockelten. Die Strecke war unübersichtlich, aber sie schnitt die Kurven derart rasant, dass ich mich – innerlich Stoßgebete murmelnd – an den Türgriff klammerte, als würde das irgendetwas nutzen, wenn wir dann frontal irgendwo reinklatschten oder uns um einen Baum wickelten. Ich hätte mich jedenfalls nicht getraut, so schnell zu fahren, aber schließlich musste sie nicht befürchten, von der Polizei angehalten zu werden. Zur Not konnte sie einfach das Blaulicht anwerfen und sich so die absolute Narrenfreiheit verschaffen.

»Sie und Herr Claassen werden also in Kürze heiraten?«, fragte ich schließlich. Ich musste einfach reden, um nicht vor Angst zu kreischen.

Sie schoss mir einen giftigen Seitenblick zu. »Ich kann mir kaum vorstellen, dass er sich mit Ihnen über Privatangelegenheiten unterhalten hat.«

»Natürlich nicht. Aber ich war ja zufällig bei seinem Junggesellenabschied dabei …«

Wieder dieser giftige Blick. Guck auf die Straße, Mädchen.

»Also, ich war natürlich nicht eingeladen oder so«, erklärte ich eilig, damit sie nicht auf falsche Gedanken kam. »Ich war nur zufällig gleichzeitig auf ein paar Drinks mit den anderen in der Strandbar, in der er mit seinen Freunden gefeiert hat. Die trugen T-Shirts, auf denen stand …«

»Ich weiß, was auf den T-Shirts stand«, sagte sie eisig. »Ich habe die Dinger für alle bestellt.«

»Ehrlich? Wie nett von Ihnen. Na, und da er Sie heute Morgen am Strand mit einem Kuss begrüßt und *Süße* genannt hat, ging ich davon aus, dass Sie beide ein Paar sind. Da muss man nur eins und eins zusammenzählen, nicht wahr? Außerdem wurde er ja heute von seiner Mutter beim Schneider zur Anprobe seines Hochzeitsanzugs erwartet …«

Sie fuhr herum und war so damit beschäftigt, mich entgeistert anzustarren, dass wir auf die Gegenfahrbahn gerieten.

Ich zeigte durch die Windschutzscheibe auf den Trecker, der uns entgegenkam, und kreischte: »Da! Achtung!«

Sie riss das Steuer herum, und der Wagen brach mit dem Hinterteil aus. Wir verfehlten den Traktor um Haaresbreite. Sein Fahrer zeigte uns – Polizei hin oder her – wütend den bösen Mittelfinger und hupte. »Bleib locker, du Bauer«, zischte sie aus zusammengebissenen Zähnen. Endlich bekam sie das Auto wieder unter Kontrolle und raste weiter.

Ihre geblähten Nasenflügel signalisierten Wut.

Mein hektisch pumpendes Herz signalisierte Panik.

Schließlich fragte sie mit – wie ich fand – gefährlich ruhiger Stimme: »Woher wissen Sie das? Das mit dem Anzug?«

»Ach, das war ganz lustig«, erwiderte ich und lachte gekünstelt, um die entschieden frostige Stimmung ein wenig aufzulockern. »Seine Mutter rief an, während wir auf dem Weg ins Präsidium waren. Über die Freisprechanlage. Ich habe das Gespräch also gehört. Unfreiwillig, versteht sich. Nicht, dass Sie denken, dass es mich interessiert hätte. Hat es nämlich nicht. Also, ich hätte mir natürlich die Ohren zuhalten können, aber …«

Ich brach ab, denn ich plapperte sinnloses Zeug. Bei ihrem versteinerten Profil wurde mir klar, dass sie die Geschichte nicht halb so lustig fand, wie ich gehofft hatte. Meike Benninga schien etwas sagen zu wollen, presste dann aber stattdessen die Lippen zusammen, schwieg und bretterte weiter über die Landstraße, so schnell sie konnte.

Na gut, sollte mir recht sein. Ihr Schweigen, meine ich. Schließlich war ich nicht mit ihr zusammen unterwegs, weil ich auf der Suche nach einer neuen Freundin war.

Für den Rest der wilden Fahrt beschränkte ich mich darauf, sie zu unserem Ferienhaus zu lotsen.

Da ich die Polizistin im Schlepptau hatte, ergab sich für Diana, Isolde und mich keine Gelegenheit, uns unbeobachtet auszutauschen. Meike Benninga achtete darauf, keine der beiden mit mir alleine zu lassen. Und nicht nur das – als die drei am Esstisch Platz nahmen, positionierte sie sich so, dass sie mich im Auge behalten konnte, während Diana und Isolde mir den Rücken zuwandten.

Da sich mein Magen mit lautem Knurren meldete und ich in der Küche nach etwas Essbarem suchte, war das für sie auch ganz einfach. Hätte ich mich danach aufs Sofa gesetzt, hätten vermutlich alle am Tisch einen Stuhl weiterrücken müssen, damit wir uns weder mit Blicken noch Gesten verständigen konnten.

Im Kühlschrank entdeckte ich eine Schüssel mit Isoldes köstlichem Kartoffelsalat. Im Backofen wurden panierte Schnitzel auf kleiner Temperatur warm gehalten. Die Fürsorge meiner Freundinnen rührte mich. Sie hatten daran gedacht: Wer auch immer nach Hause käme – derjenige würde auf jeden Fall Hunger haben. Schnitzel und Kartoffelsalat! Perfekt, um meine leeren Kohlehydratspeicher schnell wieder aufzuladen, denn ich brauchte mein Gehirn mit 100 Prozent Leistungsfähigkeit.

Ich machte mir noch einen Espresso und setzte mich dann an den Küchentresen, um zu essen und die Ohren aufzusperren.

Im Großen und Ganzen stellte Meike Benninga die gleichen Fragen wie Kommissar Claassen. Bestimmt hatte er sie noch auf bestimmte Themen eingenordet, während sie bereits im Auto auf mich gewartet hatte.

Als sie Dianas Techtelmechtel mit Mühling ansprach, sah ich, wie sich der Rücken meiner Freundin versteifte. Sie gab nicht mehr preis, als dass sie angeheitert mit ihm herumgeknutscht habe und dann gegangen sei, als er mehr wollte. Ihre Angaben über das, was hinterher vor der Scheune passiert war, deckten sich zu meiner Erleichterung exakt mit meinen.

Innerlich entschuldigte ich mich bei Diana, aber es wäre zweifellos ohnehin rausgekommen, dass sie sich – wenn auch nur kurz und unter Alkoholeinfluss – mit Mühling eingelassen hatte.

Wie Claassen benutzte auch Meike Benninga ein Diktiergerät und machte sich vereinzelt Notizen. Schließlich war sie zufrieden und verabschiedete sich.

Sie fände allein hinaus, vielen Dank, sagte sie und ging, ohne mich noch eines Blickes oder Grußes zu würdigen.

Ich setzte mich zu meinen Freundinnen, und Diana funkelte mich stocksauer an.

»*Musste* das sein? Musstest du denen von dieser Peinlichkeit erzählen? Echt, Loretta! Wie stehe ich denn jetzt da?«

»Oh, das ist natürlich momentan das Allerwichtigste, wie du jetzt dastehst«, schnappte ich zurück. »Der tote Mühling, Frank in einer Zelle – alles egal, denn der gute Ruf von Madame ist in Gefahr. Und ich bin schuld daran.«

»Wer konnte denn seine Klappe nicht halten?«, fauchte sie. »Die denken doch jetzt, dass ich mich mit jedem Dahergelaufenen in die Büsche schlage!«

»Sagt die Frau, die schon zu Hause angekündigt hat, dass sie Lust auf eine Affäre hat. Aber dass du es so nötig hast, dich mit diesem Schmierlappen einzulassen, hätte ich nicht gedacht.«

»Halt die Klappe, Loretta! Ich lasse mich ein, mit wem ich will, das geht dich nichts an! Wer kann denn ahnen, dass alles so endet? Wie stehe ich denn jetzt da?«

Ich schnaubte höhnisch. »Da waren wir doch vorhin schon mal, oder? Wie *du* jetzt dastehst ... was glaubst du, wen das interessiert? Mich nicht! Außerdem: ein bisschen zu spät für diese Befürchtung. Jetzt im Nachhinein weißt du natürlich, dass deine Wahl ein Griff ins Klo war. Aber hättest du deine Triebe bei der Party nur ein wenig unter Kontrolle ...«

Bamm!

Diana und ich fuhren zusammen, denn Isolde hatte mit der flachen Hand auf den Tisch geschlagen. Ihr silberweißer Bubikopf sträubte sich vor Empörung.

»Mädchen!«, blaffte sie. »Was ist los mit euch? Wir sollten uns aufs Wesentliche konzentrieren, meint ihr nicht?«

Unter ihrem strengen Blick zogen Diana und ich schuldbewusst die Köpfe ein.

»Wo ist Frank?«, fragte Isolde mich dann.

»In einer Zelle«, erwiderte ich. »Im Präsidium in der nächsten Stadt. Das Letzte, das ich mitbekommen habe, ist, dass er erkennungsdienstlich behandelt wurde. Mittlerweile wird er vermutlich von Claassen verhört. Oder vernommen, befragt, was weiß ich, wie das in seinem Fall heißt.«

»Was meinst du damit?«, fragte Isolde.

»Es gibt da Unterschiede zwischen Befragung, Vernehmung und Verhör. Hat Erwin mir mal erklärt. Apropos … Habt ihr Erwin erreicht?«

Diana schüttelte den Kopf. »Nur seine Mailbox. Wir warten auf seinen Rückruf. Ich habe hinterlassen, dass der verdammte Mühling tot ist und Frank verhaftet wurde. Und dass du auch von der Kripo mitgenommen wurdest. Ich bin sicher, er meldet sich, sobald er die Nachricht gehört hat.«

»Super. Auf jeden Fall: Vermutlich ist es nur noch eine Frage der Zeit, bis Frank von der Staatsanwaltschaft zum offiziellen Mordverdächtigen in diesem Fall erklärt wird. Momentan sprechen die Indizien gegen ihn, und wenn nicht der wahre Schuldige freiwillig auftaucht, um ein Geständnis abzulegen …« Ich zuckte mit den Schultern und fuhr fort: »Leider hat Frank sich praktisch selbst ans Messer geliefert. Ihr wart ja heute Morgen nicht dabei, als er hinter den Strandkörben entdeckt wurde.«

Ich erzählte ihnen detailliert alles, was einige Stunden zuvor am Strand geschehen war, und sie schnappten nach Luft.

»*Das* hat er gesagt?«, fragte Diana entsetzt. »*War ich das etwa?* Gegenüber der Polizei? Ernsthaft?«

Ich nickte. »Ernsthaft. Die sind vor Begeisterung fast in die Luft gesprungen. Natürlich ist das kein Beweis für irgendwas, aber diese Bemerkung in Kombination mit der Tatsache, dass er sich an nichts erinnert … nicht so doll. Für die Polizei ist das mit Sicherheit ein Hinweis, dass er es selbst für möglich hält, der Mörder zu sein. Deutlich schlauer wäre es von Frank gewesen, *Wer war das denn?* zu sagen. Oder so was Ähnliches.«

Unwillkürlich musste Isolde lächeln. »Franks schnelle Zunge siegt halt manchmal über seine Klugheit.«

»Seine schnellen Fäuste leider auch«, murmelte ich.

»Er ist nun mal ein Hitzkopf«, sagte Isolde. »Aber er ist nicht so hitzköpfig, dass er jemanden umbringen würde. Im Affekt vielleicht, oder in einer Notwehr-Situation. Wenn er seine Liebste oder ihre Kinder beschützen will. Aber er geht doch nicht hin und *erdrosselt* jemanden!«

»Genau das habe ich dem Kommissar auch gesagt!«, rief ich. »Das muss denen doch einleuchten! Wenn Mühling an den Folgen einer Klopperei gestorben wäre, weil er unglücklich gestürzt ist und sich den Kopf aufgeschlagen hat oder so – aber das ist er eben nicht. Jemand hat ihm das Tuch so fest um den Hals geknotet, dass er keine Luft mehr gekriegt hat. Und dann haben sie ihn an unsere Strandburg gesetzt, weil Frank sich mit ihm öffentlich gestritten hat. Wer weiß – wahrscheinlich haben sie Frank sogar absichtlich danebengelegt. Für die Polizei. Um den Bullen auch gleich den passenden Verdächtigen zu präsentieren.«

»Aber wer sollte das gewesen sein? Und woher sollten die wissen, wo unsere Strandburg ist?«, fragte Diana beklommen.

Ich stand auf und tigerte herum, während ich weiterdozierte: »Die verdammte Sandburg ist die auffälligste am gesamten Strand. Wie oft ist sie zum Beispiel fotografiert worden? Zusammen mit dem stolzen Erbauer, der auch noch mit großer Begeisterung Spontanseminare über professionellen Burgenbau abhält? Und darüber, wie man die Muscheln in die Sandmauern frickeln muss, damit sie nicht gleich wieder herunterfallen? Wisst ihr – Mühling lehnte mit dem Rücken am *Ruhrpott*-Schriftzug. Ich wette, die

Schrift ist noch vollkommen intakt, weil Frank so gut gearbeitet hat.« Ich lachte auf und blieb am Tisch stehen. »Machen wir uns nichts vor – wir sind eine Bande von Paradiesvögeln und fallen auf. In diesem Muschelmosaik-Museum aus Sand erst recht. Hunderte, nein, *Tausende* Leute schwirren am Strand herum und haben uns gesehen. Nein, sagen wir: Sie haben uns bemerkt. Das Problem ist: Wir haben sie nicht bemerkt. Oder könnt ihr euch an jeden Einzelnen erinnern, der an der Strandburg vorbeigelatscht ist oder ein Foto gemacht hat?«

Diana und Isolde sahen sich an und schüttelten die Köpfe.

»Im Gegenteil – ich habe mich bemüht, sie zu ignorieren«, sagte Diana langsam.

»Siehst du? Genau das meine ich. Die Ermordung Mühlings könnte geplant gewesen sein. Von langer Hand. Von wem auch immer. Und wir Volldeppen haben die ganze Zeit in einem Theaterstück mitgespielt, ohne es zu ahnen.«

Mein Mund war trocken, und ich holte mir ein Glas Kraneberger. Während ich das Wasser in langen Zügen trank, fragte Isolde: »Das erscheint mir nun doch ein bisschen ... Woher sollte jemand im Voraus wissen, dass Frank hier mit Julius Mühling Streit kriegen würde?«

»Aha!« Ich stieß meinen Zeigefinger in die Luft. »Hervorragender Einwand, Isolde. Natürlich konnte niemand das im Voraus wissen. Ich stelle es mir eher so vor: Der Täter hat einfach die perfekte Gelegenheit genutzt. Was konnte ihm Besseres passieren, als dass sein Opfer mit Frank aneinandergerät? Noch dazu fand dieses lautstarke Bauerntheater aus Beleidigungen, Schlägereien und gegenseitigen Bedrohungen vor zig Zeugen statt – wunderbar!«

Ich lief weiter durch den Raum und kam mir vor wie ein ausgefuchster Anwalt, der vor Gericht sein geniales Schlussplädoyer hält. Isolde und Diana hingen an meinen Lippen.

»Denken wir an die Vernissage«, fuhr ich fort. »Haben wir etwa jeden einzelnen Anwesenden wahrgenommen? Was ist mit dem Personal? Kann sich irgendjemand an auch nur ein einziges Gesicht von denen erinnern? Weiß eine von euch, wie viele Kellner und

Servicekräfte dort waren? Wie viele und welche Journalisten oder vielleicht angebliche Journalisten? Dann die Party in der Strandbar: Wir haben mit Kommissar Ubbo und seinen Jungs auf der Tanzfläche getobt – aber wer stand am Tresen? Oder saß an den Tischen? Oder in den Dünen und hat alles beobachtet? Theoretisch könnte uns jemand seit zwei Tagen auf Schritt und Tritt gefolgt sein, ohne dass wir es bemerkt hätten. Herrje – hier sind solche Massen von Urlaubern, dass man permanent von Menschen umgeben ist. Für jemanden, der etwas plant, ist das die perfekte Tarnung.« Ich breitete triumphierend die Arme aus. »Na, was sagt ihr?«

Diana nickte. »Tolle Theorie, Loretta. Ich bin wirklich beeindruckt – und das meine ich ausnahmsweise mal nicht ironisch. Jetzt müssen wir sie nur noch beweisen. Und unter Hunderten Leuten denjenigen finden, der genau das gemacht hat.«

Meine Euphorie verebbte schlagartig.

Genau das war der Haken an der Sache.

Als Dianas Handy klingelte, zuckten wir zusammen. Sie nahm ab und rief: »Erwin! Gott sei Dank! … Ja, Loretta ist hier. Moment …«

Sie gab das Telefon an mich weiter, und ich sagte zu Erwin: »Ich stelle dich auf Lautsprecher, dann können alle mithören.«

»Wer ist denn noch da?«, fragte er.

»Diana und Isolde. Erwin, hier ist die Hölle los. Frank ist …«

»Ich weiß schon Bescheid«, fiel er mir ins Wort. »Ich komme gerade von Astrid.«

»Was hat *die* denn damit zu tun?«

Astrid – das war Kommissarin Astrid Küpper. Sie war nicht nur seine Patentochter, sondern gleichzeitig diejenige, die bei den Todesfällen in der Schrebergartenkolonie *Saftiges Radieschen* vor einem Jahr und bei den Dreharbeiten der Kochsendung, an der Frank und ich teilgenommen hatten, die Ermittlungen geleitet hatte. Das war erst wenige Monate her.

»Amtshilfe«, erklärte Erwin. »Kommissar Claassen hat sie schon heute Vormittag angerufen, damit sie die Aussagen von Doris, Bärbel und mir aufnimmt. Nach deiner Aussage, Loretta. Die beiden kennen sich übrigens von einem Lehrgang.«

»Ist das gut?«, fragte Isolde.

»Könnte besser sein«, erwiderte Erwin düster. »Natürlich hat Claassen sie danach gefragt, ob Frank eine … nun ja … einschlägige Vergangenheit hat.«

Ich hielt unwillkürlich den Atem an. »Und? Hat er?«

»Nicht im Sinne irgendwelcher Vorstrafen. Er ist auch nicht als gewalttätig registriert oder jemals aufgefallen. Gott sei Dank. Aber der Kommissar weiß jetzt leider, dass Frank bereits zweimal in unmittelbarer Nähe anderer Todesfälle aufgetaucht ist. Und du auch, Loretta. Das hat ihn natürlich aufhorchen lassen.«

»Aber die Täter wurden in beiden Fällen zweifelsfrei überführt! Wir hatten rein gar nichts damit zu schaffen!«, rief ich empört. »Das hat doch mit diesem Fall überhaupt nichts zu tun!«

»Natürlich hat es das nicht«, sagte Erwin. »Wir alle wissen das. Und die Ergebnisse von Astrids Ermittlungen bestätigen das zweifelsfrei, wie du ganz richtig sagst, Loretta. Aber die Polizei … ihr wisst schon.«

»Glaubt nicht an Zufälle«, murmelte ich.

»Genau. Und irgendwie bleibt bei dieser Art Zufällen ein … wie soll ich sagen … *Geschmäckle* zurück. Sie werden ihn einfach mit anderen Augen sehen, fürchte ich. Noch ein bisschen misstrauischer sein. Jedes Wort fünfmal auf die Goldwaage legen. Astrid sagt … ich kann das gar nicht glauben … Hat Frank wirklich *War ich das etwa?* gesagt? Vor der Polizei?«

Ich seufzte. »Ja, hat er. Ich war dabei. Er war völlig verwirrt, weil er am Strand geschlafen hatte. Frank wusste heute Morgen überhaupt nicht, wo er war und was überhaupt los war. Und als er die Leiche gesehen hat … er hat einfach spontan rausgehauen, was ihm als Erstes durch den benebelten Schädel geschossen ist. Du kennst ihn ja. Dafür ist er berühmt.«

»So ein Heiopei«, murmelte Erwin, und ich sah vor meinem geistigen Auge, wie er den Kopf schüttelte und seine Minipli-Löckchen tanzen ließ. »Wie auch immer: Er braucht einen Rechtsbeistand. Sofort, am besten heute noch. Momentan kann ich mir nicht vorstellen, dass sie ihn laufenlassen.«

Ogottogottogott …

»Ja, aber wir kennen hier doch niemanden!«, jammerte ich. »Wie sollen wir denn …?«

»Reißt euch gefälligst zusammen und benutzt euren Grips«, fiel er mir ungeduldig ins Wort. »Fangt bei diesem Galeristen an. Vielleicht kennt er einen Anwalt vor Ort, weil er … was weiß ich … wegen seiner Galerie irgendwelche Verträge abgeschlossen hat oder so. Denkt einfach nach, verdammt. Frank redet sich sonst noch um Kopf und Kragen.«

»Ich rufe Langner an«, sagte Isolde und ging hinaus.

»Wie geht es Bärbel?«, fragte ich Erwin. »Weiß sie es schon?«

»Natürlich weiß sie es. Und mein Täubchen auch. Sie sind beide am Boden zerstört. Bärbel macht sich furchtbare Vorwürfe, dass sie ihn alleingelassen hat.«

Das konnte ich mir lebhaft vorstellen. Allerdings nutzte es Frank nicht die Bohne, wenn seine Freundin sich mit Selbstvorwürfen kasteite.

»Erwin«, sagte ich leise, »wir sind wirklich durch den Wind. Seit heute Morgen, als ich diesen toten Kerl gefunden habe, tobt hier das Chaos. Ich weiß nicht, wo mir der Kopf steht.«

Er lachte leise. »Rettung naht. Mein Koffer ist schon gepackt – nicht nur, aber auch auf Befehl von meinem Täubchen. In vier Stunden bin ich da.«

»Erwin, du bist der Beste!«, quietschte Diana begeistert, und ich konnte mich dem nur anschließen.

Kapitel 14

Heini ist ein echt guter Tröster, und Heinis Herrchen stellt die richtigen Fragen

»Langner kennt sich hier vor Ort natürlich nicht mit Anwälten aus«, sagte Isolde, als sie zurückkam, »wäre ja auch zu schön gewesen. Alle Verträge hat er von seinem Heimatort aus geregelt. Aber er hat mir die Nummer von dieser Cateringfrau gegeben. Frau Claassen. Die kennt hier bestimmt alles und jeden. Vielleicht kann sie uns weiterhelfen.«

Ich erzählte ihr, dass Erwin kommen und uns beistehen würde, und sie atmete auf. Zu dritt fielen wir uns jauchzend in die Arme, als wäre Erwin ein Superheld mit magischen Kräften.

Sieh mal, da oben am Himmel! Ist das ein Vogel? Oder ein Flugzeug? Nein, es ist Minipli-Man, der in seinem geheimen Quartier in einer Zechenhaussiedlung unseren Hilferuf vernommen und sich sofort in die Lüfte geschwungen hat, um unsere Probleme mit einem Fingerschnippen zu lösen.

Schöne Vorstellung – leider nicht die Realität.

Aber er konnte die Stimme der Vernunft in unserer Kakophonie weiblicher Hysterie sein. Wir waren zu nicht viel mehr in der Lage, als verstört aus der Wäsche zu gucken.

Wie schön hatte dieser Urlaub mit meinen Freunden angefangen, wie sehr hatten wir uns alle darauf gefreut. Dem Alltag entfliehen, einfach mal die Seele baumeln lassen, den Tag verbummeln und am Strand liegen. Und jetzt? Jetzt sehnte ich mich an meinen Arbeitsplatz und wünschte, wir wären nie in dieses verdammte Kaff gefahren und nie diesem verrückten, narzisstischen Mühling begegnet. An der Hotline fühlte ich mich sicher, mit all den *HerrMeiers* und *SuperLovers* und wie sie alle hießen. Ich ging zur Arbeit, setzte mein Headset auf und bediente die Kundschaft. Mal als kesses französisches Zimmermädchen, mal als Hausfrau oder als scheinbar kühle Sekretärin. Ich wechselte die Persönlichkeiten im Minutentakt.

Und hier?

Hier war ich nur Loretta, deren bester Freund in schrecklicher Bedrängnis war. Keine andere Haut, in die ich mal eben schlüpfen konnte.

Ich übernahm es, den Anruf zu machen.

»Moin. Claassen-Catering. Claassen am Apparat«, meldete sich eine weibliche Stimme.

Ich war kurz irritiert – sie hieß wie der Kommissar. Dann fiel mir ein, dass ich ihren Namen schon auf der Party gehört, aber sofort wieder vergessen hatte. Warum hätte ich ihn mir auch merken sollen? Außerdem hatte ich diesen Namen seither etliche Male gelesen: auf Transportern von Handwerkern, an der örtlichen Bäckerei und sonst wo. Jeder Zweite hier in der Gegend schien Claassen zu heißen. Oder Claßen. Oder auch Claaßen. Es gab zig Variationen. Und alle anderen hießen Harms.

Ich riss mich zusammen. Was sollte ich ihr sagen? Wie überhaupt beginnen? Alles Zaudern brachte mich kein Stück weiter. Also Augen zu und durch.

»Moin, Frau Claassen. Mein Name ist Loretta Luchs. Wir sind uns auf der Vernissage begegnet.«

»Tatsächlich? Da müssen Sie mir jetzt weiterhelfen. Auf der Party waren so viele Leute.«

Ich half ihr mit ein paar Stichworten auf die Sprünge, und es fiel ihr wieder ein. Klar erinnerte sie sich an einen Gast, der freiwillig Gläser eingesammelt hatte.

»Ich … vielleicht können Sie mir helfen, Frau Claassen. Uns helfen, besser gesagt. Wir sind gerade hier im Urlaub und benötigen unerwartet einen Anwalt. Dringend. Ein Freund ist in Bedrängnis geraten. Herr Langner hatte die Idee, dass Sie vielleicht einen Tipp für uns haben.«

»Herr Langner? Von der Galerie? Geht es um die Sache mit diesem unmöglichen Menschen von der Vernissage?«, fragte sie.

Unmöglicher Mensch? Ich betete innerlich, dass sie damit nicht Frank meinte. Die Buschtrommeln hier in der Gegend schienen jedenfalls hervorragend zu funktionieren, wenn *die Sache* sich bereits herumgesprochen hatte. Ich ging davon aus, dass sie vom Mord an Mühling sprach.

»Sie haben davon gehört?«

»Er wurde tot am Strand gefunden. Das geht natürlich rum. Passiert ja nicht jeden Tag, so etwas. Was haben Sie denn damit zu tun, dass Sie jetzt einen Anwalt brauchen?«

»Nicht ich persönlich, Frau Claassen. Mein Freund, Frank Kropka. Er ist derjenige, der diesem unmöglichen und … äh … jetzt leider verblichenen Menschen eins aufs Auge gegeben hat. Auf der Party nach der Vernissage.«

Sie lachte auf. »Natürlich. Irgendjemand musste ja für Ruhe sorgen und den Mann stoppen. Dass diese Geldsäcke immer meinen, sie könnten sich alles erlauben. Was glauben Sie, was ich in meinem Berufsleben schon alles erlebt habe.«

Jetzt kam sie ein wenig vom Thema ab, aber sie war offenkundig auf Franks Seite. Wenigstens, was das blaue Auge betraf. Und von dem, was ich in *meinem* Berufsleben erlebte, wollte ich gar nicht erst anfangen, obwohl das bestimmt eine wirklich nette Plauderei geworden wäre. Ein anderes Mal, vielleicht.

»Leider denkt die Polizei, dass mein Freund etwas mit dem Tod dieses Mannes zu tun haben könnte. Das ist natürlich vollkommen absurd, aber die Umstände sind … nun ja … sagen wir so: Die Situation bietet den hiesigen Ermittlern momentan noch eine Menge Interpretationsspielraum.«

Sie gluckste vor Vergnügen. »Das haben Sie aber schön formuliert, Frau Luchs. Ich erinnere mich sogar sehr gut an den jungen Mann. Er war so traurig, nachdem seine Freundin wütend abgerauscht ist. Ich hatte den Eindruck, sie war nicht begeistert davon, dass er zugeschlagen hatte.«

Erstaunlich, was Frau Claassen alles mitgekriegt hatte. Ich musste mich unbedingt in Ruhe mit ihr unterhalten, nahm ich mir vor. Dienstbare Geister wie die Catering-Chefin und ihr Personal, die mehr oder weniger unterhalb des Radars der übrigen Gäste wirkten, hörten und sahen im Hintergrund oft mehr als alle anderen, weil niemand sie wirklich wahrnahm. Und aus irgendeinem mysteriösen Grund wurde immer automatisch von ihrer absoluten Diskretion ausgegangen, was manchmal ein großer Fehler war.

»Könnte übrigens sehr gut sein, dass Sie auch Besuch von der Polizei bekommen, Frau Claassen. Die wollen natürlich alle befragen, die etwas von der Auseinandersetzung zwischen Herrn Mühling und meinem Freund mitbekommen haben könnten.«

»Na, *darauf* bin ich aber mal schwer gespannt«, murmelte sie geistesabwesend, während sie auf ihrem Schreibtisch herumkramte – es klang jedenfalls danach.

»Ich kenne einen guten Anwalt«, sagte sie dann. »Okko Harms. Er ist mein Neffe. Sagen Sie ihm, ich hätte Sie geschickt.«

Harms – sag ich doch.

Sie diktierte mir die Nummer und seinen Namen, dann bedankte ich mich und legte auf. So gern ich noch geplaudert hätte – es gab Wichtigeres zu tun.

Eine halbe Stunde später klingelte ich am Eingang der Kanzlei von Okko Harms – die hatten *wirklich* sehr, sehr seltsame Vornamen hier. Das Büro befand sich im Seitenflügel eines Bungalows in dem Neubaugebiet, das an den Ortskern unseres Urlaubsortes grenzte. Als wir per Fahrrad die Umgebung erkundet hatten, waren wir schon einmal hier vorbeigefahren, wie ich mich erinnerte.

Das Ding Dong der Klingel löste irgendwo im Haus frenetisches Bellen aus. Durch die Butzenscheiben der Tür sah ich, wie ein struppiger kleiner Foxterrier angesaust kam und dann wie besessen an der Tür auf und ab hopste. Ein Mann in Jeans und naturfarbenem Strickpulli näherte sich und hob lediglich den Zeigefinger, woraufhin der Hund umgehend den Radau einstellte und sich brav hinsetzte. Ich war beeindruckt.

Der Mann öffnete die Tür und bat mich hinein.

»Frau Luchs. Ich bin Okko Harms.«

Fester Handschlag, dann führte er mich in sein Büro. In der Zimmertür drehte er sich noch einmal um.

»Heini.«

Der Hund, der auf eine Ansage seines Herrchens gewartet hatte, sprang auf. Er trippelte hinter uns her und rollte sich dann in einem Hundekorb neben dem Schreibtisch zusammen. Mit einem Seufzen legte er die Schnauze auf die gekreuzten Vorderpfoten und schloss die Augen.

Harms wies freundlich auf einen Sessel. »Kann ich Ihnen etwas anbieten, Frau Luchs? Tee? Mineralwasser?«

Ich schüttelte den Kopf, also setzte er sich in den zweiten Sessel. Ich wusste nicht, was ich von ihm halten sollte. So, wie er aussah – braun gebrannt, Dreitagebart, von der Sonne ausgeblichene Haare, lässige Kleidung, nackte Füße in Segeltuchschuhen, teure Uhr –, hätte er glatt zu der Bande gehören können, die ich mit Mühling zusammen auf dem Dreimaster gesehen hatte. Typ reich und verwöhnt. Immerhin, Okko Harms hatte eine schöne Stimme. Aber was, wenn er einer von der Mühling-Sorte war?

Er ließ mir einige Minuten Zeit, mich zu akklimatisieren.

Schließlich fragte er: »Was kann ich für Sie tun, Frau Luchs?«

Ich holte tief Luft. »Ein Freund von mir benötigt dringend sofortigen Rechtsbeistand. Geld spielt keine Rolle.«

Er grinste belustigt, und ich biss mir auf die Zunge.

Geld spielt keine Rolle – hatte ich das tatsächlich laut gesagt? Das klang ja mal wieder wie aus einem drittklassigen Drehbuch. Was war mir denn da bloß in den Sinn gekommen? Wahrscheinlich die Vorstellung, dass Anwälte sich für jeden Händedruck und jedes Wort mit purem Gold bezahlen ließen. Und um erst gar nicht Diskussionen um sein Honorar aufkommen zu lassen, wollte ich direkt signalisieren, dass ... nun ja ... dass Geld keine Rolle spielte, halt.

Tat es auch nicht, denn Isolde hatte mir auf den Weg mitgegeben, dass Maria und sie für sämtliche Kosten aufkommen und, falls nötig, einen saftigen Vorschuss auf Okkos Schreibtisch blättern würden. In bar, wenn er es so wollte. Daran sollte die bestmögliche Unterstützung für Frank auf keinen Fall scheitern.

»Erzählen Sie doch erst einmal, warum Ihr Freund meine Hilfe benötigt«, sagte der schnieke Anwalt. Und dann sehen wir, was ich tun kann und welche Maßnahmen wir ergreifen.«

Begleitet von Heinis leisem Schnarchen beschränkte ich mich für den Moment auf die Kurzform. Für die Details war später noch Zeit. Inzwischen hatte ich einige Übung darin und schaffte es, mich auf die relevanten Fakten zu beschränken. Er hörte mir sehr aufmerksam zu und unterbrach mich kein einziges Mal.

»Ihr Freund ist jetzt wo?«, fragte er, als ich geendet hatte.

Er stand auf, ging zu seinem Schreibtisch und kam mit einem Block in der Hand wieder zurück.

»Auf der Polizeiwache. Personalien aufnehmen, Verhör, DNS-Spuren sichern, was weiß ich.«

»Der ermittelnde Kommissar?«

»Ubbo Claassen.«

Seine Augenbrauen zuckten kaum wahrnehmbar, als ich den Namen nannte, aber ich hatte es doch gesehen. Der Kosmos hier war aus meiner Sicht so winzig, dass sie wahrscheinlich zusammen zur Schule gegangen waren oder so. Oder jeden Sonntagmorgen zusammen Fußball spielten. War das gut oder schlecht – falls ich mit meiner Vermutung recht hatte?

»Kennen Sie ihn?«

Harms warf mir einen schnellen Blick zu und machte: »Hm.« Dann kritzelte er weiter auf seinen Block.

Hm? Entschuldigung, aber was sollte das heißen: *Hm?* Und was sollte dieser seltsame Blick bedeuten? War er etwa ein Kumpel des Kommissars? Moment mal ... war er gar auf der Junggesellen-Party gewesen und ebenfalls ein Zeuge des Streits zwischen Frank und Julius Mühling? Ich versuchte, mich an die Gesichter der Feiernden zu erinnern, aber vor meinem geistigen Auge sah ich nur lachende Münder über knallroten T-Shirts mit dem Aufdruck *Ubbo heiratet und wir besaufen uns auf seine Kosten.* Kein einziges Gesicht. Allerdings war auch ich zu dem Zeitpunkt schon nicht mehr ganz nüchtern gewesen, um ehrlich zu sein.

»Sagen Sie, Herr Harms«, fragte ich spontan, »was haben Sie gestern Abend gemacht?«

»Bitte?«

Eigentlich klang es sogar recht schmallippig, mehr so *»Bit-*

töh???«. Mit drei Fragezeichen dahinter, aber mindestens. Und in Kursiv, auf jeden Fall sprach er in Kursiv.

Tja, was sollte ich sagen? Mir fiel so schnell nichts Cleveres ein. Ich konnte nur verlegen auf meine Knie starren, während ich in mir forschte, was um Himmels willen in mich gefahren war, ihm eine derart bescheuerte und in dieser Situation unangemessen persönliche Frage zu stellen.

»Darf ich fragen, warum Sie das interessiert?«, fuhr er fort. »Hat das mit diesem Fall zu tun?«

Immerhin – er baute mir eine Brücke.

»Ich bin schon einigen Leuten begegnet, die Zeugen der Auseinandersetzungen zwischen Frank Kropka und dem Opfer waren«, schnatterte ich hysterisch los. »Die fanden ja beide in aller Öffentlichkeit statt. Und ich dachte, vielleicht waren Sie gestern zufällig in der Strandbar. Da waren so viele Leute … Oder noch ganz spät mit Ihrem Hund unterwegs. Am Strand oder so. Das ist alles so fürchterlich. Der Frank ist doch kein Mörder! Nie im Leben hat der diesen Mann umgebracht! Wir sind hier doch nur im Urlaub, und jetzt so etwas! Das ist alles ein schrecklicher Albtraum! Ich bin einfach auf der Suche nach jemandem, der Frank vielleicht entlasten kann, der ihn vielleicht später noch gesehen hat, weit weg von Mühling …«

An dieser Stelle brach ich in Tränen aus.

Ich konnte einfach nicht mehr. Die Situation überforderte mich komplett. Verglichen mit diesem Horror hier waren meine anderen Erlebnisse mit toten Leuten und der Polizei in der Rückschau der reinste Kindergeburtstag. Noch nie war ich so nah dran gewesen, so unmittelbar beteiligt, auch wenn es mir in der Schrebergartenkolonie beinahe selbst an den Kragen gegangen wäre.

Aber für schuldig war ich nie gehalten worden.

Mir wurde ganz schlecht bei dem Gedanken, dass diese unglückliche Anhäufung von Indizien dafür ausreichen könnte, Frank tatsächlich anzuklagen. Er hatte momentan buchstäblich seinen Hals in der Schlinge des Galgens. Seit heute Morgen stand meine Welt auf dem Kopf. Ich war bereit, nach jedem Strohhalm zu greifen, und sei er auch noch so brüchig.

Harms schob dezent eine Box mit Papiertüchern, die auf dem flachen Beistelltisch zwischen unseren Sesseln stand, in meine Richtung. Vermutlich war ich weder die erste, noch würde ich die letzte Person sein, die in seinem Büro losflennte, weil sie verzweifelt war und nicht mehr weiterwusste.

»Tut mir so leid, aber ich bin so durcheinander«, schniefte ich kläglich, während ich mir donnernd die Nase schnäuzte, was den Hund aufweckte und zu einem kurzen Bellen veranlasste.

»Alles gut, Heini«, sagte Harms.

Der Hund sah mich aufmerksam an, dann erhob er sich aus dem Körbchen. Seine Krallen klickten leise auf dem Holzfußboden, als er zu mir kam, sich auf seinen Hintern pflanzte und seufzend gegen mein Bein lehnte.

Das haute mich schier um, und die Dämme brachen erneut.

»Das ist ja so lieb von dir«, heulte ich, während ich den kleinen Kerl hinter den Ohren kraulte.

Harms wartete ab, bis ich mich wieder gefangen hatte. Dann sagte er freundlich: »Zu Ihrer Frage: Ich war gestern Abend nur zu einem kurzen Gang mit Heini draußen unterwegs, Frau Luchs. Einmal um den Pudding. Danach habe ich an einem Schriftsatz gearbeitet. Leider kann ich Ihnen nicht helfen.«

»Doch, das können Sie«, sagte ich mit wieder fester Stimme. »Sie können sich um Frank kümmern.«

Er lächelte. »Dafür bin ich da. Sollen wir weitermachen?«

»Klar. Ich heule auch nicht mehr, versprochen. Was wollen Sie wissen?«

»Erzählen Sie mir noch einmal genau, wie Sie das Opfer heute Morgen fanden und was danach passierte.«

Diesmal ließ ich kein Detail aus, und nachdem ich geendet hatte, fragte er: »Dieser Mann, der Ihnen das Handy geliehen hat. Machte er den Eindruck, dass der Tote ihm unbekannt war?«

Ich riss die Augen auf. Der Marathonläufer! Ich hatte ihn komplett vergessen.

»Denken Sie etwa, dass dieser Typ Mühling an unserer Strandburg deponiert hat und bei meinem plötzlichen Auftauchen aufs

Watt geflohen ist, um sich dann als harmloser Wattläufer auszugeben?«, fragte ich atemlos. »Und dass ich neben dem wahren Mörder stand?«

Harms zuckte mit den Achseln. »Kann man nicht wissen. Es muss Ihnen heute Morgen nicht aufgefallen sein, da haben Sie sicherlich auf andere Dinge geachtet. Denken Sie sorgfältig nach. Hat er sich irgendwie verdächtig verhalten? Wie hat er auf Sie reagiert?«

»Eher wie ein ganz normaler, neugieriger Gaffer. Wie diese Leute, die bei Autounfällen stehen bleiben und glotzen. Zuerst war er misstrauisch und wollte wissen, wozu ich sein Handy brauche. Er wirkte nicht sehr hilfsbereit. Aber dann war er total aufgeregt und konnte es kaum erwarten, die Leiche zu sehen. Er … er hat sie sogar fotografiert.«

»Erinnern Sie sich an seinen Namen?«

Ich dachte angestrengt nach und stellte fest, dass ich keine blasse Ahnung hatte. Für mich war er der Marathonläufer, und zwar nur aufgrund seines sportlich-gestählten Aussehens. Ich hatte zwar gehört, wie er während des Anrufes bei der Polizei seinen Namen genannt hatte, aber ihn offenbar gleich wieder vergessen.

»Ich erinnere mich nicht. Aber die Polizei hat seine Personalien aufgenommen.«

Er machte sich eine Notiz. »Macht nichts, das finde ich heraus. Als Sie zusammen zum Opfer gegangen sind – wusste er vorher, wo der Mann lag?«

»Nein.« Ich schüttelte mit Bestimmtheit den Kopf. »Nachdem er wusste, dass es um eine Leiche ging, flitzte er so schnell vom Watt an den Strand, dass ich nicht hinterherkam. Aber dann wartete er auf mich, damit ich ihm zeige, wo der Tote liegt. Außerdem wäre er wohl kaum so blöd, sich dadurch zu verraten, oder?«

»Jemand, der einen Mord begangen hat, ist nicht automatisch clever«, sagte Harms grinsend. »Ganz im Gegenteil. Brandstifter gucken ausgesprochen gern dabei zu, wie die Brände gelöscht werden, die sie selbst gelegt haben. Irgendwann fallen sie dadurch auf. Wir sollten hier keine Option außer Acht lassen, nicht wahr?«

Oh – es tat mir echt gut, dass er ›wir‹ sagte. Er war auf unserer Seite. Zwar wurde er dafür bezahlt, aber dennoch. Es war das Beste, was ich bisher an diesem fürchterlichen Tag erlebt hatte. Und Minipli-Man war auch schon unterwegs …

»Was passiert jetzt?«, fragte ich.

»Wir fahren zu Ihrem Freund«, antwortete er und erhob sich. »Haben Sie Zeit?«

Dämliche Frage, Herr Anwalt. Was sollte ich wohl sagen? Vielleicht: »Oooch, jetzt sofort? Das kommt mir gerade aber etwas ungelegen, darauf war ich nun wirklich nicht eingestellt. Eigentlich hatte ich vor, Eis essen zu gehen … Warten Sie, ich schaue eben in meinen Terminkalender, wir finden bestimmt einen zeitnahen Termin …«

Mal ehrlich: Auch wenn er mir ankündigen würde, dass ich bis zu Franks Freilassung keine Sekunde Schlaf und keinen Bissen zu essen mehr bekommen würde – es wäre mir egal.

Natürlich hatte ich Zeit.

Und wenn ich keine hätte, würde ich sie mir nehmen.

Kapitel 15

Eine unbarmherzige Bewacherin und die Frage, ob man ein Brillenputztuch als Waffe benutzen kann

Zum zweiten Mal an diesem zauberhaften Tag war ich also unterwegs zur Polizeistation. Bevor wir losgefahren waren, hatte Okko Harms noch vom Büro aus sein Kommen angekündigt und knapp durchgegeben, dass er seinen Mandanten zu sprechen wünsche.

Ich zappelte vor Ungeduld, Frank zu sehen.

Zwischen Touristenautos eingeklemmt näherten wir uns im Kriechtempo unserem Ziel – viel zu langsam für meinen Geschmack. Am späten Vormittag, als Meike Benninga auf dieser Strecke sämtliche Geschwindigkeitsrekorde gebrochen und uns fast in den Tod gerast hatte, war hier deutlich weniger los gewesen.

Jetzt kam ich mir vor wie auf der A 40 zur Rushhour; wahrscheinlich wäre ich zu Fuß schneller gewesen. Alles war verstopft, und die Urlauber zelebrierten einmal mehr ihren persönlichen Müßiggang, indem sie bei jeder Kuhweide, Windmühle oder Milchkanne am Wegesrand auf die Bremse latschten und Schritttempo fuhren, um in aller Ruhe glotzen zu können. Kein einziges Kennzeichen der uns entgegenkommenden Wagen war dieser Gegend zuzuordnen, dafür war das Ruhrgebiet komplett vertreten: Bochum, Herne, Dortmund, Essen, Gelsenkirchen …

»Darf ich denn überhaupt zu Frank?«, fragte ich.

Ich mochte mir die Enttäuschung nicht vorstellen, wenn man es mir verwehren sollte.

»Das kriegen wir schon hin«, sagte Okko Harms, der meine Angst zu spüren schien. Seine Stimme war ein beruhigendes Brummen. »Aber nicht unter vier Augen, das wird nicht gehen. Aber er hat das Recht, mit jemandem zu reden, um demjenigen zum Beispiel Anweisungen zu geben, wie während seiner …«, er räusperte sich, »während seiner Abwesenheit Dinge geregelt werden sollen. Zumal er nicht aus dieser Gegend, sondern zurzeit hier im Urlaub ist. Muss ein Arbeitgeber benachrichtigt werden? Wird er von Angehörigen erwartet? Hat er Termine, um die wir uns kümmern müssen? Arzttermine, bestellte Handwerker, Autowerkstatt … Müssen Papiere beschafft werden? Solche Dinge.«

»Reden wir gemeinsam mit ihm?«

Harms schüttelte den Kopf. »Ich werde mich zunächst mit Kommissar Claassen unterhalten. Herausfinden, wie die Sachlage ist. Ob er schon an den Unterlagen für die Staatsanwaltschaft arbeitet und ob es bereits einen vorläufigen Obduktionsbefund gibt und dergleichen.«

»Aber ich dachte immer, Leute in Untersuchungshaft dürften niemanden sehen«, sagte ich, noch immer nicht wirklich zuversichtlich. »Jedenfalls niemanden außer ihrem Anwalt.«

»Das stimmt so nicht«, erwiderte er. »Außerdem: Noch wurde er nicht in Untersuchungshaft überführt. Das muss bei der Staatsanwaltschaft beantragt werden, und die entscheidet dann nach Sachlage. Wenn die bisherigen Beweise beziehungsweise die Indizien allerdings stark genug sind, dass sie seine Täterschaft nahelegen …«

Ich ließ ihn nicht ausreden. »Welche Beweise, verdorrich noch mal? Es kann gar keine Beweise geben. Höchstens Indizien. Mit Sicherheit hat ihn niemand dabei gesehen, wie er Mühling erdrosselt hat, *weil er es nicht getan hat,* Herr Harms.«

»Verdorrich noch mal?«, fragte er amüsiert.

»Das sagt man bei uns so«, fauchte ich zurück. »*Verdammt noch mal,* wenn Sie das besser verstehen. Sie scheinen das alles ja ziemlich witzig zu finden.«

»Oh nein, das tue ich keineswegs, Frau Luchs. Ich entschuldige mich, wenn ich Ihnen diesen Eindruck vermittelt habe. Aber es bringt niemanden weiter, wenn wir nicht ruhig und besonnen sind. Ihr Freund braucht jetzt zuversichtliche Menschen um sich herum, verstehen Sie?«

Jetzt war ich bockig. Toller Ratschlag, vielen Dank auch. Was glaubte er zu sein – ein verkappter Verhaltenstherapeut?

Frau Müller-Westerholt kam mir in den Sinn. Posttraumatisches Stresssyndrom, so lautete die Diagnose damals. Ich hatte viel bei ihr gelernt. Vor allem, zu analysieren, wie meine Gefühle mein Verhalten bestimmten. Und jetzt war ich bockig, weil ich mich so ohnmächtig fühlte. Und natürlich tat ich dem freundlichen Anwalt, der nur helfen wollte, unrecht.

»Ich verstehe, dass Sie aufgeregt und wütend sind, Frau Luchs«, fuhr er fort. »Ihrem Freund geht es bestimmt ganz genauso. Zumal, wenn er unschuldig ist. Da er sich aber an nichts erinnern kann und sich, mit der Leiche konfrontiert, überaus undiplomatisch geäußert hat, müssen wir den Ermittlern nachsehen, dass sie zumindest ernsthaft in Betracht ziehen, dass er der Täter ist.«

Ich fuhr prompt hoch, und er fügte eilig hinzu: »Sein könnte. Sie müssen zugeben, dass seine Äußerung höchst verräterisch klingt. Weil Frank Kropka …«

»… dadurch offenbar selbst in Betracht zieht, dass er es war«, sagte ich. »Ich weiß, das müssen Sie mir nicht erklären. Und das macht es ja gerade so schlimm.«

Ich wurde ausgerechnet von Meike Benninga penibel durchsucht und musste alles abgeben, was ich bei mir hatte. Viel war es nicht: Handy, Schlüssel und ein Brillenputztuch. Ich war nicht der klassische Handtaschen-Typ, deshalb hatte ich eines dieser kleinen Mikrofaser-Putztücher für Brillen meist in der Hosentasche stecken. Für jeden Brillenträger ein unentbehrliches Accessoire, aber selbst das knöpfte sie mir ab. Schlüssel und Handy verstand ich ja gerade noch, aber dieses kleine Läppchen? Was sollten Frank oder ich damit wohl anfangen?

Meike Benninga erdrosseln, vielleicht?

Ich folgte ihr in einen Seitenflur im Erdgeschoss, in dem sich auf der linken Seite etliche massive Stahltüren aneinanderreihten. Jede Tür hatte ein Guckloch, eine Klappe in Bauchhöhe, eine senkrecht stehenden Metallgriff und mehrere Schlösser. An der Stirnseite des Flurs war ein kleiner Raum, abgetrennt nur durch eine doppelte Schwingtür, wie man sie aus Saloons in Western kennt. Über und unter ihr war jede Menge Luft zum Reingucken: Es handelte sich um die Toilette, ausgestattet mit Klo und Winz-Waschbecken, beides aus Edelstahl.

Mussten die Leute hier etwa jedes Mal, wenn sie ein menschliches Bedürfnis hatten, nach einem Beamten klingeln oder rufen – und sich dann auch noch dabei beobachten lassen?

Eine der Zellentüren stand weit offen.

Ich blickte in einen Raum von höchstens sechs Quadratmetern, der komplett aus hellgrauem Beton bestand. Ich fragte mich, ob die milchige Scheibe im Fenster wohl aus Panzerglas war – die von mir erwarteten Gitterstäbe suchte ich jedenfalls vergeblich. Der einzige Einrichtungsgegenstand war eine schmale, flache Matratze aus schwarzem Gummi, die auf einem niedrigen Betonsockel lag. Ansonsten war die Zelle komplett leer. Der Abfluss im Fußboden gruselte mich – ich mochte mir nicht vorstellen, welcher Art die Flüssigkeiten sein sollten, die dort hineinflossen, nachdem der Raum vermutlich mit einem Schlauch ausgespritzt worden war.

Meike Benninga wollte gerade eine der Türen aufschließen, als sie plötzlich innehielt und zu mir zurückkam.

»Kommen Sie«, kommandierte sie barsch und führte mich wieder aus dem Flur hinaus und in einen kleinen Raum – wenn auch etwas größer als die Zelle –, der karg mit einem einfachen Tisch und drei Stühlen ausgestattet war. »Warten Sie hier.«

Es war heiß und stickig. Auch hier gab es ein Fenster mit Milchglasscheibe. Ich versuchte, es zu öffnen, um ein wenig frische Luft in den Raum zu lassen, aber der Griff war mit einem Schloss gesichert. Klar, denn sonst könnten die bösen Buben ja einfach hinaussteigen und über alle Berge verschwinden. Ich sah mich um und suchte die Ecken des Raumes nach einer Kamera ab. Keine zu finden. Oder gut versteckt, in der schmucklosen Deckenleuchte vielleicht. Auch einen dieser Einwegspiegel, durch den heimliche Lauscher und Beobachter unser Gespräch aus dem Nebenraum hätten ausspionieren können, entdeckte ich nicht. Irgendwie hatte ich damit gerechnet, aber wahrscheinlich guckte ich wirklich zu viele schlechte Krimiserien, wie Kommissarin Küpper mir ja schon einmal attestiert hatte.

Zu ungeduldig, um mich zu setzen, tigerte ich von Wand zu Wand und wieder zurück. Warum sie mich wohl hier deponiert hatte? Befürchtete sie, Frank und ich könnten sie im Zellentrakt überwältigen, einsperren und dann türmen? Aus dem Vordereingang? An ihren Kollegen vorbei? Und danach Bonnie und Clyde in Friesland spielen und Kassenhäuschen am Strand überfallen, um unsere Flucht zu finanzieren? Schwachsinn.

Ich hielt den Atem an, als die Tür wieder aufging. Sie führte Frank am Arm herein. Mit hängendem Kopf schlurfte er neben ihr her, und sein Anblick brach mir fast das Herz. Ich erkannte ihn kaum wieder: eingefallene Wangen, erloschener Blick, Bartstoppeln. Als er mich registrierte, handelte er, ohne nachzudenken: Er riss sich von der Polizistin los, galoppierte auf mich zu und fiel mir um den Hals. Mir blieb die Luft weg, denn er umklammerte mich wie ein Ertrinkender eine Holzplanke im offenen Meer.

»Loretta«, murmelte er heiser an meinem Hals, »dat is 'n Albtraum, dat muss 'n Albtraum sein … tu wat, *bitte* …«

»Hey!«, rief Meike Benninga scharf. »Keine Berührungen, sonst breche ich sofort ab. Hinsetzen. Aber nicht nebeneinander. Gegenüber.«

Ich spürte, wie schwer es ihm fiel, mich wieder loszulassen. Eilig befolgten wir die Anweisungen der Beamtin, um unser Treffen nicht zu gefährden. Meike Benninga zeigte uns genau, wo und wie wir zu sitzen hatten, dann nahm sie den dritten Stuhl und ließ sich damit so neben der Tür nieder, dass wir im Profil zu ihr waren. Jetzt hatte sie uns perfekt im Blick und konnte überwachen, dass ich ihm nicht etwa heimlich etwas zusteckte. Sie war der lebende Einwegspiegel dieser Polizeiwache.

»Was hast du denn da an?«, fragte ich blöde, als gäbe es momentan nichts Wichtigeres zu klären als seine Kleidung. Er trug ein graues Sweatshirt mit passender Jogginghose.

»Die ham mir meine Plünnen wechgenommen«, sagte er. »Spuren sichern und so. Dat sind jetz Beweisstücke, stell dir vor.«

Verdammt. Ich hätte daran denken müssen, frische Kleidung für ihn mitzunehmen. Selbst wenn seine Sachen nicht sichergestellt worden wären – er hatte sie immerhin seit gestern Morgen getragen und betrunken am Strand in ihnen geschlafen.

»Mensch, Frank, ich habe vergessen, dir etwas zum Anziehen mitzubringen, tut mir leid«, murmelte ich schuldbewusst.

»Is doch schnurzpiepegal. Is in Ordnung mit der Kluft hier.« Er sah mich flehend an. »Weiß meine Süße schon ... ich mein, wie geht et ihr? Ich mach mir solche Sorgen!«

Das war typisch Frank: Er saß im Knast und hatte einen Mord an den Hacken – aber er sorgte sich natürlich nur darum, wie es seiner Liebsten ging.

Unwillkürlich griff ich nach seiner Hand, zog meine aber hastig wieder zurück, weil unsere Aufpasserin sofort rief: »Allerletzte Warnung!« Sie funkelte uns drohend an.

Wäre ich eine Schriftstellerin, würde ich dir ein Denkmal setzen, aber hallo, dachte ich grimmig.

Natürlich hatte sie ihre Vorschriften, aber musste sie sich unbedingt wie das Klischee einer gnadenlosen Gefängnisaufseherin in einem Hollywoodfilm aufführen? Fehlten nur noch die Naziuniform und ein Schlagstock, mit dem sie demonstrativ in ihre Handfläche schlug, um stetige Einsatzbereitschaft zu signalisieren. Herrje, meine Fantasie ging mit mir durch ... Schließlich war sie gerade so etwas wie eine Gefängniswärterin, wurde mir klar, aber es gelang mir beim besten Willen nicht, die Sache objektiv zu sehen.

Frank war mein Freund, und er brauchte Trost.

Also wollte ich seine Hand halten, verdammt. Ich hatte nicht vor, ihm eine Feile in den Ärmel zu schmuggeln, damit er sich durch die Gitterstäbe in die Freiheit sägen konnte – zumal es hier an den Fenstern ja nicht einmal Gitterstäbe gab. Außerdem: Wenn schon eine Feile, dann stilvoll und klassisch in einen Kuchen eingebacken. Oder von mir aus ortstypisch in einem Fischbrötchen versteckt.

»Ich habe noch nichts von Bärbel gehört«, sagte ich, »aber ich habe kurz mit Erwin telefoniert. Er müsste schon auf dem Weg zurück zu uns sein. Ich bin auch nicht allein hergekommen. Ich habe einen Anwalt mitgebracht, der später mit dir sprechen will.«

»Ein Anwalt?«, fragte Frank entsetzt. »Brauch ich etwa so 'n Rechtsverdreher? Wozu dat denn? Muss ich etwa noch länger hierbleiben?«

Ich wusste nicht, was ich sagen sollte. In seinem Gesicht las ich seine schreckliche, endgültige Erkenntnis, dass er in echten Schwierigkeiten war.

»Wer is der Typ?«

»Er heißt Harms, Okko Harms. Aus dem Dorf. Jemand hat ihn uns empfohlen. Er ist echt nett, wirklich. Er redet gerade mit dem Kommissar, um sich ein Bild zu machen, was die denken. Und wie es weitergeht … na ja.«

»Und Erwin? Wat sacht der?«

»Bisher nicht viel. Aber er wird bestimmt Nachricht von Bärbel mitbringen. Er hat allerdings erzählt …«, ich holte tief Luft und setzte neu an. »Die hier haben mit der Küpper gesprochen. Wegen Amtshilfe, weil sie die Zeugenaussagen von Bärbel, Erwin und Doris haben wollen.«

»Wat? Mit unsere Kommissarin?« Frank riss die Augen auf und schlug sich mit der Hand vor die Stirn. »Jetz versteh' ich auch, woher der Kommissar dat allet wusste.«

»Was meinst du?«, fragte ich, obwohl ich ganz genau wusste, worum es ging.

»Der hat lauter so komische Fragen gestellt, verstehsse? Ob dat der erste Tote in mein Leben war und so. *Herr Kommissar,* hab ich gesacht, *logisch hatte ich schon mit tote Leute zu tun, wer denn nich'? Meine Omma und mein Oppa sind schon lange untere Erde. Und Mutta und Vatta leider auch, wennse dat meinen.* Und der schüttelt so den Kopp, als wär' ich nich ganz dicht, aber ich wusste doch nich, wat der überhaupt von mir will! Und dann sacht der so total geschwollen: *Mir is zu Ohren gekommen, dat Sie schon mehrfach in unmittelbare Nähe von Menschen aufgetaucht sind, die durch eine nich natürliche Todesursache ums Leben gekommen sind, Herr Kropka.* Stell dir dat ma vor, Loretta! Knallt der mir dat einfach so vor 'n Latz. Ausse Hüfte geschossen. Ich dachte echt, ich fall tot um! Ich war so baff, ich wusste echt nich, wat ich dazu sagen sollte. Da sacht der:

Plötzlich so schweigsam, Herr Kropka? Und ich denk, der reibt sich schön die Hände deswegen und hält mich für 'nen Serienmörder oder so wat. Mir is ganz schlecht gewesen. *Herr Kommissar,* sach ich also zu dem, *mit diese Todesfälle hatte ich rein gannix zu tun. Und ich bin sicher, dat Ihnen die freundliche Kommissarin auch genau dat gesacht hat. Ich war nur zufällich inne Nähe, als dat passierte.* Und der Typ kuckt mich widda so an, als wär ich 'n Märchenonkel oder so wat. Und dann grinst der so dämlich und sacht: *Wir vonne Polizei glauben nich an Zufälle, Herr Kropka. Dat Sie so häufich rein zufällich inne Nähe von Leichen sind, is statistisch vollkommen unmöchlich.* Tja, denk ich, wat soll ich dazu sagen? Wenn der dat meint, dann is dat eben so. Kann ich auch nix dran ändern. Aber dat kann der doch nich ernsthaft denken, oder? Nich ernsthaft! Als würd ich inne Weltgeschichte rumlaufen und Leute ausknipsen!«

Frank schnaubte entrüstet und forschte in meinem Gesicht nach einer guten Nachricht. Oder hoffte vielleicht, dass ich seine Befürchtungen zerstreuen würde, aber das konnte ich nicht.

Noch nicht.

Leider sahen diese vielen Zufälle tatsächlich reichlich verdächtig aus – und das galt auch für mich, denn ich war jedes Mal dabei gewesen. Aber Tatsache war und blieb, dass wir nichts damit zu tun gehabt hatten. Daran konnte auch ein noch so misstrauischer Bulle aus Friesland nichts ändern. Wir konnten nur hoffen, dass er Kommissarin Küpper nicht für zu inkompetent hielt, um uns auf die Schliche zu kommen. Wenn Claassen das glaubte und die alten Fälle noch einmal unter die Lupe nahm, konnte sich das hier bis in alle Ewigkeit hinziehen.

»Was haben die denn sonst mit dir gemacht, seit du hier bist?«, fragte ich, um ihn für den Moment von diesem Thema abzulenken.

Wieder schnaubte er. »Dat ganze Programm. Durchsuchen, Personalien aufnehmen, Fingerabdrücke …« Anklagend zeigte er mir seine Fingerkuppen, an denen noch Tinte zu sehen war.

»Hast du was zu essen und zu trinken bekommen?«, fragte ich, obwohl ich die entsprechende Anweisung von Claassen selbst gehört hatte. Aber man konnte ja nie wissen.

»Frau Luchs, wir sind hier nicht in einer südamerikanischen Diktatur«, sagte Meike Benninga steif, »oder in Guantanamo Bay. Natürlich hat er etwas bekommen.«

Ich fuhr zu ihr herum. »Mit *er* haben Sie Herrn Kropka gemeint, nehme ich an?«, gab ich spitz zurück. »Er befindet sich mit uns in einem Raum. Es gehört sich nicht, über ihn zu reden, als wäre er nicht anwesend. Und setzen Sie sich doch bitte zu uns, wenn Sie sich an unserem Gespräch beteiligen wollen.«

Ihr Gesicht wurde dunkelrot.

Ich starrte sie weiter an, und sie konnte meinem eisigen Blick nicht standhalten, wie ich höchst zufrieden feststellte. Als sie betreten zu Boden guckte, wandte ich mich wieder Frank zu, der sich sichtlich über den kleinen Schlagabtausch zwischen mir und unserer Aufseherin freute. Er grinste und hob unauffällig beide Daumen. Ich grinste zurück – allein dafür, ihm diese winzige Genugtuung zu verschaffen, hatte es sich gelohnt.

»Und nach der Spurensicherung? Bist du schon zu gestern befragt worden?«

Er rollte mit den Augen. »Sicher. Aber ich weiß doch nix mehr von heute Nacht. Allet futschikato. Sach ma, wusstest du, dat der Kommissar mit seine Kumpels gestern Abend inne Strandbar war? Dat hat der mir erzählt. *Ich konnte den Streit zwischen Ihnen und den Opfer mit eigene Augen sehen, Herr Kropka, ich brauch nich nach Zeugen such*en, sacht der zu mir. Ich dachte echt, ich fall tot um. Dat war der Heiopei im Sträflings-Strampelanzug. Irgendwie schon witzich, oder? Dat der Kommissar als Knasti geht …« Er schüttelte belustigt den Kopf und kicherte.

Innerlich atmete ich ein wenig auf. Solange er sich noch über solche Dinge amüsieren konnte, war er wenigstens nicht total am Boden zerstört.

»Das mit der Sträflingskluft ist leicht erklärt«, sagte ich, «es soll symbolisieren, dass es für den Bräutigam bald mit der Freiheit vorbei ist, denn ab demnächst sitzt er im Eheknast, und seine zukünftige Frau hat den Schlüssel zu seiner Zelle.«

Wie zufällig guckte ich rüber zu Meike Benninga, aber sie tat so, als hätte sie nichts gehört. Mit unbewegtem Gesicht starrte sie aufs Fenster.

»Bis zu welchem Zeitpunkt kannst du dich denn erinnern?«, fragte ich weiter.

Frank kratzte sich am Kopf. »Also, ich weiß noch, dat der Mühling nochma Rabatz gemacht hat und ich ihm eine geschallert hab. Dann bin ich wech ausse Strandbar, ich musste ma 'n paar Schritte laufen, damit ich mich wieder einkrich. Ich bin dann nach 'ne Zeit wieder zurück, aber ihr wart schon wech. Der Mühling auch. Ich hab dann noch wat getrunken, dat weiß ich noch. Da war noch richtich Halligalli. Auch der Kommissar und seine Kumpels ham noch Gas gegeben.« Er runzelte angestrengt die Stirn, dann zuckte er mutlos mit den Achseln. »Dat Nächste, wat ich wieder weiß, is am nächsten Tach. Am Strand. Ich wach auf, und da steht 'n Bulle und glotzt mich an. Und dann ruft der: ›*Der is ja gar nich tot!*‹ Und ich denk, wat labert der denn für 'n krauset Zeuch, spinnt der? 'türlich bin ich nich tot, wieso denn auch? Und dann weißte ja, wie et weitergeht. Du wars ja selbs dabei.«

Ich nickte langsam und seufzte. Ja, ich war selbst dabei. Und nicht nur ich hatte gehört, was er dann angesichts des Toten gesagt hatte, sondern auch eine Menge anderer Leute, unter anderem unsere reizende Aufseherin.

»Frank, erinnerst du dich noch daran, was du gesagt hast, als du Mühling gesehen hast?«

»Ja. Und ihr seid deshalb bestimmt sauer auf mich«, flüsterte er kaum hörbar. »*War ich dat etwa?*, dat hab ich gesacht.«

»Wir sind deswegen doch nicht sauer auf dich! Wie kannst du das nur denken?«, rief ich und hätte beinahe wieder nach seiner Hand gegriffen. »Aber warum hast du das denn bloß gesagt?«

»Weil ich … weil ich …« Er holte tief Luft. »Weil ich doch nich weiß, wat noch passiert is in der Nacht, Loretta! Könnte doch sein, dat ich den Kerl nochma getroffen hab', oder? Und dat der mich wieder angemacht hat. Und wat, wenn mir dann der Faden gerissen is? Wat dann, Loretta?«

Auf diese Frage hatte ich auch keine Antwort. Noch nicht.

Kapitel 16

Die schnelle Eingreiftruppe formiert sich: Minipli-Man, Paragrafen-Boy und Hornbrillen-Girl (und Heini, natürlich)

In diesem Moment, als ich sowieso vergeblich um eine beruhigende oder logische Antwort rang, wurde unser Treffen unterbrochen, weil Okko Harms nun mit Frank sprechen wollte.

Zu sagen, ich war deswegen erleichtert, wäre sicherlich übertrieben, aber es ging durchaus in diese Richtung. Ich war heillos überfordert mit der Situation, die sich seit dem Morgen rasant entwickelt hatte. Zumindest in Gesellschaft von Frank sollte ich – wie Okko Harms empfohlen hatte – Ruhe und Zuversicht ausstrahlen, aber ich wusste beim besten Willen nicht, wie ich das bewerkstelligen sollte.

Zu gern hätte ich meinen verstörten Freund in den Arm genommen, ihn getröstet und ihm geschworen, dass bald alles wieder gut sein würde und er in Sicherheit war.

Nun, ironischerweise war Frank insofern tatsächlich in Sicherheit, als er von zahlreichen Ordnungshütern umgeben war und der Mensch, der ihm hatte schaden wollen, nicht mehr auf Gottes schöner Erde wandelte.

Noch viel, viel ironischer war allerdings, dass gerade der Tod von Julius Mühling noch wesentlich mehr Potenzial hatte, Frank zu schaden.

So froh ich gerade war, das Weite suchen zu können, so schwer fiel es mir, mich von ihm zu verabschieden. Ich hatte keine Vorstellung davon, wann oder wo oder unter welchen Umständen wir uns wiedersehen würden. In meiner schlimmsten Fantasie fand unser nächstes Treffen vor Gericht statt, wo ein Staatsanwalt in wallender Robe anklagend auf meinen Freund zeigte und mit donnernder Stimme verkündete, Frank habe Mühling aus niederen Beweggründen heimtückisch ermordet und müsse lebenslang ins Gefängnis – ohne Chance auf vorzeitige Entlassung.

War zwar Quatsch, aber trotzdem ziemlich gruselig.

»Gestatten Sie uns eine Umarmung zum Abschied?«, fragte ich unsere Aufpasserin.

Meike Benninga wirkte für einen Moment lang so, als würde sie weich werden, aber dann schüttelte sie den Kopf. »Nein. Das kann ich nicht erlauben.«

Doch, das könntest du, wenn du wolltest, du blöde Ziege, dachte ich wütend, aber du willst nicht.

Ich sah Frank an. »Soll ich mich um irgendetwas kümmern? Fällt dir etwas ein, das besonders wichtig ist?«

»Bärbel …«, erwiderte er. »Sach ihr, dat et mir so wat von leidtut. Und sonz … Sie weiß Bescheid.«

»Dein Arbeitgeber?«

Er wurde blass. Daran hatte er offenkundig noch nicht gedacht. Würde das wohl einen guten Eindruck machen, wenn er erfuhr, dass sein Angestellter unter Mordverdacht stand und zurzeit eingesperrt war? Und dass man nicht wirklich genau wusste, wann er wieder auf freien Fuß kommen würde?

Hm … mal überlegen …

Nein, das würde es nicht.

»Ich hab ja noch Urlaub«, flüsterte er, »noch drei Wochen. Vielleicht is ja bis dahin allet vorbei?«

Er sah mich hoffnungsvoll an, und ich nickte.

Blieb zu hoffen, dass die Zeit reichte, um den Mord an Julius Mühling aufzuklären.

Vor der Tür stand Okko Harms. Die sorgenvollen Querfalten auf seiner Stirn versetzten mich in höchste Alarmbereitschaft.

»Was hat Kommissar …«

Er unterbrach mich mit einer Handbewegung. »Nicht jetzt, Frau Luchs. Darüber reden wir später.«

Ich solle in einem Café auf ihn warten, sagte er, und beschrieb mir den Weg dorthin. Da ich kein Geld bei mir hatte, fummelte er einen zerknüllten Zwanziger aus seiner Hosentasche und gab ihn mir.

Als ich meine Sachen abgeholt hatte, trat ich vor die Tür und atmete tief durch. Obwohl es heiß und sonnig war, empfand ich die Luft als reinen Nektar. Mein Handy informierte mich über zwei Sprachnachrichten: Isolde wollte wissen, wo ich blieb. Erst jetzt fiel mir auf, dass ich vergessen hatte, Diana und sie über meinen Ausflug mit dem Anwalt zu informieren.

Ich setzte mich auf eine Bank vor dem Präsidium – wer hier wohl verweilte, um die Aussicht auf den Parkplatz zu genießen? – und wählte ihre Nummer.

»Was ist? Wo bleibst du?«, fragte Isolde ohne lange Vorrede. »Wir haben uns schon Sorgen gemacht.«

»Tut mir leid, ich bin ganz spontan mit dem Anwalt … Ich habe gerade mit Frank gesprochen, Isolde. Und jetzt ist sein Anwalt bei ihm. Auf den warte ich noch, dann komme ich zurück.«

»Bring den Anwalt mit«, sagte Isolde. »Wie geht es Frank?«

»Nicht so gut. Er kann sich nach wie vor an nichts erinnern. Nachdem wir aus der Bar weg sind, ist er noch einmal zurück und hat weitergetrunken, das weiß er noch. Danach: Blackout. Alles weg.«

»Ogottogottogott …«

Damit sprach sie ein großes Wort nicht besonders gelassen aus.

Ich folgte der Wegbeschreibung von Harms und bog in ein Sträßchen mit Kopfsteinpflaster, das – genau wie die niedrigen Häuschen rechts und links – hervorragend nach Liliput gepasst hätte. Es gab weder Vorgärten noch Bürgersteige. Dieses 20 Zentimeter breite Etwas zwischen Haus und Fahrbahn konnte beim besten Willen nicht als Bürgersteig bezeichnet werden – es war kaum breiter als ein Schwebebalken. Diese Gasse samt Bebauung war zweifelsohne zu einem Zeitpunkt entstanden, als es noch keine Autos gab und alle Jubeljahre mal ein Pferdefuhrwerk hier durchmusste.

Noch einmal rechts und einmal links, dann stand ich in der Fußgängerzone. Trotz des Strandwetters wimmelte es hier von Touristen, die wohl mal ein bisschen was von der Umgebung sehen wollten. Allerdings dürfte sich diese Einkaufszone bis auf die Geschäfte mit dem nordseetypischen Souvenirquatsch auch nicht wesentlich von der anderer Städte unterscheiden.

Da ich keine Eile hatte, trödelte ich an den Schaufenstern entlang und blieb von Zeit zu Zeit stehen, um mir einen Drehständer mit Ansichtskarten näher anzusehen. Tat also genau das, worüber ich mich bei anderen so gern aufregte, wenn ich es eilig hatte. Eigentlich hatte ich ein paar von den Dingern verschicken wollen, aber was sollte ich draufschreiben? Vielleicht: *Hallo, hier ist es toll. Ich habe eine Leiche gefunden. Mein bester Freund sitzt im Knast, weil man ihn für den Mörder hält. Liebe Grüße … Loretta.*

Oh, Callcenter-Chef Dennis wäre davon mit Sicherheit völlig elektrisiert und würde unsere Rückkehr noch ungeduldiger erwarten als jetzt schon.

Nach vielleicht 200 Metern erreichte ich einen mittelalterlich anmutenden Platz, in dessen Mitte eine pummelige kleine Kirche stand. Umgeben war der Platz von einer Mischung aus jahrhundertealten Häusern mit Sprossenfenstern in hübschen Erkern und modernen Gebäuden, in denen sich Buchhandlungen, Boutiquen und Cafés befanden.

In einer Ecke der Terrasse vor dem vereinbarten Treffpunkt ergatterte ich einen kleinen Tisch und setzte mich in den Korbsessel. Einer der hierzulande offenbar unvermeidlichen dunkelgrünen Sonnenschirme mit goldenem Brauereilogo verhinderte dankenswerterweise, dass die gleißende Sonne mir den letzten Rest Verstand aus dem Schädel brutzeln konnte. Ich hatte mich von der stickigen Luft in der Polizeistation noch immer nicht so richtig erholt, und die hochsommerliche Hitze machte mir zu schaffen.

»Moo-hooiiiin«, singsangte eine helle Stimme. »Was darf ich Ihnen bringen?«

Ein junges Mädchen mit Kellnerinnenschürzchen aus weißer Spitze lächelte mich freundlich an.

Mittlerweile hatte ich mich an diesen Gruß gewöhnt, der für jede Tageszeit galt, wie ich gelernt hatte. Denn Moin hatte nichts mit dem Morgen zu tun, sondern war die Kurzform von *Moi'n*

Dag, was schlicht guten oder schönen Tag bedeutete. Es gab das kurze, zackige *Moin*!, aber auch – wie jetzt eben – die lang gezogene, melodiöse Variante.

Ich bestellte Espresso und eine frische Waffel. »Und ein großes Glas Kraneberger. Mit viel Eis«, fügte ich hinzu.

Sie sah mich erstaunt an. »Ist das eine Mineralwassersorte? Die führen wir leider nicht. Wollen Sie rasch noch mal einen Blick in unsere Getränkekarte werfen?«

Natürlich, woher sollte sie das wissen – es sei denn, sie käme aus dem Ruhrpott. »Nein, das ist nicht nötig, vielen Dank. Ich meine Leitungswasser.«

Sie nickte und wieselte davon. Der Stuhl knarrte leise, als ich mich zurücklehnte und in Ruhe umsah. Alle Tische um mich herum waren besetzt mit Touristen, die vor pompös aufgeblasenen Eisbechern oder Waffeln mit heißen Kirschen und einem Mount Everest aus Sahne saßen. Über den Platz flanierten Leute mit Stadtplänen und Broschüren in den Händen, die Fotos von der Kirche machten und die Fassaden der alten Häuser bestaunten. Ich beneidete sie um ihre Sorglosigkeit. Und darum, dass sie die Chance hatten, ihren Urlaub unbeschwert zu genießen, während meine Freunde und ich bis zum Kinn im Sumpf steckten.

Erstaunlich schnell erschien die Kellnerin wieder an meinem Tisch und brachte meine Bestellung. Gierig trank ich von dem eiskalten Wasser – am liebsten hätte ich es mir über den Kopf gegossen, um mich abzukühlen. Und sie zusätzlich um eine Plastikschüssel mit Wasser gebeten, um meine Füße hineinzustellen.

Die Waffel war frisch aus dem Waffeleisen und mit Puderzucker bestäubt. Ich aß sie tatsächlich mit Appetit, zwischen den Bissen genoss ich den Espresso in kleinen Schlucken.

Dann lehnte ich mich wieder zurück. Ein Blick auf die Uhr zeigte mir, dass erst eine Dreiviertelstunde vergangen war, seit ich das Präsidium verlassen hatte. So bald würde Okko Harms vermutlich nicht hier auftauchen.

Ich hatte also Zeit, nachzudenken.

Irgendwie passte ich beim Grübeln darüber, wie die Katastrophe zu verhindern gewesen wäre, nicht auf und landete bei Diana. Ich bin nicht stolz darauf, aber jetzt und hier kam ich zu dem Schluss, dass die Kausalkette der Ereignisse mit ihr und ihrem zweifelhaften Männergeschmack ihren unglückseligen Anfang genommen hatte.

Hätte sie sich nicht auf Mühling eingelassen, wäre alles Weitere nicht passiert. Jedenfalls nicht so wie jetzt.

Wäre sie nicht mit ihm ins Heu gegangen, dann hätte sie ihn nicht zurückweisen müssen, und er wäre nicht wütend auf sie geworden.

Hätte er sich daraufhin nicht betrunken, wäre der Streit nicht entstanden, und Frank hätte ihn nicht niedergeschlagen.

Und immer so weiter.

Dominostein für Dominostein reihte sich alles aneinander. Vollkommen logisch und plausibel. Der erste Stein war umgefallen und hatte alle weiteren mitgerissen.

»Verdammt, Loretta, hör auf damit. Diana hat nichts damit zu tun«, sagte ich halblaut, um die zerstörerischen Gedanken aus meinem Kopf zu vertreiben.

Eine Frau am Nebentisch drehte sich zu mir um. »Habense wat zu mir gesacht?«, fragte sie mich und rümpfte die Nase, als ich den Kopf schüttelte. Menschen, die Selbstgespräche führten, waren ihr offenbar suspekt, denn sie gönnte mir noch ein entrüstetes »Tss!«, bevor sie sich wieder abwandte.

Nein, Diana hatte nichts damit zu tun, Gott bewahre.

Aber war es nicht menschlich, nach dem Grund zu suchen, wenn uns etwas so Schlimmes widerfuhr? Danach, wie es zu verhindern gewesen wäre? Nach dem Punkt in der Vergangenheit, an dem wir die eine falsche Entscheidung getroffen hatten, die dann direkt in die Katastrophe führte?

Ich glaubte fest, dass Mühling auch ohne uns ermordet worden wäre. Aber wir hatten es dem Mörder oder den Mördern ermöglicht, ihre Tat als Glied einer Indizienkette zu inszenieren, die ohne Umwege direkt zu Frank führte.

Es galt, ein Motiv zu finden.

Um mich abzulenken und mir die Zeit zu vertreiben, beobachtete ich die Menschen auf dem Platz und dachte mir Geschichten über sie aus. Ich war gerade dabei, mir eine hanebüchene Story über ein Paar in abgrundtief hässlichem Partnerlook aus gestreiften Polohemden, klobigen Gesundheitssandalen und unvorteilhaften Bermudashorts zusammenzuspinnen, als ich Okko Harms herankommen sah.

»Ich brauche unbedingt sofort einen Kaffee«, sagte er, als er sich setzte.

Ich grinste und wedelte mit seinem Zwanziger. »Der Espresso ist empfehlenswert. Ich lade Sie ein, wenn ich darf.«

Harms lachte und gab bei der flink herbeigeeilten Kellnerin seine Bestellung auf.

»Erzählen Sie schon: Welchen Eindruck haben Sie von Frank?«, fragte ich ihn ungeduldig, weil er keine Anstalten machte, von sich aus Bericht zu erstatten.

Er nahm die Sonnenbrille ab, klappte bedächtig die Bügel ein und legte sie auf den Tisch. »Ihr Freund redet sehr schnell.« Ein Grinsen huschte über sein Gesicht. »Und viel. Ich glaube, dem armen Kommissar Claassen ist immer noch schwindelig.«

»Wie bedauerlich. Aber mein Mitleid hält sich in Grenzen. Da muss er jetzt durch. Hätte Frank ja nicht verhaften müssen.«

Harms sah mich ernst an. »So, wie sich die ganze Sache bisher darstellt, konnte er nicht anders. Das war weder vorschnell noch ist es irgendwie zu erschüttern. Noch nicht. Wirklich dumm ist, dass Herr Kropka sich nicht erinnert.«

Ich zuckte mit den Schultern. »Na und? Was würde das momentan schon ändern? Selbst wenn Frank beschwören würde, er war es nicht, weil er was weiß ich wo war – wer könnte das bezeugen? Es könnte ja sein, dass er lügt! Momentan scheint es leichter, seine Schuld zu beweisen, als seine Unschuld. Ist doch so. Im Zweifel für den Angeklagten? Welche Zweifel?«

Er widersprach mir nicht, und mir wurde ganz schlecht.

»Ehe Sie mir mehr erzählen«, fuhr ich fort, »haben Sie die Zeit, mich gleich zu begleiten? Wir erwarten einen Freund. Er ist Expolizist, und er war auch auf der Vernissage. Er ist danach abgereist, aber bereits wieder auf dem Weg zurück zu uns, um uns zu unterstützen.«

Okko Harms zögerte einen Moment, dann sah er auf die Uhr und gab sich einen Ruck.

»Okay, wir machen Folgendes: Ich setze Sie gleich bei Ihrem Ferienhaus ab, dann fahre ich zu mir und hole Heini. Es ist schon reichlich spät, und er muss sowieso noch raus. Dann setzen wir uns bei Ihnen zusammen und besprechen alles. Je mehr Augenzeugenberichte ich von den Auseinandersetzungen habe, desto besser. Und viele Leumundszeugen sind auch nicht verkehrt. Je mehr, desto besser lerne ich den Charakter meines Mandanten kennen.«

Diana und Isolde waren sichtlich enttäuscht, als ich alleine aufkreuzte.

»Wo ist der Anwalt?«, fragte Diana.

»Kommt später nach, er musste erst kurz ins Büro zurück. Er bringt Zeit mit, er möchte mit uns allen reden.«

Sie löcherten mich mit Fragen über Frank und hörten betroffen zu, als ich von ihm berichtete.

»Was der Kommissar sagt«, schloss ich, »will Harms gleich uns allen zusammen erzählen.«

»Du siehst sehr erschöpft aus, Loretta«, sagte Isolde sanft. »Was würde dir jetzt guttun?«

Ich merkte plötzlich, dass ich von Kopf bis Fuß irgendwie klebrig war. »Eine Dusche«, erwiderte ich.

Unter dem lauwarmen Wasserstrahl seifte ich mich immer wieder ein und spülte mich ab. Aber egal, wie oft ich das wiederholte: Ein Gefühl von Sauberkeit und Frische wollte sich partout nicht einstellen. Schließlich gab ich es auf und trocknete mich ab.

Ich sah schon von drinnen, dass Erwin und Okko Harms eingetroffen waren. Diana spielte auf der Wiese mit dem entfesselten Heini, der ein von ihr immer wieder geworfenes Stöckchen so rasend schnell apportierte, dass es aussah, als liefe die Szene vor meinen Augen im Schnelldurchlauf ab. Die anderen saßen am Tisch.

Als ich aus der Terrassentür nach draußen trat, stand Erwin auf und breitete die Arme aus. Ich rannte zu ihm, ließ mich festhalten und fühlte mich gleich etwas besser.

Geballte Superhelden-Power war um den Tisch versammelt: Minipli-Man, Paragrafen-Boy … und wer war ich? Hornbrillen-Girl vermutlich.

Kapitel 17

Auch die Polizei hat mal Feierabend oder ein Treffen an der Fischbratbude, das peinlich beginnt und rätselhaft endet

»Wie geht es unserem Jungen?«, fragte Erwin mit rauer Stimme, als er mich wieder losließ.

Ich hätte sofort losheulen können, denn diese liebevolle Formulierung haute mich glatt aus den Latschen.

»Es geht ihm gut«, erwiderte Okko Harms. »Oder den Umständen entsprechend, sollte ich besser sagen. Natürlich ist Herr Kropka nicht glücklich darüber, eines Mordes verdächtigt zu werden – das wäre wohl auch ziemlich seltsam. Aber dafür ist er vergleichsweise entspannt, finde ich. Er … wie soll ich es formulieren … er wehrt sich kaum, das trifft es vielleicht am besten. Ich kann schlecht einschätzen, ob er sich in aller Konsequenz bewusst ist, in welcher Lage er sich befindet. Er ist eher verwundert. Wenn er sich an die Vorgänge der fraglichen Nacht erinnern könnte, wäre es bestimmt anders. Jemand, der *weiß*, dass er zu Unrecht verdächtigt wird, ist verzweifelt, bäumt sich auf, protestiert, weil ihm niemand Glauben schenkt.«

Mir war durchaus aufgefallen, dass der nette Herr Anwalt bei seinem letzten Satz zum neutralen *jemand* gewechselt war. Hieß das, er glaubte gar nicht an Franks Unschuld? Aber andererseits: wie sollte er auch, wenn nicht einmal Frank in der Lage war, eine Antwort auf diese Frage zu geben?

»Könnte es vielleicht helfen, wenn wir mit Frank noch einmal in die Strandbar gehen würden?«, fragte ich aufgeregt. »Vielleicht kommt die Erinnerung dann zurück! Das Letzte, was er von dem Abend weiß, ist doch, dass er dort noch einmal war! Das sieht man doch immer …«

»In *Filmen*«, unterbrach Erwin mich. »Lass uns erst einmal hören, welche Informationen Herr Harms für uns hat. Danach können wir über eine Strategie nachdenken. Okay?«

»Aber …«

»Loretta«, sagte Isolde sanft, »blinder Aktionismus hilft Frank nicht. Herr Harms hat mit dem Kommissar gesprochen. Nicht wahr, das haben Sie doch?«

Okko Harms nickte. »Nicht nur das. Ich habe auch interessante Informationen von der ärztlichen Untersuchung.«

»Sie wollen doch nicht sagen, dass es bereits Obduktionsergebnisse gibt?« Erwin schien kurz vor einem Schlaganfall zu stehen, so sehr verblüffte ihn das.

»Das wäre was, oder?« Der Anwalt lächelte. »Nein, so schnell sind die Jungs hier nun doch nicht. Aber der Arzt hat bei der äußerlichen Untersuchung festgestellt, dass der Tote Hautfetzen unter einem Fingernagel hat. Und an Ihrem Freund ist kein passender Kratzer zu finden.«

Erwin schüttelte den Kopf. »Das muss nichts heißen. Diese Hautreste müssen nichts mit der Tötung zu tun haben.«

Okko Harms nickte. »Damit haben Sie natürlich recht – aber es wäre momentan fatal, wenn Herr Kropka einen frischen Kratzer *hätte,* richtig? Wir wollen ihn doch so schnell wie möglich aus dem Gewahrsam holen und nicht neue Indizien finden, deren langwierige Überprüfung genau das verzögern würde.«

Er sah uns nacheinander an und erntete kollektives Nicken.

»Außerdem wurden an dem Toten lange blonde Haare sichergestellt«, fuhr Harms fort. »Unter der Kleidung.«

Sofort fiel mir ein, dass mir die Klamotten von Mühling überaus ordentlich vorgekommen waren, als er da tot in unserer Sandburg gelegen hatte. Viel zu ordentlich für jemanden, der gerade umgebracht worden war. Aber was hatte das mit den Haaren zu bedeuten? Etwa, dass Mühling nackt oder zumindest nicht komplett angezogen war, als er starb?

Bei den Worten des Anwalts hatte Diana sich unwillkürlich ins Haar gegriffen. »Lange blonde Haare?«, flüsterte sie jetzt. Sie wirkte verunsichert.

»Zwei lange blonde Haare. Glatt wie Lametta. Nicht gelockt wie Ihres«, sagte Harms zu ihr. »Aber Sie sind die junge Frau, die am Abend der Vernissage mit Mühling in der Scheune war, richtig?«

Diana presste die Lippen zusammen und nickte betreten.

»Bitte erzählen Sie mir davon.«

Diana warf mir einen wütenden Blick zu, den ich geflissentlich ignorierte, indem ich mich zum auffordernd fiependen Heini hinabbeugte und ihn streichelte.

»Wir haben geflirtet. Ich hatte zu viel getrunken. Er auch. Wir sind in die Scheune gegangen und haben rumgemacht. In Klamotten. Dann wurde es …« Sie hielt inne. Dann fuhr sie fort: »Dann wollte ich nicht mehr und bin gegangen. Ende der Geschichte.«

Sie funkelte Okko Harms angriffslustig an, und er hielt dem überaus gelassen stand.

»Das war alles?«, fragte er schließlich.

»Ja.« Sie presste die Lippen noch fester zusammen als zuvor und hüllte sich in Schweigen.

Schon zum zweiten Mal hatte ich das sichere Gefühl, dass sie uns im Zusammenhang mit der Episode im Heu etwas verschwieg. Da war etwas vorgefallen, über das sie nicht reden wollte. Oder Mühling hatte irgendwas gemacht. Was wäre wohl passiert, hätte ich nicht zufällig vor der Scheune auf der Bank gesessen und Diana vor dem wütenden Mühling geschützt?

Okko Harms hatte als praktizierender Anwalt offenbar schon mit genug verstockten Menschen geredet, um zu wissen, dass man ein Thema auch mal ruhen lassen musste, um weiterzukommen.

»Das gefundene blonde Haar lässt also die Vermutung zu, dass Mühling zwischen eurer Begegnung mit ihm in der Strandbar und seinem Tod noch mit einer Frau zusammen war«, sagte Erwin schließlich.

»Muss auch nicht unbedingt sein«, warf ich ein. »Er könnte sich auch nachmittags mit einer Dame vergnügt haben. Gut, er trug abends in der Bar andere Kleidung als auf dem Segelschiff, wo ich ihn ja gesehen habe. Aber wenn er zum Beispiel vor dem Abendessen ein Schäferstündchen hatte …«

»Und dann zieht er sich an, ohne zu duschen?«, fragte Isolde entrüstet. »So ein Ferkel!«

»Was wissen wir denn schon über die Hygiene-Gewohnheiten von Julius Mühling?«, gab ich zurück. »Nichts. Wenn er so ganz spontan und ungeplant ... mal eben zwischendurch, weil sich einfach die Gelegenheit ergab ... ihr wisst schon. Da muss nicht zwangsläufig eine Dusche zur Verfügung stehen, nicht wahr? Es sei denn, seine Begleiter waren den ganzen Tag mit ihm zusammen und können ausschließen, dass er Kontakt zu einer Frau hatte.«

Okko Harms nickte anerkennend. »Das werde ich noch einmal genau prüfen. Sehr gut, Frau Luchs.«

Erwin wandte sich an Harms. »Was sagt denn die Polizei zu den blonden Haaren?«

Ein Lächeln huschte über Harms' Gesicht. »Sagen wir so: Es unterbricht die scheinbar lückenlose Indizienkette. Nicht, dass Sie mich missverstehen: Es ist nicht so, dass der Kommissar sich über die bewiesene Schuld Ihres Freundes freuen würde oder so. Aber Sie müssen zugeben, dass beinahe alles auf ihn hindeutet. Streit mit dem Opfer, öffentlich geäußerte Drohungen ... aber das muss ich Ihnen nicht erzählen, denn Sie waren dabei. Und der Kommissar ebenfalls – das macht es nicht einfacher, dass er selbst Augenzeuge ist. Sie waren doch mal bei der Polizei, Herr Schneider. Was würden Sie in einem solchen Fall denken?«

»Auf den ersten Blick? Dass ich einen glasklaren Fall habe«, antwortete Erwin wie aus der Pistole geschossen. »Jedenfalls von außen betrachtet. Eine perfekte Indizienkette – eine einfache Lösung.«

»Erwin!«, rief ich entrüstet. »Das ist nicht dein Ernst!«

»Wenn du wissen willst, ob ich an Franks Schuld glaube: nein, natürlich nicht«, sagte er. »Niemand, der ihn so kennt wie wir, könnte das auch nur eine Minute lang. Aber ich kann den momentanen subjektiven Eindruck der ermittelnden Beamten absolut nachvollziehen – aus Sicht eines ehemaligen Polizisten. Und nur darum geht es hier. Zumal die wenigsten Tötungsdelikte das Ergebnis von Planung und zielgerichtetem Handeln sind. Menschen geraten in Streit, und am Ende ist einer tot. So ist es am häufigsten. Die kloppen sich, und einer fällt unglücklich. So oder so ähnlich.«

»Das ist mir nicht gerade neu«, gab ich pampig zurück. »Und genau deshalb ist es ja noch unwahrscheinlicher, dass Frank es war. Frank geht doch nicht hin und erdrosselt jemanden! Außerdem weiß ich zufällig, dass Mühling sich nicht gewehrt hat.«

Angesichts dieser Neuigkeit schossen die Augenbrauen des Anwalts prompt hoch wie Raketen und verschwanden unter den halblangen Haaren, die ihm verwegen in die Stirn fielen. »Und das wissen Sie, weil …?«

»Das hat der Notarzt am Strand zu Kommissar Claassen gesagt«, verkündete ich triumphierend.

»In Ihrem Beisein?«, fragte der Anwalt verblüfft. »Das ist aber sehr ungewöhnlich.«

»Ja. Nein.« Ich kicherte nervös. »Der Wind stand günstig. Für mich. Deshalb konnte ich alles hören. Der Arzt hat gesagt, das sieht er, weil die Pet … Peti … irgendwas mit Pet, also davon sind nur wenige zu sehen oder so ähnlich.«

»Petechien«, soufflierte Erwin. »Das sind Einblutungen in den Bindehäuten, zum Beispiel in denen der Augen. Die entstehen, wenn die Luftzufuhr unterbrochen wird. Und je mehr sich jemand wehrt und sich dabei anstrengt, desto ausgeprägter sind die Petechien. Wenn die also fehlen, sagt das was aus.«

»Interessant«, sagte Okko Harms mehr zu sich selbst, als dass er mit uns sprach. »Das hat Claassen mir nicht erzählt.«

»Aber das ist doch total merkwürdig, oder? Warum sollte sich jemand nicht wehren, wenn er erdrosselt wird?«, fragte ich. »Bedeutet das, dass der Angriff zu überraschend kam?«

Erwin schüttelte den Kopf. »Glaube ich nicht. Selbst dann reagiert der Körper instinktiv und will Luft. Das steuert man nicht bewusst. Man wehrt sich automatisch, strengt sich an, kämpft um sein Leben. Wenn auch nur für ganz kurze Zeit. Aber trotzdem mit sichtbaren Spuren.«

»Was denn dann, frag ich euch! War er zu dem Zeitpunkt vielleicht bewusstlos? Betäubt? Volltrunken? Oder hat er darum gebettelt, erdrosselt zu werden?«

Ich sprang auf, weil es mich nicht mehr auf dem Stuhl hielt. Das mit den fehlenden Petechien hatte ich bis gerade vollkommen vergessen, aber es war definitiv ein weiteres Argument gegen Franks Schuld. Auf den ersten Blick schien ja alles ganz eindeutig zu sein, aber am Rande der Inszenierung – und von der Theorie, dass es eine war, würde mich niemand mehr abbringen – tauchten mehr und mehr Dinge auf, die ihn entlasteten, wie ich fand. Ich marschierte über die Terrasse und regte mich immer mehr auf.

»Wie ist er zu unserer Strandburg gekommen? Hat er sich dort hingesetzt und ganz entspannt darauf gewartet, dass jemand kommt und ihn abmurkst? Wohl kaum. So durchgeknallt war nicht einmal er. Es müssten doch Spuren zu sehen sein, wenn der Mord dort stattgefunden hätte. Da war *nichts!* Mühling saß einfach da wie eine Puppe, ganz adrett, kein Fältchen in den Klamotten, kein verrutschtes Hosenbein, kein zerwühlter Sand, keine Schleifspuren, keine Kampfspuren. Wie sollte der volltrunkene Frank das denn hingekriegt haben? Ohne Hilfe? Das kann doch kein Mensch glauben! Mindestens zwei Leute müssen Mühling dorthin getragen und dann bei uns deponiert haben. Wie blind und vernagelt sind die blöden Bullen denn?«

Alle starrten mich an, dann sagte Harms trocken: »Sollte ich Hilfe bei meinem Plädoyer brauchen, wende ich mich an Sie, Frau Luchs. Ihre Wortwahl ist allerdings durchaus diskutabel. Meiner Erfahrung nach ist es nicht opportun, die ermittelnden Behörden als blöde Bullen zu bezeichnen. Oder als blind und vernagelt. Das hören die überhaupt nicht gerne.«

»Hehehe«, machte Erwin und ließ vor Vergnügen seine Minipli-Löckchen tanzen.

Diana und Isolde kicherten verhalten, und wider Willen musste auch ich lachen. Okko Harms hatte geschafft, dass ich mich ein wenig entspannte.

»Wie sieht es aus – Hunger?«, fragte ich in die Runde. »Ich gehe freiwillig zum Imbiss. Ich muss mal ein bisschen raus.«

Ich schnappte mir ein Fahrrad und düste los. Solange Harms sich mit den anderen noch einmal detailliert über ihre Beobachtungen unterhielt, verpasste ich nichts. Ich konnte mir ein wenig Zeit lassen und wählte spontan den Weg zum malerischen Hafen. Mein Kopf brummte von zu viel Input und zu viel Aufregung. Am Hafen zu sitzen und die Szenerie zu beobachten, war wie Kino. Ich brauchte etwas Ablenkung.

Natürlich waren alle Tische der gastronomischen Betriebe rund ums Hafenbecken gut besetzt – aber dort suchte ich keinen Platz. Ich hockte mich auf ein Mäuerchen in einer unbelebten Ecke und atmete tief durch. Alles wirkte so friedlich. Die Krabbenkutter schaukelten sanft im Wasser und warteten auf ihren nächsten Einsatz, überall liefen Silbermöwen herum und hofften auf Zufallsbeute, die von den gut gefüllten Tellern der Touristen fiel. Da waren unsere gefiederten Freunde ganz flexibel: Es durften gerne mal eine Pizzakruste, kalte Pommes oder Eishörnchen sein, wie ich schon festgestellt hatte. Wenn jemand ihnen etwas zuwarf, stürzten sich sofort mehrere der großen Vögel darauf und stritten kreischend und flügelschlagend um den Brocken, bevor dann der Gewinner der lautstarken Schlacht ums kalte Büfett triumphierend davonflog.

Als mein Handy klingelte, murmelte ich: »Ja, ja, ihr werdet schon nicht verhungern.«

Aber das Display verriet mir, dass jemand anderer mich sprechen wollte: Bärbel. Ich atmete tief durch und nahm das Gespräch an.

»Loretta«, sagte sie mit zittriger Stimme. »Ich … was … wie geht es Frank? Erwin sagt, du hast ihn gesehen?«

Selbst durchs Telefon merkte ich, wie sehr sie um Fassung rang. Sie wollte tapfer sein und nicht weinen, aber ich ahnte, dass sie diesen Kampf verlieren würde. Verständlich – mir ginge es an ihrer Stelle nicht anders. Sie verdiente die Wahrheit, beschloss ich.

»Er ist ein wenig verwirrt, weil er sich an nichts erinnern kann. Er war in der Nacht sehr frustriert und sehr betrunken, weil …« Ich biss mir auf die Lippe. *Weil du nach Hause gefahren bist,* hätte ich um ein Haar gesagt. Aber ich musste es nicht aussprechen.

»Weil ich ihn alleingelassen habe. Glaubst du, er hat diesen Mann wirklich …? Im Streit oder so?«, fragte sie und fing an zu weinen. Sie konnte nicht weitersprechen.

»Auf gar keinen Fall«, erwiderte ich mit fester Stimme. »Das kannst du nicht ernsthaft denken.«

»Ich weiß nicht mehr, was ich denken soll«, wimmerte sie.

Ihre Verzweiflung zerriss mir das Herz. »Jemand will ihm die Sache anhängen. Wir müssen nur noch herausfinden, wer das war.«

»*Nur noch*?«, schrie sie so laut, dass ich zurückzuckte. »Bist du verrückt? *Nur?* Und wenn euch das nicht gelingt? Was ist dann? Geht er in den Knast?« Schlagartig verpuffte ihre Wut, und sie schluchzte.

Ich wartete einen Moment, dann sagte ich: »Hör mir zu: Frank hat einen sehr guten Anwalt, der sich hier um alles kümmert. Jetzt im Moment sitzt er mit Erwin und den anderen zusammen und geht noch einmal alles durch. Es gibt keine Beweise, Bärbel, nur Indizien. Bitte, du musst darauf vertrauen, dass sich alles aufklären wird. Ich verspreche es dir.«

Kaum ausgesprochen, bereute ich diesen dämlichen Satz auch schon wieder. *Ich verspreche es dir* – supermegadämlich.

Was konnte ich ihr schon versprechen?

Welchen Einfluss hatte ich schon darauf, was Polizei und Staatsanwaltschaft beschließen würden?

»Ich mache mir schreckliche Vorwürfe, dass ich einfach gefahren bin«, wisperte Bärbel, »und jetzt lasse ich ihn wieder allein. Als Erwin zu euch … ich hätte schließlich mitkommen können, nicht wahr? Aber ich habe mich nicht getraut. Bestimmt will er mich nicht sehen; ich habe ihn schließlich verlassen. Und ich wusste nicht, ob ich das durchstehe.«

Na super. Beide hatten Schiss, dass der andere ihn nicht mehr sehen wollte. Der Stoff, aus dem Missverständnisse und große Filmdramen gemacht sind.

»Er liebt dich, Bärbel. Weißt du, was ihm Kraft geben würde? Wenn er wüsste, dass du zu ihm stehst. Er schämt sich dir gegenüber. Er hat Angst, dass *du* jetzt nichts mehr mit *ihm* zu tun haben willst.«

»Ich liebe ihn doch auch!«, rief sie schluchzend. »Sag ihm das, ja? Soll ich kommen, Loretta? Ich setze mich in den nächsten Zug!«

»Heute fährt sowieso keiner mehr, frühestens morgen Vormittag. Ja, vielleicht solltest du tatsächlich ... Sag einfach Bescheid, wann du ankommst, ja?«

Als wir uns verabschiedeten, klang sie beinahe zuversichtlich. Wenn sie nur nicht vergebens auf einen guten Ausgang der ganzen Sache hoffte.

Ich steckte mein Handy ein und sah mich um. Überall herrschte gute Laune; die Leute genossen ihren Urlaub. Hätte ich auch gern, fiel mir wieder einmal auf. Die herumpickenden Möwen erinnerten mich an die hungrigen Mäuler, die auf meine Essenlieferung warteten. Obwohl ich gerne noch länger geblieben wäre, hopste ich von der Mauer und schob mein Rad durch die Fußgängerzone zum Fischimbiss, der – wen könnte es wundern – natürlich auch Claassen hieß. Aufkleber von lachenden Fischen, die freiwillig in eine Pfanne hüpften, schmückten die Schaufenster – ein Motiv, das ich reichlich makaber fand. Das galt übrigens auch für eine Fernsehwerbung mit jungen Erbsen, die es kaum abwarten konnten, in eine Konservendose gesperrt zu werden ... brrrr.

Der Backfisch von diesem Imbiss war berühmt, und entsprechend voll war es drinnen. Vor dem Laden standen einige Stehtische, und an einem davon entdeckte ich Meike Benninga und Silja, das nette Mädchen aus dem Kassenhäuschen am Strand. Beide Frauen trugen Jeans und schlichte T-Shirts, und beide hatten ihre Haare zu einem ziemlich langen Zopf geflochten. Die Polizistin hatte ich ohne Uniform beinahe nicht erkannt. Deshalb studierte ich ihr Gesicht intensiver und einen Moment zu lange – genau das musste sie gespürt haben, denn sie sah plötzlich in meine Richtung, und unsere Blicke trafen sich. Jetzt war es zu spät, noch so zu tun, als hätte ich sie nicht bemerkt.

»Moin«, sagten wir alle drei synchron.

Verlegene Stille breitete sich aus. Natürlich kannten wir uns, aber dann doch nicht so, dass wir uns begeistert um den Hals gefallen wären und spontan zu plaudern gewusst hätten.

»Tja … äääh«, stammelte ich und überlegte fieberhaft, wie ich einen höflichen und möglichst unpeinlichen Rückzug einleiten könnte. Verdammt, warum war ich nicht zu einer anderen der zahlreichen Fischbratbuden am Ort gegangen? Weil wir unbedingt den sehr leckeren Backfisch von Claassen essen wollten, deshalb. Und jetzt hatte ich den Salat.

Meike Benninga wirkte wie versteinert, und plötzlich platzte Silja heraus: »Wir besprechen die Hochzeit. Die von Meike hier und Ubbo. Ubbo Claasen, dem Kommissar. Den kennen Sie ja.«

Aaaah ja. Vielen Dank auch für die Information. Und ja, ich kannte den Kommissar. Der hatte mich stundenlang befragt und hielt meinen besten Freund für einen Mörder. Was faselte sie da bloß? Echt schräges Zeug, wie ich fand. Jetzt wusste ich erst recht nichts Intelligentes mehr zu sagen.

»Die ist ja wohl bald, nicht wahr?«, erwiderte ich lahm. »Die Hochzeit, meine ich.«

Silja nickte. »Ich bin Trauzeugin.«

Ach guck. Trauzeugin. Noch so eine wichtige Information.

»Da gibt es bestimmt eine Menge zu besprechen«, hörte ich mich plappern, und sie nickte. Meike Benninga nuckelte an ihrer Bierflasche und guckte an mir vorbei.

»Na, dann will ich Sie beide nicht länger stören«, fügte ich hastig hinzu. »Man sieht sich.«

Ohne eine Antwort abzuwarten, drehte ich mich auf dem Absatz um und floh in den Imbiss. Vor Verlegenheit schwitzend stellte ich mich an die Theke und wartete, dass ich drankam. Was hatte ich da eben zu den beiden gesagt? *Man sieht sich?* Wie grenzenlos bescheuert war das denn? Ja, das Noch-Fräulein Benninga und ich würden uns sehen – auf der Polizeiwache, wenn ich meinen inhaftierten Freund besuchte. Oder wenn ich die nächste Leiche fand. Toll. Kaum anzunehmen, dass sie mich auf die Gästeliste ihrer Hochzeit setzen würde. Ich betete, dass sie weg sein würden, wenn ich wieder herauskam.

Aus dem Augenwinkel bekam ich mit, dass jemand neben mir an die Theke trat und zwei leere Bierflaschen abstellte. Es war Silja.

»Äääh ... was ich noch fragen wollte ...«, sagte sie.

Ich drehte mich zu ihr um. »Ja?«

»Wie geht es Ihrem Freund?«

Für einen kurzen Moment wusste ich nicht, von wem sie sprach, dann dämmerte es mir: Sie meinte Frank. Natürlich – sie kannte ihn vom Strand. Sie hatte mir eines Morgens mal erzählt, dass unsere Strandburg einen Ruf wie Donnerhall hatte und dass sie häufig von Leuten gefragt wurde, wo sie uns finden könnten.

»Sie meinen Frank? Der sitzt im Knast«, blaffte ich. »Nicht so doll, wie Sie sich vielleicht vorstellen können.«

Sie zuckte sichtlich zusammen und wurde rot.

»Ich ... es tut mir leid ... er ist ja so nett«, wisperte sie und flüchtete aus dem Imbiss.

Tss. Na ja – ich hätte sie vielleicht nicht so anfahren sollen, sie konnte schließlich nichts für Franks momentane Lage.

Zu Hause verputzten wir den Backfisch und diskutierten darüber, wer ein Interesse daran haben könnte, Frank den Mord an Mühling anzuhängen. Zwischendurch war Maria aufgetaucht und hatte sich mit Isolde zurückgezogen. Es ging bereits auf Mitternacht zu, als Erwin, Okko Harms, Diana und ich ergebnislos aufgaben.

»Wir sind alle todmüde«, sagte Erwin. »Heute werden wir nicht mehr weiterkommen. Wir sollten ins Bett gehen.«

Niemand widersprach ihm.

Kapitel 18

Meike Benninga hört nicht auf Loretta, und gewisse Leute können leider nicht gleichzeitig laufen und denken …

Gleich am nächsten Morgen – noch vor dem Frühstück – brachen Erwin und ich zum Strand auf. Er wolle sich alles noch mal genau vor Ort ansehen, hatte er gesagt. Nicht, dass er glaubte, noch irgendwelche Spuren zu finden, aber dennoch. Natürlich war ich sofort dabei.

Die anderen Damen zog momentan nichts dorthin. Verständlich – der Gedanke, dort ein Sonnenbad zu nehmen, wo noch am Tag zuvor eine Leiche herumgelegen hatte, war alles andere als verlockend.

Wie die Spurensicherung wohl den Umriss von Mühlings Körper im Sand markiert hatte?, grübelte ich, während wir am Deich entlangfuhren. Wurde das überhaupt heutzutage noch so gemacht? Oder hatten Fotos aus allen nur erdenklichen Winkeln dieses antiquiert anmutende Vorgehen längst abgelöst? Der Mann von der Spurensicherung hatte geknipst wie ein Wilder.

Aber in Filmen sorgte der weiße Kreideumriss eines verrenkten Körpers auf dem Asphalt einer trostlosen Sackgasse nach wie vor für Dramatik. Vielleicht benutzte die Polizei hier oben dafür ja Muscheln – warum sollte diese Technik nur bei dekorativen Ornamenten und nicht auch bei der Markierung des Fundortes einer Leiche Anwendung finden? Einer von der Fußtruppe ging ins Watt und sammelte ein paar Muscheln, und ein Mitarbeiter der Spurensicherung klöppelte dann den Umriss in den Sand …

Bei dem Gedanken stieß ich ein hysterisches Kichern aus.

Erwin warf mir einen Blick zu. »Nervös?«

»Wundert dich das etwa?«, fragte ich zurück. »Egal, wie viele Leichen ich sehe – ich kann mich einfach nicht daran gewöhnen. Ich weiß zwar, dass Mühling mittlerweile weggeräumt ist, aber das

Bild, wie er da sitzt …«, ich patschte mir mit der Hand vor die Stirn, »ist hier eingebrannt. Es hat unsere schöne Strandburg entweiht. Unseren kleinen Hort der Erholung und des Friedens. Das nehme ich dem Mörder echt übel.«

Erwin grinste. »Nur das?«

»Natürlich nicht. Dass Frank deshalb bis zum Hals in Schwierigkeiten steckt, wiegt natürlich noch sehr viel schwerer.« Ich seufzte. »Das ist ein verdammter Albtraum, Erwin. Ich weiß genau, dass es irgendwo jemanden gibt, der diesen Mühling umgebracht hat – und Frank war es auf keinen Fall, darüber sind wir uns ja wohl einig.«

»Das sind wir.«

»Aber wer war es dann? Jemand von der Vernissage, vielleicht? Oder jemand, der bisher überhaupt noch nicht auf unsrem Radar aufgetaucht ist? Mühling scheint ja nicht der beliebteste Zeitgenosse unter der Sonne gewesen zu sein. Außer natürlich bei den Leuten, die er unterstützt hat. Die mussten nett zu ihm sein. Aber wissen wir, ob er dafür irgendwelche Gegenleistungen verlangt hat? Und was ist mit seiner Familie? Seiner Frau, zum Beispiel? Seine öffentlich zelebrierte Schürzenjägerpose dürfte für sie nicht gerade ein Quell der Freude gewesen sein.«

»Ich bin später mit Harms verabredet«, sagte er. »Komm doch mit, dann können wir gemeinsam besprechen, wo wir recherchieren müssen.«

Ich schüttelte den Kopf. »Vielleicht komme ich später nach, dachte ich. Ich will mit Diana in die Galerie, Langner über Mühling ausfragen. Der weiß bestimmt noch ein paar schmutzige Details. Und die Cateringfrau steht auch auf meiner Liste.«

»Sehr gute Idee! Leute, die im Hintergrund arbeiten, kriegen am meisten mit.«

Eben. Sag ich doch.

Der Parkplatz am Strand war zu dieser frühen Stunde vollkommen leer, wir hatten die freie Auswahl. Erwin und ich nahmen die Treppe über den Deich und passierten das Kassenhäuschen, dessen

Fenster noch mit einem Holzladen verschlossen war. Silja oder eine ihrer Kolleginnen würde ihn in frühestens einer Stunde hochklappen, um Strandkorbschlüssel herauszugeben und Eintritt zu kassieren; vorher war am Strand nichts los.

Wir gingen über den Grasstreifen zwischen Sandstrand und Deich, vorbei an der trostlos wirkenden Strandbar. Es war wie immer: Das Meer rauschte leise, und über uns segelten die allgegenwärtigen kreischenden Möwen im Wind, die sich von uns bei ihrer Futtersuche am Strand gestört fühlten.

»Wow«, sagte Erwin, als wir die Strandburg erreichten. »Das hat Frank gemacht?«

Für einen Moment war ich verwundert, aber dann fiel mir ein, dass Erwin es während seines kurzen Aufenthaltes hier nicht an den Strand geschafft hatte. Er hatte mit seinem Täubchen Ausflüge unternommen, dann fand die Vernissage statt, und direkt danach war er abgereist. Franks architektonisches Wunderwerk kannte er also lediglich vom Hörensagen. An einigen Stellen – besonders dort, wo Mühling gesessen hatte – waren die Mosaike zerstört. Logisch, denn die Beamten der Spurensicherung und das notärztliche Personal hatten vermutlich andere Prioritäten, als diese Kunstwerke für die Nachwelt zu erhalten. Dennoch sah die Burg nach wie vor prächtig aus.

»Ganz schön pompös, oder? Dadurch war Frank hier am Strand ’ne richtige Berühmtheit. Andauernd tauchten Leute auf, die das hier fotografiert haben.«

»Hm, hm.«

Erwin umrundete die Burgmauern, genau wie Meike Benningas Kollege Hinnerk es getan hatte. Ich folgte ihm und deutete auf eine zerwühlte Stelle hinter den Strandkörben.

»Hier lag Frank.«

»Hm. Und Mühling?«

»Direkt am Eingang. Mitten auf dem *Ruhrpott*-Schriftzug. Er saß mit dem Rücken an den Wall gelehnt. Wie eine Schaufensterpuppe.«

Wir gingen wieder nach vorne, und er musterte die Stelle nachdenklich. Ich stand still daneben und sah mich um. An den Griffen einiger Strandkörbe in der näheren Umgebung wehten Reste des Flatterbandes, mit dem die Polizei gestern Morgen diesen Bereich abgesperrt hatte. Für die Spurensicherung musste diese Auffindesituation ein einziger Albtraum gewesen sein. Im Sand wimmelte es von den Hinterlassenschaften täglich Hunderter Strandbesucher. Jede Zigarettenkippe, jedes Bonbonpapier konnte alles und auch gleichzeitig nichts bedeuten.

»Irgendwer hat ihn also hier abgelegt. Aber warum gerade hier? Das hat irgendeine Bedeutung, aber ich komme einfach nicht dahinter«, murmelte Erwin versunken, dann versteifte er sich plötzlich und hob den Kopf. »Hast du das gehört?«

Ich lauschte. Nichts als Wasserrauschen und Möwenkreischen. »Was gehört?«

»Jemand schreit.«

Ich deutete auf die Vögel über unseren Köpfen. »Ganz viele schreien, wenn du mich fragst.«

»Nein, das ist es nicht …« Er schloss die Augen und horchte konzentriert. Dann hob er einen Finger. »Da! Schon wieder.«

Jetzt hörte ich es auch: Eine Frau rief um Hilfe. Ich wirbelte herum und zeigte in Richtung Kassenhäuschen. »Es kommt von dort.«

Wir rannten los.

Je näher wir kamen, desto deutlicher unterschieden sich die Schreie der Frau vom immerwährenden Radau der Möwen über uns. Sie war mittleren Alters, stand neben der offenen Seitentür des Kassenhäuschens und kreischte, was das Zeug hielt.

»Hiiiiiiiiiilfe! Kann mir jemand helfen? Biiiiiiiiiitte!«

Außer Atem galoppierten wir auf sie zu, aber sie war derart in ihrem Schock gefangen, dass sie uns erst wahrnahm, als Erwin sie am Arm packte und sagte: »Beruhigen Sie sich. Was ist passiert?«

Ihre Augen waren die eines in Panik durchdrehenden Pferdes, als sie Erwin anstierte und tief Luft holte. Ich befürchtete schon, sie würde uns jetzt mit einem erneuten Schrei aus den Schuhen blasen, aber sie zeigte mit zitterndem Finger durch die Tür ins Kassenhäuschen, ohne den Blick von Erwins Gesicht zu wenden.

»Daaaaaa. Tooooot«, flüsterte sie. »Ich wollte meinen Schlüssel einwerfen. Die Tür war nur angelehnt, und da hab ich ...«

Für Leute, die ihren Strandkorbschlüssel außerhalb der Kassenöffnungszeiten zurückgeben wollten, befand sich in der Seitentür der kleinen Holzhütte ein Einwurfloch. Eine Einladung an Spaßvögel, alles Mögliche reinzustopfen, hatte ich spontan angesichts des Lochs gedacht, als wir unsere Schlüssel damals bei Silja abgeholt hatten. Jedenfalls wäre ich anstelle der Frau auch neugierig gewesen und hätte hineingesehen, wenn die Tür des Kassenhäuschens nicht geschlossen gewesen wäre.

Die Frau würgte krampfhaft, schaffte es aber, sich nicht auf uns zu übergeben. Dann verdrehte sie die Augen und knickte in den Knien ein. Während Erwin beherzt zupackte und sie zu einer Bank am nahe gelegenen Kiosk führte, spähte ich ins Halbdunkel der kleinen Holzhütte.

Es war Silja – ich wusste es sofort.

Sie trug die gleichen Sachen wie am gestrigen Abend, als ich sie und Meike Benninga vor dem Fischimbiss getroffen hatte: ausgewaschene Jeans, hellblau-weiß gestreiftes T-Shirt und Segeltuch-Sneakers. Sie saß auf einem Klappstuhl, der Tür zugewandt.

Nach und nach gewöhnten sich meine Augen an die Dunkelheit in der Hütte, und ich erkannte Details. Ihr Kopf war weit nach hinten gekippt, ihre Arme hingen schlaff zu beiden Seiten des Stuhls herab. Sie sah längst nicht mehr so gesund aus wie sonst. Ich konnte nicht erkennen, ob ihre Augen geöffnet oder geschlossen waren. Unterhalb des linken Busens ragte ein Messergriff aus ihrer Brust. Merkwürdigerweise war unter dem Stuhl keine Blutlache, auch ihr helles Shirt zeigte nur einen kleinen Fleck an der Stelle, wo das Messer ein DIN-A4-Blatt fixierte, auf dem in ungelenken Blockbuchstaben die Worte *Pas blos auf!* standen.

Wenn wir auch bisher sonst nichts wussten – eines war sonnenklar: Der Mörder hatte offenkundig gerade kein Rechtschreiblexikon zur Hand gehabt, als er diese Nachricht verfasst hatte.

Ich drehte mich zu Erwin um und sah, dass er telefonierte. Er alarmierte also bereits die Kavallerie. Siljas Entdeckerin lag mittlerweile rücklings ausgestreckt auf der Bank. Bestimmt konnte sie einen Schluck Wasser vertragen. Der Kiosk war zu dieser Stunde noch geschlossen, aber mir fiel ein, dass Erwin immer einen Getränkevorrat im Kofferraum hatte. Für den Fall, dass er mal irgendwo in der Einöde mit dem Wagen liegenblieb und ein paar Tage in der Wildnis überleben musste, hatte er mir augenzwinkernd dazu erklärt. Ich holte mir seinen Autoschlüssel und marschierte los zum Parkplatz. Aus der Ferne näherte sich bereits das Heulen einer Polizeisirene, das schnell immer lauter wurde.

Mit zwei Flaschen Mineralwasser machte ich mich auf den Rückweg. Das mittlerweile ohrenbetäubende Sirenengeheul brach plötzlich ab. Ich stieg die Treppe zum Deich hoch und sah, dass unten am Eingang des Strandes gerade Meike Benninga und ihr Kollege Hinnerk Sowieso aus dem Auto stiegen.

Auweia, dachte ich, man muss Meike warnen, dass sie gleich vor ihrer toten Freundin stehen wird.

Leider lenkte mich dieser Gedanke ab – denken *und* laufen gleichzeitig ist auch schwierig –, und ich stolperte an der obersten Stufe. Ich ruderte mit den Armen um Gleichgewicht, und eine der Flaschen entglitt mir und zerschellte auf dem Boden. Verdammt. Erwin war einfach *oldschool,* was man nicht nur an seinem Schnäuzer und seinen Minipli-Löckchen sah, sondern auch an der Tatsache, dass er Getränke in Plastikflaschen strikt ablehnte. Das Mineralwasser prickelte zwischen den Scherben auf der Erde herum. Ich rang mit mir, was jetzt wichtiger war: Meike Benninga zu warnen, die arme Frau auf der Bank zu versorgen oder die Scherben aufzusammeln, damit sich niemand verletzte …

Während ich darüber nachgrübelte, vergingen wertvolle Sekunden.

Dann gab ich mir einen Ruck. Ich schob die Glassplitter für den Moment rasch mit dem Fuß provisorisch vom Weg und schrie, so laut ich konnte: »Hey! Frau Benninga! Meike! Warten Sie! Nicht weitergehen!«

Sie blieb stehen, drehte sich um und versuchte, mich gegen die in meinem Rücken stehende Sonne zu erkennen. Sie beschattete die Augen mit der Hand, aber trotzdem war ich für sie vermutlich nur der zappelnde, winkende Umriss eines kleinen Menschen, der die Treppe am Deich heruntergerannt kam. Leider ging ihr Kollege gleichzeitig weiter, wurde von Erwin in Empfang genommen und blickte ins Kassenhäuschen.

Dann drehte Polizist Hinnerk sich zu seiner Kollegin um und rief: »Meike, mak to! Du glöövst nich, wer …« Aufgeregt zeigte er in die Hütte.

Was bist du für ein gedankenloser Idiot, dachte ich entsetzt, du musst doch wissen, dass die beiden befreundet sind!

Auf jeden Fall erreichte er, dass seine Kollegin wieder Fahrt aufnahm, natürlich in seine Richtung. Bis zum Kassenhäuschen waren es für sie nur noch wenige Schritte.

Meike Benninga und ich brüllten synchron los, und zwar das exakt gleiche Wort: »Neiiiiiiin!!!«

Ich, weil ich sie aufhalten wollte.

Und sie, weil sie ihre beste Freundin mit einem Messer in der Brust vor Augen hatte.

Die Polizistin kippte um.

Als ich die Holzhütte erreichte, waren Erwin und der tumbe Hinnerk schon damit beschäftigt, Meike Benninga zur Bank vor dem Kiosk zu transportieren. Sie war halbwegs wieder bei Sinnen und schluchzte hemmungslos.

Erwin trug ihre Füße. »Sie hat wohl noch nicht viele Leichen gesehen«, raunte er mir zu.

»Die Leiche, das ist ihre beste Freundin«, flüsterte ich zurück. »Ich hab ja noch versucht, sie zu warnen, aber sie hat nicht reagiert. Das hätte ich ihr gerne erspart.«

Erst als die beiden Männer sie auf der Bank ablegten, wurde uns klar, dass etwas nicht stimmte. Oder anders formuliert: Wieso war auf der Bank überhaupt Platz für Meike Benninga?

»Wo ist die Frau denn abgeblieben?«, fragte Erwin verblüfft

und sah sich nach allen Seiten um. »Ich glaubs ja nicht. Die ist einfach abgehauen!«

»Welche Frau denn?«, fragte der Polizist, der seiner Kollegin hilflos die Hand tätschelte.

»Die Frau, die die Leiche gefunden hat«, erklärte ich. »Wir waren am Strand und hörten sie schreien. Sie rief um Hilfe. Wir sind dann hier hin und haben Sie alarmiert.«

Er musterte mich zweifelnd und sah deshalb nicht, dass Erwin nickte, um meine Geschichte zu betätigen.

»Kannten Sie die Frau?«, fragte er dann.

Ich schüttelte den Kopf.

»Also eine Ihnen vollkommen unbekannte Frau, die die Leiche gefunden hat. So, so.«

»Ja, genau.«

»Ich dachte, an diesem Strandabschnitt sind *Sie* dafür zuständig«, sagte er todernst.

Unter anderen Umständen hätte ich seine Bemerkung wahrscheinlich zum Brüllen komisch gefunden, aber jetzt und hier blieb mir tatsächlich die Spucke weg. Gleichzeitig bewunderte ich die schnelle Entschlossenheit der Finderin, das allgemeine Chaos zu nutzen, um sich mal eben rückstandslos in Luft aufzulösen. Offenbar war sie nicht halb so kraftlos gewesen, wie es den Anschein hatte. In dem Moment, als niemand auf sie achtete, weil die Polizei eintraf, hatte sie sich knallhart aus dem Staub gemacht. Wahrscheinlich hockte sie jetzt hinter einem der zahllosen Strandkörbe und wartete einfach ab, bis der Zirkus vorbei war oder sie sich später unauffällig unter die Strandbesucher mischen konnte. Chapeau.

Abgesehen von meiner Verblüffung über Polizeihauptmeister Hinnerks unerwartetes Outing als First-Class-Comedian und meiner Bewunderung für die flüchtige Finderin wurde ich allmählich unruhig. Wo blieb der Rest der Kavallerie? Die ununterbrochen verzweifelt schluchzende Meike Benninga machte auf mich ganz den Eindruck, als könnte sie ärztliche Hilfe gebrauchen.

Sie saß – mehr oder weniger aufrecht – auf der Bank, hatte die

Ellbogen auf die Oberschenkel gestützt und das Gesicht in den Händen vergraben. Ihre Polizeimütze lag auf der Erde. Ich hob sie auf, wischte sorgfältig den Sand ab und legte sie neben Meike Benninga auf die Sitzfläche.

»Möchten Sie vielleicht einen Schluck trinken, Frau Benninga?«, fragte ich sie dann.

Ohne ihre Antwort abzuwarten, drehte ich den Verschluss der Flasche, der sich mit einem Knacken und einem lauten Zischen öffnete. Da ich vorhin gerannt war und den Inhalt ordentlich durchgeschüttelt hatte, quoll das Mineralwasser in einer sprudelnden Fontäne heraus und durchnässte ihre zitternden Knie, ehe ich reagieren konnte.

In Zeitlupe hob Meike Benninga den Kopf und sah uns an. Nicht nur ihre Augen, ihr ganzes Gesicht war vom Weinen vollkommen verquollen und nass. Erwin zog ein kariertes, zusammengefaltetes Stofftaschentuch – wenn das nicht *oldschool* ist! – aus der Westentasche und hielt es ihr hin.

»Nass machen«, flüsterte sie.

Das mineralwassergetränkte Tuch nahm sie mir aus der Hand, lehnte sich zurück und legte es sich mit einem zittrigen Seufzen übers Gesicht, um es zu kühlen. Sichtlich um Fassung ringend, atmete sie vorsichtig ein und aus.

Sie tat mir wirklich leid. Es musste ein furchtbarer Schock gewesen sein, ihre Freundin so vorzufinden. Ich fand absolut keine Worte des Trostes. Ihrem Kollegen ging es nicht besser: Wie ein begossener Pudel stand er vor der Bank, vollkommen hilflos angesichts ihrer desolaten Verfassung.

Wir sahen ihr schweigend dabei zu, wie sie litt. Was sollten wir auch sagen? *Wie geht es dir?*, vielleicht?

Vollkommen überflüssig, denn die personifizierte Antwort saß vor uns: beschissen.

Kapitel 19

Ein Notarzt hat's gern hartgesotten, und Kommissar Claassen verliert die Contenance

Endlich: Sirenengeheul, heranpreschende Fahrzeuge, gewagte Bremsmanöver mit quietschenden Reifen.

Die Verstärkung rückte an.

Der dynamische junge Notarzt und Kommissar Claassen sprangen aus ihren Autos und lieferten sich ein spannendes Kopf-an-Kopf-Rennen bis zu uns. Zuerst gingen sie gemächlich nebeneinander her, wurden dann immer schneller, bis Claassen den Spontan-Wettlauf knapp für sich entschied. Kurz vor der Ziellinie gab er noch einmal Gas – setzte aber keinen Ellenbogen ein, soweit ich das aus meiner Perspektive beurteilen konnte – und war als Erster an der Hüttentür. Fotofinish mit Nasenlänge Vorsprung.

Er steckte den Kopf hinein und prallte einen Wimpernschlag später zurück, als hätte er mit einem Baseballschläger volles Rohr eins vor die Birne gekriegt.

»Was?«, rief er fassungslos. »Das ist ja Silja!«

Ich deutete mit dem Daumen über meine Schulter. »Ihre Braut sitzt übrigens dahinten. Es geht ihr nicht besonders. Ich glaube, sie braucht jetzt eine starke Schulter.«

Er glotzte mich verständnislos an – zu viel Input auf einmal, ganz eindeutig. Erstens die zweite Leiche innerhalb von zwei Tagen, zweitens handelte es sich um eine Freundin, drittens war seine Braut kollabiert und arbeitsunfähig, viertens stand da schon wieder diese Frau mit der Hornbrille vor ihm, die offenkundig ein gleichermaßen bizarres wie verstörendes Gespür dafür hatte, wo Leichen herumlagen.

Zur Salzsäule erstarrt stand er da und blockierte die Tür der Holzhütte.

»Wenn ich dann vielleicht auch mal dürfte?«, nölte der Notarzt prompt. »Aber nur, wenn Sie auch wirklich wollen. Ansonsten werde ich bestimmt auch anderswo gebraucht. Ein Wort von Ihnen reicht, und ich bin weg.«

Die beiden Sanitäter in seiner Begleitung waren mittlerweile auch herangeschlendert und bezogen etwas abseits Position. Für sie gab es momentan nichts zu tun.

Claassen wachte auf und machte den Weg frei.

»Ein bisschen mehr Licht wäre nicht schlecht«, befand der Arzt nach einem prüfenden Blick in die Hütte. »Ließe sich da wohl was machen?«

Der Kommissar nickte abwesend, dann gab er sich einen Ruck. Er löste die Verriegelung an den Fensterläden und klappte sie nach rechts und links zur Seite.

»Sie können wohl momentan auf mich verzichten«, murmelte er dann und stakste steifbeinig zu seiner Meike, ohne auf eine Antwort des Arztes zu warten, die er von dem hochnäsigen Bengel vermutlich ohnehin nicht bekommen hätte.

Ich schob mich unauffällig ans Fenster und linste hinein. Nun sah ich Siljas von Sonnenlicht überflutete Leiche von der Seite. Ihr Kopf war wirklich *sehr* weit nach hinten gebogen, fand ich. Ihr langer blonder Zopf hing wie ein Lot senkrecht hinab.

Der Notarzt beugte sich über sie und tastete konzentriert Hals und Nacken ab.

Dann bemerkte er mich und rief: »Genickbruch, die junge Dame hier! Und als Pinnwand ist sie erst *post mortem* benutzt worden. Sonst wäre hier mehr Blut.«

Er richtete sich auf und kam aus der Hütte. Während er sich die Einmalhandschuhe von den Händen flitschte und in seine Jackentasche stopfte, deutete er mit dem Kopf in Richtung Kommissar Claassen, der auf der Bank am Kiosk die schluchzende Meike Benninga im Arm hielt.

»Sagen Sie mal, was ist denn mit Ihrem Weichei von Kollegen los? Seine erste Leiche, oder was?« Langsam musterte er mich von Kopf bis Fuß und nickte anerkennend. »Da sind Sie schon deutlich mehr nach meinem Geschmack. Ich mag hartgesottene Frauen. Ich bin übrigens Jens.«

Und ich bin angewidert von dir, dachte ich.

Dieser Heiopei von Notarzt, der sich für unwiderstehlich zu halten schien, baggerte mich – ich mochte es kaum glauben – an. Neben der Leiche einer jungen Frau, die er zudem gerade als *Pinnwand* bezeichnet hatte. Uncooler ging es ja wohl nicht. Von Pietät will ich erst gar nicht anfangen. Am liebsten hätte ich ihm auf der Stelle gezeigt, wie hartgesotten ich bin, indem ich ihm in die Kronjuwelen trete, aber mit ordentlich Schmackes.

Aber bis dahin, so beschloss ich spontan, würde ich noch weidlich ausnutzen, dass er mich für eine Kollegin von Kommissar Claassen hielt. Hehehe. Selbst schuld, Heiopei.

»Ich spiele nur mit großen Jungs. Sind Sie ein großer Junge, Jens?«, gab ich eisig zurück, was ihn bestimmt mächtig antörnte, weil es mich noch hartgesottener wirken ließ. »Was haben Sie sonst noch für mich? Todeszeitpunkt? Tatort oder nur Auffindeort? Unfall oder … Sie wissen schon.«

Er zuckte mit den Schultern. »Viel kann ich noch nicht sagen. Die Obduktion …«

Ich unterbrach ihn mit einem lässigen Abwinken. »Ich weiß, ich weiß. Das Prozedere ist mir hinlänglich bekannt. Ich erwarte keine Hellseherei von Ihnen. Wenn Sie das könnten, hätten Sie Ihre eigene Show in Las Vegas und müssten sich nicht hier mit Weicheiern herumplagen, hab ich recht? Für den Moment reicht mir Ihr erster Eindruck.«

»Natürlich«, sagte er hastig, er wollte es sich wohl nicht mit mir verderben. »Also: Auf den ersten Blick stelle ich keine Kampfspuren fest. Wenn sie an so einen Kampfsport-Typen geraten ist oder von mir aus ein entlaufenes Mitglied der Ehrenlegion … die können dir auch ohne Spuren das Genick brechen. Oder sonst wie den Saft abdrehen, ohne dass man etwas sieht. Auf jeden Fall wurde sie nicht in dieser Hütte getötet, zu wenig Platz, denke ich. Man hat sie hier reingesetzt, als sie schon tot war.« Er verschränkte die Arme vor der Brust und grinste. »Für wen wohl die orthografisch bedenkliche Message auf dem Zettel sein soll? Für sie selbst jedenfalls nicht, denn in dem Fall kommt die Warnung bedauerlicherweise zu spät. Die Lady hier hat ganz eindeutig nicht *aufgepasst.*«

Oh Mann, ich hätte ihm zu gern eine geschmiert.

»Vielen herzlichen Dank für die Info, Jens«, sagte ich und wandte mich ab. »Ach übrigens, ich bin nicht von der Kripo. Ich bin nur zufällig hier. Eine von diesen neugierigen Gaffern.«

Innerlich feixend marschierte ich zu den anderen am Kiosk. Claassen saß noch immer neben Meike Benninga. Er hielt ihre Hand, aber ich hatte nicht den Eindruck, dass sie es bemerkte oder um sich herum überhaupt irgendetwas wahrnahm. Ihr gräulichblasses Gesicht war schweißüberströmt, sie atmete schnell und flach, und ihr Blick klebte wie hypnotisiert am Kassenhäuschen. Sie stand unter Schock, eindeutig.

»Vielleicht sollte der Arzt sich Ihre Braut mal ansehen?«, sagte ich zu Claassen.

Er sah mich irgendwie verwirrt an, dann ließ er Meike Benningas Hand los und stand auf. »Veranlassen Sie alles Nötige, Jürgens«, sagte er zu seinem uniformierten Kollegen, »Spurensicherung und so weiter. Und«, er seufzte, »hier muss natürlich wieder alles abgesperrt werden.«

Während der Polizist sein Handy herausholte, Nummern wählte und Befehle erteilte, zog ich Erwin ein paar Schritte beiseite. Claassen winkte den Arzt heran, der noch immer reichlich verdattert neben der Hütte stand. Sie sprachen miteinander, und der Arzt zeigte auf mich. Claassen schüttelte sichtlich verärgert den Kopf und warf mir einen bitterbösen Blick zu.

»Was hat er denn?«, fragte Erwin.

Zeit, ihm ein kleines Update zu geben.

»Das ist Kommissar Ubbo Claassen. Er hat Frank einkassiert. Ich glaube, er ist gerade sauer auf mich, weil ich dem Notarzt ein paar Informationen entlockt habe, die mich nichts angehen. Die beiden anderen Polizisten waren gestern auch dabei, nachdem ich Mühling gefunden habe. Die kollabierte Polizistin ist die Braut vom Kommissar, sie wollen in ein paar Tagen heiraten. Das tote Mädchen in der Hütte …«

»Die kenne ich«, fiel er mir ins Wort. »Von der Vernissage. Sie hat dort gearbeitet.«

Jetzt war ich verdutzt. »Ehrlich? Da ist sie mir gar nicht aufgefallen.«

Ich dachte nach. An dem Abend waren dort so viele Servicekräfte gewesen … jede Menge Kellner, weitere Leute am Büfett …

»Doch, ich bin ganz sicher«, sagte Erwin. »Wir hatten ein kleines Malheur. Frank stieß an den Tisch, und es kippten etliche Gläser um. Das war, als Diana und du unterwegs wart. Ich bin los, um einen Lappen zu besorgen. Dieses Mädchen«, er deutete mit dem Daumen aufs Kassenhäuschen, »arbeitete in der Spülküche hinter dem Büfett. Ich habe sogar ein paar Worte mit ihr geredet.«

»Wie kannst du so sicher sein?«, fragte ich verblüfft. »Ich habe noch nie so viele blonde Zopfträgerinnen auf einem Haufen gesehen wie hier. Hübsche noch dazu. Für mich sehen die alle gleich aus.«

»Tja, einmal Bulle, immer Bulle«, erwiderte er grinsend. »Meine Beobachtungsgabe habe ich immer noch. Ihre Schuhe. Daran habe ich sie erkannt.«

»Was, an diesen 08/15-Dingern? Dunkelblaue Segeltuchschuhe – die trägt hier jeder Zweite!« Ich deutete auf meine Füße. »Ich auch, siehst du?«

»Ah! Du hast immerhin registriert, dass sie dunkelblaue Segeltuchschuhe trägt. Sehr gut!«, sagte er. »Gehen wir weiter ins Detail: Deine Schnürsenkel sind zum Beispiel ebenfalls dunkelblau – ihre sind naturfarben. Außerdem fehlen bei ihren Schuhen die Metallringe an zwei der Löcher für die Senkel. Am linken Schuh, die beiden untersten. Dort sind die Löcher ganz ausgefranst.«

Ich war schwer beeindruckt.

Erwin, der Expolizist, schaffte es immer wieder, mich zu verblüffen. Dass er bei seiner kurzen Begegnung mit Silja dieses winzige Detail wahrgenommen und noch dazu jetzt gerade blitzschnell abgerufen hatte, haute mich um. Ich bildete mir ja schon viel ein, was ich alles abspeicherte, aber gegen Erwin war ich blind wie ein Maulwurf. Ich eierte dann immer endlos rum, so nach dem Motto: *Hm, an irgendetwas erinnert mich das, es fällt mir nur gerade nicht ein, aber ich bin ganz sicher, dass ich dieses Gesicht schon einmal gesehen habe …*

»War sie bis zum Schluss auf der Vernissage?«

Erwin zuckte mit den Schultern. »Keine Ahnung. Wie gesagt: Ich habe kurz mit ihr gesprochen, ein bisschen Höflichkeitskonversation. Ob sie den Job zur Aushilfe macht und so. Sie hat mir erzählt, dass sie im Sommer manchmal beim Cateringservice jobbt. Am liebsten hinter den Kulissen, wie sie sich ausdrückte. Ein paar Stunden spülen und so. Kann gut sein, dass sie nicht bis zum Schluss da war. Hast du sie denn nicht gesehen? Du warst länger dort als ich.«

»Ja, ich war sogar noch vor Ort, als bereits aufgeräumt wurde.«

Ich versuchte, mich an sie zu erinnern, aber die Einzigen, die mir in diesem Zusammenhang einfielen, waren die beiden faulen Kellner. Ansonsten: Fehlanzeige. Kein konkretes Gesicht, außer Frau Claassens, natürlich.

»Ich erinnere von der Party mich überhaupt nicht an sie«, sagte ich schließlich. »Aber ich kenne sie von hier, sie sitzt nämlich jeden Tag im Kassenhäuschen. Und ich habe sie gestern Abend getroffen, als ich im Fischimbiss war. Sie war dort mit unserer Polizistin, die beiden sind enge Freundinnen, wie sich herausgestellt hat. Was, um ehrlich zu sein, ein bisschen peinlich war, denn Meike Benninga …«, er sah mich fragend an, und ich erklärte: »Das ist die Polizistin. Also, die kann mich nicht sonderlich gut leiden.«

»Und zwar weil …?«

Ich seufzte. »Am Abend, bevor ich Mühling fand, waren wir doch in der Strandbar. Isolde, Diana, Frank und ich. Dort hat Kommissar Claassen mit etlichen Freunden seinen Junggesellenabschied zelebriert. Da war Halligalli rückwärts, und wir Mädels haben mit den Jungs getanzt. Natürlich auch mit dem Bräutigam. Herrje – alle haben nur getanzt, weiter ist nichts passiert. Das hat unsere Meike spitzgekriegt und war nicht amüsiert. Sieht aus, als wäre sie ziemlich eifersüchtig.«

»War sie ebenfalls in der Bar, als der Kommissar dort gefeiert hat?«, fragte Erwin.

»Ich habe keinen blassen Schimmer. Ich habe nicht darauf geachtet, wer an der Theke saß oder an einem der anderen Tische. Leute kamen, Leute gingen. Es war rappelvoll, wir haben ordentlich Spaß gehabt, dann tauchte Mühling auf, es gab Streit, wir sind gegangen. Das ist alles, was ich dir dazu sagen kann. Aber gestern Abend, das war seltsam …«

»Du meinst das Zusammentreffen mit beiden Mädels?«

Ich nickte langsam. Gestern war es mir noch nicht sooo komisch vorgekommen, aber jetzt ….

»Nicht das Treffen selbst«, sagte ich dann, »obwohl ich gut darauf hätte verzichten können. Silja kannte ich ja vom Strand, wir haben immer ein wenig geplaudert, wenn es sich ergab. Sie standen vor dem Imbiss an einem Stehtisch, ich musste an ihnen vorbei. Ich hätte gern so getan, als hätte ich sie nicht gesehen, aber das klappte nicht. Ich musste also aus Höflichkeit ein paar Worte mit ihnen wechseln. Während des Smalltalks guckte Meike Benninga stramm an mir vorbei, ich fand das hochgradig unangenehm. Ich habe mich dann schnellstmöglich verabschiedet und bin rein in den Imbiss … Weißt du, gestern habe ich mir nichts dabei gedacht, aber mittlerweile glaube ich, dass Silja mir mit Absicht gefolgt ist. Sie stand plötzlich neben mir an der Theke und sprach mich an. Ich hatte den Eindruck, als wollte sie unter vier Augen mit mir reden. Ohne dass Meike Benninga etwas davon mitkriegte.«

Erwin horchte auf – bei so etwas horchte er immer auf.

»Und was wollte sie von dir?«

»Sie hat mich gefragt, wie es Frank geht. Er wäre doch so nett, und sie fände das alles so bedauerlich. Und das ist echt sehr merkwürdig, finde ich. Das hätte sie doch auch ihre Freundin fragen können. Oder Kommissar Claassen, denkst du nicht? Silja saß nun wirklich an der Quelle.«

Wenn man vom Teufel spricht: Ehe Erwin antworten konnte, kam Claassen auch schon auf uns zu. Meike Benninga wurde gerade vom Arzt und einem Sanitäter zum Krankenwagen geleitet. Claassen baute sich breitbeinig vor uns auf und funkelte mich an.

»Der Arzt sagt, Sie haben sich als Kommissarin ausgegeben,

Frau Luchs«, blaffte er. »Das ist eindeutig Amtsanmaßung und damit justiziabel.«

Sofort war ich auf hundertachtzig.

»Justiziabel? Mal halblang, Herr Kommissar. Oder wollen Sie mich jetzt auch verhaften?«, blaffte ich zurück. »Ich habe mich als rein gar nichts *ausgegeben.* Der Doc ist ohne Nachfrage davon *ausgegangen,* dass ich Ihre Kollegin bin und hat gezwitschert wie ein Kanarienvogel. Nicht meine Schuld.«

»Aber Sie haben ihn nicht darüber aufgeklärt, wer Sie sind. Das hätten Sie tun müssen.«

Ja, das hätte ich wohl. Hab ich aber nicht. Und ich hatte überdies noch Fragen gestellt. Es konnte nicht schaden, die Wahrheit ein wenig zu verbiegen und weiterhin auf Angriffskurs zu bleiben, beschloss ich.

»Dazu war er viel zu sehr damit beschäftigt, mich anzubaggern. Und reichlich blöde Bemerkungen über die verstorbene junge Dame zu machen. Außerdem habe ich ihm dann sehr wohl gesagt, dass ich nicht von der Kripo bin.« Ich musterte ihn einen Moment lang. Mich ritt der Teufel, also fügte ich hinzu: »Wollen Sie wissen, was er über Sie gesagt hat?«

Das brachte Claassen für ein paar Sekunden aus dem Konzept. Er überlegte angestrengt, dann entschied er weise, es nicht wissen zu wollen.

»Was haben Sie überhaupt schon wieder hier zu suchen?«, fragte er stattdessen.

»Was soll das denn heißen?«, fauchte ich entrüstet. »Das ist ein öffentlicher Strand, und ich bin hier im Urlaub. Kein besonders schöner Urlaub, wie Sie sehr wohl wissen. Muss ich neuerdings über jeden meiner Schritte Rechenschaft ablegen?«

»Ich leite hier die Ermittlungen! Ich werde Sie ja wohl fragen dürfen, was Sie hier am Strand wollten.«

»Werde ich irgendeiner Straftat verdächtigt? Kann ich ahnen, dass an diesem verfi...«, ich unterbrach mich und holte Luft. »Dass an diesem Strand schon wieder eine Leiche liegt? Wird das jetzt jeden Morgen so sein? Was ist denn bloß los hier bei Ihnen?«

Er lief dunkelrot an. »Was bei *uns* los ist? *Sie* stehen doch jeden Morgen neben einer neuen Leiche! Das kann doch kein Zufall sein, Frau Luchs!«

»Ist es auch nicht!«, höhnte ich. »Ich hab da so einen Leichendetektor. Wissen Sie, wie ein Metalldetektor, nur für Leichen. Und mit dem gehe ich jeden Tag los. Und wenn er piept, freue ich mir glatt ein Bein ab. Es ist nämlich mein schönstes Urlaubsvergnügen, auf Provinz-Polizeiwachen rumzuhocken und bescheuerte Fragen von Dorfpolizisten zu beantworten, die einen Mörder nicht einmal erkennen würden, wenn er nackt auf ihrem Schreibtisch tanzt! Statt den Mörder zu suchen, buchten Sie und Ihre Kollegen ja lieber Unschuldige ein und drangsalieren deren Freunde!«

Claassen schnappte nach Luft und machte eine Bewegung, als wollte er mir eine scheuern. Erwin, der unserer leidenschaftlichen Auseinandersetzung bisher amüsiert zugehört hatte, machte jetzt einen Schritt nach vorn und stellte sich vorsichtshalber zwischen den vor Wut schäumenden Kommissar und mich.

»Wollen wir uns nicht alle beruhigen?«, fragte er freundlich.

Claassen stierte ihn wild an. »Und wer sind Sie, bitte?«

Erwin deutete eine Verbeugung an. »Erwin Schneider, mittlerweile aus dem aktiven Polizeidienst ausgeschieden, Herr ... Claassen, nicht wahr? Ich bin ein sehr guter Freund von Herrn Kropka und Frau Luchs.« Er legte den Arm um mich und zog mich an seine Seite. »Ich bin außerdem ein Augenzeuge der Vorkommnisse bei der Vernissage. Ich war bereits abgereist, aber Sie hatten meine Patentochter, Kommissarin Küpper, um Amtshilfe gebeten. Über sie wurde ich gewahr, dass Herr Kropka ...«, er brach ab und lächelte. »Nun, aber Sie wissen ja selbst, in welcher Situation Herr Kropka sich zurzeit befindet. Also bin ich gestern wieder angereist, um meinen Freunden beizustehen.«

Das musste Claassen erst einmal verarbeiten, und das konnte man ihm buchstäblich ansehen.

Tja, dachte ich triumphierend, da staunst du, *Dorfbulle.* Zieh dich warm an, denn jetzt hast du es nicht nur mit Hornbrillen-

Girl, sondern auch noch mit Minipli-Man zu tun. Und gemeinsam sind sie unschlagbar.

»Frau Luchs und ich sind am Strand, weil ich mir den Ort ansehen wollte, wo Mühlings Leiche gefunden wurde«, sagte Erwin. »Nichts weiter.«

Claassen war nicht zur Aufgabe bereit und bäumte sich noch einmal auf. »Und hofften etwas zu finden, das wir dummen Dorftrottel übersehen haben?«

»Natürlich nicht, Herr Claassen«, erwiderte Erwin freundlich. »Ich bin sicher, Sie haben nichts übersehen. Aber ich wollte mir einen Eindruck verschaffen. Fürs Gesamtbild. Vieles von dem, was passiert ist, kenne ich ja nur aus den Erzählungen meiner Freunde. Alle Vorkommnisse zwischen der Vernissage und dem Auffinden der Leiche von Julius Mühling – reines Hörensagen für mich. Sie werden mir nachsehen, dass ich von Herrn Kropkas Schuld nicht überzeugt bin. Natürlich bin ich in der Sache nicht unbefangen, aber auch das werden Sie verstehen.«

Claassen musterte ihn misstrauisch. »Und *Sie* werden verstehen, dass ich vollkommen neutral bleiben muss.«

»Aber natürlich tu ich das, Herr Kollege.«

Bei dieser Anrede zuckte Claassen beinahe unmerklich zusammen, aber ich hatte es doch gesehen. Der ›Kollege‹ schmeckte ihm nicht, das stand mal fest.

Erwin senkte vertraulich die Stimme. »Was mich brennend interessiert: Sehen Sie einen Zusammenhang zwischen den beiden Todesfällen?«

Zu verdutzt, um noch zu registrieren, dass seine diesbezügliche Einschätzung weder Erwin noch mich auch nur das Geringste anging, antwortete er: »Ich denke nicht. Aber ich habe ja auch noch keinerlei Informationen über Siljas Tod. Abgesehen davon: Wie kommen Sie darauf?«

»Das will ich Ihnen gerne erklären.« Erwin lächelte. »Signifikant für beide Fälle ist doch, wie exponiert die Leichen waren, als sie aufgefunden wurden, oder? Der oder die Täter haben sich keinerlei Mühe gegeben, sie zu verstecken, im Gegenteil: Die Toten *sollten* schnell gefunden werden. In beiden Fällen ist nichts im Affekt passiert, allein das stellt eine Verbindung her. Und nicht nur das: An der Leiche der jungen Frau befand sich auch noch eine Nachricht. Für wen? Irgendeine Idee?«

Claassen starrte ihn an. »Ich … nein, keine Ahnung«, sagte er. »Hat mein Kollege übrigens Ihre Personalien schon aufgenommen? Und Ihre Aussage?«

Erwin schüttelte den Kopf. »Dazu kam es noch nicht. Allerdings hatte ich den Eindruck, dass Ihr Kollege den Wahrheitsgehalt unserer Angaben … wie soll ich mich ausdrücken … fragwürdig fand. Er hat uns natürlich bei seiner Ankunft hier befragt, aber dann ging es der reizenden jungen Dame so schlecht. Ihre Braut, nicht wahr? Das hatte in dem Moment natürlich Priorität.«

»Fragwürdig?«, fragte der Kommissar verwirrt. »Was meinen Sie damit?«

Es war Zeit, dass ich mich wieder einschaltete. »Nicht wir haben Silja gefunden, sondern eine fremde Frau. Wir haben nur die Polizei angerufen. Und währenddessen hat die Frau sich vom Acker gemacht.«

»Ja, ja«, murmelte er abwesend. »Viel interessanter finde ich allerdings, wer die Freundin meiner Braut umgebracht hat …«

Na, da waren wir doch ausnahmsweise mal einer Meinung.

Kapitel 20

Die Lebensretter vom Dienst haben was zu berichten, und Diana lüftet ein pikantes Geheimnis

Wir wurden angewiesen, am Kiosk zu warten und uns nicht von der Stelle zu rühren, bis Polizist Hinnerk die Zeit haben würde, Erwins Daten aufzunehmen – meine hatten sie ja bereits.

Wir hockten auf der Bank und sahen der zwischenzeitlich angerückten Spurensicherung bei der Arbeit zu. Für mich mittlerweile leider ein allzu vertrautes Bild. Gleichzeitig verteilte Hinnerk Jürgens die für die Ordnungskräfte anfallenden Aufgaben an einige Kollegen: Absperren, Strandbesucher umdirigieren … all das.

»Du hast dem guten Claassen ordentlich was zum Nachdenken mit auf den Weg gegeben«, sagte ich nach einer Weile.

»Irgendwie musste ich ihn schließlich von dir ablenken.« Erwin lachte leise. »Mann, der hatte ja echt 'n Brass auf dich. Aber das, was ich gesagt habe, meine ich vollkommen ernst. Beide Leichen wurden praktisch auf dem Präsentierteller abgelegt. Warum? Bei Mühling sollte das zu Frank führen, okay. Aber bei der jungen Frau hier? Und wem gilt diese Warnung? Wer soll bloß aufpassen? Derjenige, der den Zettel hinterlassen hat, muss doch wollen, dass der Adressat die Warnung liest.«

Ich nickte. »Sehe ich genauso. Aber wer könnte das sein? Wohl kaum ein zufälliger Finder. Das hätte sonst wer sein können. Wer bekommt die Warnung also zu Gesicht? Außer den Polizisten, dem Notarzt, den Sanitätern … und uns, natürlich. Glaubst du, die Nachricht galt uns?«

»Nein, das ist Quatsch, Loretta. Niemand konnte wissen, dass wir heute Morgen hier am Strand sein würden. Kaum vorstellbar, dass uns irgendwer mit der Leiche im Gepäck verfolgt hat, um sie dann in der Hoffnung hier zu deponieren, dass wir die Nachricht lesen. Wenn die Warnung uns gelten würde, hätten sie uns das arme Mädchen auf die Terrasse gesetzt.«

Guter Einwand. Und gruselige Vorstellung. Blieb die Frage, wer den Zettel finden und lesen sollte …

Zwei Jungs, an ihrer Kleidung als Mitglieder des DLRG erkennbar, kamen auf uns zu. Ich hatte schon gesehen, dass sie oben auf dem Deich mit einem der Polizisten diskutiert hatten, der sie offenbar nicht zu ihrem Arbeitsplatz über dem Kiosk lassen wollte. Sie waren beide vielleicht gerade mal volljährig, durchtrainiert und braun gebrannt. Einer hatte lange dunkle Locken, der andere einen blonden Stoppelschnitt.

»Was ist denn da los?«, fragte der Blonde und deutete mit dem Daumen hinter sich. »Habt ihr 'ne Ahnung?«

»Man hat im Kassenhäuschen heute früh eine Leiche gefunden«, sagte ich.

»Echt? Ist nicht wahr!«, riefen die beiden synchron und sahen sich betroffen an.

»Schon wieder, hm?« fuhr der Blonde fort. »Eigentlich dachte ich, wo die Bullen gerade hier sind, könnten wir mit denen mal über den Einbruch bei uns sprechen. Aber gegen eine Leiche ist das ja wohl Kinderkram.«

Interessiert beugte Erwin sich vor. »Ein Einbruch, Jungs? Erzählt mal. Wann war denn das?«

Erneut wechselten die beiden einen Blick. »Gestern war das«, sagte der Lockenkopf dann. »Besser gesagt, in der Nacht davor. Na ja, vielleicht war das nicht wirklich ein Einbruch, aber als wir morgens zur Station kamen, war die Tür nur angelehnt. Und drinnen sah es aus, als wären Leute dort gewesen.«

»Könnten eure Kollegen nicht vergessen haben, die Tür zu verschließen?«, fragte Erwin.

Sie schüttelten kategorisch die Köpfe. »Never ever. Außerdem ist das nicht nötig, denn die Tür hat von außen einen Knauf, damit nicht andauernd irgendwelche Leute reingeplatzt kommen, die auf der Suche nach den Duschen sind. Sie fällt automatisch ins Schloss, versteht ihr? Wenn wir das nicht wollen, nehmen wir einen Holzkeil, um sie zu fixieren.«

Der Blonde nickte. »Genau. Gestern Morgen steckte der Keil

unter der Tür. Und die war weit offen, nicht nur so 'n kleinen Spalt breit. Das waren nicht unsere Kollegen von der Spätschicht.«

»Was wurde gestohlen?«, fragte Erwin.

»Überhaupt nichts«, erwiderte der Blonde. »Deshalb haben wir es auch noch nicht der Polizei gemeldet. Es war so, als hätte sich jemand einfach dort aufgehalten und ein bisschen Spaß gehabt, versteht ihr? Das war echt merkwürdig, Alter.«

»Verstehe«, sagte Erwin nachdenklich. »Gab es dafür noch andere Hinweise als die offene Tür? Und was genau meint ihr mit *Spaß gehabt?*«

Feixend stießen sie sich an. Dann ergriff der Blonde wieder das Wort. »Kann ich dir sagen, Alter. Unsere beiden Liegen waren zusammengeschoben, und darauf lagen ein paar lange blonde Haare. Und auf einer der Fensterbänke standen Cocktailgläser aus der Strandbar. Sieht aus, als hätte jemand bei uns 'ne kleine Party gefeiert. Ein spontanes Hüpferchen, wenn ihr mich fragt.«

»Hüpferchen?«, fragte Erwin.

»Sex, Alter.« Blondie tippte sich an die Stirn. »Hab ich einfach mal so kombiniert.«

»Habt ihr die Gläser noch?«, warf ich ein.

»Nee, die hab ich gestern zurück in die Bar gebracht. Und mir einen langen Vortrag darüber angehört, dass die Leute ständig die verdammten Gläser wegschleppen, blablabla.«

»Die Haare?«

»Wir haben natürlich gründlich geputzt.« Blondie zwinkerte mir zu und grinste anzüglich. »Wir konnten schließlich nicht wissen, welche Orgie da bei uns abgegangen ist. Also haben wir alles desinfiziert, besonders die Liegen. Das Putzwasser haben wir ins Klo geschüttet. Keine Haare mehr. Was wollt ihr denn überhaupt damit?«

Erwin und ich sahen uns an. Das waren verdammt interessante Neuigkeiten, auch wenn potenzielle Beweise vernichtet waren.

»Wer hat denn alles einen Schlüssel für eure Station da oben?«, fragte Erwin dann weiter. »Oder war die Tür aufgebrochen?«

»Nee, nicht aufgebrochen«, sagte der Lockenkopf. »Tja, wer

hat einen Schlüssel? Wir natürlich, alle Kollegen, dann ist einer bei der Gemeinde, einer ist im Kiosk deponiert, einen hat bestimmt auch die Reinigungsfirma …«

»Könnte es sein, dass auch einer im Kassenhäuschen hinterlegt ist? Für den Notfall?«, fiel ich ihm ins Wort.

Die beiden sahen sich an und antworteten mit einem Schulterzucken.

»Wir müssen auch mal langsam«, sagte der Blonde. »Unsere Schicht hat längst angefangen.«

Sie wandten sich ab und gingen los, dann drehte sich der Blonde noch einmal um. »Weiß man eigentlich, wer der Tote im Kassenhäuschen ist?«

Erwin nickte. »Eine junge Frau, die dort als Kassiererin jobbt. Silja, glaube ich.« Während seiner Antwort behielt er die zwei Jungs aufmerksam im Auge.

Beide rissen erschrocken die Augen auf.

»Fuck!«, rief der Dunkelhaarige. »Bist du sicher, Alter?«

»Ja, leider.«

»Etwa *ermordet?*«

»Könnte sein.«

»Fuck, Alter! Wer macht denn so was?«

Tja, Lockenköpfchen, dachte ich, willkommen im Club derjenigen, die das gerne wissen wollen …

Da auch eine halbe Stunde später noch niemand aufgetaucht war, um Erwins Personalien aufzunehmen, verloren wir schließlich die Geduld. Wir gingen zu Kommissar Claassen, der mit einem aus der Spurensicherungstruppe konferierte. Ein paar Meter entfernt blieben wir stehen, damit der heute höchst empfindliche Kommissar sich bloß nicht belauscht fühlte. Um seine Aufmerksamkeit zu erlangen, räusperte Erwin sich vernehmlich.

Claassen drehte sich um. »Ja?«

»Herr Kommissar«, sagte Erwin freundlich. »Ich habe einen Termin mit dem Anwalt meines inhaftierten Freundes, den ich ausgesprochen gerne pünktlich wahrnehmen würde. Leider hatte bisher keiner Ihrer Kollegen Zeit, meine Personalien aufzunehmen.« Er zog sein Portemonnaie aus der Hosentasche und entnahm ihm eine Visitenkarte, die er Claassen gab. »Hier, bitte. Wenn Sie möchten, komme ich gerne mit Frau Luchs aufs Revier, und wir machen dort unsere Angaben. Sind Sie einverstanden?«

Der Kommissar nickte zerstreut und steckte das Kärtchen ein. »Wir melden uns bei Ihnen. Sie haben doch nicht vor, heute oder morgen abzureisen?«

»Nein, das habe ich nicht. Sie sollten sich übrigens mal mit den beiden Jungs oben in der DRLG-Station unterhalten, Herr Claassen. Dort wurde eingebrochen. In der Nacht, bevor Mühling tot aufgefunden wurde. Vielleicht gibt es da ja einen Zusammenhang.«

»Ubbo!«, sagte der Mann im weißen Overall ungeduldig. »Können wir weitermachen, bitte?«

Damit waren wir bis auf Weiteres entlassen.

»Spannend, spannend, span-*nend!*«, singsangte ich begeistert, als wir wieder im Auto saßen. »Erwin, das hat sich doch echt noch gelohnt, dass wir warten mussten. Vielleicht hat dieser geheimnisvolle Einbruch ja was mit Mühlings Tod zu tun!« Nach einer kurzen Pause schickte ich noch ein »Fuck, Alter!« hinterher.

Minipli-Man schüttelte lachend den Kopf und ließ die Löckchen tanzen. »Gewöhn dir das nicht an, junge Dame. So dürfen mich nur Bübchen nennen, denen noch Eierschalen hinter den Ohren kleben.« Er wurde ernst. »Ja, das waren aufregende Neuigkeiten. Kann sein, dass sie überhaupt nichts bedeuten, aber falls doch … mein lieber Scholli. Allerdings scheint mir, als wäre dieser Schlüssel für die Station praktisch frei verfügbar. Alle möglichen Leute könnten ihn benutzt haben, um dort eine spontane Party zu feiern.«

»Das schon. Aber wäre es dann nicht normal, alle Spuren zu beseitigen, damit dieser überaus praktische Ort für geheime Schäferstündchen auch geheim bleibt? Also, wenn ich ein Aufreißer wäre und mich darauf spezialisiert hätte, willige Mädchen aus der

Bar abzuschleppen und sie flachzulegen, ehe sie es sich anders überlegen können ... Ta-daaaah: DLRG-Station. Perfekt. Kein Sand im Schlüppi, witterungsunabhängig, ungestört.«

»Du bist mir ja eine.« Er warf mir einen amüsierten Seitenblick zu und grinste. »Sand im Schlüppi – ich werd nicht mehr.«

»Ist doch wahr.« Ich dachte eine Zeit lang nach, dann fuhr ich fort: »Eine Sache beschäftigt mich: Warum hinterlässt jemand all diese deutlichen Spuren? Die zusammengeschobenen Liegen, die offene Tür, die Gläser? Das ist doch total dämlich, wenn nicht auffliegen soll, dass ich die Station nachts benutze.«

Mittlerweile hatten wir unser Feriendomizil erreicht. Erwin steuerte den Wagen in die Einfahrt und stellte den Motor ab.

Er sah mich ernst an. »Ich stelle mir noch eine ganz andere Frage: Warum wurde die Tür mit einem Keil weit offen gehalten? Nicht nur einen Spalt, um rechtzeitig zu hören, falls zufällig doch mal jemand kommt. Wer will schon in flagranti erwischt werden? Aber sperrangelweit offen? Dafür muss es einen Grund geben.«

Plötzlich hatte ich eine Eingebung. Vor Aufregung packte ich ihn am Ärmel. »Ich weiß auch, welchen: Etwas oder *jemand* wurde hindurchgetragen! Da nichts fehlt, war es ein Jemand. Und das war viel wichtiger, als Spuren zu beseitigen, richtig? Das war so wichtig, dass die offene Tür oder die Gläser überhaupt keine Rolle mehr spielten, an die hat niemand mehr gedacht.«

»Ja, das ist eine vielversprechende Theorie. So könnte man all diese Indizien interpretieren. Vielleicht waren die Leute aber auch nur sturzbetrunken und nicht mehr in der Lage, hinter sich aufzuräumen. Aber dann besteht immerhin noch die kleine Chance, dass sie etwas gesehen oder gehört haben, das mit Mühling zu tun hat. So oder so müssen wir diejenigen finden, die in der Nacht dort oben waren.«

Maria war dabei, ihre Koffer zu packen, als wir ins Haus kamen. Herrje – abgesehen von allem anderen unterlag dieser Urlaub einer exorbitant hohen Fluktuation unter den Teilnehmern. Was ursprünglich als lustige zwei Wochen mit acht Leuten geplant gewesen war, pendelte sich auf eine durchschnittliche Anwesenheit von vier Personen ein. Maria reiste ab, dafür dürfte Bärbel bereits auf dem Weg zu uns sein.

»Ein kurzfristiger Auftrag«, erklärte Isolde Erwin und mir. »Porträts von irgendwelchen Schauspieler-Megastars für irgendeine Hochglanz-Postille. Und ein Honorar«, sie schnalzte mit der Zunge, »dafür würde ich meinen Urlaub auch abbrechen, aber ohne mit der Wimper zu zucken.«

Schade, denn von Maria hatten wir bisher so gut wie nichts gehabt. Erst hatte sie ihre Ausstellung vorbereitet, und danach war sie auch ständig in der Galerie gewesen, um die Verkäufe der Fotografien abzuwickeln.

Mein Handy klingelte, und Bärbel war dran.

»Ich habe gerade meine Fahrkarte gekauft«, sagte sie. »Holt mich jemand vom Bahnhof ab?«

»Klar. Wann kommst du an?«

»16.02 Uhr. Sofern es keine Verspätung gibt.«

»Wird schon nicht. Und wenn, schick mir einfach eine Textnachricht. Du, ich freu mich.«

Bärbel seufzte. »Ich auch. Dann bin ich mit dem Chaos in meinem Kopf wenigstens nicht mehr alleine. Sag mal, gibt es irgendwelche Neuigkeiten?«

Ich zögerte. Das mit der neuen Leiche musste ich ihr nicht unbedingt mit auf den Weg geben, fand ich. Auch von diesem Einbruch und der zurzeit noch äußerst vagen Theorie, er könnte etwas mit Mühling zu tun haben, brauchte sie noch nichts zu erfahren. Ich wollte ihr keine Hoffnungen machen, die sich dann als falsch herausstellten.

»Seit gestern Abend? Nein, leider nicht«, antwortete ich also. »Aber Erwin trifft sich gleich mit Franks Anwalt, und ich will noch einmal zur Galerie.«

»Warum das denn?«

»Der Galerist war in Mühlings Begleitung, als wir ihn kurz vor seinem Tod noch einmal in der Bar getroffen haben. Vielleicht kann er uns noch etwas mehr über den weiteren Verlauf der Nacht sagen.«

»Hoffentlich habe ihr Glück«, wisperte sie. »Bis nachher, Loretta.«

Ein Taxi fuhr vor und entführte Maria. Danach saßen wir auf der Terrasse. Da Erwin und ich noch nicht gefrühstückt hatten, zauberte Isolde uns ein Rührei mit frischen Krabben. Erst jetzt merkte ich, wie hungrig ich war, und Erwin ging es nicht anders. Abwechselnd berichteten wir von den Vorkommnissen am Strand, damit immer einer von uns Essenspause hatte. Isolde und Diana hörten atemlos zu, und als wir geendet hatten, fragte Diana: »Weiß der Anwalt schon davon?«

Ich schüttelte den Kopf. »Das alles ist ja erst vorhin passiert. Aber Erwin hat ja gleich eine Verabredung mit ihm.«

Erwin nickte und goss sich Kaffee nach. Nachdem er einen großen Schluck getrunken hatte, sagte er: »Ich hätte gern, dass du mich begleitest, Diana.«

»Aber ich wollte eigentlich mit Loretta zur Galerie.«

»Das kann Isolde übernehmen. Ich brauche dich bei Harms.«

Ich grinste innerlich. Erwin hatte die Zügel fest in der Hand, und das war auch sehr gut so. Sein Verstand funktionierte klar und unbelastet, nicht so wie meiner, zum Beispiel. Ich taumelte mal wieder von einer Katastrophe in die nächste, während er ruhig und besonnen alle Informationen zusammentrug und seine Schlüsse daraus zog. Wenn er der Meinung war, Diana würde beim Anwalt gebraucht, dann war das mit Sicherheit auch so.

»Erklärst du mir auch, warum ich beim Anwalt gebraucht werde?«

Diana stellte die Frage, deren Antwort mich ebenfalls brennend interessierte.

»Aber sicher, Herzchen.« Erwin leerte seine Tasse und stellte sie mit einem Knall zurück auf den Tisch. »Du hattest intimen Kontakt mit Mühling.« Als Diana protestieren wollte, stoppte er sie mit einer Handbewegung. »Moment. Du bist blond und langhaarig. An Mühlings Leiche wurden lange blonde Haare gefunden, die allerdings nicht von dir sind. Daraus könnte man schließen, dass langhaarige Blondinen sein Beuteschema sind. So. Die Jungs vom DRLG haben *ebenfalls* lange blonde Haare gefunden, nicht wahr? Das könnte wichtig sein. Wer ist die Frau, von der diese Haare sind? Ich möchte gerne mit dem Anwalt zusammen noch einmal deine … äh … Erlebnisse mit Mühling durchgehen, verstehst du?«

Isolde griff über den Tisch und nahm ihre Hand. »Sei tapfer, Schätzchen. Niemand auf der Welt verurteilt dich, das weißt du hoffentlich.«

Mit sichtlichem Widerwillen nickte Diana.

»Siehst du.« Erwin lächelte sie aufmunternd an. »Vielleicht fällt dir noch etwas ein, das sogar helfen könnte, diese Frau zu finden. Etwas, das dir bisher noch nicht wichtig erschien.«

»Aber das ist mir peinlich«, murrte Diana. »Ich will den Mist vergessen, versteht ihr das nicht?«

»Du darfst sofort alles verdrängen und vergessen, sobald Frank entlastet ist«, sagte ich scharf. »Vorher nicht. Vorher wirst du dich bitte noch einmal an jedes bescheuerte und ekelhafte Detail erinnern. Für Frank. Auf was er steht. Was ihn scharf macht. Wie tief er dir die Zunge in den Hals gesteckt hat, wo und wie er dich angefasst hat, einfach absolut alles.«

»Loretta hat recht«, sagte Erwin. »Drastisch formuliert, aber sie hat recht. Jede vermeintliche Belanglosigkeit könnte von entscheidender Bedeutung sein.«

Diana holte tief Luft. »Zum Beispiel die, dass er von mir gewürgt werden wollte?« Sie schüttelte sich. »Abartig.«

»Er wollte *was?*«, schrie ich und sprang auf.

Das war es also, was sie bisher nicht über die Lippen gebracht hatte. Ich hatte ihr angemerkt, dass sie etwas verbarg, aber immer wieder vergessen, sie danach zu fragen.

»Der Mann saß *erdrossel*t in unserer Sandburg, Diana! Das ist doch kein Zufall! Und du erzählst uns erst jetzt, dass er darauf stand, beim Sex gewürgt zu werden?«

Kapitel 21

Eine Natter versprüht jede Menge Gift, und Loretta lernt eine neue Seite von Isolde kennen

Ich musste weg von Diana, sonst hätte ich *sie* gewürgt.

Wutschnaubend stürmte ich hinaus in den Garten. Wie hatte sie uns diese Information so lange verschweigen können? Na ja, was wusste ich schon, was in ihr vorgegangen sein mochte. Ich erinnerte mich an mindestens eine Situation, in der ich stutzig geworden war und mir vorgenommen hatte, nachzufragen, was genau in der Scheune geschehen war.

Langsam atmete ich ein und aus, um mich zu beruhigen. Ich hätte nicht sagen können, auf wen ich wütender war: auf Diana oder mich. Auf sie, weil sie uns nicht alles gesagt hatte. Auf mich, weil ich sie gut genug kannte, um zu wissen, dass ihr Verhalten etwas zu bedeuten hatte, dem ich hätte nachgehen müssen.

Ich hörte leise Schritte im Gras, dann stand Erwin neben mir. Schweigend blickten wir auf die Weide mit den friedlich grasenden Pferden. Für den nächsten Tag war ein Wetterumschwung angekündigt, aber noch war es nicht so weit: Der Himmel war stahlblau und wolkenlos.

»Sei nicht sauer«, sagte Erwin schließlich. »Es würde nichts an Franks Situation ändern, wenn wir es früher gewusst hätten.«

»Da wäre ich nicht so sicher«, keifte ich. Er konnte ja nichts dafür, aber irgendwen *musste* ich jetzt ankeifen.

»Doch, Loretta. Schau mal, noch wissen wir nicht, ob es einen direkten Zusammenhang zwischen Mühlings Tod und seiner sexuellen Vorliebe gibt. Vielleicht ja, vielleicht nein. Jeder Pathologe hatte schon mal einen Menschen auf seinem Tisch liegen, der sich bei dieser Praktik selbst umgebracht hat. Meist aus Versehen. Fast immer sind es allerdings sogenannte autoerotische Strangulationen, es ist also kein Partner daran beteiligt.«

»Aber wenn doch?«

Er verschränkte die Arme vor der Brust und starrte sinnend in die Ferne. »Du meinst, beim Sex ist etwas schiefgegangen? Dass er vielleicht einen oder mehrere unerfahrene Partner hatte, und plötzlich war er tot?«

»Könnte doch sein.«

»Stimmt. Könnte sein. Es könnte aber auch sein, dass man einfach seine kleine Vorliebe ausgenutzt hat, um es nach einem eskalierten Liebesspiel aussehen zu lassen.«

Ich musterte ihn von der Seite. »Glaube ich nicht. Warum ihn dann zu unserer Strandburg bringen? Dann hätte man ihn mit seinem Tuch einfach in seinem Hotelzimmer an die Türklinke hängen können und gut. Man wollte die Bullen ja wohl kaum glauben lassen, dass er und Frank … also *wirklich,* Erwin.«

Er ließ prompt die Augenbrauen hochschnellen. »Aber das ist ja nun echt Kokolores. Wieso Frank und er? Wie kommst du darauf?«

»Irgendwer hat mir erzählt, dass Mühling auch dem männlichen Geschlecht zugetan war …« Ich grübelte angestrengt, wer das war, dann fiel es mir ein. »Isolde. Auf der Vernissage.«

»Tatsächlich? Kannze mal sehen. Dann müsste ihn jemand umgebracht haben, der ihn *sehr* gut kannte.«

»Kann doch sein?«

»Hm«, machte Erwin nachdenklich. »Da hast du allerdings recht.«

Mit einer versöhnlichen Umarmung zeigte ich Diana, dass ich auf sie nicht mehr wütend war; dann brachen wir vier zu unseren jeweiligen Zielen auf.

Isolde und ich erreichten die Galerie nach einer knapp halbstündigen Radtour. Die Tür zur Ausstellung stand weit offen. Auf dem Vorplatz parkte ein wunderschöner dunkelgrüner Jaguar.

»Gehört der Lasse Langner?«, fragte ich beeindruckt.

Isolde schüttelte den Kopf. »Er hat keinen Führerschein. Vielleicht ein Kunde. Falls wir ungelegen kommen …«

»… warten wir, bis er Zeit hat«, vervollständigte ich. »Ich kenne hier zufällig ein äußerst lauschiges Plätzchen. Hinter der Galerie, an der Scheune.«

Wir stellten die Räder ab und gingen hinein.

Die Galerie war menschenleer. Wir schlenderten herum und stellten fest, dass die meisten der Bilder als verkauft markiert waren – auch die von mir und meinen Freunden. Ich freute mich für Maria, aber ich fand es immer noch verrückt. Nach wie vor konnte ich mich nicht wirklich mit dem Gedanken anfreunden, bald an der Wand eines mir fremden Menschen zu hängen. So weit hatte ich natürlich nicht gedacht, als Maria mich gebeten hatte, ihr Modell zu sitzen. Zu keinem Moment war ich davon ausgegangen, dass jemand ausgerechnet mein Porträt kaufen würde. Aber für Kunstliebhaber war es kein Abbild meiner Person, sondern ein *Kunstwerk*. Jetzt war es ohnehin zu spät, einen Rückzieher zu machen.

Als wir uns Lasse Langners Büro näherten, hörten wir hinter der geschlossenen Tür gedämpfte Stimmen. Ein Mann und eine Frau diskutierten miteinander. Jemand öffnete die Tür, ließ sie dann aber doch nur angelehnt, als hätte er oder sie es sich spontan dagegen entschieden, das Büro zu verlassen. Das Gespräch ging weiter, und nun verstanden wir jedes Wort.

»Vor dir hätte ich wirklich mehr erwartet«, sagte die Frau, »du weißt doch, dass man auf ihn aufpassen muss.«

»Warum sollte ich können, was du nie geschafft hast? Du weißt selbst am allerbesten, dass man deinen Gatten nicht an die Leine legen kann«, erwiderte Langner. Er klang beleidigt.

»*Konnte*«, verbesserte ihn die Frau kühl. »Jetzt ist es zu spät. Er ist tot. Ermordet.«

Mühlings Witwe – ich war wie elektrisiert. Isolde sah mich an, und ich ahnte, dass sie sich bemerkbar machen, lieber noch die Flucht ergreifen wollte. Von wegen. Das hier war eine einmalige Gelegenheit. Ich wollte erst noch ein wenig lauschen. Also schüttelte ich den Kopf und legte den Finger auf meine Lippen.

Frau Mühling gab ein gekünstelt klingendes Schniefen von sich. »Ich weiß nicht, wie ich das überleben soll.«

»Bei allem Respekt, Clarissa – vor mir brauchst du nicht die trauernde Witwe zu spielen«, zischte Lasse Langner. »Du wirst den Verlust deines Göttergatten ganz sicher überleben.«

»Selbstverständlich werde ich das«, erwiderte sie herablassend. »Aber die gesellschaftliche Schande …« Sie schniefte wieder. »Tot an einem öffentlichen Strand aufgefunden zu werden, das ist einfach ungeheuer peinlich.«

Sie schluchzte theatralisch, und ich fragte mich, was sie wohl weniger peinlich gefunden hätte. Tot auf einem Golfplatz, den nur Mitglieder betreten durften? Tot auf dem Klo eines Sterne-Restaurants? Tot im Kofferraum eines pervers teuren Autos? Auf einer Jacht?! Egal, dass er tot war – Hauptsache an einem standesgemäßen Ort?

Sie war mit Schluchzen fertig und fuhr mit klarer, harter Stimme fort: »Außerdem wurde mir zugetragen, dass er während der Vernissage mit so einem blonden Flittchen ins Heu gestiegen ist.«

Lasse Langner lachte auf. »Seit wann machen dir die Eskapaden deines Mannes etwas aus? Du warst doch froh, wenn er anderweitig unterwegs war.«

»Da sieht man mal wieder, dass du keine Klasse hast«, gab sie eisig zurück. »Vor mir aus konnte er herumhuren, so viel er wollte – aber nicht in aller Öffentlichkeit. Das kompromittiert mich. Ich habe einen Ruf zu verlieren.«

»Wenn das deine einzige Sorge ist … Ich bin sicher, er hat dir genug Schmerzensgeld hinterlassen.«

»Es geht nicht immer nur um Geld«, erwiderte sie spitz. »Das denken nur Leute, die nicht genug davon zu haben glauben. So kleine Emporkömmlinge wie du. Du bist nicht besser als all diese anderen Schmarotzer, die sich wie Blutegel an Julius festgesaugt haben, damit er ihr Künstlerleben finanziert. *Künstler*, dass ich nicht lache. Zu faul, um mit normaler Arbeit Geld zu verdienen. Oder zu dumm.«

»Ausgerechnet du redest von normaler Arbeit? Du hast doch noch nie in deinem Leben einen Finger krumm gemacht.« Langner schnaubte höhnisch und fuhr fort: »Na, in Zukunft musst du dich ja nicht mehr mit faulem Gesocks wie mir abgeben. Ich gehe nicht davon aus, dass du an der Finanzierung von Kunstprojekten interessiert bist.«

»Ganz sicher bin ich das nicht. Da werfe ich mein Geld lieber ins Klo, darauf kannst du Gift nehmen.«

»Noch mehr Gift, als du hier gerade versprühst?«, fragte Langner spöttisch.

»Werd nicht unverschämt. Sei froh, wenn ich nicht auf Rückzahlung des Geldes klage, das Julius in diese erbärmliche Klitsche hier investiert hat. Deine Ausstellung mit den läppischen Passbildern von dieser lesbischen spanischen Knipserin war jedenfalls die letzte, die von meinem Geld finanziert wurde. Ab jetzt kannst du zusehen, wo du einen Dummen findest.«

Bei diesen Worten war Isolde blass geworden, und ich hielt es für klüger, den Rückzug anzutreten, ehe sie etwas Unüberlegtes anstellen konnte. Die angelehnte Bürotür im Auge behaltend, zog ich meine Freundin rückwärts in Richtung Eingangstür, bis ich mit dem Hintern gegen einen Stuhl stieß, der mit einem Poltern umkippte.

Verdammter Mist.

Isolde und ich erstarrten, dann rief ich, als wären wir gerade hereingekommen: »Halloooo! Jemand da? Herr Langner?«

Für ein paar Sekunden lang kam kein Mucks mehr aus dem Büro, dann ging die Tür auf, und Langner trat heraus.

Als er uns sah, verzerrte sich sein Gesicht zur Karikatur eines Willkommenslächelns. »Isolde! Und Frau … Luchs, nicht wahr? Das ist ja eine schöne Überraschung!«

Klar, du kannst dein Glück kaum fassen, dachte ich, aber wahrscheinlich bist du tatsächlich froh, dass unser plötzliches Auftauchen dich vor weiteren Schmähungen der frisch verwitweten Giftnatter bewahrt.

Dann kam Clarissa Mühling aus dem Büro: spindeldürr, Mitte 50, zweifelsohne geliftet. Vermutlich mehrfach, denn ihr Gesicht war eine verstörend glatte Maske. Dennoch – ihre Hände verrieten ihr wahres Alter. Ihr magerer Kinderkörper steckte in einem schwarzen Kostüm, das aussah, als hätte es ihr dieser gewisse Modeschöpfer mit dem weißen Mozartzopf höchstpersönlich auf den Leib geklöppelt. Die Handtasche kostete locker ein paar Tausender, das hatte ich in einschlägigen Magazinen gelesen – vermutlich war die sogar extra für sie angefertigt worden und hieß *Clarissa-Bag* oder so ähnlich. Was sie für ihre zierlichen Stöckelschühchen hingeblättert hatte, wollte ich lieber gar nicht erst wissen. Ihre sorgfältig frisierte Mähne schimmerte in mindestens 30 verschiedenen Blondtönen.

Während ich noch damit beschäftigt war, ihre überwältigende Erscheinung zu verarbeiten, ging mit Isolde eine wundersame Verwandlung vor sich. Zu meiner Verblüffung breitete sie die Arme aus und zauberte ein Lächeln in ihr Gesicht, das es in puncto Falschheit mühelos mit dem von Lasse Langner aufnehmen konnte. Dann eilte sie auf Clarissa Mühling zu, die flugs eine Leidensmine aufgesetzt hatte und wie ein trauriges kleines Vögelchen aussah.

»Clarissa! Meine liebe, arme Clarissa. Lass mich dir sagen, wie schrecklich ich das alles finde«, säuselte Isolde.

Die beiden Frauen fassten sich an den Händen und hauchten sich gegenseitig Luftküsse auf die Wangen. Ich konnte kaum glauben, dass diese so zerbrechlich wirkende Clarissa Mühling gerade in Langners Büro derart ausgeteilt hatte.

Die Witwe Mühling seufzte zittrig. »Ach, Isolde«, wisperte sie. »Ich danke dir. Was kann man schon machen, wenn das Schicksal zuschlägt? Man ist nur ein kleiner, hilfloser Mensch, nicht wahr? Man muss sich fügen und irgendwie weiterleben.«

»Wenn du Hilfe brauchst, Clarissa – Maria und ich sind für dich da. Jederzeit. Das weißt du hoffentlich.«

»Das zu wissen, bedeutet mir unendlich viel.« Für einen kurzen Moment lehnte Clarissa Mühling sich an Isolde.

»Wollen wir draußen ein paar Schritte gehen, Liebes?«, fragte Isolde sanft. Auf Clarissa Mühlings Nicken hin fügte sie hinzu: »Aber vorher möchte ich dir meine gute Freundin Loretta vorstellen.«

Ich trat einen Schritt näher, streckte die Hand aus und sagte: »Mein Beileid.«

Witwe Mühlings Blick war ohne das geringste Interesse an meiner Person auf mich gerichtet und ihr Händedruck der schlaffste, den ich je in meinem Leben bekommen hatte.

»Loretta hat etwas mit Lasse zu besprechen«, fuhr Isolde fort.

Bei der ganzen Szene hing mir die Kinnlade – bildlich gesprochen – bis auf den Fußboden, so perplex war ich. Isoldes Vorstellung war grandios. Ich hätte eher erwartet, dass sie die falsche Krähe an ihrem mageren Hals packen und für ihre Beleidigungen Maria gegenüber zur Rechenschaft ziehen würde. Stattdessen spielte sie virtuos auf der Klaviatur gesellschaftlicher Rituale.

Andererseits hatte ich sie auch noch nie zuvor in einer derartigen Situation erlebt. Wenn sie mit uns Zeit verbrachten, waren Maria und sie stets so bodenständig und *normal,* dass ich immer vergaß, in welchen Kreisen sie sich manchmal bewegten. Kreise, deren Hofprotokoll ihnen das künstliche Verhalten abverlangte, dessen fassungslose Zeugin ich gerade wurde. Nun ja, sie spielte halt mit. Und sie schaffte mir diese gruselige Frau vom Hals, damit ich allein mit Lasse Langner reden konnte. Ich schwor mir, dass ich mich bei ihr dafür revanchieren würde.

Ohne noch einen Blick oder gar einen Abschiedsgruß an Langner oder mich zu verschwenden, ließ die gramgebeugte Clarissa Mühling sich von Isolde aus der Galerie führen. Hinter mir atmete der Galerist hörbar erleichtert aus. Ich konnte ihn verstehen.

»Sie wollten zu mir, Frau Luchs?«, fragte er dann.

Ich drehte mich zu ihm um und nickte. Allerdings musste ich mich erst einmal sortieren, denn das gerade Erlebte hatte mich aus dem Konzept gebracht. Das schien er zu spüren. Mit einer freundlichen Geste lud er mich in sein Büro ein und bot mir etwas zu trinken an. Angesichts der chromblitzenden Maschine auf einem modernen Sideboard bat ich um einen doppelten Espresso und ein Glas Wasser. Während er mit dem Rücken zu mir hantierte, setzte ich mich in einen der Besuchersessel und versuchte, mich wieder aufs Wesentliche zu konzentrieren.

Die Maschine blubberte, gurgelte und zischte, dann tröpfelte der Espresso heraus und verbreitete kräftigen Kaffeeduft. Aaaah. Langner stellte das Tässchen auf den hölzernen Beistelltisch zwischen meinem und einem zweiten Sessel, dann holte er eine kleine Flasche Mineralwasser aus einem Minikühlschrank sowie ein Glas und stellte beides dazu.

Er setzte sich und sah mich erwartungsvoll an. »Nun, Frau Luchs, was kann ich für Sie tun?« Er lächelte. »Möchten Sie wissen, ob Ihr Porträt verkauft wurde?«

Ich lächelte lieblich zurück. »Das weiß ich bereits von Maria, vielen Dank.« Ich trank einen winzigen Schluck Espresso und nickte anerkennend. »Hervorragend. Wirklich. Nein, es geht nicht um mein Porträt, sondern um Herrn Mühling.«

So etwas wie Misstrauen glomm in seinen Augen auf, erlosch aber sofort wieder. Eingedenk dessen, was er gerade mit Mühlings Witwe erlebt hatte, tendierte seine Loyalität der Familie gegenüber – so hoffte ich wenigstens – momentan vermutlich gegen null. Natürlich wusste er nicht, dass ich den Auftritt der Dame belauscht hatte. Und ich hatte nicht vor, ihn davon in Kenntnis zu setzen.

»Was möchten Sie wissen?«, fragte er mit fester Stimme.

»Es geht um den Abend in der Strandbar. Ich muss herausfinden, was zwischen unserer Begegnung dort und Mühlings Tod passiert ist. Sie wissen bestimmt von Maria, dass jemand unter Verdacht steht, den wir ganz klar für unschuldig halten.«

Langner nickte. »Ihr Freund, der Julius auch am Abend der Vernissage … äh …«

»Sprechen Sie es ruhig aus: Er hat ihm ordentlich die Fresse poliert«, sagte ich absichtlich in groben Worten. »Und Mühling hatte es verdient.«

Bei der Erinnerung daran huschte tatsächlich ein Lächeln über Langners Gesicht. »Ja, das hatte Julius wohl. Ich spüre immer noch das Bedürfnis, mich für sein unmögliches Verhalten zu entschuldigen. Ich habe zugelassen, dass er meine Gäste beleidigt.«

»Ach was.« Ich winkte lässig ab. »Das ist Schnee von gestern. So eine abgerissene Handgranate kann man nicht unter Kontrolle halten, auch Sie als Gastgeber nicht. Außerdem konnte und kann ich Ihre Zwickmühle gut verstehen: Seinem Sponsor tritt man nicht mal so eben auf den Schlips. Zumal, wenn er, wie Mühling, von fragwürdigem Charakter ist. Ich hatte ja nun auch das zweifelhafte Vergnügen, mehrere Auftritte erleben zu dürfen. Waren Sie eigentlich auch mit auf dem Segeltörn?«

Er sah mich erstaunt an. »Nein. Woher wissen Sie von seinem Segelausflug?«

»Ich war zufällig ebenfalls an Bord. Zusammen mit Frank. Die beiden sind sich dort nicht begegnet, aber ich habe gehört, wie Mühling in der Bar des Schiffs vor anderen mit seiner angeblichen Eroberung während der Vernissage geprahlt hat. Seine Wortwahl … nun ja. Unterste Schublade.«

Langner schüttelte es vor Widerwillen. »Dieser furchtbare Mensch. Auf der Vernissage hat er übrigens jede Menge Frauen angebaggert. Nicht nur Ihre Freundin.«

Sofort wurde ich hellhörig. »Auch vom Personal?«

»*Gerad*e vom Personal. Das macht er besonders gerne. Flüchtige Begegnungen mit Mädchen, die sich von jemandem wie ihm noch beeindrucken lassen und denen er nie wieder begegnen wird. Aber Frau Claassen hat ihm die Zähne gezeigt und ihn angepfiffen, er sollte gefälligst die Finger von ihren Damen lassen und sich aus dem Backstage-Bereich hinter dem Büfett scheren.« Die Erinnerung daran brachte ihn zum Kichern. »Um ehrlich zu sein – ich war überrascht, dass Ihre Freundin sich mit ihm eingelassen hat.«

Das wiederum war für mich eine Erinnerung, die mich stöhnen ließ. »Hat sie nicht. Nicht wirklich. Sie hat ihn ja abblitzen lassen. Aber an dem Abend, als Sie mit Mühling und seinem Anwalt in der Strandbar waren, hat er da …?«

»Mit jemandem angebandelt, meinen Sie?«

»Ja. Sehen Sie, ich fand ihn am nächsten Morgen erdrosselt in unserer Strandburg. Mein Freund Frank schlief tief und fest nur wenige Meter entfernt seinen Rausch aus. Das kombiniert mit der unseligen Vorgeschichte der beiden hat nicht den besten Eindruck gemacht. Unglücklicherweise war der ermittelnde Kommissar ebenfalls in der Strandbar und hat die Auseinandersetzung miterlebt. Live. Was soll der also denken?«

Mein Mund war trocken, also trank ich ein paar Schlucke Wasser.

»Ihr Freund ist demzufolge der Hauptverdächtige …«, sagte Langner nachdenklich.

»Genau. Es war nicht gerade entlastend, dass er angesichts Mühlings Leiche als Erstes *War ich das etwa?* gesagt hat.«

Langner riss entgeistert die Augen auf und prustete: »Hat er das? Ist nicht wahr!«

Gegen meinen Willen musste ich grinsen. »Ja, dämlich, nicht wahr? Aber er wachte gerade aus dem Alkoholkoma auf, war von Bullen umringt … Er konnte einfach nicht klar denken, verstehen Sie? Und er erinnert sich leider nur noch daran, dass er in der Strandbar weitergetrunken hat, nachdem Isolde, Diana und ich gegangen waren. Dann: Blackout. Bis zum Aufwachen am Strand. Alles gelöscht.« Ich sah ihn eindringlich an. »Wir brauchen jede Hilfe, die wir kriegen können.«

»Klar, verstehe. Konnte Frau Claassen Ihnen bezüglich eines Anwalts helfen?«, fragte er.

»Ja, vielen Dank. Frank ist in guten Händen.«

Irgendwie hatte ich das Gefühl, dass wir vom Thema abkamen. Konzentration, Loretta!

»Der Abend in der Strandbar, Herr Langner: Wie lange waren Sie mit Mühling noch zusammen? Nachdem er den erneuten Streit mit Frank hatte, meine ich.«

Er dachte nach und zog dabei die Stirn kraus.

Ich wartete geduldig, bis er endlich sagte: »Ich erinnere mich, dass Sie, Ihre blonde Freundin und Isolde gegangen sind. Ihr Freund kam etwas später in die Bar zurück. Thomas – Thomas Bender, Julius' Anwalt – und ich taten alles, um Julius abzulenken. Gott sei Dank tobte dort diese Junggesellenparty, alles tanzte und feierte. Solange Julius an der Theke klebte, alkoholischen Nachschub kriegte und mit der Bardame flirtete, war alles gut.«

Sofort saß ich kerzengerade. »Er hat mit der Bardame geflirtet? Und weiter?«

»Nichts weiter. Der Freund der Lady tauchte auf. Flirt vorbei. Aber da waren diese beiden Mädchen, die Julius scharf fand.«

»Welche beiden Mädchen? Was war mit denen?«

»Keine Ahnung, ich hatte dann auch irgendwann genug und habe mich verabschiedet, zusammen mit Bender. Julius wollte noch bleiben und versuchen, eins der beiden Mädchen aufzureißen. Aber ich sagte ihm, er solle sich keine allzu großen Hoffnungen machen.«

»Wieso?«

»Ganz einfach: Die beiden machten nicht den Eindruck, als wären sie auf Kontakt oder gar ein Abenteuer aus. Sie saßen in der hintersten Ecke der Bar an einem Tisch.« Er zuckte mit den Schultern. »Aber was weiter passierte, weiß ich nicht.«

»Waren sie blond? Oder eine von ihnen?«

Langner nickte. »Beide. Blonde, lange Haare.« Grinsend fügte er hinzu: »Aber haben hier nicht alle Mädchen blonde, lange Haare?«

Als ich die Galerie verließ, war der Jaguar verschwunden. Isolde saß auf dem Mäuerchen am Eingang und rauchte ein Zigarillo. Unsere Räder standen schon bereit.

Wir fuhren vom Galerie-Gelände, dann fragte ich: »Und? Lebt die Witwe Mühling noch? Oder hast du diese Klapperschlange im nächstbesten Graben ersäuft und den Wagen in der Nordsee versenkt?«

Isolde schnaubte. »Dieses Weib … ich hätte sie am liebsten …«

»Kann ich mir vorstellen. Umso größer ist meine Dankbarkeit, dass du sie übernommen hast und ich mit Langner reden konnte. Ich bewundere deine Selbstbeherrschung, ich weiß nicht, ob ich das gekonnt hätte.«

»Hat du wenigstens etwas rausgefunden?«

Oh ja, das hatte ich.

Kapitel 22

Trabanten mit Stachel am Hintern, ein menschliches Insekt und ein unbequemer Beobachtungsposten: Loretta ermittelt

Um Bärbel vom Bahnhof abzuholen, musste ich in die nächstgrößere Stadt. Vorher schleppte Isolde mich noch in den Supermarkt, denn sie wollte unbedingt einen Kuchen backen. Da wir schon mal dort waren, kaufte sie noch kiloweise Fleisch ein, damit Erwin etwas hatte, das er abends auf den Grill werfen konnte. Solange ich mit meinen Freunden zusammen war, bestand zumindest keine Gefahr, dass ich vom Fleisch fiel.

Diana und Erwin waren noch nicht wieder vom Anwalt zurück. Ich leistete Isolde beim Kuchenbacken ein wenig Gesellschaft, indem ich am Küchentresen hockte und Äpfel schälte. Wir schwatzten und lachten, und beinahe hätte ich mir einbilden können, dass alles in Ordnung war.

Ich hatte das Auto gerade in der Nähe des Bahnhofs geparkt, als mein Handy eine Textnachricht ankündigte. Natürlich – der Zug hatte Verspätung, und mir blieb noch mehr als eine Stunde, bis Bärbel ankommen würde.

Zeit genug, um vorher einen Spaziergang zu machen.

Wie zufällig landete ich am Polizeipräsidium, in dem Frank schmorte. Natürlich war es kein Zufall, das konnte ich nicht einmal mir selbst einreden. Aber was erhoffte ich mir dort? Dass er am Fenster stand und ich ihm zuwinken konnte? Ich überlegte kurz, ob ich hineingehen und mich nach ihm erkundigen sollte, entschied mich aber doch dagegen.

Eilig ging ich weiter, um nicht womöglich noch Kommissar Claassen in die Arme zu laufen.

Ich schlenderte durch die Fußgängerzone. In einer Eisdiele wollte ich mal verwegen sein und kaufte mir eine große Kugel von einer Sorte, die angeblich nach Ananas und Salbei schmecken sollte. Nach dem Probieren bereute ich es sofort zutiefst und warf das Hörnchen in den nächstbesten Papierkorb. Bäh! Das widerliche Basilikum-Eis, das mein Mitkandidat Karlheinz während der Fernseh-Dinnerwoche servierte hatte, hätte mir wirklich eine Lehre sein sollen.

Auf dem Rückweg zum Bahnhof kam ich an einem luxuriös wirkenden Hotel vorbei, auf dessen Parkplatz mehrere teure Karossen, unter anderem auch ein dunkelgrüner Jaguar, standen. Natürlich gab es auch noch andere Leute auf der Welt, die dieses Auto fuhren, aber die hielten sich doch wohl eher auf Sylt auf, wie ich zu wissen glaubte.

Ach, was wäre die Welt ohne meine Vorurteile?! Farblos und langweilig. Und ich müsste nicht immer wieder feststellen, dass ich mich irrte.

Ich ging also automatisch davon aus, dass die Witwe Mühling in diesem modernen Glaspalast residierte. Ein paar Schritte weiter entdeckte ich, dass seitlich ans Hotel eine großzügige Veranda grenzte, auf der sich einige Gäste aufhielten. Wegen der Bepflanzung zur Straße hin war die Sicht nicht sonderlich gut, aber ich war neugierig. Für Passanten dürfte mein Anblick reichlich seltsam gewesen sein: meine Rückansicht ohne Kopf, denn der steckte in einem Strauch, dessen Äste ich dezent zur Seite gebogen hatte, um mir ein Sichtfenster zu schaffen. Die duftenden Blütendolden – und mein Gesicht ebenfalls – wurden von allerlei lautstark summenden, geflügelten Nektarsaugern und Pollensammlern umflattert. Die Schmetterlinge waren ja harmlos, aber die unmittelbare Nähe der Stachel gewisser gelb-schwarz gestreifter Flugobjekte machte mich ein wenig nervös. Dennoch war ich zuversichtlich, nicht angegriffen zu werden, solange ich stillhielt. Ich hatte nicht vor, auf mich aufmerksam zu machen.

Tatsächlich, die Witwe hielt sich auf der Terrasse auf, wie ich sofort sah. Ich erkannte sie trotz der riesigen Sonnenbrille mit runden Gläsern, die ihr halbes Gesicht bedeckte. Das rückte sie optisch in verblüffende Nähe zu meinen aktuellen Trabanten aus dem Insektenreich, zumal sie zu ihrem ärmellosen Kleid ausgerechnet eine duftige gelbe Stola um die mageren Schultern drapiert hatte. Sie trank mit einem Strohhalm aus einem Longdrinkglas. Gin Tonic? Wodka Tonic? Keine Ahnung warum, aber ich unterstellte ihr, dass sie harten Schnaps trank.

Ehrlich, ich musste *unbedingt* an meinen Vorurteilen arbeiten.

Weiter passierte längere Zeit nichts – sie saß einfach da und trank. Als das Glas leer war, bekam sie einen neuen Drink. Aha. Nicht wirklich interessant und abendfüllend, und mir tat auch allmählich das Kreuz weh. Ich wollte meinen unbequemen Spionageposten gerade aufgeben und mich unauffällig zurückziehen, als sie plötzlich Gesellschaft bekam, für die ich bereit war, alle Rückenschmerzen und stacheligen Insekten der Welt auszuhalten: Es handelte sich um die beiden faulen Kellner von der Vernissage!

Selbst in Gedanken setzte ich an dieser Stelle ein Ausrufezeichen, denn das Auftauchen der beiden Kerle ließ mich beinahe aus den Latschen kippen.

Plötzlich ergaben sich völlig neue, ungeahnte Verbindungen. Hatte die Catering-Chefin nicht erzählt, dass sie die beiden nur deshalb für den Abend angeheuert hatte, weil jemand sie um diesen Gefallen bat? Wer war das gewesen? Die Witwe Mühling etwa? Warum? Waren die beiden Männer vielleicht Privatdetektive, die den umtriebigen Julius beobachten sollten, weil Clarissa Mühling Material gegen ihn sammelte? Für eine Scheidung, bei der sie ihn bis auf die Sockenhalter ausziehen wollte?

Ich war wie elektrisiert. Falls es tatsächlich so war, waren die beiden potenzielle Zeugen dafür, was Julius Mühling zwischen der Strandbar und seinem Tod gemacht hatte!

Ich rang mit mir – am liebsten wäre ich jetzt auf der Stelle durch die Büsche gebrochen, um mir die Männer zu schnappen. Aber das wäre wenig stilvoll gewesen, und ich erschauerte bei dem Gedanken, wie die Witwe Mühling darauf reagieren mochte. Vermutlich würde sie mich sofort in hohem Bogen auf die Straße werfen lassen, weil ich sie belästigte. Das musste nicht sein, aber das machte nichts. Die Cateringfrau wollte ich sowieso besuchen, dann konnte ich sie auch gleich nach den Namen der beiden fragen.

In bester Laune stand ich später auf dem Bahnsteig, wartete

auf den Zug und summte vor mich hin. Diese unerwartete, brandneue Entdeckung erwies sich hoffentlich als vielversprechende Spur – was Erwin und Okko Harms wohl dazu sagen würden?

Eine kaum verständliche Durchsage kündigte das baldige Eintreffen der Regionalbahn an, begleitet vom warnenden Bimmeln einer nahe gelegenen Schranke, die sich schloss. Langsam fuhr der Zug ein und hielt mit kreischenden Bremsen. Die Türen öffneten sich, und die Reisenden stiegen aus. Ich reckte den Hals und sah mich um, und da war sie auch schon.

»Loretta!!!«, schrie Bärbel über die Köpfe der anderen hinweg.

Wir umarmten uns lange, dann sah ich sie mir an. Sie war blass und wirkte übermüdet. Verständlich, denn sie hatte seit ihrer Abreise bestimmt kaum ein Auge zugemacht. Erst der Kummer über das Zerwürfnis mit Frank, dann seine Verhaftung …

Als ihr Tränen in die Augen stiegen, zog ich sie wieder an mich und murmelte: »Nicht weinen, Bärbel. Ich bin sehr zuversichtlich, dass sich bald alles aufklären wird.«

»Ehrlich?«

Sie schaute mich so hoffnungsvoll an, dass ich einfach nicken musste.

Auf der Fahrt zurück bombardierte sie mich mit Fragen zu Frank, die ich beantwortete, so gut es ging.

»Schau mal, der Anwalt ist da«, sagte ich, als ich Okko Harms' Auto auf der Einfahrt vor unserem Ferienhaus sah. »Bestimmt gibt es Neuigkeiten.«

Ich verkniff mir gerade noch, ›gute Neuigkeiten‹ zu sagen, denn man konnte ja nie wissen …

Während Bärbel von Diana und Isolde begrüßt wurde, ging ich raus zu Erwin und Harms, die neben dem rauchenden Grill standen und Bier aus der Flasche tranken.

»Na, Jungs? Kleine Grillparty?«

Erwin nickte und rieb sich vergnügt die Hände. »Endlich sitzen mal wieder ein paar Leute um den Tisch rum. Das war ja richtig trostlos, immer nur zu viert.«

»Ich könnte Heini holen«, sagte Okko Harms, grinste und ließ seine Flasche gegen die von Erwin klicken. »Du würdest begeistert sein, Erwin, der frisst für drei.«

Aha – die Herren waren also bereits beim Du.

»Isolde hat euch sicherlich schon berichtet, dass wir in der Galerie über die liebreizende Witwe Mühling gestolpert sind.« Auf ihr Nicken hin fuhr ich fort: »Und ich habe die Dame vorhin ein weiteres Mal gesehen. In Gesellschaft zweier junger Männer, die auf der Vernissage waren.« Ich machte eine Kunstpause. »Als Kellner.«

»Na und?«, erwiderte Erwin. »Vielleicht steht sie auf Abwechslung und unverbindliche Abenteuer. Tat Mühling ja auch.«

»Das ist alles, was dir dazu einfällt?«, fragte ich entrüstet. »Findest du es nicht seltsam, dass sie sich mit zwei Kellnern trifft? Die auf der *Vernissage* gearbeitet haben? Wo das ganze Chaos überhaupt erst losging?«

»Könnte Zufall sein«, kommentierte Harms.

Jetzt reichte es mir aber.

»Das glauben Sie doch wohl selbst nicht«, fauchte ich. »Zwei Typen, die sich auf der Vernissage herumgedrückt haben? Und von denen ich zufällig weiß, dass die Catering-Chefin sie lediglich als Gefallen für jemanden angeheuert hat? Worüber sie sich, nebenbei gemerkt, maßlos geärgert hat, denn die beiden haben nix auf die Reihe gekriegt.«

»Ach«, sagte Erwin verblüfft, »die sind mir sogar aufgefallen, und zwar gerade weil sie derart ungeschickt waren und versucht haben, sich von jeglicher Arbeit fernzuhalten. Ich dachte noch, dass die beiden vollkommen fehl am Platze sind. Und woher weißt du das mit der Gefälligkeit?«

»Ich war noch da, als bereits aufgeräumt wurde. Ich habe beobachtet, dass die beiden Kerle versucht haben, sich davor zu drücken. Die Chefin ist ziemlich sauer geworden. Und als ich ihr später geholfen habe, benutzte Gläser einzusammeln, sagte sie, dass sie das nie mehr machen würde.«

»Was machen?«, fragte Harms.

»Leute anheuern, weil jemand sie darum bittet.«

Erwin und Harms wechselten einen Blick. Dann fragte Harms weiter: »Und wer hatte sie darum gebeten?«

Ich zuckte mit den Schultern. »Das weiß ich nicht. Noch nicht. Aber ich habe sowieso auf dem Zettel stehen, sie morgen zu besuchen. Mal unauffällig nachhorchen, ob sie etwas gesehen hat oder so. Dann kann ich sie auch gleich nach den Kellnern fragen.«

Erwin nickte. »Gute Idee, Loretta.«

Isolde kam mit einer großen Platte voller Würstchen und Steaks, und das Gespräch war für den Moment beendet.

Für Erwin war Grillen eine ernsthafte Angelegenheit, die keine Ablenkung vertrug. Aber selbstverständlich waren neue Kumpels, die ihm dabei Gesellschaft leisteten, schweigend dem Fleisch beim Brutzeln zuzusehen und sich währenddessen ein paar Bierchen zu zischen, stets herzlich willkommen.

Nachdem Bärbel geduscht und sich umgezogen hatte, konnte auch schon gegessen werden. Das Gespräch am Tisch drehte sich natürlich ausschließlich um Frank. Haarklein ließ Bärbel sich noch einmal jede Minute der vergangenen Tage berichten. Als Erwin von dem toten Mädchen im Kassenhäuschen am Strand erzählte, wurde sie blass und griff nach Isoldes Hand.

»Hat … hat das was mit dem anderen Mord zu tun?«, fragte Bärbel mit einer Mischung aus Entsetzen und Hoffnung.

»Das wissen wir noch nicht«, antwortete ich, »aber wir sind dabei, Informationen zu sammeln.«

»Ich habe volles Vertrauen zu dir und Erwin«, sagte sie fest. »Ihr wisst, was zu tun ist. Ist ja nicht das erste Mal.«

Stundenlang – so kam es mir vor – beantworteten wir geduldig alle Fragen, die Bärbel hatte. Ich musste mich unbedingt noch bewegen und entschuldigte mich bei den anderen, um ein wenig Rad zu fahren. Das Angebot von Diana, mich zu begleiten, lehnte ich ab. Bärbel brauchte die Gesellschaft ihrer Freunde jetzt nötiger als ich, außerdem wollte ich in Ruhe darüber nachdenken, was ich die Catering-Chefin am nächsten Tag alles fragen musste.

Ohne Ziel gondelte ich zunächst durch die Gegend, bis ich am Strand landete. Zu dieser abendlichen Stunde – es war gegen neun – war dort so gut wie nichts mehr los. Um den Trubel in der Strandbar machte ich einen Bogen und schob mein Rad quer über die Rasenfläche zwischen Deich und Sandstrand. Als ich mich unserer Strandburg näherte, sah ich dort einen Mann im Gras sitzen. Ich wollte an ihm vorbeischleichen, aber er drehte sich um.

Es war Kommissar Claassen.

»Frau Luchs«, sagte er.

»Herr Claassen«, erwiderte ich. »Was machen Sie denn hier?«

»Nachdenken. Es gibt vieles, über das ich nachzudenken habe, wissen Sie?« Er seufzte. »Und dann komme ich gern hierher.«

Aha. Seine Anwesenheit ausgerechnet hier hatte also nichts damit zu tun, dass er sich am Ort von Mühlings Fund vielleicht neue Denkanstöße für die Lösung des Falles erhoffte. Klar – ich war ja auch hier, um nachzudenken. Dazu war der Blick aufs Meer bestens geeignet, fand ich ebenfalls.

Unschlüssig und auch ein wenig verlegen stand ich herum und wusste nicht, was ich machen sollte. Weitergehen? Mich einfach zu ihm setzen? Ich hatte keine Ahnung, woher dieser Eindruck kam, aber Kommissar Claassen wirkte jetzt gerade nicht wie ein Ermittler, sondern völlig … wie soll ich sagen … *privat.* Jeans, T-Shirt, Flip-Flops. Er nahm mir die Entscheidung ab.

»Setzen Sie sich doch.«

»Dürfen wir denn miteinander reden?«, fragte ich blöde. »Gibt es da nicht so was von wegen laufenden Ermittlungen und so?«

Damit brachte ich ihn tatsächlich zum Lachen. Als er sich wieder eingekriegt hatte, saß ich schon neben ihm im Gras.

»Wäre ich Anwalt und gäbe es ein laufendes Verfahren, dürfte ich mit Ihnen nicht darüber reden. Zumal, wenn Sie zur Gegenseite gehörten oder so.« Noch einmal kicherte er. Dann fuhr er fort: »Entschuldigen Sie, aber Sie haben es geschafft, mich aufzuheitern. Das kann ich gut gebrauchen.«

»Willkommen im Club, Herr Claassen.«

Ich konnte mich gerade noch beherrschen, ihn nicht Ubbo zu

nennen. So privat waren wir hier dann doch wieder nicht. Flip-Flops hin oder her.

Wir schwiegen einen Moment lang und starrten aufs Meer hinaus, wo sich am Horizont dicke Wolken auftürmten. Stimmte ja, man hatte einen Wetterumschwung angekündigt. Morgen sollte es regnen. Und das hier sah verdammt nach Gewitter aus.

Schließlich fragte ich: »Wie geht es Ihrer Braut?«

Sein Gesicht verdüsterte sich. »Sie ist im Krankenhaus. Niemand kann sagen, für wie lange.«

»Aber Ihre Hochzeit!«

»Tja. Abgesagt, verschoben, was weiß ich. Steht mir momentan ohnehin der Sinn nicht nach.«

Ich war betroffen, welche weiten Kreise diese beiden Todesfälle zogen, wie viel Einfluss sie auf das Leben so vieler Menschen nahmen.

»Konnten Sie mit ihr sprechen?«

»Oh nein. Es darf momentan sowieso niemand zu ihr. Meike war vollkommen hysterisch und hat wirres Zeug geredet. Sie haben sie mit Beruhigungsmitteln vollgepumpt. Sie ist total weggetreten. Nicht ansprechbar.«

»Kein Wunder. Schließlich wurde sie heute Morgen mit ihrer ermordeten Freundin konfrontiert. Ich habe noch versucht, sie aufzuhalten, damit sie Silja nicht sieht. Jedenfalls nicht *so,* verstehen Sie? Aber in dem Moment war ich zu weit weg. Sie hat meine Rufe nicht gehört.«

Er nickte nur betreten und sagte nichts.

»Der Zettel mit der Nachricht …«, fuhr ich fort. »Weiß man schon, was der zu bedeuten hat?«

»Nein – wie auch?«

»Eigentlich kommt ja nur ein recht kleiner Kreis von Leuten als Adressaten infrage«, sagte ich. »Wer hat schon mit einer Leiche zu tun?« Ich hatte eine Eingebung. »Kann es nicht sein, dass der Fundort gar nicht der von den Mördern geplante war? Vielleicht sollte sie ganz woanders abgelegt werden, und sie wurden irgendwie gestört. Kann doch sein?«

»*Die* Mörder?« Er musterte mich forschend. »Wie kommen Sie darauf, dass es mehrere waren?«

»Weiß nicht.« Ich zuckte mit den Achseln. »Nur so ein Gefühl. Hatte ich auch schon bei Mühling. Vielleicht nur ein Haupttäter, aber ich glaube, es gibt mindestens einen Mittäter. Oder Mitwisser, der vom Täter dazugeholt wurde und dann geholfen hat. Irgendwie sieht alles danach aus, als wären mindestens zwei Leute beteiligt. So ein toter Körper muss doch transportiert werden, nicht? Bei Mühling gab es keinerlei Spuren, dass man ihn zur Strandburg geschleift hat oder so. Oder mit einer Schubkarre transportiert, was weiß ich. Für einen Tatort war es dort zu ordentlich. Und Silja … keine Ahnung … fanden Sie etwa nicht, dass alles ausgesprochen arrangiert wirkte?«

Claassen antwortete nicht, machte aber auch nicht den Eindruck, als wäre ihm das Thema unangenehm oder als hielte er mich als Gesprächspartnerin nicht für kompetent.

»Mal ganz unter uns, Herr Claassen«, sagte ich nach kurzem Schweigen, »denken Sie eigentlich immer noch, dass Frank der Mörder vom Mühling ist? Ernsthaft?«

Erst passierte lange gar nichts, dann schüttelte er den Kopf. Nur ganz wenig, aber immerhin.

»Es sah alles so eindeutig aus«, murmelte er wie zu sich selbst, als wäre ich gar nicht da. »Ich dachte wirklich, das ist eine klare Sache. Der Tote, der Verdächtige, aber dann … Alle neuen Spuren, die zusätzlichen Aussagen …«

»Haben Sie die beiden Jungs vom DLRG befragt?«, quatschte ich aufgeregt dazwischen.

»Ja, klar. Und das ist es ja: Je mehr Informationen ich bekomme, desto weniger passt zusammen. Ein monumentales, verwirrendes Puzzle. Ich werde noch verrückt. Immer, wenn ich glaube, dass ich der Lösung nahe bin, geht eine weitere Tür auf, hinter der neue Rätsel lauern.«

Na ja, ich hätte es vielleicht nicht ganz so poetisch ausgedrückt, aber im Prinzip hatte er recht.

Aus seiner Sicht ein ermittlerischer GAU, während ich über jede neue Spur frohlockte. Sollte ich ihm von der Witwe Mühling und den beiden geheimnisvollen Kellern, die meiner Meinung nach in Wirklichkeit gar keine waren, erzählen? Ich überlegte hin und her, entschied mich aber dann dagegen. Das konnte ich immer noch tun. Wenn ich hieb- und stichfeste Erkenntnisse hatte, würde ich sie ihm mitteilen. Für den Moment war erst einmal wichtig, dass er nicht mehr an Franks Schuld zu glauben schien.

Die Gewitterwand kam langsam, aber sicher näher. Erstes Grummeln rollte über das Meer heran, erste Blitze zuckten.

»Ich sollte mal allmählich zusehen, wenn ich nicht nass werden will«, sagte ich und stand auf.

»Wenn Sie wollen, nehme ich Sie mit. Ihr Rad kriegen wir locker in meinen Kombi.«

Ich zögerte, dann nahm ich an.

Wir gingen zum Parkplatz, er lud mein Rad auf die Ladefläche, wir fuhren in den Ort zurück, und er setzte mich vor der Haustür ab.

Wir redeten kein Wort mehr – außer einer knappen Verabschiedung. Dann fuhr er weiter, während die ersten dicken Regentropfen fielen und lauter Donner grollte. Ich sah seinem Auto nach und stellte erstaunt fest, dass Kommissar Claassen mir leidtat.

Nicht so sehr wie Frank, aber immerhin.

Kapitel 23

Ein Anwalt hat's plötzlich sehr eilig, und Loretta erfährt Überraschendes, während der Kluntje leise knackt

Während die anderen hektisch und kreischend vor Gewitter und Wolkenbruch ins Haus geflüchtet waren, bepackt mit Geschirr und Gläsern, hatte ich Okko Harms zur Seite genommen. Möglichst unauffällig lotste ich ihn in mein Zimmer, verfolgt vom triefnassen Heini, der sofort auf mein Bett hüpfte, um mein Kopfkissen ausgiebig vollzusauen. Gott sei Dank gehöre ich zu den Menschen, die nichts gegen einen Hauch *Nasser Köter No. 5* zwischen den Laken einzuwenden haben.

Ich berichtete Harms von meinem Gespräch mit Claassen und der sensationellen Neuigkeit, dass der Kommissar nicht mehr zu 100 Prozent an Franks Schuld glaubte. Unserem smarten Herrn Harms blieb vor Begeisterung schier die Spucke weg. Ehrlich gesagt konnte er nur noch stammeln, aber ich schaffte es dennoch, die relevanten Informationen herauszufiltern. So schnell hatte sich bestimmt noch nie ein Anwalt verabschiedet, um in sein Büro zu rasen und einen Schriftsatz an die Staatsanwaltschaft aufzusetzen, der die sofortige Freilassung des Plötzlich-nun-doch-nicht-mehr-ganz-so-Verdächtigen forderte.

Wir vereinbarten, das zunächst nicht an die große Glocke zu hängen, um speziell bei Bärbel keine Hoffnungen zu wecken, die sich dann vielleicht doch nicht erfüllten. Dann schnappte er sich den protestierend strampelnden Heini, klemmte ihn sich unter den Arm, stürmte aus dem Haus und brauste gischtspritzend mit seinem Auto von dannen.

Ich war zutiefst zufrieden, als ich zu den anderen in den Wohnraum ging.

»Schönen Gruß von Herrn Harms«, sagte ich. »Er musste leider sofort los.«

Wortreiches Bedauern der anwesenden Damen, nur Erwin

ahnte etwas, wie sein misstrauischer Blick mir zeigte. Isolde, Diana und Bärbel machten den Abwasch und unterhielten sich darüber, wie charmant und nett und noch dazu unverheiratet dieses überaus attraktive Sahneschnittchen von Anwalt doch war. Ich warf mich neben Erwin aufs Sofa.

»Wo ist Okko denn so plötzlich hin?«, fragte er mich prompt. »Die Wahrheit, bitte.«

»Ich glaub, Heini musste raus.«

»Red keinen Kokolores. Doch nicht bei diesem Scheißwetter. Raus damit, Frolleinchen.«

Er hatte recht. Mittlerweile prasselte der Regen mit einer Stärke herunter, als hätte er während der vielen Sonnentage Kraft gesammelt und nur darauf gewartet, endlich loslegen zu können. Dazu donnerte und blitzte es, als ginge die Welt unter. Ich warf einen Blick rüber zu den Mädels, aber dank des Radaus von draußen musste ich nicht einmal besonders leise sprechen, damit sie mich nicht hörten. Außerdem waren sie noch immer mit dem »süßen« Okko Harms beschäftigt. Isolde und Bärbel dachten gerade laut darüber nach, ob er was für Diana sein könnte.

»Also gut«, sagte ich, »aber das muss noch unter uns bleiben, falls etwas schiefläuft.« Jetzt senkte ich doch die Stimme und raunte: »Dein neuer Kumpel bereitet gerade Franks Entlassung vor. Irgend so einen Schriftsatz für die Staatsanwaltschaft.«

»Wieso das denn auf einmal?«

Im Stakkato erzählte ihm von meinem Gespräch mit Claassen. Jedenfalls die Dinge, die Frank betrafen; die privaten Sachen mit der vorerst geplatzten Hochzeit ließ ich weg.

»Verstehst du – nicht mal der Kommissar glaubt noch ernsthaft, dass Frank der Schuldige ist! Es sah nur auf den allerersten Blick so aus. Jeder halbwegs gute Anwalt würde eine Anklage doch sowieso in der Luft zerreißen, machen wir uns nichts vor. Aber dazu muss es ja nicht kommen.«

Erwin nickte. »Und wenn Frank draußen ist …«

»… dann klären wir erst einmal die Morde auf«, fiel ich ihm ins Wort.

Erwin warf mir einen amüsierten Blick zu. »Dann feiern wir ordentlich, wollte ich eigentlich sagen.«

Das natürlich auch, lieber Erwin.

Mit ordentlich lecker Essen.

In dieser Nacht schlief ich wie ein Baby. Natürlich hatte ich mein Kopfkissen vorher frisch bezogen. Nachdem das Gewitter sich ausgetobt hatte – oder von mir aus auch weitergezogen war, um anderswo Leute zu belästigen –, lieferte der gleichmäßig rauschende Regen einen Soundtrack, der es mit jedem Schlaflied der Welt aufnehmen konnte.

Am nächsten Morgen vermied ich Blickkontakt mit Erwin, denn ich wollte nicht preisgeben, dass wir ein Geheimnis teilten. Er spielte mit und kümmerte sich um Bärbel, der die Fragen zu Franks Situation noch immer nicht ausgegangen waren. Irgendwann rief Okko Harms an und bestellte sie und Erwin zu sich. Ich fragte nicht nach, worum es ging. Als sie sich auf den Weg machten, hoffte ich insgeheim, dass sie zusammen mit Frank zurückkehren würden. Ob eine Entscheidung so schnell fallen würde?

Es regnete noch immer, allerdings längst mehr so stark wie gestern Nacht. Auf der Landstraße war jede Menge Verkehr, da zahlreiche Urlauber das schlechte Wetter nutzten, um in die umliegenden Städte zu fahren und sich dort die Langeweile zu vertreiben. Dass es nur langsam vorwärtsging, störte mich nicht, ich hatte ja keinen festen Termin. Isolde hatte mir über Lasse Langner die Adresse von Frau Claassen, der Catering-Unternehmerin, besorgt. Auf dem Stadtplan hatte ich gesehen, dass ich sie ganz in der Nähe der Polizeiwache finden würde. Ich befand mich also auf einigermaßen vertrautem Terrain, als ich in Franks Kombi durch die engen Straßen kurvte und nach einem Parkplatz suchte. Als ich endlich etwas fand, hatte ich doch die Orientierung verloren. Beim Blick auf den Stadtplan stellte ich jedoch erleichtert fest, dass ich mich nicht allzu weit von meinem Ziel entfernt befand. Ich holte mir einen Regenschirm aus dem Kofferraum und marschierte los.

Nach ein paar Minuten Fußweg hatte ich die gesuchte Adresse erreicht und stand zu meiner Verwunderung vor einer Metzgerei mit Mittagstisch, in der reges Treiben herrschte. Ständig bimmelte die Glocke über der Ladentür, weil Kunden hinein- oder hinausgingen. Zur Sicherheit trat ich zwei Schritte zurück und suchte an der Fassade nach dem Namen des Geschäfts, um mich zu vergewissern, dass ich hier auch wirklich richtig war. Doch, da stand es, in einer geschwungenen Schrifttype, die noch aus den Fünfzigerjahren stammte: *Metzgerei Eibo Claassen.* Mittig die Ladentür, rechts und links je ein nicht sonderlich großes Schaufenster, durch die ich Stehtische erkennen konnte, die dicht umlagert waren. Auf dem Glas des Fensters entdeckte ich weitere Hinweise: *Fleisch- und Wurstwaren aus eigener Herstellung, fangfrischer Fisch, täglich Mittagstisch, Partyservice.*

Hm. Metzgerei *und* fangfrischer Fisch? In einem Laden? Eine mehr als ungewöhnliche Kombination, fand ich. Als hätte der Inhaber sich nicht entscheiden können, was er verkaufen wollte, und einfach mal alles ins Sortiment genommen, was er kriegen konnte.

Außerdem: Bei Partyservice dachte ich eher an diese silbernen Platten mit Wurstauswahl und Käsesortiment sowie mayonnaiselastige Salate mit Paprikastückchen drin, außerdem Cocktailwürstchen, Partyschnitzel, Minifrikadellen und Fleischarrangements, die mit krauser Petersilie und Mandarinenstückchen aus der Konservendose garniert waren. Was man halt so bekam, wenn man ein kaltes Büfett bestellte.

Nicht, dass ich jemals ein kaltes Büfett bestellt hatte, aber diejenigen, an denen ich mich bisher hatte gütlich tun dürfen, hinterließen bei mir stets den Eindruck, als würde jede Hausfrau das besser hinkriegen. Für deutlich weniger Geld.

Das exquisite Fingerfood-Büfett bei der Vernissage mit all seinen raffinierten Köstlichkeiten hatte mich allerdings schier umgehauen. Allein bei der Erinnerung an die mit Hummer gefüllten Minifrühlingsrollen lief mir schlagartig das Wasser im Munde zusammen. Und jetzt stand ich auf der Straße vor dieser Metzgerei und versuchte, das bei Langner erlebte kulinarische Schlaraffenland mit dem ›Partyservice‹ dieser Metzgerei unter einen Hut zu kriegen. Ich konnte mir einfach nicht vorstellen, dass dieser äußerlich so sehr nach biederer Gutbürgerlichkeit aussehende Laden tatsächlich gefüllte Tintenfischtuben zustande kriegte.

Schrecklich, ich weiß. Ich hatte wirklich *sehr, sehr* dringend an meinen Vorurteilen zu arbeiten.

Ich ging also hinein, und die einladende Atmosphäre aus appetitanregenden Essensdüften und gut gelauntem Gesprächswirrwarr um mich herum hieß mich willkommen. Links eine chromblitzende Fischtheke mit tollem Meeresbewohner-Mosaik an der Wand dahinter, rechts die Fleischtheke vor einer weiß gefliesten Wand, an der appetitliche Würste aller Art an Fleischerhaken baumelten. Eine handbeschriebene Schiefertafel an der sogenannten ›heißen‹ Theke ließ mich wissen, dass der heutige Mittagstisch Pannfisch, Snirtjebraa sowie Labskaus im Angebot hatte. Snirtjebraa – wie geheimnisvoll das klang! Dem Andrang an der Ausgabe und den Stehtischen nach zu urteilen, erfreuten sich diese Gerichte jedenfalls größter Beliebtheit. Etliche der Leute in der Warteschlange ließen sich eine oder mehrere Portionen einpacken, um sie mitzunehmen. Snirtjebraa war auf jeden Fall einen Versuch wert, fand ich, und nahm mir vor, es später zu versuchen.

An der Fischtheke war gerade nichts los, also ging ich dorthin, um nach Frau Claassen zu fragen.

»Die Chefin ist hinten«, sagte der Angestellte, der ein dunkelblaues Friesenhemd mit feinen weißen Streifen trug. »Kleinen Moment, ich hole sie.« Er ging einen Schritt, dann fiel ihm etwas ein, und er wandte sich noch einmal zu mir um. »Ihr Name, bitte?«

»Loretta Luchs.«

Er verschwand durch eine verspiegelte Tür und kam wenige Augenblicke später mit Frau Claassen zurück. Sie lächelte freundlich, als sie mich erkannte.

»Moin, Frau Luchs. Was kann ich für Sie tun?«

»Moin, Frau Claassen. Ich würde Sie gern kurz sprechen. Haben Sie einen Moment Zeit für mich? Bitte, das wäre sehr freundlich.«

Sie zögerte kurz, aber dann winkte sie mich hinter den Tresen und führte mich zu ihrem Büro, das – mit eindeutig femininem Touch – geschmackvoll ausgestattet war und sogar über eine gemütliche Sitzecke für Kundengespräche verfügte.

»Setzen Sie sich, Frau Luchs. Ich habe mir gerade frischen Tee aufgebrüht. Ostfriesentee. Mögen Sie?«

Ich nickte, und sie stellte zwei winzige Teetassen mit stilisiertem Rosenmotiv samt Untertassen auf den Couchtisch, dann brachte sie ein Messingstövchen, entzündete das Teelicht darin und stellte eine zierliche Teekanne darauf. Aus einem Schälchen im gleichen Dekor entnahm sie mit einer kleinen Zange einen verblüffend großen Kandisklotz, den sie in meiner Tasse parkte und dann heißen Tee darübergoss. Wie ein Eisberg ragte die Spitze des Zuckerkristalls aus der dunkelbrauen Flüssigkeit.

»Hören Sie«, sagte sie lächelnd.

Ich neigte mich über die Tasse. Der Kandis knisterte und knackte zart, aber dennoch deutlich hörbar.

»Das zeigt, dass der Tee heiß genug ist. Jetzt das Sahnewölkchen.«

Mit einem fein ziselierten Löffelchen schöpfte sie Sahne aus einem Kännchen und zog eine Wolke rund um den Kandis, die sich erst zum Rand hin ausbreitete und dann zum Boden der Tasse sank. Als ich zum Teelöffel griff, stoppte sie mich mit einer Handbewegung.

»Nicht umrühren. Genießen Sie ihn so: Erst sanft, dann bitter, dann zuckersüß. Der Kandis löst sich ganz langsam auf und reicht dann für drei Tassen.«

Endlich kapierte ich: Sie hatte mich zu einer echten ostfriesischen Teezeremonie eingeladen. Ich fühlte mich geehrt und nahm wie sie die hauchzarte Tasse am Henkel und trank andächtig. Das Geschirr war so winzig und filigran, dass ich beinahe Angst hatte, es zu zerbrechen. Das zwang einen geradezu, an alles ein *-chen* zur Verniedlichung anzuhängen: Tässchen, Löffelchen, Schälchen, Kännchen.

»Ist das die normale Tassengröße?«, fragte ich.

Sie nickte, und ich fragte weiter: »Etwa auch für *Männer?*«

Unvorstellbar, dass Männerpranken mit diesem Puppengeschirr hantieren sollten, ohne einen Scherbenhaufen zu hinterlassen.

Damit brachte ich sie zum Lachen. Wir leerten unsere erste Tasse, und sie schenkte nach. Als die Sahne sich in unseren Tassen ausbreitete, ergriff sie das Wort.

»Es geht um Ihren Freund, nicht wahr? Kann Okko ihm helfen?«

»Oh ja, vielen Dank für den Tipp, der war Gold wert. Herr Harms ist großartig. Sehr, sehr engagiert.«

»Der Sohn meiner Schwester«, sagte sie stolz. »Seine zwei Brüder sind ins Fischgeschäft eingestiegen, aber Okko wollte unbedingt Jurist werden.«

Ah – so erklärte sich auch die Fischtheke in der Metzgerei: Familienbetrieb. Clever.

»Aber was kann ich denn nun für Sie tun?«, fuhr sie fort.

»Ich wollte Sie noch einmal fragen, ob Sie am Abend der Vernissage etwas beobachtet haben, das uns weiterhelfen könnte. Ein Bekannter erzählte mir, Julius Mühling habe auch versucht, unter ihrem Personal zu … äh … wildern, sag ich mal.«

Wieder lachte sie und klang dabei wie ein junges Mädchen. Sie war mindestens 50 und hatte bereits graue Haare, aber ihre jugendliche Ausstrahlung machte sie alterslos. Ich hatte ja nach der Vernissage erlebt, dass sie über eine Menge Temperament verfügte.

Apropos … »Noch eine Frage: Sie erwähnten beim Aufräumen, dass sie sich zwei Aushilfskellner hätten aufschwatzen lassen und sich darüber ärgern, weil die nichts auf die Reihe gekriegt haben. Erinnern Sie sich?«

»An die beiden Faulpelze? Klar. Die haben sich auf Kosten der anderen Serviceleute ausgeruht und nur rumgestanden und Maulaffen feilgehalten. Ich habe sie dabei erwischt, dass sie mit ihren Handys die Gäste geknipst haben. Wahrscheinlich waren das Paparazzi, die hofften, einen der Prominenten in einer verfänglichen Situation zu erwischen. Ich habe die Handys natürlich einkassiert. Das geht einfach nicht.«

»Wer hatte Sie denn gebeten, die beiden anzuheuern?«

»Mein Auftraggeber. Lasse Langner. Ob ich ihm diesen Gefallen tun könnte, hat er gefragt. Warum nicht, dachte ich. Ich war sowieso ein bisschen knapp mit Personal.«

Lasse Langner – kannze ma' sehn, wie Erwin sagen würde. Das war aber nun wirklich interessant. Sah ganz so aus, als hätte ich mit Langner noch etwas zu klären.

»Genau, Ihr Personal. Julius Mühling …«

Sie nickte entrüstet. »Dieser Kerl wollte sich doch tatsächlich an meine Mädchen ranmachen. Na, dem habe ich Bescheid gegeben. Schleicht der doch tatsächlich in meiner Küche rum. Da hat niemand was zu suchen, der nicht für mich arbeitet.«

Sie erhob sich halb, um mir und sich selbst die dritte Tasse einzuschenken. »Dree is Oostfreesen Recht«, sagte sie lächelnd mit stark rollendem R.

»Gab es ein bestimmtes Mädchen, auf das er vielleicht besonders scharf war? Ist Ihnen da was aufgefallen?«

Sie schnaubte. »Allerdings. Er ist Silja nachgestiegen. Aber das habe ich sofort unterbunden.«

Na also. Diese Information hatte ich mir erhofft. Zwei Leute, die jetzt tot waren, hatten auf der Vernissage miteinander zu tun gehabt. Und wenn Frau Claassen die weitere Annäherung nicht verhindert hätte und wenn Diana nicht …

»Und? War sie interessiert?«

Erneutes Schnauben, diesmal heftiger. »Dummes Mädchen. Sie war schwer beeindruckt von ihm. Sie ist einfach noch zu jung, um hinter dem schicken Anzug den Vollidioten zu erkennen. Und jetzt … das arme Kind. Ermordet. Schrecklich.«

»Kannten Sie sie gut?«

»Sie hat häufig bei mir gejobbt und ist … war die beste Freundin von Meike.«

Ehe ich weitere Fragen stellen konnte, rief eine mir bekannte Männerstimme: »Muddi! Hast du was Leckeres für mich?«

Also hießen hier doch nicht einfach alle Leute gleich – manche davon waren sogar miteinander verwandt.

Kommissar Claassen kam zur Tür hereingepoltert und blieb wie angewurzelt stehen, als er mich sah. »Was haben Sie denn hier zu suchen?«, fragte er mich fassungslos.

Seine Mutter ließ mich nicht zu Wort kommen, sondern sagte: »Das geht aber auch höflicher, Ubbo! Frau Luchs hatte einige Fragen an mich. Zur Vernissage und zu diesem Mühling-Kerl.«

Irritiert starrte er mich an. »Was für Fragen?«

»Fragen, die *du* mir jedenfalls noch nicht gestellt hast«, flötete seine Mutter zuckersüß.

Er blickte von ihr zu mir, dann wieder zurück. Schließlich drehte er sich auf dem Absatz um und stürmte davon. Jetzt verstand ich natürlich auch, worum es gegangen war, als er mir auf dem Weg zu meiner ersten Befragung bei ihm etwas zu essen von seiner Mutter angeboten hatte: um leckeren Mittagstisch und nicht etwa um ein paar belegte Stullen. Aber wie hätte ich das ahnen können?

Frau Claassen seufzte. »Der arme Junge. Das alles macht ihm schwer zu schaffen. Siljas Ermordung, Meikes momentaner Zustand, die verschobene Hochzeit …«

Ich rang mit mir, aber dann stellte ich die nächste Frage doch.

»Sie müssen nicht antworten, wenn es Ihnen zu privat ist, Frau Claassen. Ist Meike eigentlich eifersüchtig?«

Sie zögerte lange, aber dann gab sie sich einen Ruck, obwohl ich für sie eine vollkommen Fremde war. Vielleicht aber auch gerade deshalb, weil sie mit niemandem aus ihrem Umfeld so offen darüber reden konnte.

Sie sah mich ernst an und sagte. »Allerdings, das ist sie. Sehr sogar. Und ich glaube ehrlich gesagt nicht, dass mein Junge mit ihr glücklich werden kann.«

Kapitel 24

Ein Polizist lernt Ruhrpöttisch, und ein Galerist muss einpacken, lacht sich aber trotzdem schlapp

Es regnete noch immer, als ich wieder auf die Straße trat. Der Himmel war dunkelgrau verhangen und sah nicht so aus, als stünde eine Wetteränderung unmittelbar bevor. Ich spannte den Schirm auf, und es pladderte lautstark auf den Stoff.

Frau Claassen hatte mir eine Menge Informationen geliefert, die ich erst einmal sortieren musste. Eins war klar: Als Nächstes musste ich herausfinden, wer die beiden mysteriösen Pseudokellner waren und warum Lasse Langner unbedingt gewollt hatte, dass diese Typen bei der Vernissage arbeiteten.

In Gedanken versunken ging ich ein paar Schritte, als mir aus einer Toreinfahrt plötzlich jemand mit einem beherzten Satz vor die Füße sprang: Kommissar Ubbo. Erschrocken machte ich einen Hüpfer zurück, um auszuweichen. Keuchend presste ich meine freie Hand auf mein heftig klopfendes Herz.

»Sie haben mich zu Tode erschreckt!«, fauchte ich ihn an. »Haben Sie mir etwa aufgelauert?«

Er verschränkte die Arme vor der Brust. »Sieht wohl so aus.«

Dann stand er einfach da und musterte mich grimmig, während die Zeit verging und fette Regentropfen auf meinen Schirm trommelten. Er wurde immer nasser, und ein dünner Wasserstrahl rann von seiner Nasenspitze, aber das schien er nicht einmal zu bemerken. Ich aber sehr wohl – und ich starrte wie hypnotisiert darauf.

Leute hasteten vorbei und mussten uns ausweichen, denn wir standen mitten im Weg herum und glotzten uns an, als wären wir ein Liebespaar in einem Werbespot und hätten die Welt um uns herum vergessen. Allerdings war die Chemie zwischen uns alles andere als romantisch, und die Luft war keineswegs voller Geigen.

Schließlich riss ich mich von seiner Nasenspitze los und raunzte, mittlerweile reichlich genervt: »Was wird das hier, Sie Heiopei? Wer als Erster wegguckt?«

Sein Gesicht lief rot an.

Vor Zorn? Vor Verlegenheit? Ich wusste es nicht. Und es war mir auch vollkommen schnuppe. Dieser Mist ging mir echt auf den Keks. Ich hatte keine Lust, in Friesland im Regen zu stehen und *High Noon* mit ihm zu spielen. Er sollte verdammt noch mal endlich mit dem rausrücken, was er mir zu sagen hatte, und dann gefälligst den Weg frei machen.

»Mitkommen!«, blaffte er und zerrte mich am Arm zu seinem Auto, das ein paar Meter weiter stand. »Einsteigen.«

Ergeben setzte ich mich rein, nachdem er die Beifahrertür aufgerissen hatte. Er galoppierte um die Motorhaube herum und ließ sich auf den Fahrersitz fallen. Dort tröpfelte er vor sich hin, während ich durch den Wasservorhang an der Windschutzscheibe nach draußen starrte und abwartete.

»Was sollte das?«, fragte er schließlich.

»Was soll *was?*«

Herrje – komm zur Sache, dachte ich.

»Sie wissen genau, was ich meine.«

Ich setzte mich so hin, dass ich ihm zugewandt war.

»Herr Claassen. Ich bin nicht in der Laune, mit Ihnen zu spielen. Erst der Ich-starre-dich-in-Grund-und-Boden-Wettbewerb, jetzt ein superdämliches Ratespielchen. Was kommt als Nächstes? Wer schneller rennen kann? Oder nein – ich weiß was: Wer als Erster den Mörder fängt. Und ich kann Ihnen nur empfehlen, sich warm anzuziehen, denn darin bin ich echt gut. Fragen Sie Kommissarin Küpper. Die kann Ihnen alles darüber erzählen.«

Für einen kurzen Moment lang sah er aus, als wollte er mir eine scheuern, aber so richtig mit Schmackes. Dann schloss er die Augen und atmete ein paarmal tief durch.

Schließlich sah er mich an. »Was wollten Sie von meiner Mutter?«, fragte er ganz ruhig.

»Sehen Sie? Eine klar formulierte Frage – damit kann ich etwas anfangen«, sagte ich lobend. Dass er erneut um Fassung ringen musste, ließ mich innerlich feixen, aber ich blieb äußerlich gelassen.

»Dass Frau Claassen Ihre Mutter ist, weiß ich erst seit vorhin«, fuhr ich fort. »Bis dahin war sie für mich lediglich jemand, der ebenfalls bei der Vernissage war und vielleicht etwas beobachtet hat.«

»Was zum Beispiel?«

Ich zuckte gleichmütig mit den Achseln. »Keine Ahnung. Ich dachte nur, dass Menschen, die im Hintergrund arbeiten, oft einiges mitkriegen, weil sie kaum beachtet werden.«

»Und? Hat sie?«, fragte er. Dann schob er eilig hinterher: »Etwas mitgekriegt, meine ich.«

Geht doch, Ubbo, dachte ich. Immer schön in ganzen Sätzen sprechen und sagen, was man will. Dann klappt es auch mit der Kommunikation. Für mich mysteriös, warum er nicht selbst mit seiner Mutter gesprochen hatte. Ob es irgendwie merkwürdig für ihn war, seine Mutter als Zeugin zu befragen? Immerhin hätte er einen seiner Kollegen damit beauftragen können, oder etwa nicht? Ich fand es nicht sehr professionell, dass er offenbar nicht in diese Richtung gedacht hatte.

»Allerdings hat Ihre Mutter etwas mitgekriegt, Herr Claassen«, erwiderte ich. »Zum Beispiel, dass Mühling bei der Party intensiv an Silja herumgebaggert hat. Und dass die Kleine ziemlich beeindruckt von ihm war. So. Und wenn ich das höre, fällt mir plötzlich ein, dass an seiner Leiche lange blonde Haare gefunden wurden. Und nicht nur dort – in der DLRG-Station ebenfalls. Also, mir gibt das zu denken. Ihnen etwa nicht?«

Wieder runzelte er die Stirn. Aber diesmal, weil er intensiv nachdachte. Dann sagte er: »Aber Silja wurde umgebracht, als Mühling schon längst tot war. Ich verstehe nicht, wie das zusammenhängen soll.«

»Da ist jetzt wohl Ihr ganzes kriminalistisches Gespür gefragt«, erwiderte ich trocken. »Oder denken Sie, dass alles nur Zufall ist? Man hat mir mal gesagt, dass die Polizei nicht an Zufälle glaubt. Ich an Ihrer Stelle würde als Erstes herausfinden lassen, ob die Haare an Mühlings Leiche identisch mit denen von Silja sind. Das wäre doch immerhin ein Anfang, oder? Die Haare beim DLRG sind ja leider nicht mehr da, um sie ebenfalls zu vergleichen. Pech, aber nicht zu ändern.«

»Silja und Mühling ...«, murmelte er nachdenklich. »Angenommen, es sind ihre Haare. Dann müssten sie sich noch mal begegnet sein. Nach der Vernissage. Aber wann?«

»Finden Sie es heraus. Vermutlich war es kurz vor seinem Tod, da sie unter seiner Kleidung gefunden wurden. Falls es ihre sind, hatten sie also Körperkontakt. Ist jedenfalls stark anzunehmen. Kann ich jetzt gehen?«

Von meiner Frage war er so verblüfft, dass er nur nicken konnte. Ich stieg also aus, spannte den Schirm auf und wollte gerade die Tür zuschlagen, als er meinen Namen rief. Ich drehte mich um und beugte mich ins Auto.

»Kann ich Sie etwas fragen?«

Ich nickte. »Nur zu.«

Fest stand, dass ich ihm nichts weiter von dem, das ich bisher herausgefunden hatte, verraten würde. Ich wollte alles zuerst mit Erwin besprechen. Aber ich konnte ja mal zuhören, was er sonst noch so auf dem Herzen hatte.

Claassen räusperte sich umständlich. »Sagen Sie, Frau Luchs: Was ist denn ein Heio... wie heißt das?«

»Heiopei. Das heißt Heiopei. Sie wollen wissen, ob das eine Beleidigung ist, richtig?«

Er nickte. Zögernd zwar, aber er nickte tatsächlich.

»Also, Herr Claassen. Im Ruhrgebiet gibt es mehrere Stufen der Beleidigung. Ein Heiopei ... na ja, das ist noch ziemlich nett gemeint. Beinahe eine normale Anrede.«

»Beinahe ...?«

»Beinahe. Den wirklich *liebevoll* gemeinten Heiopei unter Freunden muss man sich allerdings erst verdienen.«

Ich grinste vor mich hin, als ich zurück zu meinem Auto ging. Ich war sehr zufrieden mit mir, denn ich hatte Claassen einen Knochen hingeworfen, an dem er erst mal zu knabbern hatte.

Gut so.

In der Zwischenzeit konnte ich mich – mit Erwin – um die anderen Baustellen kümmern.

Als ich im Auto saß, fiel mir ein, dass ich vergessen hatte, ein paar Portionen von Frau Claassens Mittagstisch zu kaufen. Verdammt. Aber ich wollte so schnell wie möglich mit Langner sprechen – die landestypische Küche musste warten. Ich blickte auf die Uhr; es war kurz nach zwei. Ob Langner in der Galerie war? Nun, ich würde es nicht herausfinden, solange ich herumsaß und darüber nachdachte.

Ich fuhr heraus aus der Stadt und kroch die Landstraße entlang. Der strömende Regen schien die Autofahrer vor mir in eine Art Angststarre zu versetzen. Behutsam tasteten sie sich die schmale Straße entlang, während ich ungeduldig aufs Lenkrad trommelte. Erst, als eine lang gezogene Rechtskurve mir einen Blick weit nach vorne bot, erkannte ich den Grund: Ein Traktor zockelte mit 20 Sachen seines Weges und hielt alles auf, und wegen des ausgeprägten Gegenverkehrs konnte niemand überholen. Na gut, dann war es eben nicht zu ändern. Zwangsentschleunigung. Wenn das Schicksal das für mich vorgesehen hatte, war es jetzt halt so.

Ein paar Kilometer weiter konnte ich endlich in den Weg abbiegen, der zur Galerie führte. Der Regen hatte ihn in eine rutschige Piste verwandelt, also fuhr ich im Schritttempo bis zum gepflasterten Vorplatz des Gehöfts. Es wirkte verlassen.

Trotzdem stieg ich aus und sprintete zur Eingangstür, die ich verschlossen vorfand. Ich drückte meine Nase ans Fenster an der Tür und spähte hinein. Niemand zu sehen. Mist. Ich wollte gerade umkehren, als ich den unauffälligen Klingelknopf aus Metall entdeckte, der sich dezent in eine Fuge zwischen den Backsteinen schmiegte. Ich drückte drauf und hörte entfernt im Inneren des Gebäudes ein leises Bimmeln. Erst tat sich nichts, dann sah kam Langner aus dem Hintergrund auf mich zu. Als er durch die Fensterscheibe mein Gesicht sah, stockte sein Schritt kurz, aber dann setzte er seinen Weg fort. Ein Schlüssel drehte sich im Schloss, dann ging die Tür auf.

»Was kann ich für Sie tun, Frau …?«

Er grübelte angestrengt, aber ihm fiel mein Name nicht ein.

»Luchs«, soufflierte ich mit schmelzendem Lächeln. »Ich hoffe, ich komme nicht ungelegen? Ich muss mich entschuldigen, dass ich Sie einfach unangemeldet belästige …«

»Aber das macht doch nichts«, unterbrach er mich und blickte an mir vorbei nach draußen, als würde er noch jemanden erwarten.

»Isolde lässt Sie grüßen«, schwindelte ich in der Hoffnung, das würde ihn geschmeidiger machen.

Sein Blick kehrte zu mir zurück. »Das ist aber nett, vielen Dank. Kommen Sie doch herein.«

Ich folgte ihm in sein Büro. Mehrere halb gepackte Kisten standen herum.

»Packen Sie zusammen, Herr Langner?«

Ich fragte das Offensichtliche, aber ein besserer Start für ein Gespräch fiel mir auf die Schnelle nicht ein. Er räumte Kartons von den beiden Sesseln und lud mich mit einer Handbewegung ein, Platz zu nehmen.

»Ich werde die Galerie schließen«, sagte er und setzte sich auf eine Ecke des Schreibtisches. »So schön das alles hier auch ist, aber die Finanzierung …« Er unterbrach sich, als hätte er beinahe ein Geheimnis ausgeplaudert. Dann schien er innerlich mit den Achseln zu zucken und fuhr fort: »In Julius Mühling fehlt mir ein wichtiger Sponsor dieses Projekts. Obwohl die Vernissage ein Erfolg war, müsste ich noch viel Arbeit in die Sache stecken, um die Galerie überregional bekannt zu machen. Kosten für Werbung und für Personal … Ich mache Schluss, ehe ich deswegen bis zum Hals in Schulden stecke.«

»Das finde ich ausgesprochen schade«, erwiderte ich und meinte es absolut ehrlich. »Seine Witwe wird sein Mäzenatentum wohl nicht fortführen?«

»Pfff.«

Sein ganzer Frust lag in diesem Geräusch. Und noch etwas mehr. Verachtung? Hass? Auf jeden Fall war es eine deutliche Antwort. Zeit, das Thema zu wechseln. Weg von Clarissa Mühling, bevor er noch schlechte Laune kriegte und mich vor die Tür setzte, ehe ich meine Fragen stellen konnte.

»Herr Langner, ich komme gerade von Frau Claassen. Sie erzählte mir, sie hätte auf Ihre Bitte hin zwei junge Männer bei der Vernissage beschäftigt. Als Kellner.«

Langner fuhr hoch. »Geht sie damit jetzt überall hausieren? Verdammt, ich habe mich bei ihr doch längst für diese Versager entschuldigt!«

»Sie hat sich keineswegs beschwert, Herr Langner«, sagte ich beschwichtigend. »Ich möchte diese beiden Männer einfach ausfindig machen und brauche ihre Namen.«

Lasse Langner war viel zu wütend, um sich über mein seltsames Ansinnen zu wundern. Oder gar nachzuhaken, warum ich die Kerle suchte.

»Keine Ahnung, wie diese Vögel hießen!«, fauchte er. »Ich weiß noch nicht einmal, wer von den Kellnern die beiden waren, und es interessiert mich auch nicht.« Er fluchte unverständlich vor sich hin, dann fuhr er fort: »Ich könnte mich in den Hintern beißen, dass ich dieser Ziege den Gefallen getan habe!«

»Welcher Z…, ich meine, wem haben Sie einen Gefallen getan?«, fragte ich verdutzt.

Entnervt warf er beide Arme in die Luft. »Na, Clarissa!«, rief er, als müsste mir das längst klar sein.

»Clarissa Mühling? *Sie* hat Sie darum gebeten?«

»Ja, klar! Sie hat mich einige Tage vor der Party angerufen und gefragt, ob ich zwei Jungs einen Job auf der Vernissage besorgen könnte. Wenn es ein Geldproblem wäre, sollte ich ihr das sagen, dann würde sie die Kosten übernehmen.«

»Hat sie gesagt, wer die beiden sind?«

»Nicht wirklich. Ich war mit den Vorbereitungen für die Ausstellung beschäftigt, ich habe nicht nachgefragt. Ich bin davon ausgegangen, dass es Freunde ihrer Söhne sind.«

Ach tatsächlich? Hatte Isolde nicht erzählt, Mühlings Söhne gingen noch zur Schule? Ich hatte mir automatisch Minderjährige vorgestellt, aber vielleicht irrte ich mich ja. Außerdem – Langner war es bestimmt sowieso schnuppe gewesen. Clarissa Mühling war die Gattin seines Sponsors, und der schlug man keine Bitte ab. Egal, ob sie ihm sympathisch war oder nicht.

»Ich hatte natürlich keinen Moment lang vor, irgendwelche fremden Leute mit den Exponaten hantieren zu lassen, also habe ich Frau Claassen danach gefragt«, erzählte Langner weiter. »Sie hat gesagt, ein paar Hände mehr könne sie immer gebrauchen, und die beiden sollten einfach zu einem bestimmten Zeitpunkt hier sein. Das habe ich genau so an Clarissa weitergegeben und danach diesen Mist vergessen. Ich hatte weiß Gott Wichtigeres im Kopf.«

»Aber Sie wussten, dass Frau Claassen unzufrieden war.«

»Allerdings.« Er nickte schnaubend. »Das hat sie mir noch am Abend der Party mitgeteilt. In mehr als deutlichen Worten. Es war mir zu blöd, langatmig zu erklären, dass eigentlich Clarissa ... Sie verstehen. Also entschuldigte ich mich bei ihr und sagte ihr, sie bräuchte denen keinen Lohn zu zahlen, darum würde ich mich kümmern. Ende des Gesprächs.«

Meint er jetzt unser Gespräch oder das mit Frau Claassen?, fragte ich mich irritiert. Ich bekam die Antwort darauf, nachdem er eine Zeit lang aufgebracht durch sein Büro gestiefelt war und sich dann auf den zweiten Sessel setzte.

»Entschuldigen Sie bitte, Frau Luchs«, sagte er, »aber der Name Clarissa Mühling löst bei mir akute Aggressionen aus. Wir sind nicht die besten Freunde, wie Sie sich denken können. Ich mag diese Frau nicht, mochte sie nie. Das beruht übrigens auf Gegenseitigkeit.« Er senkte die Stimme und neigte sich mir zu. »Sie hat immer allergisch auf Julius' Mäzenatentum reagiert. Nach außen hin hat sie gute Miene zum bösen Spiel gemacht und sich bei öffentlichen Anlässen als Förderin der Künste feiern lassen. Aber hinter den Kulissen ... ich wusste von Julius, dass sie ihm deswegen immer wieder die Hölle heißgemacht hat.«

»Aber was war es denn, das ihr daran derart gegen den Strich ging? Brachte Mühling durch seine Großzügigkeit das gemeinsame Vermögen in Gefahr?«

Langner schüttelte den Kopf. »Bei Weitem nicht. Aber für sie war es Geld, das ihr zustand und weggenommen wurde. Aus altem Adel zu sein, bedeutet nicht automatisch, über einen gewissen Intellekt zu verfügen. Oder Niveau – sie ist das beste Beispiel dafür. Clarissa Mühling ist geldgierig und dumm. Und enorm rachsüchtig. Das lässt sie mich gerade spüren.«

Mit müder Geste deutete er auf die Kisten.

Er tat mir leid. Nein, das war nicht ganz richtig – er würde durch diese kleine Unannehmlichkeit ganz sicher nicht zum Arbeitsamt pilgern und Stütze beantragen müssen. Aber um die schöne Galerie tat es mir leid.

»Immerhin musste sie damit leben, dass ihr Mann sie ganz offen betrog«, sagte ich. »Man hört da ja so einiges. Vielleicht war das ihre Art, sich dafür zu rächen. Sie haben gerade gesagt, sie sei rachsüchtig. Bestimmt war sie gekränkt und eifersüchtig.«

Das von Isolde und mir belauschte Gespräch zwischen ihm und der Witwe Mühling ließ zwar vermuten, dass sie keineswegs eifersüchtig war, aber …

Prompt fiel er vor Lachen beinahe vom Sessel. Auf jeden Fall hatte ich ihn in gute Stimmung versetzt.

»Sie sind köstlich!«, schnaufte er und wischte sich Lachtränen aus dem knallroten Gesicht. »Verzeihen Sie meine Heiterkeit, Frau Luchs. Ich mache mich nicht über Sie lustig, bestimmt nicht. Aber die Vorstellung, Clarissa Mühling könnte eifersüchtig sein …«

Es auszusprechen, bescherte ihm einen heftigen Kicheranfall, von dem er sich erst mal wieder erholen musste.

»Sie können es ja nicht wissen – kaum jemand weiß davon. Aber warum sollte ich es Ihnen nicht erzählen?«, fuhr er dann fort. »Julius ist tot, Clarissa entzieht mir die Gelder – was habe ich also zu verlieren? Die Verbindung der beiden ist – war – eine reine Vernunftehe, verstehen Sie? Zwei Stammhalter, dann war Schluss mit Kuscheln. Die beiden haben seit Urzeiten kein Bett mehr geteilt. Julius konnte vögeln, mit wem er wollte.«

»Aber das hört sich schrecklich an.«

»Pffff«, machte er wieder. »Sie tat es ebenfalls, soweit ich weiß.

Ihr war nur wichtig, dass er diskret dabei war beziehungsweise sie nicht durch eine Affäre kompromittierte, die nicht standesgemäß war.« Er grinste. »Wobei ich mir sicher bin, dass jede einzelne x-beliebige Frau aus dem … nun ja, verzeihen Sie mir diese Formulierung … *gemeinen Volk* mehr Herzensgüte und emotionale Intelligenz hat als diese Hexe. Eigentlich habe ich ihm sogar gewünscht, dass er mal ein nettes Mädchen trifft. So ein Mädchen wie Ihre Freundin Diana, zum Beispiel.«

Die ihn dann jeden Tag ganz herzensgut und intelligent beim Sex würgt, dachte ich gallig. Du weißt offenbar auch nicht alles über deinen ach so bedauernswerten Kumpel, Lasse Langner.

»Ich bilde mir ein, Clarissa Mühling zusammen mit den beiden Kellnern gesehen zu haben«, sagte ich. »Auf der Terrasse ihres Hotels.«

Langner zuckte mit den Schultern. »Kann schon sein. Wahrscheinlich steigt sie mit einem von denen ins Bett. Oder mit beiden. Sollte mich nicht wundern.«

»Eine Frage noch, Herr Langner, dann lasse ich Sie in Ruhe weitermachen. War beim Ehepaar Mühling jemals von Scheidung die Rede?«

Er sah mich erstaunt an und schüttelte den Kopf. »In diesen Kreisen lässt man sich nicht scheiden. Man wartet, dass der andere stirbt. Und bis dahin arrangiert man sich mit der Situation.«

Kapitel 25

Wer will, findet immer einen Grund für eine Party – und sei es auch nur Langeweile

Ernsthaft – nach Langners letztem Statement überschlug ich mich beinahe, um zu Erwin zu kommen. Ich schleuderte über die Matschpiste bis zur Straße, bog mit quietschenden Reifen in die Landstraße ein und brüllte unflätige Flüche, weil es mir nicht schnell genug ging.

In diesen Kreisen lässt man sich nicht scheiden. Man wartet, dass der andere stirbt.

Aber was, wenn man keine Geduld hatte, so lange zu warten?

Heuerte man dann jemanden an, der die Sache beschleunigte?

Ich war wie unter Strom. Mannhaft widerstand ich dem schier überwältigenden Bedürfnis, alles vor mir aus dem Weg zu hupen.

Hoffentlich ist Erwin überhaupt da, dachte ich halb hysterisch, als ich in die kleine Klinkerstraße zu unseren Ferienhäusern einbog. Ich atmete auf, als ich sowohl seins als auch Okko Harms' Auto sah.

Als ich unser Häuschen betrat, flog mir ein tätowiertes Muskelpaket so heftig um den Hals, dass ich das Gleichgewicht verlor und es uns ungespitzt in die Garderobe kegelte.

»Frank!«, kreischte ich.

Aneinandergeklammert rollten wir lachend über den Boden. Als wir uns einigermaßen wieder eingekriegt hatten und hochsahen, waren wir von den anderen umringt. Sie blickten uns in jener Art halb besoffenen, seligen Wohlwollens an, das sonst nur tapsige Katzenkinder abkriegen. Oder Babys, die sich total süß den winzigen Fuß in den zahnlosen Mund stecken. Heini stand zwischen ihnen und kläffte wie ein Besessener. Da ich befürchtete, er würde vor Aufregung einen Herzinfarkt kriegen, rappelte ich mich hoch und half Frank auf die Beine. In schrillbuntes Tuch gewandet –

was ich ihm eingedenk der besonderen Situation von Herzen verzieh –, strahlte er mich an.

»Boah, Loretta, endlich! Wo warsse denn bloß so lange?«

Wieder fiel er mir um den Hals. »Mensch, ich bin so froh! Dat ich endlich raus bin aussen Knast, dat hält ja kein Mensch aus! Komm, hasse Hunger? Wir sind gerade wat Leckeret am Spachteln!«

Wie ein kleines Kind hopste er vergnügt vor uns her ins Wohnzimmer, wo sich auf dem Esstisch jede Menge *Leckeret* stapelte. Offenbar hatte man zur Feier des Tages unseren Stamm-Imbiss leer gekauft.

Erst als wir alle saßen, sah ich mir die anderen genauer an. Bärbel glühte vor Glück und konnte die Hände kaum von ihrem wiedergewonnenen Liebsten lassen, Isolde grinste über beide Backen. Wie die würdige Matriarchin eines Clans thronte sie am Kopfende und schaute stolz in die Runde. Erwin sah ich an, dass er ungeduldig war, Neuigkeiten von mir zu erfahren, aber er gab sich gelassen. Okko Harms und Diana unterhielten sich miteinander. Dianas Augen leuchteten, und sie zwirbelte sich eine Haarsträhne um den Finger. Was sagte die Küchentisch-Psychologie dazu? Genau. Sie war interessiert.

Beinahe könnte man meinen, alles sei in Ordnung.

War es aber nicht.

Klar – die Stimmung am Tisch war bestens. Fast wie ein nettes Treffen unter Freunden. Aber nach wie vor schwebte über allem die Frage, wieso zwei Leute tot waren und wieso um Himmels willen man es bei Mühling so aussehen lassen wollte, als hätte Frank mit seinem Tod etwas zu tun.

Frank war zwar nicht mehr in Gewahrsam, hatte aber die Auflage bekommen, sich zur Verfügung zu halten und nicht abzureisen. Umso besser – blieb uns also noch Zeit, weiter herumzuschnüffeln.

»Was fangen wir denn mit dem angefangenen Tag noch an?«, fragte Isolde, als alle satt und zufrieden um den Tisch saßen.

Statt einer Antwort blickten wir beinahe kollektiv nach draußen, wo nach wie vor der Regen vom Himmel rauschte. Outdoor-Aktivitäten erübrigten sich also.

Isoldes Handy klingelte. Sie sah aufs Display, murmelte: »Langner. Was will der denn?«, und nahm ab.

»Lasse!«, rief sie herzlich. »Was gibt's?«

Sie lauschte, und ihr Gesicht veränderte sich. Erst verschwand ihr Lächeln, dann guckte sie verwirrt, dann runzelte sie die Stirn und fragte: »Was *soll* denn das?«, dann hörte sie wieder eine längere Zeit zu, verdrehte die Augen und schließlich: »Ja, klar. Du kannst dich drauf verlassen. Wir kommen.«

Sie beendete die Verbindung und legte das Telefon auf den Tisch.

»Wir sind eingeladen«, sagte sie dann. Sie schüttelte den Kopf und fuhr fort: »Ihr glaubt es nicht. Clarissa Mühling will, dass Lasse eine Art Gedenkfeier ausrichtet. Für ihren geliebten verstorbenen Göttergatten. Morgen.«

Die anderen guckten sich erstaunt an, und ich rief: »Ist nicht dein Ernst!«

Isolde grinste. »Nee, meiner bestimmt nicht. Lasse Langners auch nicht. Aber Clarissas.«

»Aber was *soll* denn das?«

Ich stutzte. Genau diese Frage hatte Isolde dem Galeristen auch gestellt. Sie bemerkte es ebenfalls und grinste noch breiter als zuvor.

»Langner glaubt, weil sie sich langweilt. Sie wartet darauf, dass Julius' Leichnam freigegeben wird. Und jetzt hat sie sich in den Kopf gesetzt, ihn zu ehren. An der Stätte seines letzten Wirkens oder so ähnlich. Nichts Trauriges. Eine kleine heitere Feier, die seinem so überaus sonnigen Charakter gerecht wird. Er würde es so wollen, soll sie gesagt haben. Lasse hat erzählt, sie hätte jede Menge krauses Zeug geredet, als er sie nach dem Grund gefragt hat. Sie klang wohl leicht angeschickert. Jedenfalls will sie, dass er ein paar Leute zusammentrommelt.«

Klar hat sie krauses Zeug geredet, dachte ich. Nach literweise Gin Tonic – oder was auch immer sie gestern auf der Hotelterrasse getrunken hatte – hätte ich auch keine Kontrolle mehr darüber, was sich in meinem beduselten Kopf zusammenbraut.

Wenn sie heute genauso zugeschlagen hatte … erst die Minibar im Zimmer geplündert und dann vielleicht sogar mehr, weil sie sich tatsächlich langweilte … tja, da konnte man schon auf blöde Ideen kommen. Und warum nicht mal eine Trauerfeier zum Zeitvertreib? Könnte doch lustig werden! Ich fragte mich, ob sie ein ernsthaftes Alkoholproblem hatte. Nun, das würden wir spätestens morgen feststellen. Bei der kleinen *heiteren* Feier.

Ich konnte es kaum erwarten.

Erwin und ich wechselten einen Blick, seine rechte Augenbraue zuckte. Er war ähnlich erstaunt wie ich – darüber hinaus mit Sicherheit der gleichen Meinung: Das könnte interessant werden. Sehr interessant. Und dabei wusste er noch nicht einmal, was ich mittlerweile herausgefunden hatte …

Ich wandte mich an Isolde. »Hat er was gesagt, wer sonst noch kommt?«

Innerlich musste ich kichern. Das war früher immer die Standardfrage gewesen, wenn jemand zu einer Party eingeladen hatte. So wurde nicht sehr diskret abgecheckt, ob die Veranstaltung cool genug war, um sich dort blicken zu lassen.

»Er will schauen, ob noch andere Gäste der Vernissage erreichbar sind und so kurzfristig anreisen können. Er ist ziemlich genervt deswegen, aber vielleicht sind einige davon ja noch in der Gegend.«

»Wie krass is dat denn?« Frank sah uns nacheinander an. »Da geh ich aba nich hin. Dat wär ja pervers. Hinterher geht die mir noch anne Gurgel. Die denkt doch bestimmt, ich hab ihrn Alten abgemurkst. Ohne mich.«

»Musst du auch nicht«, sagte Isolde. »Alles freiwillig.«

»Ich hätte so wieso nichts anzuziehen«, warf Bärbel ein. »Was zieht man denn bei so was an?«

Isoldes Gesicht leuchtete auf. »Jetzt weiß ich, was wir machen! Wir gehen shoppen! Nur wir Mädels. Ich lade euch ein. Wir lassen meine Kreditkarte glühen, keine Widerrede. In 10 Minuten am Auto.«

Frank und ich winkten dem Auto mit den gut gelaunten Damen nach und gingen wieder ins Haus. Keine zehn Pferde hätten mich jetzt zum Shoppen gekriegt. Es gab Wichtigeres zu tun. Frank hatte seiner Liebsten viel Spaß gewünscht und nahm ihr auch nicht übel, dass sie ernsthaft in Erwägung zog, diese seltsame Feier zu besuchen.

»Kriegsrat«, sagte ich, als wir uns wieder zu Okko an den Tisch setzten. Erwin pusselte in der Küchenzeile herum.

»Du willst doch jetzt nicht spülen?«, fragte ich ihn.

»Nee. Ich mach Kaffee für uns. Ich kann dich auch hier hören, Schätzchen.«

Also erzählte ich, was ich an diesem Tag alles erfahren hatte: von Frau Claassen, von Lasse Langner und von Kommissar Ubbo.

Gleichzeitig mit dem Kaffee war ich fertig. Erwin knallte ein Tablett mit Tassen, Kaffeesahne und Zucker auf den Tisch und schenkte uns ein. Dann setzte er sich.

»Fassen wir zusammen«, sagte er. »Mühling hat bei der Party diese Silja angegraben, die jetzt ebenfalls tot ist. An Mühlings Leiche wurden Haare gefunden, die von ihr sein könnten, das wissen wir noch nicht. Außerdem: Clarissa Mühling wollte unbedingt diese beiden Männer bei der Vernissage einschleusen. Langner sagt, sie hat es gehasst, dass ihr Mann so großzügig Geld verteilt hat. Ist das so weit richtig?«

Ich nickte. »Ich zerbreche mir den Kopf darüber, wer diese beiden Kerle sind und was ihre Aufgabe war. Ich glaube nie im Leben, dass Witwe Mühling in ihrer unendlichen Güte lediglich jemandem einen Job verschaffen wollte, das ist Quatsch. Sie sollten irgendwas tun. In ihrem Auftrag. Aber was?«

»Wat für zwei Kerle?«, fragte Frank.

»Zwei so junge Burschen, die bei der Party kellnern sollten«, erklärte ich ihm, »sehen sich ziemlich ähnlich. Vielleicht Mitte 20, dunkle Haare.«

»Kellnern *sollten?*« Frank sah mich fragend an. »Hamse nich gekellnert? Wat denn dann?«

»Rumgestanden. Leute mit ihrem Handy fotografiert. Und gestern mit der Witwe auf der Hotelterrasse gesessen.«

Frank runzelte angestrengt die Stirn, dann hellte sich sein Gesicht auf. »Ich weiß, wen du meinz! Wo du sachs, dat die mit ihrn Handy … Von mir hat der eine auch Fottos gemacht, als ich am Büfett war. Komisch, hab ich noch gedacht. Und dann hab ich die am Tach drauf auf der *Kanno… Kalla…* na, auf dem Segelschiff gesehen. Erss hab ich die nich erkannt, weil die so schwatte Käppis aufhatten und bei der Party ja nich …«

»Die waren auf dem Schiff?!«, schrie ich entgeistert.

Na, das war mal 'ne Neuigkeit. Mir waren sie natürlich nicht aufgefallen – wie auch. Ich war vollauf damit beschäftigt gewesen, Frank aufzumuntern. Und zu verhindern, dass er und Mühling sich begegnen.

Okko Harms, der sich Notizen gemacht hatte, sah Frank an und stellte die Frage, die auch meine nächste gewesen wäre: »Haben Sie die beiden dann später noch einmal gesehen? In der Strandbar vielleicht?«

»Weiß nich …« Frank kratzte sich am Kopf, während er in seinen lückenhaften Erinnerungen kramte. »Da war so viel Halligalli … jede Menge Leute. Könnte sein. Aber vielleicht auch nich. Manchmal seh ich so 'n Bild, und dann weiß ich nich, von wann dat is … Dat is allet so verschwommen …«

»Verschwommen ist besser als komplett weg«, sagte Erwin und wechselte einen Blick mit Okko Harms, der sichtlich aufgehorcht hatte, wie wir alle. »Kommt irgendwas zurück, Frank? Von dem, was in der Bar passiert ist, nachdem die Mädels weg waren?«

Frank nickte zögernd. »Jetz, wo der Stress mit den Bullen wech is … dat hat mir so die Gedanken zugemüllt. Da zu hocken und nich zu wissen, wat los ist. Aber jetzt, wo ich weiß, dat meine Süße nich mehr sauer is, kann mein Kopp auch wieder wat anderet denken. Und so langsam fallen mir Sachen ein.« Er stand auf. »Ich geh mal raus, okay? Auffe Terrasse. In Ruhe nachdenken.«

»Bitte. Versuche, dich zu konzentrieren«, beschwor ich ihn. »Lass dir Zeit. Und dann hau einfach raus, was dir durch den Kopf schießt. Ob es wichtig ist, sehen wir dann. Aber vielleicht hilft es uns weiter. Es reicht nicht, dass du nicht mehr der Hauptverdächtige bist. Wenn wir dich zu 100 Prozent aus dieser Sache raushaben wollen, *müssen* wir den Täter finden. Oder die Täter.«

Bereits auf dem Weg hinaus, drehte er sich noch einmal um. »Aber nich sauer sein, wenn mit nix einfällt, versprochen?«

Er setzte sich unter die Markise und starrte in den Regen. Von Zeit zu Zeit trank er einen Schluck Kaffee. Heini hatte ihn nach draußen begleitet und saß neben ihm, an sein Bein gelehnt. Das konnte der kleine Hund gut, das wusste ich aus eigener Erfahrung. Gedankenverloren kraulte Frank ihn hinter den Ohren. Ich sah ihm einen Moment lang dabei zu, während ich uns innerlich die Daumen drückte, dass etwas Konstruktives dabei rauskommen würde. Dass ihm etwas einfiel, das ein wenig Klarheit ins Chaos brachte. Ich hatte das Gefühl, dass wir nur einen Schritt von der Lösung entfernt waren, aber ich kriegte es einfach nicht hin, die ganzen Schnipsel zu sortieren. Es war wie bei einem Puzzle, dessen Teile ums Verrecken nicht zusammenpassen wollten.

»Sind Sie immer so?«, fragte Harms mich plötzlich.

Ich sah ihn an. »Was meinen Sie?«

»Sie sind ein bisschen wie Heini.« Er lachte leise. »Wenn er sich in was verbissen hat, lässt er nicht mehr locker. Sie könnten sich jetzt zurücklehnen und alles Weitere der Polizei überlassen.«

»Das wüsste ich aber.« Ich schnaubte, um die Absurdität seines Vorschlags zu verdeutlichen. »Ihr Cousin Ubbo ist momentan mit den Gedanken bei seiner Liebsten, die mit einem Nervenzusammenbruch im Krankenhaus liegt, weil sie mit der Leiche ihrer ermordeten Freundin konfrontiert wurde. Bei allem Respekt, aber auf seinen kriminalistischen Spürsinn möchte ich mich momentan lieber nicht verlassen. Ich will, dass Frank nach Hause fahren darf, wann immer er will. Voll rehabilitiert. Ich will wissen, wer das Arschloch ist, das ihn ans Messer liefern wollte. Wir drei sortieren jetzt die Fakten, die uns bekannt sind. Und dann denken wir endlich darüber nach, wer welches Motiv haben könnte.«

»Das ist meine Loretta.« Erwin strahlte über beide Backen und ließ seine Goldzähne blitzen.

Aber ich ließ mich nicht ablenken und fuhr fort: »Also: Lasse Langner erzählte mir vorhin, Mühlings großzügige finanzielle Unterstützung sei zwischen den Eheleuten ein ständiges Streitthema gewesen. Ich habe Clarissa Mühling in Fahrt erlebt, als sie Langner mitgeteilt hat, dass es für ihn ab sofort kein Geld mehr gibt. Sie ist eine bissige, giftige Klapperschlange. Außerdem sagte Langner, eine Scheidung käme in diesen Kreisen nicht in Frage. Was, wenn sie von ihm wirklich die Nase voll hatte? Von seinen Eskapaden. Von seiner – aus ihrer Sicht – Geldverschwendung. Von *ihm*. Warum hat sie die beiden Männer eingeschleust – die Mühling offensichtlich beobachtet haben? Immerhin waren sie auch auf dem Segelschiff, wie Frank sagt.«

»Sie meinen, sie wollte doch die Scheidung? Und die beiden sollten belastendes Material gegen Mühling sammeln?«, fragte Okko Harms.

Ich wiegte den Kopf – konnte sein, konnte aber auch nicht sein. »Vielleicht. Aber was wäre, wenn die beiden ihn umbringen sollten? Und dann passiert der wunderbare Glücksfall, dass Frank sich mit Mühling in die Plünnen kriegt. Öffentliche Drohungen, Frank schlägt ihn nieder ... Ist doch super! Und schon denken alle, Frank ist der Täter. Und könnte ja sein, dass der Polizei kleine Ungereimtheiten nicht auffallen.«

Harms sah mich erstaunt an. »Als da wären?«

»Zum Beispiel die Tatsache, dass Mühling sich nicht gewehrt hat«, warf Erwin ein. »Oder dass es dort, wo er gefunden wurde, keine Kampf- oder Schleifspuren gab. Stand im Obduktionsbefund irgendwas darüber, ob Mühling bewusstlos oder betäubt war, als er erdrosselt wurde?«

Harms schüttelte den Kopf. »Er hatte viel Alkohol im Blut. Aber das ist keine Überraschung.«

»Aber wenn die beiden Kerle angeheuerte Killer sind, würden sie nicht solche Fehler machen«, erwiderte Erwin. »Selbst der Polizei war relativ klar, dass die Indizienkette gegen Frank diverse Lücken hat, wenn man näher hinsieht und die Logik einschaltet. Es wäre schlauer gewesen, Mühling ins Meer zu werfen.«

»Dann ist da allerdings noch die Sache mit der DLRG-Station«, sagte ich, »das wäre meine zweite Theorie. Jemand war dort oben und hatte ein wenig Spaß. Die Jungs fanden lange blonde Haare. An Mühling fand man lange blonde Haare. Leider haben die Jungs alle Spuren vernichtet, aber man kann ja mal spekulieren. Was, wenn Mühling dort mit jemandem war? Zu einem spontanen sexuellen Abenteuer? Was, wenn die Sache schiefgelaufen ist?«

Harms hörte auf zu schreiben. »Diana hat erzählt, er wollte von ihr gewürgt werden …«

»So ist es! Nicht jeder beherrscht diese Technik, Herr Harms. Erwin sagt, Pathologen haben immer wieder Opfer dieser sexuellen Strangulation auf ihren Tischen liegen. So was geht also gerne mal schief. Und dann? Steht da ein Mädchen mit einer Leiche. Was tut sie? Jemanden zur Hilfe rufen, vielleicht. Und gemeinsam schleppen sie den Toten zu unserer Sandburg. In der Hoffnung, dass Frank in Verdacht gerät.«

»Silja«, murmelte Harms. »Aber wer hat ihr geholfen? Und wenn das alles stimmt: Wer hat sie umgebracht? Und warum? Und für wen war die Nachricht?«

Ich lehnte mich zurück und nickte. »Das, Herr Harms, sind genau die richtigen Fragen. Falls Silja mit Mühlings Tod zu tun hat: Wer ist der Mitwisser, der ihr geholfen hat? Läuft irgendwo jemand herum, der über alles Bescheid weiß? Ich denke, dass es so ist. Und ich denke, dass für denjenigen die Nachricht an Siljas Leiche war. Wir haben uns gefragt, wer diesen Zettel überhaupt sehen würde, und sind zu dem Schluss gekommen, dass es nur Einsatzkräfte sind. Aber wer weiß? Vielleicht rechnet der Schreiber damit, dass die Nachricht veröffentlich wird.«

»Aber wem gilt die Nachricht denn nun?«, fragte Harms.

Tja, dazu hatte ich mir eine Menge Gedanken gemacht. Herausgekommen war dabei die einzige Möglichkeit, die mir plausibel erschien.

»Die ist an jemanden gerichtet, der Zeuge von Siljas Tod war«, sagte ich. »Wie und warum auch immer, das wissen wir nicht. Vielleicht noch eine Situation, die eskaliert ist, und dieser Zeuge konnte abhauen. Ich glaube, die Nachricht bedeutet: *Halt die Klappe, sonst ergeht es dir wie Silja.*«

Ich hielt inne. Die Erkenntnis traf mich wie ein Hammerschlag. Jetzt, wo ich es aussprach ... plötzlich wusste ich es, denn einige der Puzzleteilchen schoben sich wie von selbst ineinander und ergaben ein Bild. Noch nicht das komplette, große Bild, aber immerhin.

Erwin hatte mir diesen Moment der Erleuchtung offenbar angemerkt. Er musterte mich mit dem Stolz eines Vaters, dessen Sprössling gerade einen Pokal gewonnen hatte. »Du hast eine Ahnung, wer dieser Zeuge und Mitwisser sein könnte.«

Ich sah erst ihn dann, dann Okko Harms. »Ja, die habe ich. Aber die wird Ihnen nicht gefallen, Herr Harms.«

»Mir?«, fragte er erstaunt. »Wieso das denn?«

Ich antwortete nicht. Ich brachte es einfach nicht übers Herz. Wenn es stimmte, was ich glaubte, würde nicht nur ihn die Wahrheit zutiefst schockieren. Erwins Augenbrauen verschwanden unter seinen Minipli-Löckchen, als er begriff, was meine Bemerkung zu bedeuten hatte und warum ich es Okko Harms gegenüber nicht aussprechen mochte.

Also sprang Erwin ein. »Sie meint Meike Benninga, Okko«, sagte er leise, »die Braut deines Cousins. Sie könnte ihrer besten Freundin geholfen haben, als Mühling plötzlich tot war.«

Okko Harms wurde blass. »Und wer hat Silja umgebracht? Etwa Meike?«

»Du denkst, weil Meike befürchtet hat, sie könnte irgendwann auspacken?«, fragte Erwin.

»Könnte doch sein ...«, murmelte Harms verzagt.

»Oh nein.« Ich schüttelte bestimmt den Kopf. »Da tappe ich noch im Dunklen, aber Meike war es nicht, dessen bin ich mir sicher. Ich kann euch auch sagen, warum ich das denke: Selbst wenn es darum Streit gegeben hätte, der aus dem Ruder gelaufen ist, und Meike Benninga hätte ihre Freundin in Panik und im Affekt getötet – sie hätte ihr niemals danach das Messer in den Körper gerammt. Dazu wäre sie nicht fähig gewesen. Nicht einmal, um eine Spur zu legen.«

»Ich hoffe, dass Sie unrecht haben«, sagte Okko Harms. »Nicht mit der Messer-Sache, sondern damit, dass Meike …«

»Das hoffe ich auch«,sagte ich. »Aber leider glaube ich es nicht. Zu viel passt zusammen. Jetzt ergibt auch die seltsame Szene an der Fischbratbude einen Sinn, als Meike Benninga mich nicht einmal ansehen konnte. Ich dachte, sie könnte mich einfach nicht leiden, weil ich mit ihrem Ubbo getanzt hatte. Und Siljas merkwürdige Frage nach Frank, nachdem sie mir in den Imbiss gefolgt war. Erst recht Meike Benningas Zusammenbruch angesichts Siljas Leiche: Er war vielleicht weniger der Tatsache geschuldet, dass ihre Freundin tot war. Vermutlich wusste sie es längst, war vielleicht sogar dabei, als es passierte. Aber Meike Benninga war klar, dass die Warnung ihr galt.«

Okko Harms war sichtlich erschüttert, und am liebsten hätte ich ihn in den Arm genommen und getröstet. Wir saßen schweigend am Tisch und hingen unseren Gedanken nach.

Noch immer war nicht geklärt, welche Rolle diese beiden Männer in der ganzen Sache spielten. Aber irgendeine Rolle spielten sie, dessen war ich mir sicher.

Plötzlich kam Frank hereingestürzt, verfolgt vom aufgeregt kläffenden Heini.

»Mir is wat eingefalln! Mir is wat eingefalln!«, schrie Frank aufgeregt und starrte wild in die Runde. »Inne Bar! Später an dem Abend, als ich nochma zurück bin. Da war der Mühling, und der hat zwei so 'ne Blondinen angebaggert, die saßen an so 'nem Tisch inne Ecke. Die ham gar nich mitgefeiert, sondern immer nur so heimlich nach diese Jungs gespinxt. Ihr wisst schon, die mit unsern Kommissar da warn. Der Mühling is zu denen annen Tisch und hat ohne Ende Schampus kommen lassen. Und die eine davon, dat war die Nette vonne Kasse am Strand, ich bin ganz sicher! Dat is doch die, die jetz auch tot is, oder?«

Ich nickte. »Weißt du auch, wer die andere Frau am Tisch war? Hast du sie erkannt?«

Betrübt schüttelte er den Kopf. »Nee. Leider nich. Die hockte da mittem Rücken zu mir. Keine Ahnung, echt nich.«

Aber das machte nichts.

Silja war an dem Abend in der Strandbar gewesen.

Ich würde einen Besen fressen, wenn sie sich von Mühling *nicht* hatte abschleppen lassen.

Kapitel 26

Die schwarze Witwe hält Hof, und jemand erweist sich als äußerst wandlungsfähig (wird aber trotzdem erkannt)

Für unsere Verhältnisse fiel das Frühstück karg aus, da die Witwe Mühling zum Brunch geladen hatte. Für Frank und Erwin allerdings kein Grund, nicht trotzdem ›ordentliche Männerportionen‹ zu vertilgen, wie sie es nannten. Allerdings taten sie es aus unterschiedlichen Gründen.

Frank, weil er durch die fantasielose Kost während seines Aufenthalts bei der Polizei einen gewissen Nachholbedarf hatte – offenbar gehört Kommissar Claassens Mutter nicht zu den offiziellen Caterern der Behörde.

Und Erwin, weil er befürchtete, die Brunch-Auswahl könnte nur aus – ich zitiere – »Schickimicki-Firlefanz-Zwergenhäppchen für'n hohlen Zahn« bestehen.

Ich wusste exakt, was er meinte: diese auf einem weißen Porzellanlöffel angerichteten, aus drei Linsen und einem erbsengroßen Fleisch- oder Fischfragment bestehenden Winzbissen mit undefinierbarem Sprossengekräusel obendrauf. Grinsend erbot ich mich, ihm ein paar ordentliche Männerstullen für unterwegs zu schmieren, damit er in der Galerie nicht vor Entkräftung die Besinnung verlor, was mir ein fröhliches »Nicht frech werden, Frolleinchen« einbrachte.

Wir Damen hatten uns aufgebrezelt. Isolde, die Gute, hatte mich bei ihrem Einkaufsbummel nicht vergessen und mich mit einem schlichten khakigrünen Ensemble aus weiter Leinenhose und leichtem Strickpullover überrascht, das genau meinem Geschmack entsprach und sich als extrem gemütlich entpuppte. Auch Diana und Bärbel waren todschick in ihren brandneuen Klamotten. Zusätzlich öffnete Isolde ihre Schmuckschatulle. Sie liebte schlichten Silberschmuck, der aber dafür gerne groß und wuchtig sein durfte. Unter ihrem beifälligen Nicken entschied ich mich für eine schwere Ankerkette mit einem unbearbeiteten Silberklumpen als Anhänger. Als ich die Kette umlegte, baumelte der Anhänger in Höhe meines Magens – bei dieser Länge musste sie eine Menge Geld gekostet haben.

Nach einigem Hin und Her hatte Frank sich nun doch entschlossen, uns zu begleiten. Ich hatte das Gefühl, er wollte schlicht nicht alleine zu Hause hocken. Zur Sicherheit fuhren wir mit zwei Autos, damit er den Rückzug antreten konnte, falls es ungemütlich für ihn werden und er sich unwohl fühlen sollte.

Einen Schlachtplan hatten Erwin und ich nicht gemacht.

Zu ungewiss war, was dort passieren würde.

Sanfter Sommernieselregen fiel vom hellgrauen Himmel, als wir bei der Galerie eintrafen. Vor dem Gebäude war ein Pavillon mit Stehtischen aufgebaut, falls jemand rauchen wollte. Noch während wir ausstiegen, fuhr Okko Harms hinter uns auf den Vorplatz, auf dem bereits einige Autos parkten.

»Na, dann wollen wir mal«, kommandierte Isolde munter, öffnete die Eingangstür und ging uns voran hinein.

Kerzen brannten, aus unsichtbaren Lautsprechern ertönte dezente Hintergrundmusik. Unsere Porträts zierten nach wie vor die weißen Wände der Galerie. Ausgerechnet unter meinem Bild war das Büfett aufgebaut, hinter dem Frau Claassen stand, die mir zur Begrüßung diskret zuwinkte.

Mitten im Raum stand ein Sofa, auf dem die von Kopf bis Fuß schwarz gewandete, mit opulentem Goldschmuck behängte Witwe Mühling Hof hielt wie eine Königin. In ihrer krallenartigen Hand mit den blutrot lackierten Fingernägeln hielt sie ein Longdrinkglas mit einer klaren Flüssigkeit. Der Nagellack passte exakt zum Lippenstift, natürlich tat er das. Neben dem Sofa stand auf einer Staffelei ein großes Porträt von Julius Mühling in Schwarz-Weiß, geschmückt mit einem Trauerflor.

Hinter der Rückenlehne stand Thomas Berger, Mühlings Anwalt, beugte sich zu ihr hinab und tuschelte in ihr Ohr. Lasse Langner, heute in dunkelrotem Feincord, kam zu uns geeilt. Er küsste Isoldes Wange und nickte uns zu.

»Danke, dass ihr gekommen sein«, flüsterte er sichtlich erleichtert.

»Dann werde ich mal meine Honneurs machen«, wisperte Isolde zurück.

Zum zweiten Mal wurde ich Zeuge ihrer wundersamen Verwandlung. Sie straffte die Schultern, dann folgte – knips – das gruselige, falsche Gesellschaftslächeln, und schon segelte sie mit ausgebreiteten Armen los, dass die weiten Ärmel ihrer dunkelgrauen Leinentunika nur so flatterten.

»Clarissa, mein armes Mädchen«, säuselte sie mit genau der richtigen Mischung aus Fürsorge, Empathie und Pietät in der Stimme, ergriff Clarissa Mühlings freie Hand und glitt elegant neben der Witwe aufs Polster. »Wie viel Kraft dich alles kosten muss. Das hier …«, mit einer raumgreifenden Geste deutete sie auf die Anwesenden, »dass du uns trotz deines Schmerzes die Gelegenheit bietest, von Julius Abschied zu nehmen … meine Bewunderung. Ich bin wirklich von deiner Stärke beeindruckt. Maria lässt Grüße ausrichten. Und ihr tief empfundenes Beileid. Sie ist leider unabkömmlich. Ein wichtiger Auftrag.«

Eingedenk der Tatsache, dass Isolde gehört hatte, was die schwarze Witwe von Maria hielt, war ich wesentlich mehr von ihrer Verstellungskunst beeindruckt als von Clarissa Mühlings vermeintlicher Stärke.

»Danke, liebe Isolde«, erwiderte die Witwe leise, »aber Julius hätte es so gewollt.« Sie hielt inne, als müsse sie Kraft sammeln, um überhaupt weitersprechen zu können. »Er lebte für die Kunst, wie du weißt. Das habe ich so an ihm geliebt. Seine Selbstlosigkeit und sein Bedürfnis, anderen zu helfen, ihre Kunst *leben* zu können.«

Isolde tätschelte ihre Hand. »Ich weiß, meine Liebste. Julius war ein wunderbarer Mensch. Die Lücke, die sein Tod hinterlässt, wird niemals zu schließen sein.«

Wie wahr, dachte ich gallig. Wie viele Projekte jetzt wohl platzen würden? Wie viele junge Künstler ohne seine Unterstützung wohl auf der Straße stehen, wie viele Galerien schließen würden?

»Ich habe einige Freunde mitgebracht, Clarissa«, fuhr Isolde fort. »Sie alle haben Julius am Abend der Vernissage kennengelernt und wollen ihm die letzte Ehre erweisen.«

Mit einem Blick forderte sie uns auf, näher zu kommen, und wir setzten uns zögernd in Bewegung. Aus dem Augenwinkel sah ich Frank hinter einer Säule Zuflucht suchen, und ich konnte ihn verstehen. In seiner Lage würde ich auch einen gewissen Abstand halten.

Ich trat als Erste vor und schüttelte ihr die Hand. »Wir sind uns hier schon einmal kurz begegnet, Frau Mühling. Ich bin Loretta Luchs. Mein Beileid.«

Sie musterte mich ohne ein Zeichen des Erkennens. Jetzt aus der Nähe sah ich, dass ihre Augen rot angelaufen waren. Vom Weinen? Vom Trinken?

Ihr leicht verschwommener Blick glitt von mir zu meinem Abbild hinter dem Büfett und wieder zu mir zurück. »Ich danke Ihnen, Frau Luchs«, sagte sie dann. »Und vielen Dank, dass Sie meine Einladung angenommen haben.«

Ich trat einen Schritt zur Seite, um für Diana Platz zu machen. Als die ihre Hand ausstreckte und sich vorstellte, ging mit dem Gesicht der Witwe eine Veränderung vor sich: Es versteinerte. Für den Bruchteil einer Sekunde presste sie die Lippen zusammen, dann hatte sie sich wieder im Griff, lächelte und sagte zu Diana die gleichen Worte wie zu mir.

Nachdem sie auch Bärbel, Erwin und Okko Harms begrüßt hatte, wandte sie sich an Isolde und verkündete theatralisch: »Du hast zauberhafte Freunde, Isolde. Ich bin ganz sicher, mein Julius dachte genauso. Sie sind so jung. Und so wunderschön.«

Was labert die denn da?, dachte ich. Ist die Frau jetzt schon stramm und weiß nicht mehr, was sie redet?

Ich hatte nicht vor, mich von ihrer dramatischen Vorstellung blenden zu lassen. Das war reine Pose. Für mich hatte die Clarissa, die Lasse Langner verhöhnt und beschimpft hatte, ihr wahres Gesicht gezeigt – und nicht diese angeblich trauernde Hinterbliebene. Sie inszenierte sich ›wie das Leiden Christi‹, wie meine Omma selig es genannt hätte. Weder vermisste Clarissa Mühling ihren verblichenen Gatten, noch trauerte sie um ihn. Am liebsten wäre ich zu ihr gegangen und hätte ihr eine geknallt.

»So jung, so schön, so voller Leben«, legte sie noch eins drauf, und ich musste prompt um Fassung ringen.

Ich fing einen Blick von Erwin auf, und wir mussten uns rasch voneinander abwenden, weil wir sonst mit Sicherheit losgeprustet hätten.

Während die anderen sich aufmachten, um das Büfett zu inspizieren, nahm ich mir einen Saft vom Tablett eines Kellners und schlenderte durch die Galerie. Hier und dort standen mir unbekannte Leute und plauderten leise miteinander. Den einen oder anderen glaubte ich auf der Vernissage gesehen zu haben, war aber nicht sicher. Vielleicht hatte Lasse Langner in seiner Verzweiflung ja auf eine Castingagentur zurückgegriffen und ein paar Komparsen engagiert, die den Raum füllen sollten.

Es traf mich wie ein elektrischer Schlag, als ich einen der beiden Kellner-Darsteller entdeckte. Ich musste zweimal hingucken, um mir sicher zu sein. Tatsächlich hätte ich ihn fast nicht erkannt. Als Mitglied des Teams von Frau Claassen hatten er und sein Kumpan weißes Hemd und dunkelgrünen Vorbinder getragen, auf der Terrasse bei Clarissa Mühling ausgewaschene Jeans und Kapuzenpullis.

Jetzt lehnte er in einem schmalen, anthrazitfarbenen Anzug und schwarzem Hemd lässig mit dem Rücken an einer Wand und war kaum wiederzuerkennen. Die sonst vollen Haare hatte er mit reichlich Gel oder Wachs eng an den Kopf geklatscht. Die größte Veränderung bewirkte allerdings die eckige Brille mit schwarzem Gestell und blau getönten Gläsern.

Die arme Isolde hockte nach wie vor bei der Witwe, hatte allerdings mittlerweile Unterstützung von Lasse Langner. Diana war mit Okko Harms unterwegs und zeigte ihm unsere Bilder, Bärbel und Frank saßen Händchen haltend in einer ruhigen Ecke auf einem weiteren Sofa. Erwin hatte an einem der Stehtische Position bezogen. Ich gestikulierte im Vorbeigehen, dass ich mich gleich zu ihm gesellen würde, und ging zum Büfett.

»Moin, Frau Luchs«, begrüßte mich Frau Claassen freundlich.

»Moin, Frau Claassen. Schön, dass Sie uns heute versorgen. Das verspricht Genuss.«

Sie lächelte erfreut. »Alles musste hopplahopp gehen«, erzählte sie leise. »Deswegen stehe ich auch selbst hier. So schnell habe ich nicht genug Personal auftreiben können.«

Da vorne steht doch einer Ihrer Lieblingskellner, hätte ich am liebsten gesagt, verkniff es mir aber.

»So kurzfristige Aufträge nehme ich normalerweise nicht an. Aber Herr Langner hat mich so nett gebeten. Es ist ja für die arme Frau Mühling. Außerdem war er bereit, einen Zuschlag zu zahlen«, raunte sie weiter. »Alles musste ich improvisieren. Das mache ich eigentlich nicht so gern.«

Hoffentlich ist der Zuschlag, den du verlangt hast, auch ordentlich saftig, dachte ich, damit die *arme Frau Mühling* so richtig tief in die Designertasche greifen muss.

Ich trat einen Schritt zurück und sah mir das Angebot an. »Das sieht doch wunderbar aus. Sehr appetitlich und vielfältig. Hut ab. Aber Sie sind halt ein Profi. Ich war von Ihrem Büfett bei der Vernissage total begeistert.«

Wieder freute sie sich sichtlich über mein Lob. Vielleicht spürte sie, dass ich es ehrlich meinte.

»Würden Sie mir einen Best-of-Teller zurechtmachen?«, fuhr ich fort, und sie nickte.

Während sie eine Auswahl zusammenstellte, deren Anblick meinen Magen zu lautem Knurren veranlasste, fragte ich sie: »Gibt es Neuigkeiten von Ihrer zukünftigen Schwiegertochter? Geht es ihr besser?«

Sie reichte mir den Teller und zuckte seufzend mit den Schultern. »Sie liegt noch immer im Krankenhaus. Aber sie will mit niemandem sprechen, auch mit Ubbo nicht.«

Mit dem zuallerletzt, wenn ich mit meinem Verdacht recht habe, dachte ich.

Dann bedankte ich mich bei Frau Claassen und ging zu Erwin.

»Verdammt lecker hier«, sagte er und spähte lüstern auf meinem Teller herum.

»Untersteh dich. Alles meins«, gab ich zurück und hob drohend die Gabel. »Ich habe keinerlei Skrupel, zuzustechen.«

Er lachte und deutete auf meine Kette. »Oder du semmelst mir deinen dezenten Klunker um die Ohren. Ein paar Umdrehungen und dann: zack. Fehlen nur noch die Stacheln, und du hättest deinen schicken, kleinen Reise-Morgenstern immer am Mann.«

»In Wirklichkeit ist das eine Bola«, erwiderte ich ernsthaft. »Du weißt schon, diese Wurfgeschosse der argentinischen Rinderhirten. Eigentlich drei Kugeln an Seilen. Die praktizieren damit so eine abgefahrene Mischung aus Lassowerfen und Kugelstoßen. Wenn man es richtig kann, wickeln die Seile sich um die Beine des Flüchtigen, und die Kugeln geben ihm den Rest.«

Er musterte mich mit einem liebevollen Grinsen. »Was du alles weißt, Prinzessin …«

»Ich weiß sogar noch mehr. Da hinten steht einer der beiden Pseudokellner. Der Anzug-Schnubi mit der Brille und den öligen Haaren.«

Erwin, ganz der Profi, ließ seinen Blick zunächst unauffällig durch den Raum und dann zu dem jungen Kerl schweifen. »Das ist einer von denen? Bist du sicher?«

»Klar bin ich sicher.«

»Ist der andere auch hier?«

Ich schüttelte den Kopf. »Nein. Jedenfalls habe ich ihn bisher noch nicht gesehen.«

Er sah mich nachdenklich an, dann sagte er: »Komm mal mit. Ich will dir was zeigen.«

Ich folgte ihm zu einem Stehpult, auf dem eine große, hochwertige Kladde aufgeschlagen lag.

»Kondolenzbuch.« Er schlug einige Seiten zurück und tippte mit dem Finger auf einen Eintrag. »Da. Lies das.«

Liber Julius, stand dort, *warum bist du blos so früh gegangen? Viel Spas im Himmel.* Unterzeichnet war es mit einem unleserlichen Krakel.

Ich starrte ihn entgeistert an, und wir gingen zurück zu unserem Tisch.

»Ehe wir durchdrehen«, sagte ich leise, »es gibt viele Menschen, die unsere Rechtschreibung nicht beherrschen. Es könnte ein Zufall sein.«

»Klar, und die Sonne könnte von unsterblichen Flammenwesen bewohnt sein«, gab er zurück.

»Aber wer ist so dämlich und schreibt ins Kondolenzbuch, nachdem er einen handgeschriebenen Zettel an eine Leiche gepinnt hat?«

Erwin verdrehte die Augen. »Loretta, ich liebe dich, ehrlich. Aber bitte nicht schon wieder die Wer-ist-denn-so-dämlich-Diskussion. Denk nach – die führen wir jedes Mal. Ein für alle Mal: Es gibt keine Zufälle. Und es gibt jede Menge Hohlbirnen, die Verbrechen begehen und dämliche Fehler machen.«

»Schon gut, schon gut«, erwiderte ich. »Also: Wir gehen also davon aus, dass derjenige, der die Nachricht bei Silja hinterlassen hat, heute in dieses Kondolenzbuch geschrieben hat. Und jetzt hier unter uns in diesem Raum ist.«

»Oder war, bevor wir gekommen sind«, warf er ein. »Könnte ja sein.«

»Wie finden wir es heraus?«, wisperte ich. »Sollen wir Kommissar Ubbo alarmieren?«

Erwin dachte nach. »Wir behalten erst einmal die Ruhe«, sagte er schließlich. »Vor allem benehmen wir uns wie normale Gäste, damit niemand misstrauisch wird. Wenn die Witwe etwas damit zu tun hat und dieses geschniegelte Bürschchen auch … Vielleicht taucht der andere ja noch auf. Reden wir später mit Okko, schlage ich vor. Den anderen sagen wir zunächst mal nichts. Aber zuerst bin ich ganz normaler Gast und hole mir noch was vom Büfett.«

Erwin ließ mich allein, und ich widmete mich den Köstlichkeiten auf meinem Teller, als Isolde vom Sofa aufstand und zu mir kam.

»Ich krieg die Krise«, sagte sie und stöhnte. »Diese Frau redet einen Müll … nicht auszuhalten. Ich glaube, sie ist vollkommen betrunken. Oder hat Tabletten intus. Oder sogar beides.«

»Plappert sie denn wenigstens irgendetwas, das für uns interessant sein könnte?«, fragte ich.

Isolde stöhnte wieder und schüttelte den Kopf. »Nur, wie toll Julius war und wie sehr sie ihn geliebt hat. Blablabla. Und am liebsten würde ich ihr die Gurgel umdrehen. Lügt, wenn sie den Mund aufmacht. Ekelhaft.« Sie blickte sich vorsichtig nach allen Seiten um und raunte dann: »Denkt ihr wirklich, dass sie was mit den Todesfällen zu tun hat? Ich kann das gar nicht glauben …«

Ich biss mir auf die Unterlippe, um nicht zu verraten, was Erwin entdeckt hatte.

Wir hatten den Damen gestern Abend natürlich von unserem Verdacht und unseren Theorien berichtet, und Isolde hatte mit Fassungslosigkeit reagiert. Natürlich konnte sie sich nicht vorstellen, dass diese hochangesehene Society-Dame derart verbrecherisch sein sollte. Diana und Bärbel hatten damit weit weniger Probleme, wie sich herausstellte. Immerhin waren sie mittlerweile schon fast daran gewöhnt, dass wir immer mal wieder Todesfälle aufklärten und überraschende – und überraschte – Täter präsentierten, die sich hinter der Maske ihrer Alltagsexistenz sicher gefühlt hatten.

»Man sieht es ihnen leider nicht an«, sagte ich. »Böse Menschen tragen ihre schwarze Seele nicht als äußeres Merkmal. Das ist ja gerade das Problem. Wäre natürlich super, wenn die ein Schild um den Hals tragen würden, auf dem *Achtung! Abstand halten! Böse!* steht. Tun sie aber nicht. Ich für meinen Teil traue dieser bigotten Vogelspinne da drüben auf dem Sofa absolut alles zu. Rachsucht. Auftragsmord. Absolute Kaltschnäuzigkeit. Designerklamotten hin oder her. Auch wenn du einer Hyäne ein Cape aus Goldbrokat umhängst – sie bleibt eine Hyäne.«

Isolde warf einen Blick hinüber zu Clarissa Mühling und schüttelte sich leicht. »Die ist mir derart unheimlich geworden, das kann ich gar nicht in Worte fassen. Und zwar nicht erst seit gestern Abend. Nein, seit wir sie hier belauscht haben. Ich bin dir dankbar, dass du mich damals daran gehindert hast, die Galerie zu verlassen. Dann wüsste ich jetzt nicht, was sie von Maria denkt.

Und von vielen anderen Leuten. Das war für mich ein Blick in den Abgrund.«

»Aber du bist doch eine kluge Frau, Isolde. Dir ist klar, dass vieles in diesen Kreisen nur Show ist. Küsschen, Küsschen und der ganze Scheiß. Du denkst doch auch, dass mindestens die Hälfte dieser Leute Vollidioten sind. Das weiß ich.«

Sie grinste flüchtig. »Klar denke ich so. Aber das hier ist etwas anderes: Wenn ihr recht habt, ist sie eine verdammte Verbrecherin. Und ein Charakterschwein sowieso – das ist der Abgrund, den ich meinte. Ich fand sie niemals sympathisch. Aber ich hätte nicht gedacht, dass sie derart bösartig ist.«

»Wie ich gerade bereits sagte«, erwiderte ich und tätschelte Isoldes Hand, »auch wenn du einer Hyäne …«

Ich stockte, weil ich etwas beobachtete: Das Handy von Frau Claassen, die sich angeregt mit Erwin unterhielt, hatte geklingelt, und sie nahm ab. Sie lauschte, riss die Augen entsetzt auf, wurde kreideweiß und sagte oder fragte etwas. Dann ruderte sie mit der freien Hand um sich herum hilflos nach Halt. Da sie keinen fand, taumelte sie zur Seite, aber da war Erwin bereits hinter dem Büfett und fing sie auf, ehe sie umkippen konnte.

»Frau Claassen. Da ist was passiert«, zischte ich und sprintete los.

Auch Lasse Langner kam heran, und ich bat ihn, die fassungslose Frau in sein Büro bringen zu dürfen, damit sie sich – wovon auch immer – wieder beruhigen konnte. Ohne Aufsehen zu erregen, führten wir sie nach hinten zu einem Sessel.

Sie schluchzte und hob mit bebender Hand ihr Telefon. »Das war Ubbo. Jemand hat versucht, die arme Meike umzubringen. Im Krankenhaus.«

Blitzschnell sortierte und interpretierte ich die gelieferten Informationen. *Versucht:* Der Anschlag war misslungen, Meike lebte noch. *Jemand:* Der Täter war nicht bekannt.

»Hat er sonst noch was erzählt?«, fragte Erwin sanft.

Frau Claassen schluchzte auf. »Nein … ja … mein Gott, ich bin so erschüttert. Er war angezogen wie ein Pfleger, sagt Ubbo. Ein junger Mann. Er wurde an ihrem Bett überrascht. Dann schlug er die Schwester nieder, bevor sie Hilfe rufen konnte. Er rannte weg. Man fand die Pflegerkluft im Treppenhaus ...«

Lasse Langner kam und brachte ihr einen Cognac, den sie sich mit einem Schluck hinter die Binde kippte.

Da sich genug Leute um sie kümmerten, ging ich zur Tür des Büros und blickte hinaus. Gerade kam der junge Schmierschädel mit der Brille aufgeregt zur Witwe Mühling gerannt und zog sie vom Sofa hoch und um den Pfeiler herum, hinter dem sich Frank eingangs versteckt hatte. Sie glaubten, nicht gesehen zu werden, aber aus meiner Position hatte ich freie Sicht.

Ich sah beide im Profil. Er fuchtelte mit seinem Handy herum und redete auf sie ein. Ihr Gesicht verzerrte sich vor Wut über das, was er zu sagen hatte. Dann weiteten sich ihre Augen, und ich konnte ihre Antwort von ihren Lippen ablesen: »*Er kommt hierher?*« Der Mann hob entschuldigend beide Hände, worauf sie ihm das Telefon aus der Hand riss und eine Nummer wählte. Offenbar hob niemand ab, und sie machte in ihrer Ohnmacht eine Geste, als wollte sie das Handy auf den Boden schmettern und darauf rumtrampeln wie ein zorniges Kind.

Ich wusste genau, was los war: Der andere falsche Kellner war der Unbekannte, der Meike Benninga im Krankenhaus hatte töten wollen und geflüchtet war. Und er war auf dem Weg zur Galerie. Ob aus grenzenloser Dummheit oder weil er sich von Clarissa Mühling Schutz erhoffte, konnte ich nicht einmal ahnen.

Es war Zeit für Minipli-Man und Hornbrillen-Girl, zuzuschlagen.

Showtime.

Kapitel 27

Beobachtungsposten, Querfeldeinrennen und Atemübungen – unterwegs mit Orientierungslosen

Ich überlegte fieberhaft. In den nächsten Minuten würde hier noch nichts passieren, also was sollte ich als Erstes tun? Die Polizei musste informiert werden.

Ich schlenderte unauffällig durch die Galerie und stellte mich zu Diana und Okko, die vor Doris' Porträt standen und sich angeregt unterhielten.

»Herr Harms«, sagte ich und zupfte ihn am Ärmel.

Mühsam riss er sich von Diana los und wandte sich mir zu. »Okko, bitte. Ich … wir sind doch mittlerweile …«

»Ja, ja«, unterbrach ich ihn nicht sehr höflich. »Brüderschaft trinken wir später. Jetzt müssen Sie … musst du unbedingt Kommissar Claassen erreichen. Sag ihm, der Flüchtige ist auf dem Weg zur Galerie, und er soll so schnell wie möglich herkommen.«

Verständnislos glotzte er mich an. Welcher Flüchtige?«

Ich senkte die Stimme und raunte: »Jemand hat versucht, Meike umzubringen und ist abgehauen. *Der* Flüchtige.«

»Was?«, riefen Diana und er gleichzeitig aus – viel zu laut für meinen Geschmack.

»Pscht!« Ich rollte mit den Augen. »Lacht, als würde ich etwas Lustiges erzählen!«

»Hahahaha!«, machten beide gehorsam, und ich fuhr fort: »Alles Weitere später. Ruf deinen Cousin an, Okko! Aber niemand darf etwas mitkriegen, hörst du?«

Diskret schielte ich hinüber zur Witwe, die noch immer mit dem jungen Burschen debattierte.

Okko folgte meinem Blick, dann verstand er. »Ich setze mich raus ins Auto.«

»Gute Idee. Lass nicht locker, bis du Claassen erreicht hast. Und er soll ohne Sirene kommen!«

Er nickte und ging hinaus.

Diana sah mich besorgt an. »Was ist los, Loretta?«

»Kann sein, dass es hier gleich eine Festnahme gibt. Hoffe ich jedenfalls.«

Ihre Augen weiteten sich. »Kann ich etwas tun?«

»Allerdings. Frau Claassen ist ausgefallen. Würdest du das Büfett übernehmen? Ich werde Bärbel auch darum bitten. Ihr müsst so tun, als wäre alles normal. Hast du mal eine Zigarette für mich? Und ein Feuerzeug?«

»Wieso das denn?«, fragte sie, während sie schon in ihrer Tasche herumnestelte.

»Ich muss dringend draußen eine rauchen«, antwortete ich. Ich war heilfroh, dass sie welche dabeihatte, obwohl sie sich das Rauchen gerade abgewöhnte.

Frank und Erwin warteten vor der Galerie bereits auf mich, als ich betont lässig die Galerie verließ. Diana und Bärbel schoben Dienst am Büfett. Absichtlich hatte ich dort noch einen Moment mit ihnen geplaudert und einen Happen gegessen, bevor ich meinen Freunden nach draußen gefolgt war. Isolde leistete im Büro Frau Claassen Gesellschaft.

Nicht sehr professionell zündete ich die Zigarette an und zog daran. Nicht auf Lunge, natürlich, nur Kinderpaffen. Hauptsache, es sah auf den flüchtigen Blick so aus, als würde ich rauchen.

»Wat is dat denn?«, fragte Frank misstrauisch.

»Tarnung«, zischte ich.

»Boah, ich dachte schon, jetzt fängs du damit an … wo die Diana sich dat endlich abgewöhnt. Dat wär ja wohl …«

Ungeduldig wedelte ich mit der Hand. »Konzentration, bitte. Wir haben Grund zu der Annahme, dass der Mann, der Meike Benninga im Krankenhaus killen wollte, der zweite Kellner ist. Wie es aussieht, ist er auf dem Weg hierher. Okko alarmiert gerade Kommissar Claassen. Aber bis der hier ist …«

»Müssen wir uns bereithalten«, sagte Erwin grimmig. »Woher hast du die Information?«

»Hab ich beobachtet. Drinnen. Dieser Kellner kriegt einen Anruf, die Witwe flippt aus … dass der Kerl herkommt, habe ich buchstäblich von ihren Lippen gelesen.« Ich grinste. »Wobei wir eigentlich mal wieder einen Grund für die Dämlichkeitsdiskussion hätten, lieber Erwin.«

Er lachte leise und blickte sich um. »Wir sollten uns auf die Lauer legen und warten, was passiert. So grenzdebil, in die Galerie zu marschieren, wird der Trottel nicht sein.«

»Wat meinze – Auto?«, fragte Frank. »Nasse Scheiben, da sieht uns kein Mensch.«

Ich drehte mich um und spähte durchs Fenster in die Galerie. Niemand beachtete uns hier draußen vor der Tür. Clarissa Mühling schien dem jungen Mann Befehle zu erteilen, denn der hörte mit gerunzelter Stirn zu und nickte mehrmals.

»Los«, sagte ich, »jetzt oder nie.«

Wie schlängelten uns durch die geparkten Autos und schlüpften in Franks Kombi. Perfekt. Die dicken Wassertropfen auf den Scheiben verhinderten den Blick ins Innere. Zwischen uns und der Galerie standen andere Wagen, aber wir hatten den Eingang gut im Visier, ohne dass wir umgekehrt auffallen würden.

Wir hatten uns keine Sekunde zu früh zurückgezogen, denn die Eingangstür ging auf, und der junge Mann trat heraus. Sichtlich nervös zündete er sich eine Zigarette an und paffte hektisch, während er sich ständig nach allen Seiten umsah. Als er in unsere Richtung schaute, duckten wir uns unwillkürlich. Aber sein Blick glitt über uns hinweg, ohne dass er uns entdeckte.

Die Minuten vergingen, und der Mann wurde immer zappeliger. Plötzlich versteifte sich sein ganzer Körper, und wir sahen, dass sein Komplize den Vorplatz betrat. Er war nass und wirkte abgehetzt. Der Kerl, der auf ihn gewartete hatte, schnippte seine Zigarette weg, stürzte auf den Neuankömmling zu und zerrte ihn dann grob am Arm hinter das Gebäude der Galerie.

»Die Scheune«, murmelte ich. »Jede Wette. Dort wollen sie hin. Die denken bestimmt, dass er sich dort vor der Polizei verstecken kann.«

»Wie viele Ausgänge hat die?«, fragte Erwin.

»Ich kenne zwei«, erwiderte ich. »Das große Tor vorne und die Seitentür, aus der Diana und Mühling rauskamen.«

»Wir müssen hinterher«, sagte Erwin. »Nicht, dass die über die Felder abhauen. Und wenn, dann will ich es wenigstens wissen.«

Wir wollten gerade aus dem Auto steigen, als die Eingangstür der Galerie sich erneut öffnete. Ohne sich auch nur nach rechts oder links umzusehen, kam Clarissa Mühling eilig heraus und folgte dem Weg, den die beiden Männer genommen hatten.

»Schwein gehabt«, sagte Frank, »dat wär 'n schönen Flop geworden, wenn die Alte uns gesehen hätte. Wat is nu. Jetz?«

Erwin nickte, und wir schlüpften aus dem Kombi. Ein paar Autos entfernt ging die Fahrertür auf, und Okko stieg aus. Ich winkte ihm, sich uns anzuschließen. Vorsichtig schlichen wir um die Galerie herum.

»Ubbo ist unterwegs«, flüsterte Okko.

»Erreichbar?«, wisperte ich zurück.

Als er nickte, kommandierte ich: »Textnachricht: *Scheune. Hinter der Galerie.*«

Wir wollten doch nicht, dass der Kommissar auf dem Gelände herumirrte und alles verpasste. Okko beherrschte die zweifelhafte Kunst, im Gehen eine Nachricht zu tippen, also erreichten wir die Seitentür der Scheune ohne Verzögerung.

Die Frage, ob das sympathische Trio sich tatsächlich im Inneren aufhielt, beantwortete sich von selbst, als wir Clarissa Mühling schreien hörten: »Ihr *Trottel!* Ihr verdammten hirnlosen, dämlichen Trottel!«

»Wir müssen beide Ausgänge besetzen«, flüsterte Erwin. »Ich geh mit Okko nach vorne. Keine Alleingänge, verstanden?«

Frank und ich blieben zurück. Dann nickten wir uns zu und pressten synchron ein Ohr an die Lattentür, um kein Wort zu verpassen.

»Ihr solltet meinen Mann beobachten und belastende Fotos machen, ihr Idioten«, schrie Clarissa Mühling unterdessen weiter. »Und was macht ihr? Bringt dieses Mädchen um!«

Männerstimmen murmelten, dann keifte sie: »Ich will keine Entschuldigungen hören, ihr Schwachköpfe. Hab ich euch nicht genug bezahlt? Musstet ihr auch noch dieses Mädchen erpressen? Ihre Freundin ist eine *Polizistin!* Und als wäre das alles noch nicht schlimm genug, muss ich heute dieses Gesocks ertragen! Die Schlampe, die *hier* mit Julius im Heu war! Stolziert vor mir herum! Zum Kotzen!«

»Woher weiß die dat denn?«, flüsterte Frank. »Wer die Diana is, mein ich.«

»Fotos«, flüsterte ich zurück. »Die weiß ganz genau, wer wir alle sind. Weil die Kerle Fotos gemacht haben.«

Wir hörten einen Mann sprechen, konnten ihn aber nicht verstehen. Dann war die Witwe wieder an der Reihe. »Wie kannst du derart dämlich sein, hierherzukommen? Wollt ihr mich in euren Mist mit reinziehen? Der Mord ist ganz allein eure Sache, verstanden? Ich will, dass ihr aus meinem Leben verschwindet. Gnade euch Gott, wenn ihr euch jemals wieder bei mir meldet!«

Jemand tippte mir auf die Schulter, und ich fiel vor Schreck beinahe in Ohnmacht. Es war Hinnerk Jürgens, der Polizist vom Strand. Rasch legte er den Finger auf die Lippen.

»Claassen is vorne anne Schuer. He seggt, glieks is Togreep.«

Ich glotzte ihn blöde an, denn ich hatte – außer ›Claassen‹ und ›vorne‹ kein Wort verstanden. Genauso gut hätte der Mann Klingonisch sprechen können.

»Was ist mit Claassen?«, flüsterte ich.

Bevor Hinnerk Jürgens antworten konnte, hörten wir den Kommissar schreien: »Alle mit erhobenen Händen rauskommen! Polizei!«

Aha. Das hatte der Polizist mit seinen gutturalen Lauten also gemeint! Gut zu wissen.

»Gott sei Dank!«, rief Clarissa Mühling aus der Scheune. »Diese beiden Männer halten mich hier fest!«

»Bleiben Sie stehen! Ich schieße«, schrie Claassen, und dann: »Achtung, sie kommen raus!«

Gerade noch rechtzeitig sprangen Frank und ich zurück, dann

flog die Tür auch schon auf und knallte gegen Hinnerk Jürgens. Er ging zu Boden wie ein gefällter Baum. Die beiden Pseudokellner stierten Frank und mich an. Ehe wir reagieren konnten, kassierte Frank einen Kinnhaken und taumelte zurück; ich wurde gepackt und brutal gegen die Scheunenwand geschleudert. Dann gaben die beiden Männer Fersengeld. Kopflos rannten sie ins Gelände.

Na toll.

Claassen, Erwin und Okko kamen aus der Scheune geschossen.

»Wo sind sie hin?«, brüllte Claassen.

Ich zeigte ihm die Richtung, und Claassen kommandierte: »Hinterher!«

Offensichtlich hatte er seinen bewusstlosen Kollegen nicht bemerkt. Der wird schon wieder, dachte ich und nahm mit den anderen die Verfolgung auf.

Wir galoppierten über ein matschiges Getreidefeld, hinter dem ein Wald begann. Ungeduldig zerrte ich mir die Kette vom Hals, denn der schwere Anhänger pendelte unkontrolliert hin und her. Ich stoppte kurz, wickelte sie mir ums Handgelenk und gab dann wieder Stoff.

Am Ende des Ackers trennten sich die beiden Flüchtenden plötzlich und liefen in verschiedene Richtungen. Rasch waren sie zwischen Büschen und Bäumen verschwunden. Keuchend brüllte Claassen in sein Handy nach Verstärkung, dann schrie er uns zu: »Aufteilen! Seid vorsichtig!«

Erwin und er liefen nach links. Ich sah ihnen unwillkürlich nach, stolperte über einen Stein und klatschte der Länge nach in den Schlamm. Als ich mich wieder aufgerappelt hatte, war ich allein auf weiter Flur.

Vorsichtig stakste ich durch den dichten Wald. Meine Vorderseite war komplett mit Schlamm bedeckt. Immerhin eine gute Tarnung, dachte ich, aber schade um die schönen Klamotten. Zusätzlich war ich mittlerweile auch noch klatschnass. Aus den Bäumen tropfte es, und bei der kleinsten Berührung mit einem Gewächs bekam ich postwendend eine Dusche aus feinem Sprühregen. Die Nässe fand ich nicht weiter schlimm, aber meine Brille war reichlich verschmiert und behinderte meine Sicht. Ständig rutschte ich auf dem glitschigen Waldboden aus und geriet ins Straucheln.

Wo waren die anderen, verdammt noch mal?

Ich blieb stehen und lauschte.

In weiter Ferne, so schien es mir, hörte ich so etwas wie gebrüllte Befehle und dann einen Knall, wie von einem Schuss. Ich zuckte zusammen. Mein Herz klopfte heftig. Ich traute mich nicht, nach den anderen zu rufen, denn ich wollte niemanden warnen.

Sollte ich umkehren? Ich sah mich um. Ich hatte keinen Schimmer, wo ich war. Auf Anhieb hätte ich nicht gewusst, welche Richtung ich zurück zur Galerie einschlagen müsste. Ich war einfach kopflos hinter den anderen hergerannt.

Orientierungslos schlich ich weiter und stand unvermittelt auf einer kleinen Lichtung. In der Hoffnung, irgendeinen Hinweis auf die anderen zu entdecken, drehte ich mich einmal um mich selbst. Nichts. Ich tastete nach meinem Handy in der Hosentasche. Ich würde jetzt Diana anrufen und …

Als ich wieder zu mir kam, lag ich auf dem Waldboden. Auf dem Rücken – was meinem schönen Outfit endgültig den Rest geben dürfte. Mein Kopf schmerzte. Der eine der beiden Kellner, der in dem Anzug, stand über mir und blickte auf mich hinab. In der Hand hielt er ein Klappmesser und spielte nervös damit herum.

Nicht schon wieder, dachte ich entsetzt, bitte nicht schon wieder in der Gewalt eines Irren, der zu allem entschlossen ist.

Die Bilder und Gefühle aus dem vergangenen Sommer stürmten auf mich ein, als man versucht hatte, mich umzubringen, weil ich zu viel herausgefunden hatte.

Panik stieg in mir auf. Ich spürte, dass ich am ganzen Körper zitterte. In meinem Kopf herrschte Chaos. Ich wollte um Hilfe schreien, aufspringen, wegrennen. Weg von dem Irren.

Aber würde ich eine Chance haben?

Nein.

Atemtechnik, fiel mir ein, reiß dich zusammen, Loretta. Ich rief ab, was meine Therapeutin mir beigebracht hatte, um eine drohende Panikattacke abzuwehren. Hoffentlich.

Einatmen.

Aus-aaaaaaatmen.

Einatmen.

Aus-aaaaaaatmen.

Ein…

«He!, rief der Mann ungehalten. »Ob du ein Handy dabeihast, will ich wissen.«

Ich nickte, ohne ihn anzusehen.

(Einatmen. Aus-aaaaaaatmen. Einatmen. Aus-aaaaaaatmen.)

»Rausholen.«

Ich ahnte, warum er mit meinem Handy telefonieren wollte und nicht mit seinem eigenen: Er wollte nicht aufgespürt werden. Clarissa Mühling hatte recht: Er war ein Trottel. Mein Handy würde unseren Standort ebenso verraten wie seins.

Ich fummelte mein Telefon aus der Hosentasche. Er bückte sich und riss es mir aus der Hand.

»Wie ist die Nummer von der Polizei?«, herrschte er mich an. »Und wo sind wir hier?«

Ich zuckte mit den Schultern, so gut das im Liegen ging. »Keine Ahnung. Ich bin hier im Urlaub. Aber das wissen Sie ja bestimmt selbst.«

Er starrte mich wütend an, und für einen Moment hatte ich Angst, zu weit gegangen zu sein. Aber er wandte sich ab und fluchte unterdrückt.

Was hatte er vorgehabt? Wollte er mich als Geisel nehmen? Ein Auto fordern, das vollgetankt an einem bestimmten Ort auf uns warten sollte? Blöd, wenn man nicht wusste, wo man gerade war. Und wie man zu diesem Ort gelangen sollte.

Er bückte sich wieder, packte meinen Oberarm und zerrte mich hoch.

»Los«, blaffte er und stieß mich vor sich her. »Weitergehen. Und keine falsche Bewegung.«

Ich fragte mich, ob es hier gerade irgendeinen Plan gab.

Mit Sicherheit hatte er vorhin auch diesen Knall gehört, der verdammt nach einem Schuss geklungen hatte. Ob das Kommissar Claassen gewesen war, der den Komplizen einkassiert hatte?

Ich konnte mir nicht vorstellen, dass mein Geiselnehmer außer diesem Messer noch eine andere Waffe bei sich trug – die hätte er mir längst unter die Nase gehalten. Wollte er mit mir jetzt stundenlang durch diesen verdammten Wald irren, bis wir zufällig den Ausgang fanden?

Ich war mir des Messers in meinem Rücken sehr wohl bewusst, während wir schweigend über den feuchten, federnden Waldboden latschten. Mangels eigener Orientierung überließ er es mir, die Richtung vorzugeben. Also marschierte ich einfach drauflos und ließ möglichst viele Zweige unter meinen Füßen knacken.

Plötzlich registrierte ich aus dem Augenwinkel rechts von mir eine Bewegung. Blitzschnell ließ ich mich bäuchlings auf den Boden fallen. Der Mann hinter mir gab ein erstauntes »Uff!« von sich, als er von Frank umgerissen wurde. Ich drehte mich um. Frank und der Kerl rangen verbissen miteinander. Ineinander verkeilt rollten sie über den Waldboden.

Okko war auch da, kam rasch zu mir und half mir hoch.

»Alles in Ord...?«, setzte er an, aber ich würgte ihn mit einer Handbewegung ab.

Der Mann hatte es geschafft, sich aus Franks Umklammerung zu befreien. Er sprang auf und trat meinen Freund mit Wucht gegen den Brustkorb. Dann warf er sich herum und sprintete los.

Als ich Franks Rippen knacken hörte, sah ich rot.

Ich ließ die Kette von meinem Handgelenk gleiten und schwang sie über meinem Kopf im Kreis. Dann ließ ich los.

Leicht schlingernd flog sie – Anhänger voraus – hinter dem flüchtenden Verbrecher her. Wie eine von mir ferngesteuerte Lenkrakete suchte sie sich den Weg zwischen Bäumen und Büschen hindurch.

Der Mann schaffte es keine 10 Schritte weit.

»Pock!« machte es, als der Anhänger seinen Schädel traf.

Epilog – 4 Tage später

Mit uns Zeit zu verbringen, könnte gefährlich sein – nicht nur für die schlanke Linie

Die Koffer waren gepackt.
Es war unser letzter Abend an der Nordsee.

Minipli-Man, Paragrafen-Boy und der Incredible Flying Ninja – also Frank – standen total männlich um den Grill auf unserer Ferienhausterrasse herum. Schweigend sahen sie der Glut dabei zu, wie sie langsam weiß wurde. »Klöng!« machte es von Zeit zu Zeit, wenn sie mit ihren Bierpullen anstießen.

Wir – das Weibsvolk also – bereiteten im Haus das Grillgut und die Sättigungsbeilagen vor. Heini tapste uns zwischen den Füßen herum, fiepte vor sich hin und sabberte den Fußboden voll. So viel köstlich duftendes Fleisch, da musste doch mal was auf den Boden fallen!

»Wie weit ist die Glut?«, rief ich nach draußen.

Erwin nickte und hob die Flasche, also holte ich die Platte mit den Steaks, Koteletts und Würstchen aus dem Kühlschrank und trug sie nach draußen. Erwartungsgemäß klebte Heini an meinen Fersen und trippelte aufgeregt neben mir her. Der Hund war da, wo das Fleisch war – das hatte rein gar nichts mit Sympathie zu tun.

Unwillkürlich streckte Frank die Arme aus, um mir die schwere Platte abzunehmen. Stöhnend zuckte er zusammen und betastete vorsichtig den festen Verband unter seinem T-Shirt.

»Verdammich. Scheißrippen«, fluchte er und schickte noch einiges hinterher, das allerdings nicht druckreif war.

Der Kellner – unter uns nannten wir die beiden Männer nach wie vor so – hatte ihm mit dem Tritt zwei Rippen gebrochen, eine dritte war angeknackst. Das hatte Frank einen Krankenschein beschert. Und die unermüdliche, aufopfernde Pflege seiner Liebsten, die ihn in Watte packte. Vor uns gab er sich raubeinig, aber ich war sicher, dass er ihre liebevolle Zuwendung sehr genoss, zumal ihre

Beziehung noch vor ein paar Tagen auf der Kippe gestanden hatte. Davon konnte natürlich keine Rede mehr sein.

Ende gut, alles gut.

»Was ist mit deinem Cousin?«, fragte ich Okko. »Will er kommen?«

»Heute Nachmittag wusste er noch nicht, ob er es schafft«, antwortete er und nahm die Platte aus meinen Händen. Sein Blick ging an mir vorbei ins Haus und blieb auf Diana haften. »Schade, dass ihr morgen schon abreist.«

Schade, dass Diana morgen schon abreist, wolltest du wohl sagen, dachte ich.

Die Liebesgeschichte zwischen den beiden hatte sich so rasant entwickelt, dass ich kaum hinterhergekommen war. Während der letzten paar Tage hatte ich meine beste Freundin kaum zu Gesicht gekriegt, weil die frischverliebten Turteltäubchen jede freie Minute miteinander verbrachten.

Ich seufzte innerlich. Allmählich fühlte ich mich von glücklichen Paaren geradezu umzingelt. Erwin und Doris, Bärbel und Frank, Isolde und Maria … und jetzt auch noch Diana und Okko.

Und ich?

Mit Tom war ich jetzt ein Jahr auseinander. Ich war nicht der Typ, der sich sofort in die nächste Beziehung stürzte. Und wenn ich mich dann mal mit jemandem einließ, um ein wenig Spaß zu haben, endete es prompt so katastrophal wie im Winter mit Marco, dem Aufnahmeleiter der Kochshow. Dann lieber Single.

»Na, soooo weit seid ihr ja nicht auseinander«, sagte ich. »Läppische 300 Kilometer, das ist mit deinem Flitzer doch ein Klacks.«

»Und dann gehen wir mal schön einen trinken«, warf Erwin ein. »Und ich stell dir mein Täubchen vor. Und …«

Während Erwin weitere Vorschläge hervorsprudelte, wie er Okko bespaßen könnte, sollte der sich mit Diana langweilen – was ich für äußerst unwahrscheinlich hielt –, ging ich wieder hinein und überließ das Mannsvolk der verantwortungsvollen Aufgabe, Fleischbatzen zu grillen.

Frauen störten dabei bloß.

Aber wir durften den Tisch decken. Und es denn Männern hübsch machen. Stundenlang – so kam es mir vor – schleppten wir Zeugs nach draußen: Teller, Gläser, Besteck, Schüsseln und Schalen mit diversen Salaten oder eingelegtem Gemüse, nicht zu vergessen eine schier unüberschaubare Batterie von Fleisch-Accessoires wie verschiedenste Sorten Senf und Fertigsoßen.

»Du liebe Güte.« Isolde musterte den Tisch und stöhnte. »Zwei Wochen mit euch, und ich habe drei Kilo mehr auf den Hüften. Wie gut, dass ich sowieso nur weite Klamotten trage. Aus jeder engen Jeans wäre ich längst rausgeplatzt.«

»Eine schöne Frau entstellt nix«, rief Frank vom Grill herüber, »merk dir dat, Isolde. Du bis so 'n töften Mensch, da interessiert kein Schwein, wie dick der Arsch is.«

Ehe die beinahe zu Tränen gerührte Isolde antworten konnte, kam Kommissar Claassen in den Garten. Er sah abgekämpft aus. War aber auch kein Wunder. Erwin und ich wechselten einen Blick. Von Okko wussten wir, dass Meike Benninga gestern angekündigt hatte, heute auszupacken.

Da wir alle ja nun offiziell nichts mehr mit den beiden Todesfällen zu tun hatten und die Ermittlungen – nicht zuletzt durch die Lebensbeichten der beiden Kellner – als abgeschlossen galten, hofften wir, nun alle Zusammenhänge zu erfahren.

»Nimm dir ein Bier!«, rief Erwin ihm zu.

Er hatte kein Problem damit, jeden, den er mochte, umstandslos zu duzen. Nicht gerade in einer öffentlichen, offiziellen Situation, aber hier … unter Freunden … bei einem Bierken …

Wir versammelten uns um die große Tafel, für die wir drei Tische zusammenrücken mussten, um die ganzen Fressalien unterzubringen. Erwin wuchtete ächzend zwei große Servierplatten zwischen uns, deren Platzierung – schließlich mussten sie für jeden erreichbar sein – eine strategische Meisterleistung war und geübtes Augenmaß demonstrierte. Der Anblick der brutzelbraunen Fleischpyramiden, die intensive Röstaromen verströmten, würde jeden Vegetarier schreiend in die Flucht schlagen, aber mir lief das Wasser im Munde zusammen.

»Aaaah«, sagte Erwin und setzte sich, »Männerparfüm. Sexy.«

Isolde sah ihn fragend an.

»Grillfleisch«, übersetzte ich für sie. »Mit einer Kopfnote von gegorenem Hopfen. Der tabakmiefende Cowboy ist tot – es lebe Minipli-Man, der Mann, der schneller grillt als sein Schatten!«

Alles starrte mich entgeistert an, und Erwin japste: »Wie hast du mich eben genannt?«

»Minipli-Man.« Ich zeigte auf Okko. »Und das ist Paragrafen-Boy, sein treuer Gefährte.« Mein Finger wanderte weiter zu Frank. »Wenn ich vorstellen darf: The Incredible Flying Ninja.«

»Der unglaubliche fliegende Ninja!«, kreischte Isolde begeistert. »Wie *kommst* du bloß auf so was, Loretta?«

»Na, wir brauchen doch Kampfnamen«, sagte ich grinsend. »Wir sollten uns allmählich mal Kostüme nähen. Superhelden-Outfits. Männer in Strumpfhosen, Masken und flatternden Capes. Steh ich drauf, echt.«

»Und wie ist dein Kampfname?«, fragte Isolde.

»Ich«, erwiderte ich hoheitsvoll, »ich bin natürlich Hornbrillen-Girl. Nicht nur schön, sondern auch unfassbar clever.«

Alles brüllte vor Lachen, und selbst Kommissar Claassen hatte sich sichtlich entspannt.

Während der nächsten Stunde widmeten wir uns dem Essen und plauderten über Belangloses. Ein gutes Essen hatte es verdient, mit allen Sinnen genossen zu werden. Es gehörte sich einfach nicht, es durch Gespräche, die vom Eigentlichen ablenkten, zu entweihen. Irgendwann konnte keiner von uns auch nur den kleinsten Bissen mehr vertragen, und wir räumten gemeinsam rasch den Tisch ab und ließen nur die Gläser stehen.

Zuerst schwiegen wir gemütlich vor uns hin, dann sagte Erwin zu Kommissar Claassen: »Und, Junge? Was hatte deine Meike zu erzählen?«

Claassen zuckte leicht zusammen, wobei mir nicht klar war, ob es durch die Anrede *Junge* ausgelöst wurde oder das für ihn sicherlich nicht sonderlich angenehme Thema, das Erwin angeschnitten hatte.

»Wie geht es ihr denn?«, fragte ich, um die Situation ein wenig zu entschärfen.

Claassen lächelte. »Besser. Na ja, so gut, wie es ihr unter diesen Umständen eben gehen kann. Sie weiß, dass ihre Karriere bei der Polizei erledigt ist.«

»Aber ihr Leben ist dadurch nicht vorbei.« Erwin klopfte dem neben ihm sitzenden Claassen aufmunternd auf die Schulter. »Was ist denn nun genau passiert?«

Der Kommissar brauchte ein paar Momente, um sich zu sammeln. »In der Nacht vor Julius Mühlings Tod, an meinem Junggesellenabschied, waren Meike und Silja ebenfalls in der Strandbar. Sie wollten …« Er brach ab.

Wir wussten auch so, was die beiden dort wollten. Ihm hinterherspionieren, weil Meike eifersüchtig war und ihm nicht traute. Das war privat. Es war nicht nötig, dass er es aussprach.

»Schon gut«, sagte ich leise, »es ist nicht wichtig, warum sie dort waren.«

Er warf mir einen dankbaren Blick zu. »Es wurde spät, es wurde viel getrunken«, erzählte er weiter. »Mühling setzte sich an ihren Tisch und flirtete mit Silja. Sie ging drauf ein.«

Erwin nickte. »Was er ja schon am Abend der Vernissage versucht hatte. Aber deine Mutter hat ihn verjagt.«

»Genau.« Claassen lächelte flüchtig. »Meike verabschiedete sich also, als immer klarer wurde, dass sie das fünfte Rad am Wagen war. Sie ging nach Hause, bekam aber eine Stunde später einen Anruf von der völlig hysterischen Silja, die immer nur *Er ist tot! Er ist tot!* kreischte. Meike bekam schließlich heraus, dass die beiden oben in der DLRG-Station waren. Mühling hatte von Silja verlangt, dass sie ihn mit seinem Halstuch drosselte. Dabei ist etwas schiefgelaufen.«

»Deshalb also keine Petechien«, murmelte ich. »Weil er es wollte. Er hat sich tatsächlich nicht gewehrt.«

Ich blickte zu Diana, die ein Gesicht machte, als würde sie sich gerade vorstellen, wie es gewesen wäre, wenn Julius Mühling unter ihren Händen … sie wusste verdammt noch mal genau, warum sie die Domina lediglich am Telefon war.

»Als Meike eintraf, saß Silja zitternd neben der nackten Leiche«, berichtete Claassen weiter. »Alles, was Meike wollte, war, ihrer Freundin zu helfen. Sie zogen ihn an und schleppten ihn zu eurer Strandburg.«

Frank runzelte die Stirn. »Und dafür nochma vielen Dank. Wussten die, dat ich … dat ich auch da war? Hintere Körbe?«

Claassen schüttelte den Kopf. »Sie schwört, dass sie Sie nicht gesehen haben. Die beiden waren in Panik, haben nur noch an sich gedacht. Sie wollten nichts anderes mehr, als von Silja abzulenken. Es … ich soll Ihnen sagen, dass es ihr unendlich leidtut.«

»Das reicht nicht«, sagte Bärbel mit fester Stimme. »Immerhin haben sie ausgerechnet unsere Strandburg ausgesucht. Selbst wenn Frank nicht ein paar Meter von der Leiche entfernt gelegen hätte, wäre die Polizei uns auf die Pelle gerückt. Sie haben Franks Streit mit Mühling ausgenutzt.«

»Ja, dat war richtich scheiße«, brummte Frank und zog seine Bärbel eng an sich. »Aber warum dat ganze Gewiggel? Dat war doch 'n Unfall mit den Kerl. *Peinlicher* Unfall, okay. Aber wenn man sogar nachweisen kann, dat der Kerl sich nich gewehrt hat … Dat war echt gemein, dat ich dafür im Knast musste.«

»Ja, das war es. Aber sie war vollkommen überfordert mit der Situation. Hin und her gerissen zwischen ihrem Beruf und dem Bedürfnis, ihrer Freundin zu helfen. Alles passierte so schnell. Sie sagt, sie kam nicht zum Nachdenken.«

Er seufzte, und wir alle schwiegen für einen Moment. Tatsächlich tat Meike mir sogar ein wenig leid, wenn ich ehrlich war. Und Silja sowieso.

»Dann war Silja auch tot«, murmelte ich.

Claassen blickte in die Runde. »Und Meike hat gesehen, wie sie umgebracht wurde.«

»Von wem?«, fragte Erwin. »Von den falschen Kellnern, richtig?«

»Als wir die drei in der Scheune belauscht haben, sagte Clarissa Mühling, die beiden hätten Silja erpresst. Stimmt das?«, fragte ich.

Kommissar Claassen nickte. »Die beiden Männer haben alles

beobachtet. Wie Silja mit ihm in die DLRG-Station gegangen ist, wie Meike eine Stunde später eintraf, wie die beiden dann den toten Mühling in die Strandburg geschleppt haben. Am nächsten Tag haben sie die Mädchen an den Strand bestellt und gesagt, sie hätten alles gesehen. Und wenn sie wollten, dass niemand etwas davon erfährt, sollten sie 20.000 Euro bezahlen. Und die Männer wollten Sex von ihnen. Die Mädchen haben sich gewehrt. Es gab eine Rangelei, und die Situation ist aus dem Ruder gelaufen. Einer der beiden Männer hat dabei Silja das Genick gebrochen. Das hat die Kerle derart geschockt, dass Meike sich losreißen und weglaufen konnte.«

»Also galt diese Nachricht tatsächlich deiner Meike«, sagte Erwin und sah zu mir hinüber. »Deine Theorie, Loretta. Eine Warnung, dass sie den Mund halten soll.«

»Und der Mordanschlag auf Meike?«, fragte ich Claassen.

»Die Kerle kriegten Angst, dass sie doch reden könnte.« Er zuckte mit den Schultern. »Das war der Grund.«

»Du meine Güte«, sagte Isolde schockiert. »Das ist ja fürchterlich. In was für einer Welt leben wir eigentlich? Und Clarissa Mühling? Was hat die damit zu tun?«

»Nur am Rande, so wie es aussieht«, erwiderte Claassen. »Jedenfalls existierte kein Auftrag von ihr, Mühling zu ermorden.«

»Sind Sie sicher?«, rief ich verblüfft. »Diese abgezockte, kaltschnäuzige … die hat doch gejubelt, dass ihr Mann tot ist!«

»Mag sein«, sagte Claassen, »aber das ist nicht strafbar. Die beiden Männer haben nichts dergleichen ausgesagt.«

»Die wollen sie vielleicht schützen«, warf Isolde ein.

Claassen zuckte mit den Schultern. »Sie hätten mehr davon, wenn sie versuchen würden, Clarissa Mühling etwas anzuhängen. Nein, das sind kleine Gelegenheitsgauner, keine Auftragskiller. Frau Mühling hat ihnen den Auftrag gegeben, ihren Gatten zu beobachten und belastendes Material zu beschaffen. Sie wollte ihn zur Scheidung zwingen, sagt sie selbst.«

»Das glaube ich nicht«, brummelte ich. »Die Frau steckt dahinter. Woher kennt sie überhaupt diese beiden Heiopeis?«

Claassens Mundwinkel zuckten. Mit Sicherheit dachte er daran, als ich ihn so betitelt hatte. Hier und jetzt konnte allerdings kein Zweifel daran bestehen, dass ich es diesmal nicht nett meinte.

»Die beiden Männer sind Brüder«, erklärte der Kommissar. »Beide arbeiten bei einem Escort-Service, den Clarissa Mühling manchmal in Anspruch nimmt. Aus dem Mietverhältnis mit dem älteren der beiden wurde wohl irgendwann ein privates. Sie machte ihm teure Geschenke, und als sie von ihrem Geliebten wissen wollte, ob er sich ein paar Euro zusätzlich verdienen will ... Der brachte seinen Bruder mit ins Boot ...«

»... und das Chaos nahm seinen Lauf«, vervollständigte ich.

»Und wat jetz?«, fragte Frank. »Wer kricht jetz 'ne Anklage und für wat?«

Okko Harms blickte in die Runde. »Das zu erklären, dürfte ein Fall für Paragrafen-Boy sein.« Wir lachten, und er fuhr fort: »Die ganze Sache ist kompliziert. Die beiden Männer haben es in kürzester Zeit zu einer ganzen Liste an Verfehlungen gebracht: versuchter Mord an Meike, Totschlag an Silja, Freiheitsberaubung an Loretta, Körperverletzung an Frank, versuchte Erpressung ... jede Menge Verfahren warten. Es muss aufgedröselt werden, wer zu jeweils welchem Anteil beteiligt war. Meike wird aussagen, wer für Siljas Tod verantwortlich ist. Und wir wissen natürlich, wer den Anschlag im Krankenhaus verübt hat, weil der andere gleichzeitig in der Galerie war. Und in Meikes Verfahren werde ich sie natürlich verteidigen.«

Später waren Isolde, Bärbel und ich in der Küche, um zu spülen. Ubbo Claassen hatte sich verabschiedet, und Okko hatte Diana zu sich nach Hause entführt. Erwin und Frank saßen auf der Terrasse und unterhielten sich.

»Ich bin so froh, dass alles gut ausgegangen ist«, sagte Isolde. »Was man mit euch alles erlebt ... Wahnsinn.«

Bärbel lachte. »Wenn einer das schreiben würde, in einem Krimi oder so – das würde kein Mensch glauben. Darüber müsstest du mal ein Buch machen, Isolde.«

»Jedenfalls ist es mit euch nicht langweilig. Euch zu kennen, könnte gefährlich enden – nicht nur für die Figur. Wer weiß, vielleicht habe ich schon erste Ideen notiert?« Isolde grinste und zwinkerte uns zu. »Könnte doch sein? Aber nicht für einen Roman.«

»Sondern?«, fragte ich misstrauisch.

Isolde war Journalistin, hatte auch schon Bücher veröffentlicht. Plante sie etwa eine Reportage über uns?

Sie zuckte mit den Schultern. »Keine Ahnung. Ich denke über ein Drehbuch nach.«

»Erzähl! Sofort!«, rief Bärbel aufgeregt.

Isolde hob lachend die Hände. »Nur Ideen, bisher. Wenn ich zu Hause bin, werde ich sie erst einmal sortieren. Und dann sehen wir weiter. Wenn jemals ein Film daraus wird, seid ihr die Ersten, denen ich Bescheid sage.«

Und so geschah es auch.
Aber das ist eine andere Geschichte.

Lorettas »Teetied« bei Frau Claassen

Tatsache ist, dass man in Friesland als Besucher stets ein »Koppke« Tee angeboten bekommt – wobei man mindestens drei Tässchen trinken sollte, denn alles darunter gilt als unhöflich, wenn nicht sogar beleidigend. »Dree is Oostfreesen Recht«, wie Frau Claassen sagt, als sie Loretta zur »Teetied« (Teezeit) einlädt.

Durchschnittlich trinkt jeder Ostfriese 300 Liter Tee pro Jahr, vermeldet die Statistik. Da Ostfriesland am Meer liegt, waren zahlreiche friesische Schiffer Anfang des 17. Jahrhunderts am beginnenden Teeimport aus Indien beteiligt. Zunächst galt der aromatische Aufguss als Medizin, aber schon bald kam die Bevölkerung auf den Geschmack – zumal Tee deutlich billiger war als das damalige Hauptgetränk Bier. Ein zwischenzeitliches Verbot durch Friedrich II. führte zu Schmuggel, heimlichem Teegenuss und Renitenz in der Bevölkerung, und auch die dramatische Teeknappheit während der beiden Weltkriege konnte die Friesen nicht von ihrem Lieblingsgetränk abbringen.

Der klassische Ostfriesentee wird aus bis zu zehn Schwarzteesorten gemischt und nur in Ostfriesland hergestellt. Zur Zeremonie gehört echtes ostfriesisches Teegeschirr aus feinem Porzellan. Am bekanntesten und beliebtesten ist das »Rood Dresmer« oder »Ostfriesische Rose«. Wie Loretta feststellt, scheinen die hauchzarten Tässchen auf den ersten Blick allenfalls Puppenstubenformat zu haben, tragen aber gerade dadurch dazu bei, den Tee nach den Regeln der Zeremonie zu genießen, in der ein riesiger »Kluntje« (Kandis) eine zentrale Rolle spielt.

Der Tee zur »Teetied« wird natürlich lose aufgegossen, nachdem man die Kanne mit kochendem Wasser ausgespült hat, um sie anzuwärmen. Es gilt die Regel: 1 Teelöffel Blätter pro Tasse, 1 Löffel für die Kanne – das ergibt einen sehr starken und dunklen Tee, der auf einem Stövchen warm gehalten wird. Die Teeblätter mit siedendem Wasser aufgießen und 3 bis 4 Minuten ziehen lassen. Einen großen Kluntje (weiß oder braun) in die Tasse geben, Tee darübergießen und den Zucker so zum Knistern bringen. Für das charakteristische »Wulkje Rohm« (Sahnewölkchen) lässt man einen Tropfen Sahne mit dem eigens dafür entwickelten »Rohmlepel« (Sahnelöffel) in den Tee gleiten.
Wichtig: Der Tee wird keinesfalls umgerührt!
Der Grund dafür ist so zeremoniell wie schmackhaft: Beim ersten Schluck genießt man den herben Tee am Tassenrand, dann das cremige Wulkje in der Mitte und zum Schluss die Süße am Tassenboden – und so reicht der Kluntje auch für die drei Tässchen Tee der traditionellen und stilechten »Teetied«.

Während der Tee zum »Elführtje« (kurze Teepause gegen 11 Uhr am Vormittag) sowie abends meist pur genossen wird, reicht man am Nachmittag gern etwas süßes Gebäck oder Kuchen dazu. Ein Klassiker ist der »Ostfriesische Teekuchen«, ein Blechkuchen ganz ähnlich dem Butterkuchen.

Zutaten:
Für den Teig:
500 g Mehl
40 g frische oder 1 Päckchen Trockenhefe
1 Ei
¼ l Milch
100 g Butter
75 g Zucker
150 g Rosinen
Das Mehl in einer Schüssel mit Hefe und Ei verrühren. Milch lauwarm erwärmen, die Butter darin auflösen und dann mit dem Teiggemisch verkneten, danach den Zucker hinzufügen. Falls der Teig klebt und sich nicht vom Schüsselboden löst, ruhig ein wenig mehr Mehl dazugeben. Da nicht jeder Rosinen mag, den Teig halbieren und nur eine Hälfte mit den Rosinen vermengen. Die Teighälften im 50 Grad warmen Backofen etwa 15 bis 20 Minuten gehen lassen.

Für den Belag:
125 g Butter
125 g Zucker
2 TL Zimt
Butter in einem Topf erwärmen, Zucker und Zimt unter ständigem Rühren dazugeben. Den aufgegangenen Teig auf einem gefetteten Backblech auslegen – eine Hälfte mit und eine ohne Rosinen. Mit der Butter-Zucker-Zimt-Mischung einstreichen.

Bei knapp 180 Grad Umluft für 20 bis 30 Minuten backen.
Achtung – der Kuchen soll nicht zu braun werden!

Leseprobe aus *Radieschen von unten:*

Wo sind Greenpeace-Aktivisten,
wenn man sie braucht?

Der Schrei vom Nachbargrundstück katapultierte mich nicht nur aus meinen Träumen, sondern gleichzeitig aus dem Liegestuhl. Er schaffte es sogar, die Musik aus meinem Kopfhörer zu übertönen. Ich sprang erschrocken auf und riss mir die Stöpsel aus den Ohren. Das Kreischen schraubte sich immer höher in den wolkenlosen, blauen Sommerhimmel, so schrill, dass selbst die sonst fortwährend piependen Vögel ehrfürchtig verstummten. Es endete urplötzlich mit einem krächzenden Kieksen – vermutlich wurde die Atemluft knapp – und setzte dann mit frischer Kraft zu einer erneuten Demonstration weiblicher Stimmgewalt wieder ein.

Das war kein »Huch-da-ist-eine-große-Spinne«-Schrei, oh nein, das war ein verdammter »Ich-sehe-gerade-etwas-so-Grauenvolles-dass-ich-nur-noch-schreien-kann«-Schrei. Eine Art Schrei, die ich bisher nur aus Splatterfilmen kannte, in denen strohdoofe Teenager nachts allein im Wald herumstolpern, um sich von einem irren Killer mit einer Kettensäge in mundgerechte Häppchen schneiden zu lassen. Bei vollem Bewusstsein. Meiner Meinung die gerechte Strafe für ihre bodenlose Dämlichkeit, denn … aber ich schweife ab.

Als ich damit fertig war, mir schwer atmend die Hand aufs galoppierende Herz zu pressen, konnte ich mich endlich aus meiner Erstarrung lösen und stürzte aus dem Garten. Eine außer Rand und Band geratene Luftschutzsirene war reine Meditationsmusik gegen dieses zermürbende Geräusch, von dem ich kaum fassen konnte, dass es einer menschlichen Kehle entstammen sollte. Wer hätte gedacht, dass die zierliche Lisbett über ein derartiges Lungenvolumen verfügte – und sie war in Not, eindeutig. Ich musste ihr helfen oder ihr den Mund zuhalten – noch stritten diese beiden Bedürfnisse miteinander um die Vorherrschaft.

Vor Uwes und Lisbetts Gartentor knallte ich mit dem selbstverständlich halb nackten Frank zusammen, der offenbar in gleicher Mission unterwegs war wie ich. Hätten wir uns nicht geistesgegenwärtig aneinandergeklammert, hätte uns die Wucht des Zusammenpralls glatt umgeworfen.

»Wat? Wat? Wer …?«, blökte er mir aus nächster Nähe ins Gesicht und stierte wild um sich.

»Hier! Hier! Lisbett!«, brüllte ich zurück.

Wir versuchten, uns gleichzeitig durch das schmale Törchen zu drängen und blieben prompt stecken, während der Schrei endlich abbrach und in lautes Schluchzen überging. Eine kurze Weile ging es für Frank und mich wie in einer blöden Sitcom weder vor noch zurück, und ich wunderte mich kurz, kein eingespieltes Konservengelächter zu hören – dann siegte Franks schiere Muskelkraft über meine doch eher unterentwickelten Fähigkeiten in diesem Bereich.

Er warf sich vorwärts und stürmte auf die Parzelle, ich gleich hinter ihm. Mit traumwandlerischer Sicherheit rannte er sofort hinter das gemauerte Häuschen und blieb so abrupt stehen, dass es zwischen ihm und mir zum zweiten Vollkörperkontakt an diesem sonnigen Tag kam.

In triefnasser Kittelschürze und Flipflops stand Lisbett neben der großen grünen Regenwassertonne, die Hände vor das Gesicht geschlagen.

»Uwe … Dachrinne sauber machen … ich wollte noch … nicht geschafft …«, wimmerte es hinter den Händen hervor, »zu schwer … nicht genug Kraft … tut doch was …«

An der Hauswand lehnte eine Sprossenleiter, und aus der Regentonne ragten zwei dünne, behaarte Beine wie zwei Strohhalme aus einem Longdrinkglas. Man musste nicht besonders helle sein, um darauf zu kommen, dass die Beine Lisbetts Gatten gehörten. Der Boden um die Tonne herum war nass, da Uwes Körper jede Menge Wasser verdrängt hatte.

Frank sprang mit einem Satz zur Tonne und zerrte an den

Beinen, um Uwe aus seiner misslichen Lage zu befreien, aber so kräftig war er nun doch nicht. Der Rand des Plastikfasses reichte ihm bis zur Brust, und soweit ich mich an physikalische Hebelgesetze erinnern konnte, versuchte er Unmögliches, als er Uwe herausziehen wollte. Schließlich gab er auf und stieß die Tonne um. Das ausströmende Wasser spülte nicht nur jede Menge zappelnder Mückenlarven, sondern auch Uwe direkt vor unsere Füße.

Sowohl seine Augen als auch sein Mund waren in grenzenlosem Erstaunen weit aufgerissen. An seiner Stirn und den Innenflächen seiner Hände sah ich Abschürfungen.

Dass er tot war, konnte sogar ein Laie wie ich erkennen.

»Loretta! Los! Notarzt! Notarzt!«, keuchte Frank, während er sich mit so etwas Ähnlichem wie Herzmassage abmühte.

Mein Einsatz. Ich nestelte mit fliegenden Händen mein Handy aus der Hosentasche und wählte die Notrufnummer.

Lisbett wehrte sich nicht, als ich sie wegführte und sie zwang, sich in ihre pompöse Hollywoodschaukel zu setzen, während wir auf das Eintreffen des Notarztes warteten. Auf meine Frage, ob sie etwas trinken wolle, hatte sie nur »Schnaps« gemurmelt.

Auf der Spüle ihrer kleinen adretten Küchenzeile standen eine unbeschriftete Flasche mit klarer Flüssigkeit und ein benutztes Wasserglas. Ich schnupperte am Flaschenhals und ein scharfer Geruch nach Birnen drang in meine Nase. Selbstgebrannter, folgerte ich messerscharf. Vielleicht wollte Lisbett noch einen Tee, also füllte ich den Wasserkocher und stellte ihn an. Im Hängeschrank fand ich eine ganze Batterie Schnapsgläser und nahm außer der Schnapsflasche zwei davon mit nach draußen.

Lisbett saß noch exakt genauso da, wie ich sie eine Minute zuvor zurückgelassen hatte, und starrte mit leerem Blick in die Botanik. Frank stand mittlerweile am Gartentor, hielt nach dem Notarzt Ausschau und informierte die zusammengelaufenen Nachbarn, was passiert war.

Er versuchte, niemanden in den Garten zu lassen, aber Helga

und Ulla stießen ihn einfach zur Seite, um ihrer Freundin beizustehen. Sie setzten sich rechts und links von Lisbett in die Schaukel und bedeuteten mir, noch zwei Gläser ranzuschaffen und endlich Schnaps einzuschenken, aber dalli.

»Was ist passiert, Liebes?«, hörte ich Helga fragen, als ich wieder ins Haus ging.

»Uwe … er wollte die Dachrinne …« Lisbetts Stimme erstarb.

Ich kehrte mit zwei weiteren Gläsern zu den Damen zurück und schenkte uns ein. Zack – ohne Fisimatenten auf Ex geleert. Sofort füllte ich nach, und wieder: auf Ex. Wie eine kerlige Stammtischrunde in der Kneipe knallten wir synchron die Gläser auf den Tisch und machten: »Aaah.«

»Hatte er mal wieder …?« Ulla sah Lisbett an und deutete mit dem Kopf in Richtung Schnapsflasche.

Was folgte, war eine Lehrstunde in nonverbaler Kommunikation – für Fortgeschrittene.

Oder in Telepathie.

Lisbetts Antwort auf Ullas Frage bestand aus einem waidwunden Blick. *Fragst du mich das wirklich?*

Ulla und Helga zuckten synchron mit den Schultern. *Na ja, könnte ja sein, dass er ausnahmsweise mal nicht …*

Von Lisbett folgte ein zittriges Seufzen. *Ja, er hatte mal wieder, selbstverständlich hatte er das.*

Ulla und Helga warfen sich daraufhin einen beredten Blick zu. *Wie immer, also.*

Lisbett sank in sich zusammen. *Ich schäme mich so.*

Ulla und Helga sahen sie drängend an. *DU schämst dich? Sei froh, dass du ihn los bist.*

Huch! Sei froh, dass du ihn los bist? Hatte ich das richtig verstanden? War das ein angemessenes Signal einer frischgebackenen Witwe gegenüber? Ich war ein bisschen schockiert, um ehrlich zu sein, und linste vorsichtig zu Lisbett hinüber.

Ihr knappes Nicken sagte alles. *Ja, das bin ich.*

Okay, dachte ich, Uwe war also angetrunken, als er die Leiter hoch ist, um Laub oder was auch immer aus der Dachrinnen zu pulen. Vielleicht hatte er dort oben auch einen geheimen Vorrat an Schnapsflaschen versteckt. Dann hat er das Gleichgewicht verloren und ist kopfüber in seine Regentonne gestürzt. Er hat wohl noch versucht, sich abzustützen, und ist dabei mit Kopf und Händen über den Rand der Tonne geschrammt …

»Hier!«, brüllte Frank plötzlich und wedelte mit den Armen.

Er kam im Laufschritt wieder den Gartenweg entlang, gefolgt von einem Notarzt und zwei Sanitätern mit schwerem Gepäck. Sie verschwanden hinter dem Häuschen.

Da ich Lisbett in guten Händen wusste, folgte ich ihnen unauffällig. Ich fragte mich kurz, ob es wohl pietätlos war, hemmungslos zu begaffen, was weiter passierte. War es nicht, entschied ich, hielt aber dezenten Abstand.

Der Arzt kniete neben Uwe und holte sich nasse Hosenbeine. Er zog allerlei Gerätschaften aus seinem proppenvollen Einsatzkoffer, um am leblos daliegenden Körper nach welchen Lebensfunktionen auch immer zu forschen. Sein Rücken verdeckte Details, aber ich mutmaßte, dass er nach Herzschlag und Puls tastete. Vielleicht hielt er ihm sogar einen Spiegel unter die Nase, um zu sehen, ob dieser durch Atem beschlug? Das machte man doch so, oder?

Wie ich es aus Filmen kannte, schüttelte er schließlich ernst den Kopf.

»Sie haben ihn gefunden?«, fragte er Frank.

Der nickte. »Ja. Ich und Loretta.« Er deutete auf mich. »Obwohl, nee, eigentlich hat ihn Lisbett gefunden, den Uwe seine Gattin. Und dann hat die Lisbett geschrien wie am Spieß, und dann bin ich angerannt gekommen und Loretta auch und dann sind wir am Tor zusammengedonnert, aber wir ham uns nich wehgetan, Gott sei Dank, boah, das hätte noch gefehlt, aber dann hättense aber wenigstens noch wat Sinnvollet zu tun gehabt, Herr Doktor …«

Leseprobe aus *Einer gibt den Löffel ab:*

Drei Fremde, ein unerwarteter Freund –
und ein Suppenlöffel, der Fahrstuhl fährt

Es klingelte, ich öffnete die Wohnungstür, Betty stand neben mir und filmte. Das Auftauchen der Crew hatte mich aus tiefstem Schlaf geweckt, aber jetzt war ich knallwach.

Von einer Kamera verfolgt, kam eine junge Frau die Treppe hinauf. Sie hatte platinblonde, beinahe hüftlange Haare und war geschminkt wie eine Revuetänzerin. Als sie vor mir stand, überragte sie mich um Kopflänge.

Ich streckte die Hand aus. »Willkommen. Ich bin Loretta.«

Sie klimperte mit den falschen Wimpern. »Hallo. Jacqueline. Nenn mich Jacqui. J-A-C-Q-U-I. Dschaahki, nicht Dschäckie.«

Ui – diesen kleinen Vortrag hielt sie aber nicht zum ersten Mal. Jacqui also. Hätten wir das auch geklärt. Ich bat sie hinein, und die Kameras wurden abgesetzt.

»Super«, sagte Betty. »Und jetzt kommst du mit Jacqui ins Wohnzimmer.«

Sie ging uns voraus, und ich erlitt einen Anfall heftigen Fremdelns gegenüber diesem Mädchen neben mir, das gleichmütig den Wildledermantel auszog und an den Garderobenhaken hängte. Dann begutachtete sie sich mit teilnahmslosem Gesichtsausdruck im mannshohen Spiegel und strich über ihre irritierend unecht wirkenden Haare, die wie glattgebügelt aussahen. Jacquis – bis auf die beachtlichen Brüste – zierliche Figur wurde von einem schwarzen, ultrakurzen Strickkleid straff umspannt. Sie balancierte auf schwarzen Lackpumps mit zentimeterdicker Plateausohle und Absätzen, deren Höhe ich nicht einmal schätzen konnte. Ohne die Dinger war sie vermutlich kaum größer als eine Parkuhr. Sie würdigte mich keines Blickes.

»Ihr könnt!«, rief Betty, und Jacqui setzte sich so schnell in Bewegung, dass ich kaum hinterherkam. Klomp, klomp, klomp machten ihre Schuhe auf dem Dielenboden, als hätte sie Backsteine untergeschnallt. Sie stelzte vor mir her den Flur entlang und ging mit wiegenden Hüften auf Betty zu, wobei sie ihre Mähne mit einer routinierten Kopfbewegung nach hinten warf. Ich bat sie, auf dem Sofa Platz zu nehmen, und sie glitt mit einer fließenden Bewegung auf das Sitzpolster. Erst jetzt bemerkte ich, dass sie Netzstrümpfe trug. Auch nicht schlecht.

»Jacqui, darf ich dir einen Aperitif …« Ding Dong! »Oh, ich muss zur Tür, bin gleich wieder da.«

Betty folgte mir zurück zur Tür.

»Noch dreimal, das Ganze«, raunte sie mir zu, »dann hast du es überstanden.«

Diesmal erwartete mich ein mittelgroßer, stämmiger Mann mit Halbglatze. Er war um die 50. Linkisch hielt er mir einen kleinen Strauß Blumen entgegen.

»Herzlich willkommen, ich bin Loretta.«

»Danke für die Einladung«, sagte er, »ich bin Herr … äh … Karlheinz.«

Genau so sah er auch aus – wie einer, der sich nicht gern mit Fremden duzt. Und wie ein Karlheinz. Oder so, wie ich mir einen Karlheinz vorstellte: dunkelblauer Anzug, weißes Hemd, gestreifte Krawatte, polierte Halbschuhe. Er war etwas größer als ich, was allerdings nicht schwer war. Ich führte ihn ins Wohnzimmer, und ihm quollen angesichts der Erscheinung auf dem Sofa beinahe die Augen aus dem Kopf.

Ich stellte die beiden einander vor und hastete los, weil es erneut klingelte. Tür auf, Auftritt Isolde: walkürenhafte Statur in dunkelrotem Brokatmantel, schwarzer Samtturban, unter dem weiße Haare hervorlugten, Lippenstift in der Farbe des Mantels, tiefe Stimme. Unter dem Mantel trug sie ein stahlgraues, wallendes Ensemble aus Leinen, dazu klotzigen Silberschmuck. Auch sie überreichte mir Blumen: drei einzelne, reinweiße Callablüten, deren Stiele eng mit schwarzem Bast umwickelt waren. Genau wie sie selbst – kein Schnickschnack.

Ab ins Wohnzimmer, vorstellen, zurück zu Tür.

Ich kreischte, als ich sah, wer die Stufen hochkam.